DER AUTOR: Christian Jacq, geboren 1947 bei Paris, promovierte in Ägyptologie an der Sorbonne. Er veröffentlichte zahlreiche wissenschaftliche Aufsätze und wurde von der Académie Française ausgezeichnet. Im Zuge seiner Forschungen gründete er das Institut Ramsès, das sich insbesondere der Erhaltung gefährdeter Baudenkmäler der Antike widmet. Neben Beiträgen zur Fachliteratur schrieb er mehrere erfolgreiche Romane. Mit «Ramses» gelang ihm auf Anhieb der Sprung auf die Bestsellerliste.

Christian Jacq

Der lange Weg nach Ägypten

Roman

Deutsch von Riek Walther

Wunderlich Taschenbuch

Die Originalausgabe erschien 1987 unter dem Titel
«Champollion l'Égyptien» bei Éditions du Rocher, Paris

Neuausgabe November 2002

Veröffentlicht im
Rowohlt Taschenbuch Verlag GmbH,
Reinbek bei Hamburg, Januar 1998

Umschlaggestaltung any.way, Barbara Hanke / Cordula Schmidt
(Abbildung: «Abul Simbel, Great Rock Temple»,
Archiv für Kunst und Geschichte, Berlin)
Satz Garamond (PageOne)
Gesamtherstellung Clausen & Bosse, Leck
Printed in Germany
ISBN 3 499 26414 5

DER LANGE WEG NACH ÄGYPTEN

VORWORT

Dieses Buch ist ein Roman, jedoch insofern ungewöhnlich, als es von einem Ägyptologen verfaßt wurde, und zwar zum Gedenken an den ersten und größten aller Ägyptologen: Jean-François Champollion, geboren in Figeac im Jahre 1790 und gestorben in Paris im Jahre 1832. Man kennt Champollion als Entdecker der Bedeutung der Hieroglyphen. Sein wissenschaftliches und literarisches Werk wird darüber oft vergessen: Grammatik, Wörterbuch, historische Abhandlungen, Aufzeichnungen, Briefe.

Von Juli 1828 bis Dezember 1829 erlebte Champollion den Höhepunkt seines allzu kurzen Daseins: Ihm, den man «den Ägypter» nannte, war es endlich vergönnt, jenes Ägypten kennenzulernen, von dem er sein Leben lang geträumt hatte. Von dieser außergewöhnlichen Reise erzählt uns Christian Jacqs Roman, von ihren intensiven Begegnungen, ihren dramatischen Verwicklungen und wunderbaren Entdeckungen.

Unter Verwendung der wichtigsten Zeugnisse, die mündlich oder schriftlich überliefert sind, gibt der Autor Champollion selbst das Wort. Die erzählten Ereignisse entsprechen weitgehend den historischen Tatsachen. Die Funktion des Romanciers bestand darin, eine Reise, gleichsam eine Pilgerfahrt zu den Quellen des Geistes, aus dem Inneren heraus erlebbar zu machen, einige Figuren zu verschmelzen und die «weißen Flecken» zu füllen, die Champollion in seinen Schriften hinterlassen hat.

Nicht der historischen Wahrheit will dieser Roman buchstabengenau treu sein, sondern einem der größten Genies aller Zeiten: Jean-François Champollion.

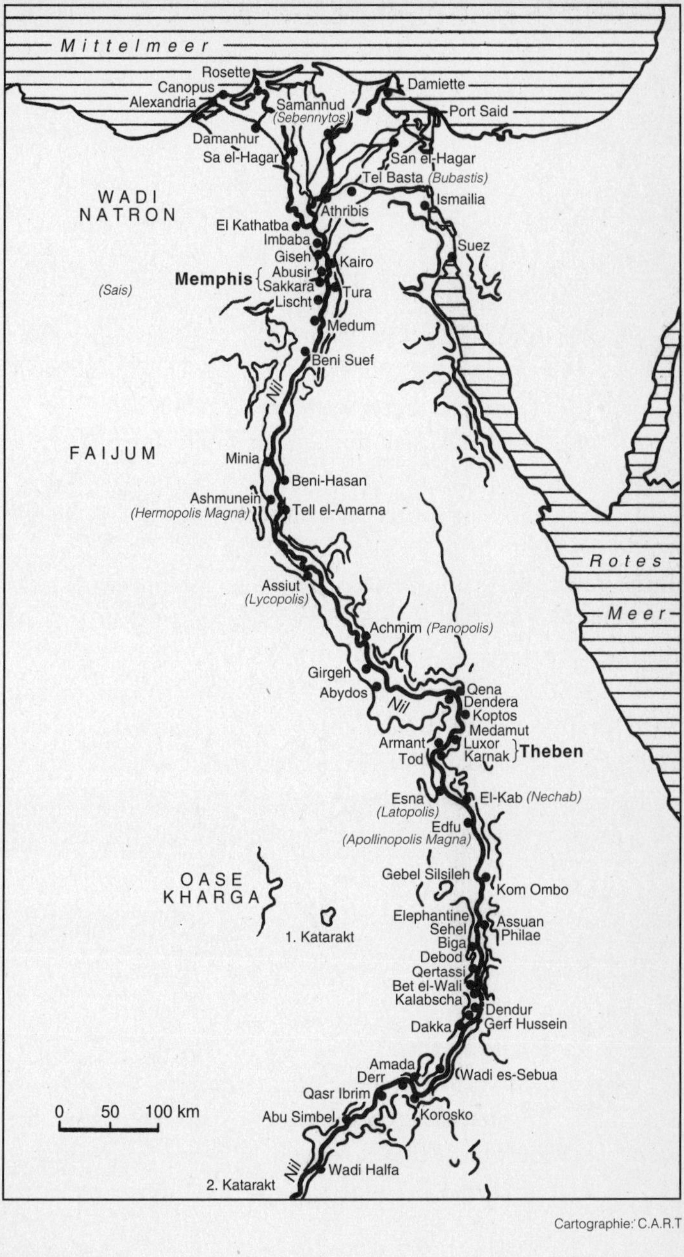

Cartographie: C.A.R.T

PROLOG

MIT BESORGTER MIENE leerte Doktor Brousset ein Glas Rum.

«Wie lautet Ihre Diagnose, werter Kollege?»

Doktor Robert fuhr sich mit seinem Taschentuch über die Stirn.

«Gichtanfall, vom Magen ausgelöst, Schwindsucht, beginnender Gehirnschlag, Rückenmarkslähmung, Leberschaden durch den Genuß von Nilwasser … Champollion wird sterben. Diesmal hat der unersättliche Himmelsstürmer zu viel Energie verausgabt.»

«Ausgezeichnete Analyse. Der Organismus ist verbraucht. Seine kräftezehrende Reise, die unheilbringende Kunst der Pharaonengräber, die Glut seines Denkens, die Ruhelosigkeit seines Geistes haben ihm das Blut verbrannt und bringen ihn ins Grab. Ich würde eine Hypertrophie des Herzens anfügen. Meines Erachtens wird er den Tagesanbruch nicht mehr erleben.»

*

Champollion wird sterben.

Hinter einem Vorhang versteckt hatte Zoraïde, seine kleine, achtjährige Tochter, die schreckliche Vorhersage gehört. Sie wußte, ihr Vater würde für immer von ihr gehen. Schon oft war er weit fort gefahren. Besonders, als er Frankreich verlassen hatte, um in diesen geheimnisvollen Orient zu reisen, den er so liebte und dem sie ihren Vornamen verdankte.

Seit seiner Rückkehr aus Ägypten war Champollion leidend. Es gelang ihm nicht mehr, Paris zu ertragen. Er hatte nur wenige Vorlesungen am *Collège de France* halten können, wo er den weltweit ersten Lehrstuhl für Ägyptologie innehatte. Wiederholte Unpäßlichkeiten hatten ihn dazu gezwungen, seine Lehrtätigkeit abzubrechen, hatten die klare und leidenschaftliche Stimme erstickt, die das Licht des Alten Ägypten wieder erstrahlen ließ.

Zoraïde brauchte die Wissenschaft der beiden Ärzte nicht, die Jean-François Champollion seit Wochen erfolglos behandelten. Zoraïde hatte hellseherische Kräfte. Sie wußte, diese Nacht des 4. März 1832 würde seine letzte sein.

Die Anordnungen der Ärzte mißachtend, schlüpfte sie in das Zimmer des Sterbenden.

«Papa ... schläfst du?»

Jean-François Champollion schlug die Augen auf.

«Komm ... komm schnell!»

Zoraïde rannte zum Bett und warf sich ihrem Vater an den Hals. Sie weinte lange Zeit, das Gesicht an seiner Brust.

«Bring mir meine Kleider aus Ägypten», bat er mit schwacher Stimme.

Zoraïde sprang auf. Sie öffnete den Schrank, in dem ihr Vater seine Andenken aus dem Orient aufbewahrte: lange, farbenprächtige Gewänder, Turbane, Sandalen. In ihrer Hast warf sie einen Stapel loser Hefte mit kleiner, eiliger Schrift herunter.

«Papa, das habe ich auch noch gefunden!»

Mit zitternder Hand schlug Champollion das Heft auf, das seine Tochter ihm entgegenstreckte. Es enthielt seine ersten Notizen aus Ägypten, von jener Reise, auf der er den Gipfel seines Lebens erreicht hatte.

«Papa ... warum hast du mir nie etwas erzählt?»

«Erzählt ... du meinst ... von dort?»

«Ja, von dort, von deinem wahren Zuhause. Ich will, daß du mir alles erzählst. Alles, worüber du niemals gesprochen hast.»

Der Schmerz ließ Champollion erschauern. Zoraïde bedeckte seine Hände mit Küssen.

«Dir kann ich nichts abschlagen … leg deinen Kopf auf meine Schulter.»

Zoraïde gehorchte. Wie gut es tat, diesem Vater zu gehorchen, der mit sanfter Stimme begann, von der denkwürdigsten aller Reisen zu erzählen.

EINS

MONSIEUR JEAN-FRANÇOIS CHAMPOLLION, nehme ich an?»

«Derselbe. Ich freue mich, Ihre Bekanntschaft zu machen, Kapitän.»

Cosmao Dumanoir, ein mittelgroßer Mann mit gewinnendem Lächeln, war Kapitän der Korvette *L'Églé*. Mit glattem, tadellos rasiertem Gesicht und blankpolierten Uniformknöpfen empfing er mich voll echter Herzlichkeit an Bord seines Schiffes.

An jenem 24. Juli des Jahres 1828 in Toulon, während die letzten Strahlen der sinkenden Sonne das Mittelmeer aufglühen ließen, tat sich der so lange herbeigesehnte Weg vor mir auf. Der Weg nach Ägypten.

Vielleicht würde es von neuem sprechen. Vielleicht könnte die Weisheit der Alten Ägypter von neuem weitergegeben werden. Ich war ihren Geheimnissen auf der Spur, ich hatte begonnen, die Hieroglyphen zu entziffern, diese Worte der Götter mit all ihrer Magie. Doch ein wichtiger Schlüssel fehlte mir noch. Ein Schlüssel, den ich nur in Ägypten aufspüren konnte. Ich mußte meine Ahnungen Schritt für Schritt überprüfen, vom Land der Pharaonen jene Antworten erfragen, die ich noch brauchte.

Nachdem ich mich monatelang mit den Behörden herumgeschlagen hatte, war es mir endlich gelungen, eine Expedition aus verschiedenen Wissenschaftlern ins Leben zu rufen, die unter meiner Leitung an Bord der *L'Églé* nach Alexandria reisen sollten.

«Würden Sie mir bitte folgen, Monsieur Champollion?»

Als ich den Laufsteg der Korvette betrat, hatte ich das Gefühl, einen Punkt zu überschreiten, an dem es kein Zurück mehr gab. So war ich nun gezwungen, mir das Äußerste abzuverlangen, in jenem unbekannten Orient mein Leben aufs Spiel zu setzen.

Bislang war mein Leben ein fortwährender Kampf. Um den geringsten Erfolg mußte ich kämpfen, mich Fuß um Fuß verteidigen, Machenschaften aufdecken, der Verleumdung trotzen. Ungewollt wecke ich den Neid unfähiger und inkompetenter Konkurrenten, die mir vorwerfen, meine Theorien zu weit und zu rasch voranzutreiben. Nie blieb ich von übler Nachrede verschont. Ich bin wie eine Forelle, die man lebendigen Leibes in die Pfanne geworfen hat. Aber wie glücklich bin ich, wenigstens Paris schon weit hinter mir gelassen zu haben! Die Luft dieser Stadt zehrt mich auf. Ich huste mir dort die Lunge aus dem Leib und verliere meine Lebenskraft. Paris ist grauenhaft. Ströme von Schlamm fließen durch die Straßen.

Mit der etwas steifen Eleganz eines Mannes, der in Uniform alt geworden ist, führte Kapitän Cosmao Dumanoir mich in seine Kabine und bot mir Champagner an.

Die flüchtige Freude, die im Glas aufschäumte, konnte die Sorgen nicht zerstreuen, die mich während meiner gesamten Reise von Aix nach Toulon bedrückt hatten.

Wie hätten meine Gedanken nicht um jene beiden so unterschiedlichen Briefe kreisen sollen, die mir auf äußerst geheimnisvolle Weise in die Hände gelangt waren und die ich zwischen meinen wissenschaftlichen Notizen verborgen hielt?

Der erste äußerte schlimmste Drohungen:

«Vergessen Sie Ihre Vorhaben, bleiben Sie zu Hause; andernfalls erwartet Sie in Ägypten der Tod.»

Der zweite schien ermutigender, wenn auch sehr rätselhaft:

«Wir erwarten Sie. Wenn Sie die Sprache der Götter wirklich entziffert haben, werden wir Sie gebührend empfangen.»

Verrückte? Schwärmer? So vielen bin ich seit jenem Wintermorgen in Figeac begegnet, an dem meine Kinderaugen zum ersten Mal auf ägyptischen Hieroglyphen ruhten, auf dieser Welt voller Symbole und Zeichen als Träger ewigen Lebens. Ich wußte sofort, dort lag meine Seelenheimat, eines Tages würde ich diese Rätsel, diese seit so vielen Jahrhunderten verlorene Sprache entziffern und darin mein eigenes Schicksal lesen. Das Alte Ägypten ist mein Blut. Es ist mein Herz. Es verlangt alles von mir.

Die wichtigsten Ergebnisse meiner Arbeit befinden sich in einem kleinen schwarzen Koffer, der mir als Reisebegleiter dienen wird. Kurz hatte ich den Impuls zu fliehen. Doch diesen bescheidenen Gegenstand zu berühren, die Blätterstöße zu betasten, auf denen das Beste meiner selbst niedergeschrieben ist, hielt mich davon ab. Ägypten hatte gesiegt. Es wird immer siegen.

Sofort nach meiner Ankunft werde ich mich in die Räumlichkeiten des Ägypteninstituts begeben. Dort arbeitet ein alter Gelehrter, der sich «der Prophet» nennt und für meine Forschungen unentbehrliche Dokumente besitzt. Bislang wollte er sie niemandem zugänglich machen. Als er von meiner Expedition erfuhr, ließ er mich wissen, er erwarte mich und werde mir den Stein verschaffen, der meinem Gebäude noch fehlte.

Eine Frau von stolzer Anmut betrat die Kabine des Kapitäns. Sie trug ein perlgraues, seidig schimmerndes Kleid, das ihrem hellen Teint und ihrem prachtvollen, rotblonden Haar schmeichelte. Große, hellgrüne Augen belebten ein Gesicht von beinahe ägyptisch zu nennender Schönheit. Ihre langen, feinen Hände erinnerten mich an gewisse Königinnenbilder, die ich in meine Obhut bekam, als ich die pharaonische Abteilung des *Musée du Louvre* gründete, zu deren Verwalter man mich freundlicherweise ernannt hat … rein ehrenamtlich. Diese Frau in den Dreißigern besaß eine natürliche Vornehmheit und einen fremdartigen Reiz.

«Ich stelle Ihnen Lady Redgrave vor», sagte Kapitän Dumanoir. «Sie wird uns bis Alexandria begleiten.»

Ich empfinde instinktive Abneigung gegen gesellschaftliche Verpflichtungen. Niemand hat mich je gezwungen, mich ihnen zu beugen. Von einer Anwandlung beseelt, die mich selbst überraschte, verbeugte ich mich dennoch und küßte dieser britischen Aristokratin die Hand, die meine Geste der Ergebenheit mit rätselhaftem Lächeln zur Kenntnis nahm.

«Ich habe viel von Ihnen gehört, Monsieur Champollion», sagte sie mit warmer, klangvoller Stimme, der ein leichter Akzent besonderen Reiz verlieh. «In London haben Sie einiges Aufsehen erregt. Mein Landsmann Thomas Young behauptet, er habe die Hieroglyphen schon vor Ihnen entziffert und Ihr System sei völlig irrig.»

Verlegen wandte Kapitän Dumanoir seinen Blick aufs Meer. Mir stockte das Blut in den Adern.

Thomas Young … dieser Heuchler – und eingebildet war er obendrein. Dieser Engländer kennt sich im Altägyptischen nicht besser aus als im Malaiischen oder im Mandschu, das er lehrt. Seine so glanzvoll verkündeten Entdeckungen sind nichts weiter als lächerliche Großtuerei. Sein Schlüssel zu den Hieroglyphen entlockt mir nur mitleidiges Lächeln. Ich bedauere die unglücklichen Reisenden, die sich in Ägypten mit dem Übersetzen der Inschriften abmühen werden – anhand der Anleitung des Doktor Young!

«Ich schätze Monsieur Young sehr, Madame, und ich übe ungern Kritik an einem Kollegen, ganz unabhängig von seiner Haltung mir gegenüber. Falls Sie ihn persönlich kennen, geben Sie ihm einen guten Rat: Er soll den Beruf wechseln.»

«Ich kenne ihn persönlich», erwiderte sie sichtlich belustigt. «Thomas Young ist mein Onkel. Wir sehen uns später ...»

Verblüfft und keiner Reaktion fähig sah ich ihr nach, als sie die Kabine verließ. So war es schon immer: Meine Empfindsamkeit ist so ausgeprägt, daß ich mir jede Kleinigkeit, die meine Suche behindern könnte, übermäßig zu Herzen nehme.

«Das ist ... das ist eine Falle», gelang es mir endlich an Kapitän Cosmao Dumanoir gewandt zu stammeln.

«Fassen Sie sich», bat der gute Mann ebenso verlegen wie ich selbst. «Sie werden diesen Zwischenfall rasch vergessen.»

«Thomas Young ist mein erbittertster Gegner», erklärte ich aufgeregt. «Schon seit Jahren ist er hinter mir her, verfälscht wissenschaftliche Aufsätze und versucht, meine Arbeit mit allen Mitteln zu behindern. Diese Frau ist ein Spitzel der übelsten Sorte.»

Kapitän Dumanoir überlegte. Er versuchte, mich zu beruhigen.

«Sie ist allein, Monsieur Champollion, und es ist nur eine Frau. Sie haben mehrere Mitarbeiter um sich, die Ihnen gewiß sehr ergeben sein werden. Ich bin überzeugt, daß Ihnen keine Gefahr droht. Es handelt sich um ein reines Einschüchterungsmanöver.»

Treu ergebene Mitarbeiter ... ich war um einiges weniger optimistisch als der Kapitän.

«Sind diese Herren schon eingetroffen?»

«Noch nicht», antwortete Cosmao Dumanoir. «Ich erwarte sie im Laufe des Abends.»

Meine Kehle war wie zugeschnürt. Ich hatte Leibschmerzen. Die Knie zitterten mir ein wenig. War das Auftauchen dieser Teufelin mitten im Herzen der Korvette, die mich zum höchsten Ziel meines Daseins tragen sollte, nicht ein unheilverkündendes Omen? Mußte ich nicht von dieser Reise absehen, sie auf einen späteren Zeitpunkt verschieben, bessere Vorsichtsmaßnahmen treffen?

Ich war aufs höchste bestürzt. Die freudige Erregung, die ich bei meiner Ankunft in Toulon empfunden hatte, verwandelte sich in eine Art Hoffnungslosigkeit, die mir Tränen in die Augen trieb. Mein Unternehmen schien zum Tode verurteilt, noch bevor es wirklich geboren war.

«Ich soll Sie nach Ägypten bringen, und das werde ich auch tun, ungeachtet aller Hindernisse», versicherte Kapitän Dumanoir. «Sie können auf mich zählen.»

«Welche Hindernisse?» fragte ich besorgt.

«Normalerweise ist es die Aufgabe unserer Korvette, Handelsschiffe zu eskortieren», erklärte er. «Bei Ihrer Reise wird sie kein Schiff begleiten. Derzeit wagt sich niemand auf See, nicht weil Leben oder Gut in Gefahr wären, sondern weil der Handel mit Ägypten vollständig erlahmt ist; Ägypten selbst liefert keine Baumwolle mehr. Doch ich betone es noch einmal:» sagte er und legte mir die Hand auf die Schulter. «Sie können auf mich zählen.»

Selten war mir ein solcher Ausdruck von Güte begegnet. Cosmao Dumanoirs Anteilnahme war aufrichtig. Doch seine Hilfe war mir kein Trost. Sie änderte nichts an der Anwesenheit dieser Intrigantin und Spionin.

«Sie sollten sich ausruhen», schlug er vor.

Kaum hatte er diese Worte ausgesprochen, da klopfte es an die Kabinentür. Es war ein Matrose.

«Da ist ein Arzt, der Monsieur Champollion sprechen möchte.»

«Ein Arzt», rief ich erstaunt. «Was will er von mir?»

Der Matrose zuckte die Achseln. Ungehalten über diesen neuen Zwischenfall, entschloß ich mich, ihm zu folgen.

Jenseits des Laufstegs erwartete mich ein Mann in schwarzem Gehrock. Klein, schlecht rasiert, mit spitzer Nase und bösartigen Augen, war er mir auf Anhieb zuwider.

«Monsieur Champollion?»

«Der bin ich.»

Seine Stimme war schrill wie die eines aufgeregten jungen Mädchens. Von unten herauf sah er mich an.

«Ich habe Ihnen eine wichtige Mitteilung zu machen.»

«Bitte sprechen Sie.»

Er ließ sich Zeit, als wolle er seine Enthüllung ausgiebig genießen.

«Monsieur Champollion, Ihre Expedition ist annulliert.»

ZWEI

Ich betrachtete den kleinen, schwarzen Mann mit einer Mischung aus Erstaunen und Zorn.

«Was soll das heißen?»

«Die Pest, Monsieur Champollion. Die Epidemie breitet sich in allen Städten Südfrankreichs aus. Überall wird Quarantäne verhängt. Wenn Sie heute auslaufen würden, müßten Sie auf See bleiben. Kein Hafen wird Sie einlassen.»

Ich brach in Gelächter aus. Der schwarze Mann, den ich anfangs als Dämon angesehen hatte, schien mir nur noch ein lächerliches Teufelchen.

«Sie lesen zuviel Zeitung, Doktor!» rief ich erregt. «Die behandeln ihre Leser wie Dummköpfe. Sicherlich werden wir zu Hunderten sterben, in Marseille ebenso wie hier! Ich vermute, Sie verwechseln die körperliche Pest mit der moralischen Pest, die unser Land heimsucht.»

Ich kehrte ihm schon den Rücken, doch er stürzte mir nach und packte mich am Arm.

«Einen Augenblick noch, Champollion! Sie erwarten Gelehrte aus der Toskana ... ich habe rund um Toulon einen Sperrgürtel verhängt. Es sind Regimenter im Einsatz, die alle Routen von den Alpen herunter blockieren. Alle Briefe und Zeitungen aus Frankreich werden mit Einschnitten versehen und mit Essig behandelt. Ihre Freunde werden die Sperren nicht überwinden. Sollte der Kapitän dieser Korvette verrückt genug sein, in See zu stechen, dann sind Sie einziger Passagier.»

«Monsieur», sagte ich erbost, «Sie sind ein Lügner. Diese Epidemie ist eine Erfindung von Medizinern, die ihr Geltungsbedürfnis befriedigen wollen. Ich verlange, daß Sie den italienischen Teilnehmern meiner Expedition, Rosellini und Professor Raddi, Zugang zu diesem Schiff ermöglichen.»

Der Dämon verzog das Gesicht zu einer Grimasse und holte ein Bündel Papiere hervor.

«Diese Berichte bezichtigen Sie der politischen Aufwiegelei, Champollion! Offenbar zu Recht. Niemand steht über den Gesetzen. Vor dem völligen Abklingen der Epidemie wird der Sperrgürtel nicht aufgehoben. Zwei oder drei Monate, nehme ich an ...»

Gewiß hätte ich ihn erwürgt, wäre meine Aufmerksamkeit nicht von der seltsamen Szene in Anspruch genommen worden, die sich auf dem Kai abspielte. Ein Pfarrer in einer Sutane, die als archäologisches Fundstück hätte herhalten können, malträtierte mit seinem Stock ein gepäckbeladenes Maultier. Ich erkannte Vater Bidant, einen schmerbäuchigen, beinahe kahlen Geistlichen, der ein großer Orientliebhaber war. Unter seiner scheinbaren Teilnahmslosigkeit verbarg sich ein lebhafter und findiger Geist. Seine Anwesenheit war mir kein Grund zur Freude. Die kirchlichen Autoritäten hatten ihn beauftragt sicherzustellen, daß meine Expedition die Grundsätze der Religion nicht verletzte. Man fürchtete in der Tat, die biblische Chronologie könne durch ungelegene Entdeckungen auf ägyptischem Boden in Frage gestellt werden.

Hinter dem keuchenden und schnaufenden Vater Bidant war die hohe Gestalt von Nestor L'Hôte auszumachen, einem talentierten Zeichner, der mit der Linienführung der Hieroglyphen vertraut war. Dieser gediegene stattliche Bursche war von eigensinnigem und aufbrausendem Charakter. Aber ich war überzeugt, daß er die Inschriften mit Geschick kopieren würde.

«Da sind wir endlich», rief Vater Bidant und schob den

schwarzberockten Teufel resolut beiseite, um mich zu begrüßen. «Wissen Sie, daß man uns behandelt hat, als trügen wir die Pest am Leib? Mit meinem Stock und einem Brief des Erzbischofs habe ich eine Bande von Nichtsnutzen unschädlich gemacht.»

«Wer ist denn das?» ließ Nestor L'Hôte mit Blick auf den kleinen Arzt seinen eindrucksvollen Baß ertönen.

«Ein Mediziner, der uns am Kai festhalten will», antwortete ich.

«Wollen Sie wohl verschwinden!» brüllte L'Hôte und schwenkte seine Faust.

Das schwarzberockte Teufelchen zögerte nicht lang. Ein paar undeutliche Drohungen murmelnd, trat er den Rückzug an und machte sich schleunigst aus dem Staub.

«Sie wirken besorgt, Champollion», bemerkte Nestor L'Hôte, der breitbeinig dastand und die Fäuste in die Seiten stemmte.

«Das hat seinen Grund. Dieser Sperrgürtel könnte unsere Expedition um ihre toskanischen Mitglieder bringen, Rosellini und Raddi. Ohne sie können wir unser Arbeitsprogramm nicht einhalten.»

«Setzen Sie Ihr Vertrauen in Gott», säuselte Vater Bidant. «Wenn unsere Sache gerecht ist, wird er uns zu Hilfe kommen.»

Der Geistliche mißtraute mir. Gewiß waren ihm Hinweise auf meine mangelnde Ergebenheit gegenüber dem Gott der Christen zugetragen worden. Meine Angehörigen, einige Gelehrte und Journalisten gaben mir den Beinamen «der Ägypter», denn sie waren der Ansicht, das Land der Pharaonen sei meine wahre Heimat und ich brächte den Göttern von Theben einen leidenschaftlichen und aufrichtigen Glauben entgegen.

Während ich über das Meer blickte, hinter dem das Land der Pharaonen lag, mußte ich zugeben: Sie hatten recht.

*

Noch einmal las Kapitän Cosmao Dumanoir den Brief von Drovetti, dem Generalkonsul Frankreichs in Ägypten, den er zwei Tage zuvor mit einer Postsendung aus Paris erhalten hatte. Drovetti äußerte darin ernste Vorbehalte gegen den Zeitpunkt der von Champollion organisierten Expedition. Er riet sogar zur sofortigen Rückkehr nach Paris, da er sich außerstande sehe, die Sicherheit des Gelehrten auf ägyptischem Boden zu gewährleisten. Der in Kairo residierende allmächtige Pascha Mehemed Ali stehe unter dem starken Einfluß seiner europafeindlichen Ratgeber. Er werde der Ankunft jenes Hieroglyphenentzifferers gewiß mit äußerstem Mißfallen begegnen.

Sollte er Champollion vor den Gefahren, die ihn erwarteten, warnen oder nicht? Die Kenntnis eines solchen Briefes hätte seine Mutlosigkeit in Verzweiflung verwandelt. Sicherlich würde er dann endgültig auf die Reise verzichten, um das Leben der Expeditionsteilnehmer nicht zu gefährden.

Doch Cosmao Dumanoir stand dem Pascha ebenso gleichgültig gegenüber wie den Pharaonen. Auf diese Überfahrt zu verzichten ging über seine Kräfte. Seine äußersten Kräfte. Diese Reise würde die letzte des Korvettenkapitäns sein, denn sein Organismus war von einer Krankheit ausgezehrt, die ihm nur noch wenige Monate zu leben ließ. Sein einziger Wunsch war es, an Bord seines Schiffes zu sterben, auf hoher See oder in einem orientalischen Hafen, fern von jenem Europa, mit dem ihn nichts mehr verband. Der Orient, Quelle des Lichts … Cosmao Dumanoir hoffte, daß sein verlöschendes Leben dort ein Jenseits finden würde.

Das Schicksal sollte entscheiden. Zwar kündigte Generalkonsul Drovetti einen offiziellen Brief an, der die Expedition aus Sicherheitsgründen annullieren und das Auslaufen rechtskräftig unterbinden würde. Glücklicherweise war die Postverbindung zwischen Paris und Toulon jedoch sehr langsam. Sicher würde der Innenminister den der Regierung vorbehaltenen Eilkurier in Anspruch nehmen, um Champollion noch vor dem mutmaßlichen Ablegen der Korvette *L'Églé* zu erreichen. Gegenwärtig hing die Reise von der Geschwindigkeit der Postverbindung ab, vom Aufkommen der Winde und von der Ankunft der italienischen Teilnehmer.

In seinem Schreiben erwähnte Drovetti schwere Spannungen in Alexandria und Kairo. Der Pascha sah sich durch die radikalen Mitglieder der Oppositionspartei bedroht. Wenn in Ägyptens großen Städten Unruhen und Aufstände ausbrachen, würde das Blut der Europäer als erstes fließen. Doch hatte der Generalkonsul nicht übertrieben, den tatsächlichen Ernst der Lage überzogen dargestellt, um zu verhindern, daß Champollion Ägypten erreichte und des Konsuls wahre Tätigkeit aufdeckte? Seeleute hatten Dumanoir anvertraut, Drovetti sei ein berüchtigter Antiquitätenschieber, der nicht vor dem Mißbrauch seiner Macht zurückschrecke, um die Ladungen der Handelsschiffe durch Skulpturen, Stelen und Papyri aufzustocken, die er auf Grabungsstätten rauben lasse. Diese Reichtümer nahmen ihren Weg nach Europa, wo der Generalkonsul eines Tages wieder über sie verfügen würde. Champollion galt jedoch als rechtschaffener Mann, der gegen alle finanziellen Verlockungen immun und allein darauf bedacht war, das Kunsterbe des Alten Ägypten zu bewahren. Wenn die Gerüchte über Drovetti sich als richtig erwiesen, lief Champollion Gefahr, ihm in die Quere zu geraten.

*

Seit Tagen sitze ich nun schon in Toulon fest. Die Stadt wird mir unerträglich. Die Korvette ist am Kai vertäut, gefangen wie ein Vogel im Käfig. Der Sperrgürtel ist noch verschärft worden, obwohl kein einziger Pestfall zweifelsfrei als solcher nachgewiesen wurde. Stundenlang bin ich umhergelaufen, habe über meinen Notizen gesessen und mit Vater Bidant Schach gespielt, der die Läufer mit seltener Geschicklichkeit handhabt. Nestor L'Hôte kennt inzwischen alle Hafenschenken – nicht daß er einen Hang zum Trinken hätte, sondern weil er die Geselligkeit liebt. Er ist neugierig auf alles. Die schöne englische «Spionin» habe ich nicht wiedergesehen, sie hat sich in ihre Kabine zurückgezogen, wohin sie sich auch die Mahlzeiten bringen läßt.

Seit dem Morgen dieses 31. Juli hat sich der Himmel bewölkt. Der Wind wirft leichte Wellen auf. Es ist mir unmöglich, zur Feder zu greifen. Für gewöhnlich ist das Schreiben mir eine tiefe Freude, ein Augenblick der Fülle, schwebend zwischen Zeit und Ewigkeit. Doch die Angst schnürt mir das Herz ab. Ich glaube, wenn ich nicht nach Ägypten aufbrechen kann, verliert mein Leben seinen Sinn, ich wäre als Mensch verloren für mich und alle anderen.

Cosmao Dumanoir ist in den kleinen Speiseraum eingetreten, wo ich einen siedendheißen schwarzen Kaffee zu mir nehme. Er sieht besorgt aus.

«Wenn wir nicht heute morgen noch die Leinen losmachen, dann fürchte ich, Monsieur Champollion, unsere Reise ist ernstlich gefährdet.»

Der Kapitän der *L'Églé* hatte Recht. Ich hatte nicht wahrhaben wollen, daß der Sperrgürtel die Toskaner daran hindern könnte, die Korvette zu erreichen. Doch als Gelehrte standen sie den behördlichen Maßnahmen ja hilflos gegenüber.

Ein Matrose stürmte herein.

«Ein seltsamer Mann fragt nach Monsieur Champollion.»

Ich wollte dem Matrosen zum Laufsteg folgen, doch er wies aufs Meer. Ich beugte mich über die Reling und sah ein mit Kisten beladenes Boot. Vorne, ungeschickt mit den Rudern hantierend, Professor Raddi, das Gesicht gegerbt wie Pergament, der Bart verwildert wie ein herbstlicher Garten, eine Lupe in der Jackentasche und zwei Brillen auf der Nase.

«Champollion!» rief er, als er mich sah. «Wir sind da!»

«Wo ist Rosellini?»

«Hinter meinen Gesteinskisten versteckt. Wir mußten über das Meer, um einer Horde von Verrückten auszuweichen, die uns für Pestkranke hielt.»

Bis das wissenschaftliche Material an Bord geladen war, das Professor Raddi für seine Experimente als unerläßlich betrachtete, vergingen zwei gute Stunden. So klein und dick er war, so hager und groß war Rosellini. Raddi überwachte höchstpersönlich die Unterbringung seiner wertvollen Kisten, während mein Schüler Rosellini, den ich in die Grundlagen der Hieroglyphenentzifferung eingeweiht hatte, tiefbewegt auf mich zukam.

«Meister ... wir müssen sofort den Anker lichten.»

Mein italienischer Schüler war nicht leicht aus der Fassung zu bringen. Kühl, distanziert, überlegt, würde er bald ein großer Gelehrter sein, der der gerade entstehenden Ägyptologie zur Ehre gereichen würde. Im Augenblick schien er jedoch außer sich.

«Ich habe einen Brief von Generalkonsul Drovetti erhalten, der ankündigt, unsere Expedition solle annulliert werden. Verärgert über den Fehlschlag ihres Versuchs, Griechenland zu erobern, wolle die Türkei den Russen den Krieg erklären und Ägypten in den Konflikt mit hineinziehen. Unsere Sicherheit könne nicht mehr gewährleistet werden.»

«Dummes Geschwätz», antwortete ich entschieden, als könne ich diese schwachsinnige Politik, die mir verhaßt war, im geringsten beeinflussen. «Sind Sie entschlossen, mir zu folgen, ungeachtet aller Gefahren?»

Die Freude, die Rosellinis Gesicht aufleuchten ließ, war die eindeutigste Antwort. Doch sogleich verfinsterte die Miene meines Schülers sich wieder.

«Haben Sie keinen schriftlichen Erlaß aus Paris erhalten?»

«Legen wir rasch ab!»

Die Vorfreude packte mich derart, daß ich den Matrosen dabei zur Hand ging, Professor Raddis letzte Kisten an Bord zu laden. Rosellini zögerte und tat es mir dann gleich. Nestor L'Hôte, der überglücklich war, endlich seine Körperkraft einsetzen zu können, beteiligte sich an diesem Fest.

Von den Kirchtürmen Toulons schlug es Mittag, als die Korvette *L'Églé* bei günstigem Wind den Anker lichtete, um gen Orient zu segeln. Die kühle Brise von Westen würde uns in weniger als einer Stunde auf hohe See bringen. Während ich den kräftigen Geruch des offenen Meeres genoß, sah ich einen berittenen Kurier in vollem Galopp auf die Mole preschen. Die winzige Gestalt rief uns nach und schwenkte ein Schriftstück.

Das Schreiben des Ministers Martignac, in dem er dem Präfekt von Toulon mitteilte, unsere Expedition könne aufgrund der internationalen Krisenlage nicht stattfinden.

Ich winkte ihm einen Abschiedsgruß zu.

Die französische Regierung war nunmehr machtlos, denn «der Ägypter» war soeben in eine andere Welt aufgebrochen. In seine wahre Heimat.

DREI

WEGEN DER ANWESENHEIT der «Spionin» sah sich Kapitän Cosmao Dumanoir gezwungen, die Zimmer neu zu verteilen. Notgedrungen hatte er mich in seiner Kabine einquartiert. Zu meinen Füßen lagerten auf Matratzen mein Schüler Rosellini, Professor Raddi und Vater Bidant. Letzterer konnte sich nur mit größter Mühe aus seiner natürlichen Teilnahmslosigkeit reißen. Raddi verbrachte die Tage und einen guten Teil der Nächte damit, Schiefer, Basalte und Granite genauestens zu untersuchen und so seine Begegnung mit den Wüstengesteinen vorzubereiten, von denen er reiche Ernte einzubringen hoffte.

Gewöhnlich herrschte an Bord tiefe Stille. Ich übte mit L'Hôte und Rosellini, die rasch Fortschritte machten, an den Hieroglyphen. Ihre Zeichnungen gewannen jenen sicheren Strich, der für die Aufnahme der Inschriften unerläßlich war. Eifrig kopierten sie Köpfe, Gefäße, Eulen, Löwen, Türen … die alte Sprache lebte durch sie wieder auf. Vater Bidant gelang es nur selten, Professor Raddi aus seiner Gesteinswelt zu reißen, um ihn in eine Schachpartie zu verwickeln.

Mitunter, wenn ich begriff, daß wir uns Ägypten näherten, schnürte mir die Aufregung die Kehle zu. Ich stützte die Arme auf die Reling, um nur noch Himmel und Meer zu sehen. Dieser Anblick veränderte sich nur gelegentlich durch die Kapriolen von Tümmlern und das schwerfällige Auftauchen zweier Pottwale.

Zwischen uns herrschte tiefe Harmonie. Wir bildeten ein echtes Expeditionskorps mit dem nötigen Zusammenhalt, um die Prüfungen zu bestehen, die uns erwarteten. Nestor L'Hôte hatte mich «General» getauft und betont, daß er und seine Kollegen Befehle nur von mir persönlich entgegennehmen würden.

Während wir bei kräftigem Wind die Küste Sardiniens entlangsegelten, geriet der sonst so stille Professor Raddi in helle Aufregung.

«Es darf nicht sein! Ich ertrage es nicht! Ich will sofort nach Florenz zurück!»

Der wackere Mineraloge schien derart vom Teufel besessen, daß Vater Bidant beunruhigt ein Kreuz in die Luft schlug. Rosellini zog sich in einen Winkel der Kabine zurück. Nestor L'Hôte versuchte, sich Raddi zu nähern, der stieß ihn jedoch mit einer Grobheit von sich, die man bei einem Mann seines Formats kaum vermutet hätte. Ich beschloß, der «General» müsse einschreiten, um die Ruhe unter seinen Truppen wiederherzustellen.

«Was ist los, Professor?»

«Ach, Champollion ... wenn Sie wüßten ... ich muß ein unverzeihliches Verbrechen gestehen ...»

Raddis Zorn hatte sich schlagartig in Verzweiflung verwandelt. Er war bereit, sich zu setzen. Vater Bidant, L'Hôte und Rosellini verständigten sich durch Gesten und Blicke und verließen leise die Kabine. Die Stunde der Beichte war gekommen.

«Mein armes Arbeitszimmer, mein armes Museum», klagte er und zog einen Schlüssel aus der Tasche. «Mein Arbeitszimmer ... die Tür habe ich ja gründlich verschlossen, dreifach, aber die Fenster habe ich offengelassen! Ist das nicht entsetzlich, Champollion? Meine Frau wird in dieses Heiligtum eindringen, das ihr immer verboten war! Sie wird es entweihen, da bin ich sicher ... Staubwedel und Besen sind ihr ein und alles. Ich muß nach Hause zurück, um diese Katastrophe abzuwenden. Und erst Diebstahl, haben sie daran schon gedacht, Champollion? Man wird meine Sammlungen plündern!»

«Und Ägypten, Professor, haben Sie daran schon gedacht?»

Meine Frage versetzte Raddi in Erstaunen und unterbrach seinen Wortschwall.

«Ägypten ... ja, ich will seine Wüsten sehen ... dort gibt es unermeßliche Schätze! Aber ich habe kein Recht ... ich muß umkehren und die Fenster eigenhändig schließen ...»

Ich beruhigte den Professor. Einem verzweifelten und jammernden Raddi wäre es bald gelungen, die anderen aus der Fassung zu bringen und uns das tägliche Dasein zur Hölle zu machen.

«Glauben Sie mir, Professor: Die ägyptischen Götter wachen über uns. Ihr Museum und Ihre Sammlungen sind nicht in Gefahr.»

Ich sah in seinem Blick Vertrauen aufleuchten.

«Sagen Sie, Professor ... haben Sie außer den Kisten mit wissenschaftlichem Material auch daran gedacht, Kleidung einzupacken?»

«Kleidung? Selbstverständlich. Ich trage sie am Leib. Diesen Nanking-Anzug und feste Wanderschuhe. Dazu ein breitkrempiger Strohhut, damit kennen Sie meine Garderobe. Ist sie nicht vollkommen?»

*

Im Morgengrauen dieses 19. August stand ich alleine auf der Brücke der Korvette, ein Fernrohr in der Hand. Am Horizont konnte ich die Pompejussäule ausmachen.

Alexandria, endlich.

Ich sah den Alten Hafen, die Stadt, deren Anblick immer eindrucksvoller wurde, eine endlose Flotte von Schiffen, zwischen denen weiße Häuser hindurchblitzten.

Ich verschwendete keinen Gedanken mehr an den heftigen

Sturm, der meine Mitarbeiter in Angst und Schrecken versetzt hatte. Der Wind blies so stark, daß wir uns nicht einmal mehr verständigen konnten. Ich empfand keine Furcht. Auf See zu sterben erschien mir ebenso unpassend wie undenkbar.

Ägypten … Ägypten, nach so vielen Jahren des Träumens und des Hoffens. Jacquou der Zauberer, der an einem 23. Dezember mein Geburtshelfer gewesen war, hatte meinen Eltern eine großartige Zukunft für ihren Sohn prophezeit. Meine Kindheit war jedoch nicht gerade fröhlich: Die Wirren der Revolution in Figeac, Gewalt, Truppen, Blut, Banden, die die *Carmagnole* grölten, Flüchtlinge, die zitternd vor Angst in der Buchhandlung meines Vaters Zuflucht suchten, in dieser Schatzhöhle, zu der mir der Zutritt verboten war.

Die Bücher sind mir Freunde geworden, Vertraute. Ich habe ganz alleine lesen gelernt, Buchstabe für Buchstabe, Wort für Wort. Meine schönste Kindheitserinnerung ist die an die Wärme des großen Kamins in der Küche. Ich kuschelte mich ganz nah ans Feuer, ein Buch in der Hand, bis mich herrliches Wohlbehagen erfüllte: Kälte und grauer Himmel waren vergessen. Ägyptens Sonne verbarg sich in diesem Feuer.

Wie fror ich in der Oberschule in Grenoble! Nachts, wenn meine Kameraden schliefen, las ich die Biographien von Plutarch. Die Kaiser, die Anführer, die die Welt auf ihren Schultern getragen hatten, die wollte ich besser kennenlernen. Aus Karton habe ich Medaillons ausgeschnitten, ihre Portraits daraufgezeichnet und Geburts- und Todesdatum dazugeschrieben. So hatte ich meine eigene Galerie berühmter Persönlichkeiten bei mir. Diese Sammlung war mein ganzer Schülerstolz.

Der Stolz meiner Studentenzeit war es, der Gesellschaft für Wissenschaft und Künste in Grenoble im Alter von siebzehn Jahren eine Untersuchung über die Geographie Ägyptens präsentieren zu können. Als ich mit einundzwanzig an der Geisteswissenschaftlichen Fakultät in Grenoble zum Professor ernannt wurde, glaubte ich eine Zeitlang, die Zukunft werde rosig sein. Doch ich mußte nach Paris, mich dort mit den neuesten wissenschaftlichen Moden auseinandersetzen, vergeblich nach einer Stelle suchen, wieder nach Grenoble zurück, um dort Geschichtsprofessor zu werden, für ein Viertel des Lohns meiner Kollegen. Dann wurden mein Bruder und ich verbannt und nach Figeac verwiesen, weil wir Napoleon unterstützt hatten. Ich war sechsundzwanzig und verlor die Hoffnung, mein Ägypten eines Tages kennenzulernen.

Dennoch habe ich weiter gekämpft, geforscht, zu überzeugen versucht, daß ich auf dem richtigen Weg war, daß ich diese Reise unternehmen mußte …

Mit der aufgehenden Sonne kamen wir in Alexandria an, nach neunzehn Tagen Überfahrt. Ich hatte keinen Schlaf gefunden, so aufgeregt war ich bei dem Gedanken, endlich ägyptischen Boden zu betreten. Mein Glück hatte über das widrige Schicksal gesiegt. Winkend wie ein Kind, begrüßte ich den Turm der Araber, der die Stelle bezeichnete, wo das antike Taposiris lag, eine Stadt, die mich bei den Recherchen zu meinem ersten Buch, «*Ägypten unter den Pharaonen*», viele Stunden beschäftigt hatte.

«Zufrieden, Monsieur Champollion?»

Kapitän Cosmao Dumanoir war geräuschlos neben mich getreten. Frisch rasiert, von stets tadellosem Äußeren, besaß er ein unerschütterliches Gemüt. Immer ein leichtes Lächeln auf den Lippen, schien dieser Mann für alle Angriffe der Außenwelt unerreichbar.

«Mehr, als ich je zu hoffen wagte, Kapitän.»

«Sie werden sich noch etwas gedulden müssen, bevor Sie in ägyptischem Boden graben können.»

«Und weshalb?»

«Die Europäer haben eine Blockade über Alexandria verhängt. Wir werden in den Alten Hafen im Westen einlaufen. Das Manöver wird nicht einfach, denn zahlreiche französische und englische Kriegsschiffe behindern die Zufahrt.»

Ich runzelte die Stirn. Die frische Morgenluft schien mir plötzlich eiskalt.

«Was verschweigen Sie mir, Kapitän? Haben Sie schlechte Nachrichten erhalten?»

Cosmao Dumanoir zögerte.

«Die ägyptischen Truppen werden bald aus Griechenland zurückkehren», erklärte er. «Man hat ihnen sogar gestattet, Ausrüstung und Kriegsbeute mitzuführen.»

«Aber ... das ist doch großartig! Das bedeutet, daß sich Franzosen und Ägypter im Peloponnes nicht mehr feindlich gegenüberstehen! Das bedeutet Frieden, Kapitän ... der Pascha wird uns mit offenen Armen empfangen.»

«Das hoffe ich für Sie, Monsieur Champollion ... die Lage wird nicht von allen so positiv eingeschätzt. Die Oppositionspartei reagiert mit Vorwürfen auf die Entscheidungen des Paschas. Die Blockade soll die Ordnung in Alexandria aufrechterhalten. Aber sie wird nicht ewig dauern. Und mir ist nicht bekannt, wie die Dinge in Kairo stehen.»

«Ich bin zuversichtlich, Kapitän.»

«Ich beneide Sie darum.»

Ein Ausdruck unendlicher Traurigkeit ließ das Gesicht Cosmao Dumanoirs plötzlich um Jahre altern. Mir kam der Gedanke, ich könne ihn dazu bewegen, sich mir anzuvertrauen, doch er brach das Gespräch unter dem Vorwand ab, seine Anwesenheit sei zur Ausführung des Manövers unentbehrlich.

*

Als wir die Fahrrinne erreichten, begrüßte die Korvette mit einem Kanonenschuß die Ankunft eines arabischen Lotsen an Bord. Er leitete uns zwischen den Klippen hindurch und brachte uns sicher mitten in den Alten Hafen. Dort fanden wir uns umringt von einem wahren Völkergemisch französischer, englischer, ägyptischer, türkischer und algerischer Schiffe, und dahinter ragten die Rümpfe orientalischer Kriegsschiffe empor, die dem Desaster von Navarino entgangen waren. Rund umher war alles friedlich. Erst gegen fünf Uhr nachmittags gingen wir vor Anker.

Meine Begleiter in diesem Abenteuer lehnten an der Reling und blickten erwartungsvoll auf die Stadt Alexanders des Großen, die uns empfangen würde. *Alexandria ad Aegyptum*, sagten die Alten, um auszudrücken, daß die Siedlung griechischen Ursprungs am Rande Ägyptens lag, an seinem Saum, ohne wirklich Teil von ihm zu sein.

Meine Kehle war wie zugeschnürt, und ich atmete schwer. Für mich bedeutete Alexandria die Pforte zum Paradies. Ich erlebte meine zweite Geburt. Ich hatte das Gefühl, endlich meine wahre Heimat zu erreichen, so als kehre ich aus einem langen Exil zurück, das ich zur Entschlüsselung dessen genutzt hatte, was mir geschenkt werden sollte.

«Da kommt ein Boot auf uns zu», bemerkte Nestor L'Hôte.

Kurz darauf stieg ein kleiner, schwarzgekleideter Mann an Bord. Im ersten Moment glaubte ich, es handele sich um den Arzt aus Toulon, der versucht hatte, die Korvette am Auslaufen zu hindern.

«Mich sendet Generalkonsul Drovetti», verkündete er, «um Monsieur Champollion ein Schreiben zu überbringen.»

Das Schreiben enthielt eine Ausnahmegenehmigung, trotz der Blockade und der wegen einer Typhusepidemie verhängten Quarantäne an Land zu gehen. Ich zog es vor, meine Begleiter über diesen Umstand nicht zu informieren, um sie nicht unnötig in Sorge zu versetzen.

«Wir folgen Ihnen mit dem größten Vergnügen», sagte ich mit bewegter Stimme.

Als meine Begleiter sich anschickten, mit mir in das Boot hinunterzusteigen, schaltete sich Cosmao Dumanoir ein:

«Ich glaube, Monsieur Champollion steht es zu, als erster an Land zu gehen, und er möchte es alleine tun.»

«Sie haben recht, Kapitän», stimmte Rosellini zu.

«Der General soll als Kundschafter nach Ägypten vorstoßen», scherzte Nestor L'Hôte.

«Diese Ehre gebührt dem Ägypter tatsächlich», räumte auch Vater Bidant ein.

Professor Raddi stand abseits und untersuchte ein Felsstück, das vom Vesuv stammte.

Mir stiegen Tränen in die Augen. Mein Herz schlug zum Zerspringen. Es war mir kaum möglich, meiner Bewegung Ausdruck zu verleihen.

«Ich danke Ihnen ... ich ...»

«Los schon, General», drängte Nestor L'Hôte. «Auch wir sind erpicht darauf, dieses Land kennenzulernen.»

Cosmao Dumanoir sah mich seltsam an. Ich spürte, daß er mir einen letzten Gedanken anvertrauen wollte, bevor unsere Wege sich endgültig trennten. Dieser Mann, dem ich es verdankte, den bedeutenden Schritt von Toulon nach Alexandria ohne Schwierigkeiten überwunden zu haben, war mir zum Freund geworden. Doch war sein erschöpftes Gesicht nicht vom Tode gezeichnet?

«Leben Sie wohl, Monsieur Champollion», sagte er und drückte mir voller Wärme die Hand.

Als ich im Boot stand, das sich langsam auf den Kai zubewegte, war, wie ich gestehen muß, die Korvette *L'Églé* samt meinen Begleitern und Cosmao Dumanoir vergessen. Seit so vielen Jahren hatte ich diesen Augenblick inbrünstig herbeigesehnt.

Das Boot legte an. Ein Matrose ergriff meinen Arm und half mir auf die Mole. Ich konnte es mir nicht versagen, niederzuknien und diesen Boden zu küssen und zu segnen, auf dem die größten Weisen der Geschichte gelebt hatten und der die Zivilisation hervorgebracht hatte, deren Erben wir Europäer sind.

*

Keine der bekannten Beschreibungen über diese Stadt vermag ein vollständiges Bild von ihr zu vermitteln; für uns war sie wie eine Begegnung mit den Antipoden und eine neue Welt: schmale, von Verkaufsständen gesäumte Gassen, in denen sich dunkelhäutige Menschen drängten und schlafende Hunde lagen; heisere Rufe aus allen Richtungen vermischten sich mit schrillen Frauenstimmen, Staub erschwerte das Atmen, und hier und da war in prächtigem Gewand ein feiner Herr auf reich geschmücktem Pferd zu sehen.

So gut es ging, schoben wir uns mitten durch das Gewühl, Richtung Palast des Großkonsuls. Ich lief direkt hinter unserem arabischen Führer, dessen Aufgabe darin bestand, uns einen Weg durch dieses menschliche Magma zu bahnen, vorbei an Männern mit Turbanen, halbnackten Kindern, die sich an unsere Rockschöße hängten, verschleierten Frauen in langen, schwarzen Gewändern. Kamele mit Tragekörben voller Lebensmittel schoben sich durch die Menge. Wir gingen an einem mit Holzschnitzereien verzierten Stand vorbei, in dem drei Musiker ein Lied intonierten, das ebenso betäubend war wie die schweren Düfte nach Rose und Jasmin, die in unseren Kleidern hängenblieben und andere, weniger liebliche Düfte aus den Erdrinnen überlagerten. Hier und da gaben die gewundenen Gassen den Blick auf ein Minarett frei. Wir liefen unter Arkaden entlang, die uns vor der Sonne schützten. Ein leichter Wind vom Mittelmeer milderte die Hitze. Nestor L'Hôte hielt sich neben mir. Rosellini, Vater Bidant und Professor Raddi hatten Mühe, dem Tempo unseres Führers zu folgen, der es offenbar eilig hatte, uns loszuwerden. In Gesellschaft von Ausländern gesehen zu werden schien ihm nicht zu behagen.

Hufgetrappel erklang. Vor mir teilte sich die Menge mit verblüffender Geschwindigkeit. Ich erblickte eine bärtige Gestalt mit tief in die Stirn gezogenem Turban, die mir auf einem Maultier entgegenpreschte. Unvernünftigerweise blieb ich wie angewurzelt stehen und sah den Vierbeiner mit schäumendem Maul in vollem Galopp näher kommen.

Nestor L'Hôte packte mich um den Leib und riß mich vor dem Maultier beiseite, das den Pöbel weiter auseinandertrieb und unter dessen empörten Protesten verschwand.

«Da sind Sie ja gerade noch einmal davongekommen, General.»

«Wir wollen nicht übertreiben», gab ich mit gespielter Gelassenheit zurück. «Ich danke Ihnen für Ihr Eingreifen. Und unsere Begleiter?»

Der französische Geistliche und die beiden italienischen Gelehrten hatten besser reagiert als ich, indem sie sich an die Hauswände gedrückt hatten, um von diesem wildgewordenen Maultier nicht niedergerannt zu werden. Der arabische Führer trat zu mir. Er sprach ein gebrochenes Französisch.

«Nicht verletzt?»

«Weiter. Ich habe es eilig, den Generalkonsul zu sehen.»

Ich trug die beiden geheimnisvollen Briefe bei mir, die ich vor meiner Abreise nach Ägypten erhalten hatte. War dieser Zwischenfall ein kaschierter Angriff gewesen? Oder ging meine Phantasie mit mir durch?

Der Palast des Generalkonsuls war ein pompöses Bauwerk inmitten einer Palmenanlage. Die Stirnseite zierte eine Tür mit einem kunstvoll ausgearbeiteten Stichbogen, darüber ein breiter Balken, der eine Loggia mit geschlossenen Fensterläden trug. Auf der Schwelle kauerten zwei Gärtner.

Ich trat ein. Ein Verwalter in einer weißen Galabiya bat mich, ihm zu folgen, und forderte meine Begleiter auf, in der mit Steinbänken ausgestatteten Halle zu warten. Er führte mich zum geräumigen Amtszimmer von Bernardino Drovetti, dem Generalkonsul Frankreichs.

Er war dreiundfünfzig Jahre alt, in Livorno geboren, hatte die französische Staatsbürgerschaft angenommen und an Bonapartes Ägyptenexpedition teilgenommen. Der Anwalt, hochrangige Militärangehörige und Diplomat galt als eine der einflußreichsten Persönlichkeiten des Landes. Er zog seine Fäden aus dem Hintergrund und herrschte, wie behauptet wurde, über einen ausgedehnten Antiquitätenschmuggel. Man munkelte, nachdem er auf diese Weise ein Vermögen gemacht habe, bereite er nun seinen Ruhestand vor. Ich hatte nicht die Angewohnheit, mir meine Meinung aufgrund von Gerüchten zu bilden. Ich selbst habe zu sehr unter dem Geschwätz der Leute zu leiden gehabt, als daß ich einen anderen danach beurteilen würde.

Bernardino Drovetti saß mit verschränkten Händen hinter seinem Schreibtisch, wie ein Richter, der sich anschickt, seinen Urteilsspruch zu verkünden. Dieser Mann konnte sein Gegenüber beeindrucken: hohe Stirn, dichtes, braungelocktes Haar, kräftige Augenbrauen, schwarze Augen, breite Wangenknochen, langer, gezwirbelter Schnurrbart.

«Setzen Sie sich, Champollion, und hören Sie mir genau zu», befahl er in barschem Ton, wie ein Mann, der es gewohnt ist, Befehle zu erteilen und Gehorsam zu finden.

Ich blieb stehen und blickte den Generalkonsul herausfordernd an, von dem ich doch das Schlimmste zu befürchten hatte. Er allein konnte mir die Genehmigung erteilen, die ich benötigte, um die archäologischen Stätten zu besuchen und Stücke zu erwerben, die die Sammlung des Louvre bereichern sollten. Es lag in Drovettis Hand, meine Expedition auf einen kurzen Ausflug zu beschränken.

«Ihre Ankunft kommt ungelegen, Champollion. Die politische Lage ist gespannt. Ich habe Paris beauftragt, Ihnen eine Anordnung nach Toulon zu senden, die Ihre Reise unterbindet. Ich nehme an, Sie haben sie nicht erhalten?»

Die Frage war schneidend, scharf, ganz im Kontrast zur prunkvollen und gedämpften Atmosphäre dieses weiten, orientalisch eingerichteten Raumes mit seinen farbenfrohen Teppichen und niedrigen Sesseln.

«Ihre Annahme ist korrekt, Herr Generalkonsul. Dort droben stand geschrieben, daß ich dieses Jahr mein Ägypten sehen sollte.»

Zornesröte stieg Bernardino Drovetti in die Wangen, er beherrschte sich nur mit Mühe.

«Da der Wein abgefüllt ist, muß man ihn auch trinken, nicht wahr? Wenn zwischen Russen und Türken Krieg ausbricht, wird Ägypten in den Konflikt mit hineingezogen, und ich werde für Ihre Sicherheit nicht mehr garantieren können. Sie selbst und die Mitglieder Ihrer Expedition geraten dann in größte Gefahr.»

Ich senkte den Kopf. Drovetti hielt es für ein Zeichen der Ergebenheit.

«Ich sehe, Sie sind vernünftig, Champollion. Wir bringen Sie in Alexandria unter, bis die Blockade aufgehoben ist, und dann werden Sie nach Frankreich zurückkehren. Sie können sich darauf verlassen, daß ich persönlich über Ihr Wohlbefinden wache.»

Damit hielt er die Unterredung für beendet und erhob sich.

«Alexandria ist für mich nur eine Zwischenstation, Herr Konsul. Ägypten zu erforschen ist mein Lebensziel. Kein Krieg kann mich davon abhalten, meine Bestimmung zu erfüllen, und koste es mein Leben.»

Drovetti war ein kluger Mann. Meine Entschlossenheit entging ihm nicht. Er ließ sich erneut in seinem Sessel nieder.

Seine Beweggründe, mir ernstliche Schwierigkeiten zu bereiten, waren nicht zu unterschätzen. Es war mir gelungen, im Louvre einen Teil der Sammlung von Salt auszustellen, dem Generalkonsul Englands und Drovettis erklärtem Feind. Jomard und der Graf von Forbin, Generaldirektor des Museums, hatten alles unternommen, um meine Ernennung zum Kustos zu verhindern. Doch am 15. Dezember 1827 hatte ich quasi im Alleingang die ägyptische Sammlung des Museums Karl X. eingeweiht.

«Sind Sie ein persönlicher Freund von Henry Salt, Champollion?»

«Ich kenne ihn nicht einmal.»

«Um so besser für Sie. Er wird niemandem mehr nützlich sein. Er ist tot. Auf dem Gebiet der Antiquitäten wirklich kundig zu sein ist eine schwierige Kunst. Ein Amateur liefe Gefahr, die Preise zu verderben.»

«Genau aus diesem Grund nehmen an meiner Expedition nur Fachleute teil, Herr Konsul.»

«Was möchten Sie in Ägypten sehen?»

«Die Monumente im Delta ...»

«In Ordnung, Champollion. Ich werde Ihnen die nötigen Genehmigungen ausstellen lassen.»

«Ich brauche noch weitere für die Thebais und Nubien», fuhr ich in ruhigem Ton fort.

Meine Nerven waren zum Zerreißen gespannt. Ich spielte ein gewagtes Spiel gegenüber einem so mächtigen Widersacher. Wäre er imstande gewesen, meine Gedanken zu lesen, so hätte er erkannt, wie verletzlich und ausgeliefert ich mich fühlte. Doch eine unbeirrbare Kraft trieb mich dazu, diesem Gegner die Stirn zu bieten. Hatte ich nicht den besten aller Verbündeten auf meiner Seite, mein Ägypten?

«Weshalb Theben?»

«Es ist das Herz Ägyptens. Ich beabsichtige, dort das umfangreichste Ausgrabungsprogramm durchzuführen, das jemals unternommen worden ist.»

«Mit welchen Geldern?»

«Mit denen, die Sie mir verschaffen werden, Herr Generalkonsul. Da ich in offiziellem Auftrag hier bin, zähle ich auf die finanzielle Unterstützung, die mir zusteht.»

«Selbstverständlich ... doch das wird etwas Zeit brauchen. Ich lasse Ihnen dieses Geld nach Theben bringen, sobald Sie alle Grabungsvorbereitungen abgeschlossen haben. Was erwarten Sie sonst noch?»

«Ihr Vertrauen. Ich bin Forscher und will meine Theorien vor Ort überprüfen und mir einen Kindheitstraum erfüllen. Die Kultur der Pharaonen wieder zum Leben zu erwecken wird mir die größte Belohnung sein.»

Nun war es an Drovetti, den Kopf zu senken. Besorgt wartete ich auf seine Antwort.

«Sie werden heute hier übernachten, Champollion, in dem Zimmer, in dem Kléber, der Sieger von Heliopolis, geschlafen hat. Mein Palast diente Napoleons Armee als Hauptquartier. Meine Unterstützung ist Ihnen sicher. Ich mag Idealisten.»

«Noch eine letzte Kleinigkeit … Ich würde mich gerne sofort ins Ägypteninstitut begeben, um dort einen alten Gelehrten zu treffen …»

«Den Propheten?»

«Genau den.»

«Sparen Sie sich den Weg, Champollion. Sein Arbeitszimmer ist vor kurzem ausgebrannt. Die Schriftstücke, die er dort gehortet hat, wurden vernichtet, und er selbst ist in den Flammen umgekommen.»

Der Generalkonsul händigte mir einen auf arabisch verfaßten Passierschein aus.

«Seien Sie vorsichtig, Champollion. Ägypten ist ein gefährliches Land.»

*

Bernardino Drovetti blickte diesem seltsamen Champollion nach, dessen wilde Entschlossenheit ihn erstaunt und beunruhigt hatte. Nur ein Gelehrter? Ein Schwärmer? Oder ein Spitzel der französischen Regierung, der die Geschäfte aufdecken sollte, denen sich der Generalkonsul in den vergangenen Jahren gewidmet hatte? Schwierig abzuwägen, welche Bedrohung dieser Champollion darstellte. Es kam nicht in Frage, so kurz vor dem Ziel noch das geringste Risiko einzugehen.

Drovetti läutete eine Glocke.

Prompt erschien der Verwalter in der weißen Galabiya.

«Du wirst dem Mann, den ich gerade empfangen habe, auf Schritt und Tritt folgen. Du wirst mir über all sein Tun und Handeln Bericht erstatten. Nichts darf dir entgehen. Und unserem Freund sagst du, er soll seine Wachsamkeit verdoppeln.»

VIER

NACH EINER UNRUHIGEN NACHT im Zimmer des großen Kléber hatte ich meine schönste Garderobe angelegt. Bei dem Abendessen, zu dem Drovetti mich geladen hatte, sprachen wir von Frankreich, von Napoleon, von der ägyptischen Kunst. Dann eröffnete mir der Generalkonsul, eine Unterredung mit dem Pascha erweise sich als unerläßlich, denn damit ich mich auf ägyptischem Boden frei bewegen könne, müsse er seine Bestätigung aussprechen.

Der Generalkonsul gab vor, er sei zu beschäftigt, um mich persönlich zum Pascha und Vizekönig Mehemed Ali zu begleiten. Er betraute seinen Verwalter namens Moktar mit dieser Aufgabe. An diesem Sonntag, den 24. August, saß ich um sieben Uhr morgens im Vorzimmer zum Palast des Paschas auf der alten Insel Pharos und wartete darauf, empfangen zu werden.

Erfrischende Kühle herrschte in dem riesigen Bauwerk mit so hoher Decke, daß sich der Blick in den geschnitzten Kassetten verlor, die einen wunderschön anzusehenden Intarsienhimmel bildeten.

Ich war der Verzweiflung nahe. Der Prophet, in dessen Auskünfte ich all meine Hoffnungen gesetzt hatte, war tot. Nun war ich alleine in diesem unbekannten Land, wie ein verirrtes Kind. Ich mußte mich auf meine eigenen Fähigkeiten verlassen, und nur auf sie. Würden sie ausreichen, um mich ans Ziel meiner Suche zu bringen? Würde Ägypten bereit sein, auf die Fragen zu antworten, die mir in der Seele brannten?

Ein grauhaariger Mann setzte sich neben mich. Er wirkte vornehm und war von natürlicher Eleganz. Als fürchte er, man könne uns ertappen, sprach er mit leiser Stimme. Mein Berater Moktar war verschwunden.

«Ich habe wenig Zeit, um mit Ihnen zu sprechen, Monsieur Champollion. Mein Name ist Anastasy.»

«Sie …»

Meine Überraschung war echt. Der Diplomat Anastasy, armenischer Herkunft, vertrat Schweden in Ägypten. Er war ein wahrer Krösus und besaß gut die Hälfte der Handelsflotte Alexandrias, doch vor allem galt er als leidenschaftlicher Sammler, dem die Niederlande mehrere herrliche Stücke abgekauft hatten.

«Ich bin über Ihre Pläne unterrichtet, Monsieur Champollion. Als persönlicher Freund Mehemed Alis, der es nicht scheut, auf meine finanzielle Unterstützung zurückzugreifen, habe ich mich für Sie eingesetzt. Es ist jedoch unmöglich zu wissen, ob der Pascha Ihnen gewogen sein wird.»

Anastasy gab sich höchst bescheiden. Tatsächlich unterstanden ihm mehrere Minister, und er füllte regelmäßig die Kassen des Paschas auf, als Gegenleistung dafür, daß Grabungen an besonders vielversprechenden Stellen organisiert wurden, die er mit untrüglichem Gespür ausfindig machte.

«Wie kann ich Ihnen meine Dankbarkeit ausdrücken, Exzellenz? Aber weshalb …»

«Wir teilen die gleiche Leidenschaft, Monsieur Champollion, doch Sie bringen wesentlich bessere Voraussetzungen dafür mit, die Geheimnisse Ägyptens zu enträtseln, als ich. Unterschätzen Sie die Gefahren nicht, die auf Sie lauern. Sie müssen wissen, mein größter Feind ist Generalkonsul Drovetti, der Ihr bürokratisches Geschick in Händen hält. Die Art und Weise, wie er dieses Land seiner Schätze beraubt, ist ein Skandal. Mißtrauen Sie ihm, selbst wenn er Ihren Ansprüchen als Gelehrter nachzugeben scheint. Drovetti interessiert sich nur für Geld und Macht. Ich bin überzeugt, er steht kurz vor dem Abschluß eines bedeutenden Geschäftes, über das ich jedoch nichts Genaues weiß. Ihre Ankunft könnte die Karten, die er seit Monaten sorgfältig ausgeteilt hat, gefährlich durcheinanderbringen.»

Instinktiv empfand ich unmittelbares Vertrauen zu diesem Mann. Schon seine Gegenwart wirkte beruhigend auf mich. Er besaß die wohltuende Gelassenheit eines unbescholtenen Menschen, dessen Gewissen keine Unredlichkeit belastet. Eine Frage drängte sich mir auf.

«Exzellenz ... haben Sie vor meiner Abreise nach Ägypten einen Brief an mich gerichtet?»

«Ich? Nein. Keineswegs. Drovetti hatte verlauten lassen, Ihre Reise werde unterbunden und es werde Ihnen niemals gelingen, in ägyptischem Boden Ausgrabungen vorzunehmen.»

Moktars hochgewachsene Gestalt erschien am Ende eines Korridors zur großen Halle. Anastasy erhob sich.

«Seien Sie vorsichtig, Champollion», murmelte er.

Er wandte sich ab und entfernte sich mit kleinen Schritten. Einen Augenblick später verneigte sich der Verwalter vor mir.

«Mehemed Ali erwartet Sie.»

Der Pascha empfing mich in einem kleinen, mit Diwanen und Kissen überladenen Raum. Das Tageslicht drang nur gedämpft durch ein schmales, vergittertes Fenster. Auf einem niedrigen Tisch mit rosagemaserter Marmorplatte standen eine Teekanne und Porzellantassen. Den Herrscher des modernen Ägypten flankierten zwei stattliche, mit Säbeln bewaffnete Leibwächter.

«Herzlich willkommen, Monsieur Champollion», begrüßte mich Mehemed Ali mit sorgfältiger Aussprache.

Der Pascha war ein Hüne von gutmütigem Äußeren. Doch wehe dem, der diesem Schein traute. In Mazedonien geboren, als Waise aufgewachsen, hatte Mehemed Ali Anspruch auf Ägypten erhoben, das die Engländer den Türken überlassen hatten. Er hatte die kümmerliche Autorität der kleinen einheimischen Machthaber hinweggefegt, um selbst mit eiserner Faust über ein Volk zu regieren, das sich seit dem Ende des pharaonischen Reiches an die verschiedensten Besatzer gewöhnen mußte. Er hatte Mamelucken und Wahhabiten vertrieben und sich als Verhandlungspartner erwiesen, der von den europäischen Mächten respektiert wurde. Die Pariser Diplomaten beschrieben ihn als tyrannisch und grausam. Man sagte ihm scharfen Verstand und eifersüchtiges Wachen über seine Allmacht nach.

Mehemed Ali hielt eine diamantenbesetzte Pfeife in den Händen. Vor ihm stand eine Nargileh* aus vergoldetem, edelsteinbesetztem Silber.

Seine Augen waren lebhaft und durchdringend. Ein üppiger weißer Bart fiel ihm bis auf die Brust. Seine Gesichtszüge waren düster, beinahe verschlossen.

«Man verleumdet mich in Europa», fuhr er fort, als hätte er meine Gedanken gelesen. «Man wirft mir vor, ich sei zu ungeduldig, wolle die Dinge allzusehr beschleunigen, würde das Volk ausbeuten, es mit zu hohen Steuern belasten, hinter jeden Fellah einen Polizisten postieren. Wie sollte ich sonst vorgehen, um die Ordnung aufrechtzuhalten? Mir bleibt nichts anderes übrig, als der einzige Grundbesitzer zu sein, das Monopol für Reis zu haben, für Getreide, Datteln und den Viehmist, der als Brennstoff genutzt wird. Nur so gelingt es mir, die Wirtschaft zu lenken und wieder anzukurbeln. Selbst Freudenmädchen, Gaukler und Gauner entrichten mir ihren Tribut, zum größten Nutzen meines Volkes.»

Ein krampfhafter Schluckauf unterbrach die Rede des Paschas. Dieses Leiden war die Folge eines Vergiftungsversuchs, den Mehemed Ali überlebt hatte. Den besten Ärzten war es nicht gelungen, den Herrscher Ägyptens davon zu befreien.

* Orientalische Wasserpfeife (A. d. Ü.).

«Ich modernisiere das Land», fuhr er fort. «Handel, Industrie, Landwirtschaft, ich agiere an allen Fronten ... noch niemals sind so viele Fabriken gebaut worden! Sind Sie nicht meiner Meinung?»

«Ich hoffe, Eure Hoheit, daß die Denkmäler des Alten Ägypten nicht zu sehr unter den unerläßlichen Fortschritten gelitten haben, deren Initiator Sie sind.»

Der Pascha lächelte in seinen dichten Bart.

«Sie sollen nicht enttäuscht werden», antwortete er salbungsvoll. «Ich verehre die alten Steine sehr.»

Hatte Mehemed Ali die Schätze der Pharaonen nicht Händlern und Diplomaten überlassen und sich gegenüber der Bewahrung einer Kunst, die nicht muselmanischen Ursprungs war, völlig gleichgültig gezeigt? Benutzte er die Antiquitäten nicht dazu, wohlhabende Leute anzulocken, die ihm dafür, daß er die Augen vor ihren Geschäften verschloß, einen willkommenen Zehnten entrichteten?

«Das freut mich zu hören, Eure Hoheit. Ich zähle auf Ihre wohlwollende Unterstützung meiner Arbeit hier in diesem Land, das ich so sehr liebe.»

«Hoffen wir, daß ein Krieg mit Rußland den Frieden nicht stört, dessen Garant ich bin», erwiderte der Pascha, während uns Tee serviert wurde.

«Man verläßt sich ganz auf Ihre Weisheit. Sie waren Philosoph genug, über Ihre Niederlage bei Navarino im Peloponnes nur zu lachen, wo die ägyptisch-türkische Flotte von Franzosen, Engländern und Russen vernichtet wurde.»

Ich wagte es, den Vizekönig an seiner empfindlichsten Stelle zu treffen. Es war besser, seine wahre Geisteshaltung mir gegenüber von vornherein zu kennen. Indem ich die schmähliche Erinnerung an die Schlacht wachrief, die seinen Expansionsträumen ein Ende gesetzt hatte, trat ich aus der Reihe der schmeichlerischen Höflinge heraus und zeigte mich um Wahrheit bemüht. Diese Haltung hatte mir oft Enttäuschungen und tiefe Feindschaften eingebracht, aber eine andere war mir undenkbar.

Mehemed Ali brach in dröhnendes Gelächter aus.

«Sie sind ein schlauer Bursche, Champollion!» rief er. «Es wird behauptet, Sie kennen die Bedeutung der sonderbaren Zeichen, die die Ägypter auf ihre Bauwerke gemeißelt haben?»

«Ich muß meine Theorien noch vor Ort überprüfen.»

«Soviel ich weiß, haben Sie schon mit Generalkonsul Drovetti gesprochen?»

Mehemed Alis Blick wurde lauernd.

«So ist es, Eure Hoheit. Er hat mir einen Passierschein ausgehändigt, mit dem Hinweis, nur Sie selbst könnten dieses Dokument für rechtsgültig erklären.»

Ich erkannte die Befriedigung des Paschas und zugleich seine Schwäche. Dieser Mann war von Machtgier besessen. Wurde seine Autorität angefochten, so erschien ihm dies wie das schlimmste Verbrechen. Wurde sie dagegen gerühmt, so verschaffte ihm dies den größten Genuß.

«Ich schätze Frankreich sehr», bemerkte er. «Kairos brillanteste Geister gehen zum Studium nach Paris. Dort empfängt man sie gut. Ihr Generalkonsul, Drovetti, ist ein bemerkenswerter Mann, der mir behilflich war, Ägypten wieder auf den richtigen Weg zu bringen und mich von den Intriganten zu befreien, die aufrührerische Gruppen gegen mich zu bilden versuchten.»

Er dämpfte seine Stimme.

«Wissen Sie, Champollion, daß ein französischer Geschäftsmann mich vor dem Hungertod gerettet hat, als ich noch ein Kind war? Er hat mich in einer Straße meines Dorfes aufgelesen und mich ernährt, als sei ich sein Sohn. Heute ist er in Allahs Paradies. Ich habe mir geschworen, Franzosen, die meine Hilfe brauchen, von Nutzen zu sein.»

Ich glaubte an die Aufrichtigkeit des Paschas.

«Ich brauche Ihre Hilfe. Außer Ihrer Genehmigung, Ägypten und Nubien zu bereisen, benötige ich Schiffe und Geld, um Träger und Bedienstete zu bezahlen, die die Mitglieder meiner Expedition begleiten sollen.»

«Unmöglich.»

Ich war bestürzt. Diese Antwort zeugte von beispielloser, unerklärlicher Grausamkeit.

«Unmöglich ... aber weshalb, Eure Hoheit?»

«Ich erteile keine Grabungsgenehmigung mehr an einfache Reisende. Generalkonsul Drovetti legt Wert darauf, Plünderungen vorzubeugen.»

«Aber ... ich bin kein gewöhnlicher Besucher!» ereiferte ich mich, völlig gleichgültig gegen mögliche Konsequenzen. «Meine Mission ist von offiziellem Charakter! Ich bin von König Karl X. zum Konservator der ägyptischen Monumente ernannt worden und genieße die Vorrechte eines Kommissars der französischen Regierung, wenn die Aufrechterhaltung der nationalen Ehre es verlangt. Und dies ist hier der Fall! Ich werde diese Angelegenheit den Ministern des Königs unterbreiten müssen. Es ist mir bekannt, daß sämtliche Antiquitätenhändler und Schmuggler in helle Aufregung geraten sind, als mein Kommen publik wurde. Es wurde ein Komplott gegen mich geschmiedet, um mir die Genehmigungen vorzuenthalten und mich daran zu hindern, einen einzigen Spatenstich zu tun. Wenn die Dinge so stehen, werde ich den König wissen lassen, aus welchen Beweggründen es mir unmöglich gemacht wurde, meine Aufgabe zu erfüllen. Wer mich beleidigt, schmäht den König!»

Mehemed Ali blieb vollkommen ruhig.

«Was wünschen Sie genau?»

«Zugang zu allen Stätten des Alten Ägypten.»

«Vernünftige Ansprüche ... mein bester *Tschausch*, Abdel-Razuk, wird Sie begleiten. Er wird Ihnen dabei behilflich sein, in Oberägypten meine Autorität geltend zu machen. Die dort ansässigen Völkerstämme sind den Türken mitunter feindlich gesinnt. Es gibt noch Räuberbanden, die nicht davor zurückschrecken, Reisende auszurauben. Seien sie vorsichtig, Champollion.»

«Ich werde Ihren Auflagen entsprechen und denen der Wissenschaft», erklärte ich auf arabisch, im Dialekt Kairos.

Mehemed Ali betrachtete mich verblüfft.

«Sie sprechen unsere Sprache?»

«Das ist unerläßlich, wenn man Ägypten wirklich kennenlernen will.»

«Natürlich», gab der Pascha ohne Begeisterung zu. «Waren die Bauern glücklich unter den Pharaonen?»

In dieser unerwarteten Frage verbarg sich eine Falle. Doch zu lügen war mir unerträglich.

«Ich glaube ja. Die Natur erwies sich mitunter als grausam, wenn das Nilhochwasser zu stark oder zu schwach ausfiel. Doch Pharao, der ganz Ägypten beherrschte, glich die Unberechenbarkeit des Flusses aus. Die Alten Ägypter konnten sich satt essen und genossen das Leben. Ist dieses Bedürfnis nicht zeitlos?»

Der Pascha ließ erneut Minztee bringen.

Wir kamen nicht dazu, ihn zu trinken.

Eine von Soldaten umringte Beduinengruppe unterbrach die Audienz. Sie stürzten auf den Pascha zu, fielen auf die Knie und küßten den Saum seines Gewandes. Dann wichen sie auseinander und ließen drei Männer vortreten, die einen jungen Panther, eine weiße Gazelle und ein Straußenküken in den Armen trugen. Behutsam legten sie ihre Geschenke vor dem Thron ab.

Mehemed Ali äußerte kein Wort des Dankes. Die Soldaten wiesen die Beduinen grob hinaus, die sich rückwärts bewegten und dabei unablässig verneigten.

«Darf ich Ihnen meine größte Besorgnis anvertrauen, Eure Hoheit?»

Der Blick Mehemed Alis verdüsterte sich. Er verbot mir nicht fortzufahren.

«Es geht um Theben, die Stätte des Gottes Amun, die schönste Stadt der Welt ... ist sie vor der Zerstörung bewahrt worden? Hat man gebührend über ihre Tempel gewacht?»

Diese Fragen plagten mich seit Monaten. Alarmierende Gerüchte über die Plünderung der antiken Bauten waren im Umlauf. Ein verstümmeltes Theben hätte der Welt ihr Licht geraubt.

«Seien Sie unbesorgt, Champollion. Ich wache mit der äußersten Sorgfalt über die Thebais. Sie ist mir die liebste meiner Provinzen. Sie werden Ihre alte Hauptstadt unversehrt und in vollem Glanze vorfinden.»

«Das sei Ihnen gedankt, Eure Hoheit», erklärte ich, doch meine Bedenken waren nicht gänzlich zerstreut.

*

Der glückliche Ausgang meiner Unterredung mit dem Pascha beeinflußte Drovettis Verhalten aufs wohltuendste. Der Generalkonsul lud meine Begleiter zu Tisch und brachte sie in seinem Palast unter. Die Korvette *L'Églé* war ausgelaufen, ohne daß ich Gelegenheit gefunden hätte, Kapitän Cosmao Dumanoir noch einmal zu sehen.

«Die Vorbereitungen zu Ihrer Expedition werden mehrere Wochen in Anspruch nehmen», hatte Drovetti mich wissen lassen. Eine diplomatische Lüge? Der Versuch, mich durch Vorwände in Alexandria festzuhalten? Mich überfielen größte Zweifel. Ich kannte den Verwaltungsapparat zu gut, um nicht von seiner Langsamkeit zu wissen, die durch die natürliche Trägheit der Orientalen wohl noch gesteigert wurde. Waren Drovetti und der Pascha wirklich am Erfolg meines Unternehmens interessiert? Oder hatten sie beschlossen, mich mit schönen Worten hinters Licht zu führen?

Während ich diese düsteren Gedanken wälzte, betrachtete ich in der untergehenden Sonne die Pompejussäule im südwestlichen Teil Alexandrias. Als ich den Sockel genauer untersuchte, stellte ich fest, daß er aus Steinen bestand, die von älteren Bauten stammten. Es gelang mir sogar, den Namen des ruhmreichen Pharao Sethos I., Vater von Ramses II., zu entziffern. Ganz hier in der Nähe befand sich einst die berühmte Bibliothek von Alexandria, die durch kriminelle Hände in Brand gesetzt worden war.

Die Meeresbrise schlug mir ins Gesicht. Eine unendliche Traurigkeit übermannte mich. Diese einsame Säule, die einzige Spur einer versunkenen Welt, wurde mir zum Symbol des Scheiterns. Mit der Dämmerung versank das Alte Ägypten trüb und trostlos in den düsteren Gefilden zerstörter Erinnerung. Ich würde wohl nie etwas anderes kennenlernen als diesen jämmerlichen Überrest, der einem Römer zu Ehren auf den Ruinen der Stadt Alexandria errichtet worden war. Mir sprach die Säule nicht von Ewigkeit, sondern von Verfall. Mein Ägypten der Pharaonen lag weit, sehr weit von diesem modernen Alexandria entfernt, aus dem sich die ägyptischen Götter zurückgezogen hatten. Mit all meinem Gewicht lehnte ich mich gegen die Pompejussäule, in der Hoffnung, sie einstürzen und meinem Kummer ein Ende setzen zu sehen.

«Woran denken Sie, Monsieur Champollion?»

Die Gestalt von Lady Ophelia Redgrave in einem gelben Musselinkleid mit silberdurchwirkten Borten hob sich gegen das letzte, orangerote Tageslicht ab. Ihr Gesicht war in dieser überirdischen Hellligkeit kaum zu erkennen. Sie schien mir von einzigartiger Schönheit und weckte in mir das Bild der Himmelsgöttin, die sich anschickt, die Abendsonne in ihrem Schoß zu bergen.

«Sollten Sie mir gefolgt sein, Madame?»

«Ganz und gar nicht. Ich ging spazieren, ebenso wie Sie. Diese Säule ist der Treffpunkt aller Neugierigen, die von Alexandria enttäuscht sind. Überall nur noch Griechisches und Römisches zu finden.»

«Sollten Sie sich zur Ägyptologin entwickeln? Verlangt Ihre Rolle als Spionin so viel Wissenschaft?»

Sie lächelte belustigt.

«Sie wollen verletzen und geben doch nur Ihre Leidenschaft preis. Sie sind nicht der einzige, der dieses Land bis zur Selbstaufgabe liebt. Wenn ich Ihnen beteuere, daß ich nicht Ihre Feindin bin, werden Sie mir nicht glauben. Sei's drum. Ich werde nicht versuchen, Sie zu überzeugen. Nehmen Sie zur Kenntnis, daß ich ab jetzt zu Ihrer Expedition gehöre. Wo Sie hingehen, werde auch ich hingehen.»

Ich war sprachlos. Lady Redgrave entfernte sich im Sonnenuntergang.

*

Am 25. August wanderte ich in den frühen Morgenstunden ziellos in den Dünen südlich der Stadt umher. Alexandria war mir ein Ort der Qual geworden. Meine Begleiter hatten sich mit fröhlicher Neugierde daran gemacht, den Zauber des Orients zu entdecken. Sie stöberten in den Suks, ließen sich im Konsulatsgarten nieder, plauderten mit arabischen Schriftgelehrten, den *Ulemas*, die versuchten, sie zum Islam zu bekehren und dabei auf die vergangenen Wohltaten der französischen Präsenz in Ägypten hinwiesen.

Ich hatte das dringende Bedürfnis durchzuatmen, meine Augen auf der Wüste ruhen zu lassen, es zog mich in den Süden, nach Kairo. Ich nahm eine Handvoll Sand und ließ ihn langsam durch die Finger rinnen.

Ein alter, am Stock gehender Araber kam auf mich zu. Ich schaute mich um, befürchtete einen Angriff. Doch der Mann war allein und kam nur langsam näher. Ein Blinder.

«Guten Tag, Bürger», begrüßte er mich. «Gib mir etwas. Ich habe seit langer Zeit nicht mehr gegessen.»

‹Bürger›? Hatte ich tatsächlich diese aus dem Mund eines

Alexandriners höchst unerwartete republikanische Anrede vernommen?

«Spute dich», drängte er, «mir knurrt der Magen.»

Ich suchte in meinen Taschen und gab ihm das französische Geld, das ich bei mir hatte. Er betastete die Münzen geschickt und warf sie in den Sand.

«Dieses Geld ist hier nicht mehr gültig, mein Freund. Such weiter.»

Dieser anmaßende Alte faszinierte mich. Ich fühlte mich verpflichtet, zu tun, was er verlangte. Tatsächlich fand ich einen Piaster. Damit schien er zufrieden.

«Das ist genug», urteilte er. «Ich danke dir, Bürger. Du bist Bonapartes würdig. Ich bedauere, daß die französische Armee Ägypten verlassen hat. Ich hoffte, sie würde uns vor den Geiern beschützen, die Ägypten verschlingen. Es waren Männer dabei, die dieses Land liebten. Sogar Gelehrte waren dabei. Wahre Verrückte, wie du.»

«Wer sind Sie?»

«Ein Blinder. Trage den Brief, den du vor deiner Abreise erhalten hast, stets bei dir. Eines Tages wird man ihn von dir verlangen.»

Ich wollte ihn zurückhalten, ihn fragen, wer er sei, von welchem der beiden Briefe er spreche. Doch er entfernte sich erstaunlich rasch und verschwand hinter einer Düne.

*

Ende August wurde ich mit aller Dringlichkeit in den Palast Mehemed Alis gerufen. Dort herrschte größte Aufregung. Minister rannten in alle Richtungen, stritten miteinander, eilten hinaus, kamen wieder herein. Ich schlängelte mich durch diese Menge von Höflingen, die bald von den beiden mit Säbeln bewaffneten Aufsehern, die bei meiner ersten Unterredung mit dem Pascha zugegen gewesen waren, hinausgedrängt wurde.

Dieser empfing mich in einem prunkvollen, mit Trophäen ausstaffierten Raum. Er selbst trug ein farbenprächtiges Gewand in Gold- und Rottönen. Mit seiner hochmütigen, beinahe geringschätzigen Haltung wollte der Vizekönig als Staatsoberhaupt auftreten. Diese Aufmachung ließ nichts Gutes erwarten.

«Ah, Champollion!» rief er, als er mich eintreten sah. «Ich habe sehr schlechte Neuigkeiten.»

Ich verbarg meine Besorgnis nicht.

«Französische Truppen haben soeben die griechische Halbinsel Morea besetzt», erklärte er verstimmt.

Bedeutete das, Ägypten würde in einem Konflikt gegen Frankreich Stellung beziehen und meine Expedition würde demzufolge zur Totgeburt?

«Ihre Landsleute handeln äußerst unvernünftig», urteilte er mißmutig. «Ich glaube, ich hatte unrecht, als ich ihnen meine Anerkennung aussprach. Sie stellen mich vor ein heikles Problem, Champollion. Soll ich Sie als Freund oder als Feind behandeln?»

Ich hielt dem Blick des Paschas stand.

«Da Ihre Entscheidung bereits gefallen ist, Eure Hoheit, obliegt es Ihnen nur noch, mich davon in Kenntnis zu setzen.»

Ein kaltes Lächeln erschien auf Mehemed Alis Gesicht.

«Sie irren sich, Champollion. Ich fälle sie in eben diesem Augenblick. Sie sind anmaßend und stolz, doch Sie verfolgen das Ziel, das Sie sich gesetzt haben. Ich mag Menschen Ihrer Art. Sprechen Sie mit Drovetti. Ich werde nichts gegen Sie unternehmen.»

*

In den ersten Septembertagen trat ich gut ein dutzendmal durch die Tür des Generalkonsuls Drovetti. Er empfing mich stets mit ausgesuchter Höflichkeit und äußerte sich bedauernd über die Verzögerungen, für die er nicht verantwortlich sei. Aufgrund der unklaren politischen Lage gelinge es ihm nicht, eine Mannschaft zusammenzustellen, die den Mut besitze, uns bis nach Nubien zu begleiten.

Eine solche Ausrede konnte ich nicht ernst nehmen. Drovetti wollte Zeit gewinnen. Nichts konnte für ihn leichter sein, als eine Truppe williger Diener zu rekrutieren. Mehemed Ali hatte mich seinem Komplizen wehrlos ausgeliefert, der sein Wohlwollen mir gegenüber öffentlich kundtat, mich aber in Alexandria festhielt.

Nachdem ich ihr Spiel durchschaut hatte, beschloß ich, auf eigene Faust vorzugehen. Ich ließ meine Begleiter im Park des Konsulspalastes vor lauernden Ohren geschützt zusammenkommen und weihte sie in meine Pläne ein.

FÜNF

Moktar, der Verwalter des Generalkonsuls Drovetti, und Abdel-Razuk, der Polizist im Dienste des Paschas, fragten sich, ob sie etwa träumten. Die beiden Türken waren gewissenhaft. Gemäß ihren Anweisungen hatten sie Champollion nicht aus den Augen gelassen. Wohin er auch ging, stets wurde der französische Gelehrte diskret und wirksam beschattet. Er machte seinen Verfolgern die Aufgabe auch leicht, denn in Gedanken vertieft, schaute er sich niemals um.

Warum hatte sich Champollion an diesem glühendheißen Sonntagnachmittag auf den Weg zur westlichen Nekropole Alexandrias gemacht, nach Kom el-Chugafa, eine Hügelkette entlang der Küste? Die Hitze wurde durch einen schwachen Windhauch vom Mittelmeer kaum gemildert. Champollion schien nicht darunter zu leiden, er marschierte in einem Tempo, das die Alexandriner überraschte, die im Schatten saßen und vor ihrer ausgedehnten Siesta noch einen Kaffee trinken wollten. «Diese wunderbare Hitze ist eine unschätzbare Quelle der Gesundheit», hatte Champollion seinen Begleitern versichert. «Wir schmelzen dahin wie Wachs und verlieren unser überflüssiges Fett.»

Moktar war an die Kühle des Konsulspalastes gewöhnt, nicht mehr daran, während der heißesten Stunden des Tages durch die Gassen der Stadt zu laufen. Abdel-Razuk fühlte sich kaum wohler. Doch Drovetti würde keine Entschuldigung gelten lassen, wenn sie die Spur von Jean-François Champollion verlören, der zweihundert Schritt außerhalb der Befestigungsanlagen den Bereich der Lebenden verließ, um in den der Toten einzutreten. Der französische Gelehrte verschwand tatsächlich über eine Treppe in den Katakomben, die in den Kalkstein gehauen waren.

Die beiden Türken sahen einander beunruhigt an. Sie schätzten diesen Ort nicht. Die Religion der Toten, die dort begraben waren, kannte man kaum. Man wußte nur, daß es weder Christen noch Muselmanen waren und daß gefährliche Götter über ihre ewige Ruhe wachten. Ein paar Plünderern war es zwar gelungen, den Leichenschmuck zu rauben, doch man erzählte sich, sie konnten nur geringen Gewinn daraus schlagen und der Diebstahl habe überdies ihre Tage verkürzt.

«Wir müssen ihm folgen», meinte Moktar.

«Das ist vielleicht nicht nötig», wandte Abdel-Razuk ein. «Es gibt keinen anderen Zugang. Wir brauchen nur zu warten, bis er wieder auftaucht.»

Das Argument hatte Gewicht. Doch konnte es nicht einen Ausgang geben,von dem beide nichts wußten? Ein Risiko einzugehen schien Drovettis Verwalter nicht ratsam, denn er kannte die Härte seines Herrn gegen unfähige Diener.

«Bleib du hier. Ich gehe hinunter.»

Abdel-Razuk, dessen religiöser Eifer mit dem Alter noch wuchs, fürchtete nichts so sehr wie Totenstätten, an denen böse Geister die Gegenwart von Eindringlingen nicht zu dulden pflegten. So akzeptierte er Moktars Vorschlag ohne Einwände.

Dieser machte sich nun seinerseits auf den Weg die Treppe hinunter, deren oberste Stufen mit Sand bedeckt waren. Rasch erreichte er einen ersten, sehr schmalen Raum mit einer flach gewölbten Decke. Wandnischen enthielten die Urnen. Im Boden öffnete sich ein Schacht. Mit ungutem Gefühl zwängte Moktar sich hinein, entdeckte eine Wendeltreppe, die Zugang zu den mehrstöckig angelegten Gräbern bot und sich immer tiefer ins Erdreich wand.

Von Champollion keine Spur.

Der Verwalter rang sich dazu durch, weiter vorzudringen. Mit beengter Kehle durchquerte er Grabkammern, in denen die Sarkophage aufbewahrt wurden, und Säle, in denen die Familien zum Festmahl zusammenkamen, um ihrer Toten zu gedenken. Beim Anblick eines Schakals in römischer Legionärsuniform, der auf eine Wand gemalt war, wich er instinktiv zurück und preßte sich in eine Nische. Mit dem Rücken stieß er an etwas Weiches. Entsetzt sprang er beiseite und wäre beinahe gestürzt. Das Herz klopfte ihm bis zum Hals, er war der Überzeugung, ein Geist griff ihn an, den er in seinem Schlaf gestört hatte; doch dann fand er allmählich seine Ruhe wieder und bemerkte, daß die Nische ein Bündel Kleider enthielt: die von Champollion!

Er hatte sich also ausgezogen ... Moktar zögerte. Sollte er noch weiter hinuntersteigen oder wieder hinauf, um Abdel-Razuk zu alarmieren? Was führte der Franzose im Schilde? Die stickige Luft der Nekropole, die beängstigenden Figuren, die sie bevölkerten, gaben den Ausschlag für seine Entscheidung. Im Laufschritt machte er sich auf den Weg nach draußen.

Abdel-Razuk erwartete ihn schon ungeduldig.

«Und Champollion?» fragte er.

«Verschwunden. Ist hier jemand herausgekommen?»

«Nein. Ich habe nur einen Araber gesehen, der dort hinten auf dem Hügel entlanglief.»

Moktar stürzte zu der Stelle, auf die sein Landsmann gewiesen hatte. Dort stieß er auf einen Stollen, der ins Innere der Nekropole führte.

*

Mit einem Turban auf dem Kopf, einer braunen Galabiya am Leib, Babuschen an den Füßen und hinlänglich gebräuntem Gesicht sah ich aus wie ein alter Muselmane. Ich hatte gut daran getan, meinen Bart seit unserer Ankunft in Alexandria wachsen zu lassen. Gesichtszüge und Aussehen eines Orientalen waren allmählich an die Stelle des europäischen Äußeren getreten, und so hatte ich die Männer des Paschas hinters Licht geführt. Meinen Begleitern hatte ich geraten, meinem Beispiel zu folgen und die hiesigen Gewohnheiten anzunehmen. Vater Bidant hatte protestiert und weigerte sich hartnäckig, sich von seiner Sutane zu trennen.

Nachdem ich in der Totenstadt ägyptische Kleider angezogen und meine Verfolger abgehängt hatte, die den Plan dieser Katakomben schlecht kannten, machte ich mich auf den Weg zum Hafen. Alexandria, so sagte man, war ein einziger großer Basar. Tatsächlich durchquerte ich ganze Viertel aus Verkaufsbuden, Geschäften und Werkstätten, über denen die Reglosigkeit der Siesta lag. Niemand folgte mir. Lagerhallen kündigten die Hafengegend an. Da sich Drovetti außerstande sah, die für die Expedition nötigen Schiffe zu heuern, würde ich es selbst tun.

Der Schiffsbau galt als eine der großen Künste Alexandrias. Ich war überzeugt, ich würde einen Verleiher finden. Die Kais wirkten menschenleer, doch ich wußte, daß mich Dutzende von Augen beobachteten. Ich zwang mich dazu, langsam und mit einer gewissen Lässigkeit zu gehen, um keine Aufmerksamkeit zu erregen. Ich erreichte ein Becken, in dem ein paar Boote lagen. Ein dösender Wächter lehnte an einem Poller.

Auf arabisch sprach ich ihn an und bat ihn, mir eine Person zu nennen, die mir Schiffe für eine Reise in den Süden beschaffen konnte. Der Mann zögerte mit seiner Antwort. Er versuchte, Genaueres zu erfahren, doch ich hatte mir die orientalische Strategie schon zu eigen gemacht und blieb ausweichend. Schließlich wies er auf ein Lager, das geschlossen schien. Ohne Mühe gelang es mir, das mächtige Holztor beiseite zu schieben und ins Innere zu gelangen.

Trotz des Halbdunkels erkannte ich sofort das spöttische

Gesicht von Moktar, Drovettis Verwalter, der ein Dutzend bewaffnete Männer bei sich hatte.

«Wir haben Sie schon erwartet, Monsieur Champollion.»

*

«Was hat das zu bedeuten, Champollion? Weshalb haben Sie sich als Araber verkleidet? Weshalb haben Sie versucht, Schiffe zu heuern? Mißtrauen Sie mir etwa? Sie wissen doch, daß ich mich um alles kümmere!»

Generalkonsul Drovetti gelang es nur schlecht, seinen Zorn durch diese Flut von Fragen zu verbergen. Sein Verwalter hatte mich mit kühler Höflichkeit zum Palast geführt. Ich hatte keinerlei Fluchtversuch unternommen, der aufgrund meiner ansehnlichen Eskorte ohnehin zum Scheitern verurteilt gewesen wäre. Mein Mißgeschick ließ mich das tatsächliche Ausmaß von Drovettis Macht über die Einwohner Alexandrias ermessen. Er hatte seine Männer überall und regierte durch sie mit eigener Befehlsgewalt, die der des Paschas ebenbürtig war.

«Ich finde großen Gefallen an der orientalischen Lebensart», antwortete ich. «Wie kann man Ägypten kennenlernen, wenn man nicht seine Gebräuche annimmt?»

Neben Moktar stand Abdel-Razuk, ein Bündel europäischer Kleider unter dem Arm.

«Ich vermute, Sie möchten Ihre Kleider wieder an sich nehmen?»

«Ganz wie Sie wünschen, Exzellenz. Ich fühle mich wohl in meiner neuen Haut.»

Ungehalten über mein anmaßendes Auftreten, entließ Drovetti seine Leute. Wir waren allein.

«Ihr Verhalten ist dumm», griff er mich an. «Sie erniedrigen sich zum Rang eines Sklaven. Sie werden niemals die geringste Autorität über Ihre muselmanischen Diener erlangen.»

«Gestatten Sie mir, anderer Meinung zu sein», erwiderte ich

aufbrausend. «Sie regieren durch Angst. Ich durch Freundschaft.»

Drovetti warf mir einen mörderischen Blick zu. Der letzte Anschein von Höflichkeit verschwand. Sein Haß wurde offensichtlich.

«Sie haben in Ägypten nichts mehr zu suchen, Champollion. Vor zwei oder drei Jahren wäre Ihre Expedition willkommen gewesen. Lange Zeit haben Diebe und Antiquitätenhändler, die nur ihre eigenen Interessen und nicht das Bewahren der Monumente im Sinn hatten, das Land geplündert. Daß sich die Situation grundlegend geändert hat, ist Anastasys und mein Verdienst. Wir haben diesem schändlichen Handel ein Ende gesetzt. Es gibt nichts mehr zu unterbinden und nichts mehr zu entdecken. Die Grabungsstätten sind erforscht und abgesucht.»

Drovetti wandte mir den Rücken zu und blickte durch ein Fenster seines Amtszimmers auf den Konsulatsgarten. Er hielt seine Worte wohl für endgültig. Ich ließ mich in einem Sessel nieder.

«Wie gerne würde ich Ihnen Glauben schenken, Exzellenz! Doch Berichte und persönliche Eindrücke lassen mich die Lage anders einschätzen. Die Antiquitätenhändler der gesamten Region haben vor meiner Ankunft gezittert. Sie selbst und der Pascha verweigern mir die eigentlichen Genehmigungen, die zur Organisation meiner Expedition unerläßlich sind. Sie vergessen den offiziellen Charakter meiner Mission. Ich bin hierher gekommen, um für die Museen des Königs zu graben. Also habe ich an ihn und seine Minister ein Schreiben gerichtet, das sie über die Gründe in Kenntnis setzt, die mich an der Ausführung meines Auftrags hindern. Darin erläutere ich, daß die amtlichen Schwierigkeiten höchstwahrscheinlich auf schändliche kommerzielle Intrigen zurückgehen. Ich bin im Namen des Königs hier, bevollmächtigt von ihm und seiner Regierung, und wer mir die nötigen Papiere verweigert, beleidigt ihn selbst. Wenn der Pascha Wert darauf legt, seinen Ruf als Förderer von Kunst und Wissenschaft zu behalten, dann sollte er sich nun beeilen, meinen Anliegen nachzukommen. Andernfalls könnten die Zeitungen in Europa und die öffentliche Meinung in Ägypten sich der Angelegenheit bemächtigen und ihm großen Schaden zufügen, ebenso wie Ihnen selbst.»

Sehr bleich wandte Bernardino Drovetti sich um.

«Drohungen, Champollion?»

«Wie könnten Sie sich bedroht fühlen? Sollten Sie etwa irgendeine tadelnswerte Handlung begangen haben?»

«Ich verbiete Ihnen, in diesem Ton mit mir zu sprechen», rief er aus. «Der Pascha ist über jeden Verdacht erhaben. Ich bin der einzige, der Ihnen die Genehmigungen erteilen kann, die Sie verlangen. Doch das wäre ein schwerwiegender Fehler für Frankreich. Sie sind nicht in der Lage, den Schutz der Grabungsstätten zu gewährleisten. Anastasy wird sich die Hände reiben. Er wird seine Konzessionen in aller Stille behalten.»

«Falsch, Exzellenz.»

«Was wollen Sie damit sagen?» fragte er, ebenso erstaunt wie beunruhigt.

«Anastasy hat mir die Grabungsrechte für die Stätten, die bisher unter seiner persönlichen Aufsicht standen, bereits abgetreten. Der einzige, der sich meiner Expedition gegenüber noch in rechtswidriger Situation befindet, sind Sie.»

Angst verzerrte Drovettis Gesichtszüge und dämpfte seine Überheblichkeit. Er fühlte sich in einem Netz gefangen, aus dem er sich schwerlich wieder befreien konnte, ohne einige seiner Vorrechte einzubüßen. Sein Ruf und sein Vermögen standen auf dem Spiel.

«Nehmen wir an, ich tue es Anastasy gleich, wie sollte ich Ihnen Schiffe besorgen? Der Pascha hat sie alle eingezogen.»

«Dieses Problem ist bereits gelöst, Exzellenz. Ich bin nicht der einzige, der in arabischer Kleidung unterwegs ist. Auch meine Begleiter waren nicht untätig. Dank des offiziellen Charakters meiner Mission ist es ihnen gelungen, die Kapitäne der *Isis* und der *Hathor* zu gewinnen, die, wie es scheint, treue Freunde von Anastasy sind.»

Ich glaube, es entstand ein Augenblick geheimen Einvernehmens zwischen Drovetti und mir. Er mußte anerkennen, daß ich ein ebenbürtiger Gegner war und daß er den Fehler begangen hatte, mich zu unterschätzen. Doch was ich in seinem Blick las, hätte auch abgebrühtere Gemüter in Angst und Schrecken versetzt. Die Rachegedanken des Generalkonsuls mußten furchtbar sein.

«Morgen bekommen Sie Ihre Genehmigung, Champollion.»

*

Am Abend des 13. September waren meine Reisebegleiter und ich in Gegenwart von Drovetti im Festsaal des Französischen Konsulats versammelt. Der Generalkonsul brachte Trinksprüche auf den König aus, auf Frankreich, auf den Pascha. Er wünschte unserer Expedition gutes Gelingen. Ohne die Miene zu verziehen, dankte ich ihm für die Unterstützung, die er uns geleistet hatte. Feierlicher Ernst durchzog meine kurze Ansprache, so ergriffen war ich bei dem Gedanken, endlich die Reise zur Kultur der Pharaonen anzutreten.

«Wir können nicht hinaus!» verkündete Nestor L'Hôte. «Dutzende von Eseltreibern blockieren den Eingang des Konsulats.»

Die Nachricht von unserer Abreise, deren unauffälligen Verlauf ich vorgezogen hätte, war in ganz Alexandria bekannt geworden. Drovetti war an dieser Verbreitung sicher nicht unbeteiligt. Diese Nachricht untermauerte seinen Ruf als liberaler und großzügiger Machthaber. Er beruhigte mich belustigt:

«Aber Champollion, sorgen Sie sich doch nicht wegen einer solchen Kleinigkeit. Die *Tschauschen* des Paschas werden diese

Leute vertreiben. Das Volk schlägt beim kleinsten Anlaß über die Stränge, es ist eben heißblütig.»

Die Eseltreiber verhielten sich in keiner Weise bedrohlich. Sie sangen, johlten, wollten die Expeditionsteilnehmer berühren, ein paar Münzen ergattern. Die mit Stöcken bewaffnete Garde des Vizekönigs schlug blind drauflos, mit einer Roheit, die mich empörte. War es notwendig, so brutal vorzugehen?

Der Abend brach herein, als eine lange Karawane, gefolgt von Neugierigen, den Mahmudija-Kanal erreichte, wo die beiden Schiffe lagen, die uns gen Süden bringen sollten. Rosellini, L'Hôte und ich selbst gingen an Bord der *Isis*, ein imposanter Segler, den selbst der Pascha schon für seiner würdig befunden hatte. Professor Raddi und Vater Bidant stiegen an Bord der *Hathor*. Das Personal – Diener, Köche, Träger – verteilte sich entsprechend den Anweisungen von Drovettis Verwalter Moktar und Mehemed Alis Leibgardist Abdel-Razuk. Wie zu erwarten, wählten die beiden letzteren die *Isis*, denn sie hielten sich wachsam in meiner Nähe.

Alle Vorbereitungen waren getroffen, um die Leinen zu lösen. Zwei Matrosen zogen den Steg ein, als das Rufen einer Frau sie innehalten ließ.

«Warten Sie!» befahl Lady Redgrave, in Begleitung von vier Eseltreibern, die ihre unglücklich dreinschauenden, mit schweren Koffern beladenen Vierbeiner hinter sich herzogen.

An der Seite der englischen Aristokratin Mehemed Ali höchstpersönlich, im Schutze seiner Leibwache.

Der Vizekönig ließ den Steg wieder anlegen.

«Ich wünsche Ihnen Glück, Champollion», sagte er in feierlichem Ton. «Möge Allah Sie beschützen. Geben Sie acht auf meinen Gast.»

Lady Redgrave ging an mir vorüber, ätherisch, leicht.

«Wie ich es Ihnen gesagt habe, Monsieur Champollion. Ich pflege mein Wort zu halten.»

Der wohltuende Klang der ersten Welle, die der Bug der *Isis* ins Wasser des Kanals zog, nahm mir die Lust zu einer Antwort.

Die eigentliche Reise hatte begonnen.

SECHS

Der Mahmudija-Kanal war die direkte Verbindung zwischen Alexandria und Kairo. Ich setzte einen meiner teuersten Wünsche in die Tat um: Nach der Art der alten Ägypter den Nil zu bereisen, das Vorankommen auf dem göttlichen Fluß zu erleben, der an Tempeln und Dörfern vorbeiführte. Jeder Augenblick versetzte mich in neues Entzücken. Ich sah leuchtendgrüne Landschaften, Bauern, die mit den gleichen Gerätschaften arbeiteten wie ihre fernen Vorfahren, ich erkannte Orte, Pflanzen, Bäume ... eine Welt lebender Hieroglyphen entfaltete sich vor meinen unersättlichen Augen. Nur mit Mühe konnte man mich aus meiner Selbstvergessenheit reißen, um mir die Existenz von Mahlzeiten und die Notwendigkeit von Schlaf ins Gedächtnis zu rufen.

Schon am ersten Tag dieser Kreuzfahrt in eine ewige Vergangenheit hatte ich die Namen unserer Schiffe, *Isis* und *Hathor*, als günstiges Vorzeichen empfunden, denn sie stellten unsere Expedition unter den Schutz der zwei wohlgesinnten ägyptischen Göttinnen. In meiner Kabine erwartete mich ein stolzer Araber mit schmalem Schnurrbart, er mochte in den Dreißigern sein. Als ich eintrat, verbeugte er sich respektvoll.

«Mein Name ist Soliman», sagte er in kehligem Französisch. «Es ist mein Auftrag, Ihnen zu Diensten zu stehen.»

Soliman – der Name eines Prinzen, der in die Geheimnisse der Geister eingeweiht war, eines großen Magiers, der die übersinnlichen Mächte beschwören konnte ... der Mann, der mich da begrüßte, wirkte ganz anders auf mich als die arabischen Diener, mit denen ich bisher zu tun gehabt hatte. Seine natürliche Würde beeindruckte mich. Es schien mir unmöglich, einem solchen Menschen Anweisungen zu erteilen.

«Lassen Sie uns Freunde sein», schlug ich vor. «Ich werde Sie tatsächlich brauchen, Soliman. Wenn Sie mir Vertrauen entgegenbringen, können wir zusammenarbeiten.»

Ich hatte arabisch gesprochen. Soliman ließ sich keinerlei Überraschung anmerken, sein Blick schien mir von rückhaltloser Aufrichtigkeit. Er verneigte sich erneut, nicht wie ein Diener vor seinem Herrn, sondern wie ein Gastgeber, der seinesgleichen Ehre erweist: Mit der Hand berührte er Stirn, Mund und Herz, um auszudrücken, daß er mir in Gedanken, Worten und Gefühlen Wohlwollen entgegenbrachte.

Schon bald stellte ich fest, wie bereichernd sich dieses Bündnis auswirkte. Soliman schien jeden Quadratmeter seines Landes zu kennen, und mit seiner Hilfe gelang es mir, die Karten aus der *Description de l'Égypte* von Bonapartes Gelehrten zu verbessern, die bis zu unserer Reise als wissenschaftliche Grundlage gedient hatten. Im gemächlichen Rhythmus der *Isis* ließ ich mir die kleinsten Ansiedlungen entlang des Nils benennen, um Irrtümer zu berichtigen und Leerstellen zu füllen. Stunde um Stunde entstand eine neue Ägyptenkarte, die Verbindungen zwischen antiken und modernen Ortschaften enthielt. Allein schon dieses erste Ergebnis war von unschätzbarem Wert.

Nestor L'Hôte, dessen gesunder Appetit von einer französisch ausgerichteten Küche befriedigt wurde, schrieb meine Anweisungen ins reine, wobei ihm Rosellini Gesellschaft leistete. Letzterer konnte seinen Forscherdrang schon an erstklassigen Objekten befriedigen, denn in Alexandria hatte er die Zeit nicht ungenutzt verstreichen lassen, sondern zahlreiche Stücke erworben, die für die Sammlung des toskanischen Großherzogs Leopold II. bestimmt waren.

Lady Redgrave ließ sich nicht dazu herab, das Wort an mich zu richten. Ihre Sonderstellung als persönlicher Gast des Paschas erhob sie wohl über die gewöhnlichen Sterblichen. Sie beschränkte sich darauf, Sonnenbäder zu nehmen, und verkehrte nur mit ihren beiden Leibdienern. Ich mußte einen Weg finden, sie in Kairo zurückzulassen.

Während ich zur Mittagsstunde ein Glas Nilwasser genoß, das mir vorzüglicher mundete als der lieblichste Champagner, entdeckte ich mitten in einem Akazienwäldchen ein winziges Dorf, das einen malerischen Anblick bot. Der Zufall wollte es, daß die *Isis* anlegte, damit frisches Obst gekauft werden konnte.

«Ich möchte diesen Ort besichtigen», bat ich Soliman, der mir den Namen des Dorfes nannte: Ed-Dahariye.

Kaum hatte ich den Fuß auf den Laufsteg gesetzt, als sich Abdel-Razuk einschaltete.

«Bleiben Sie an Bord», befahl er. «Dieser Ort ist nicht sicher.»

«Danke für den guten Rat», antwortete ich und sprang an Land.

Mich lockten die Lehmhütten der Fellahs mit ihren sorgfältig angelegten Bewässerungsgräben. Die armseligen Behausungen lagen im Schatten von Palmen und Akazien. Große Tonkrüge, in denen Öl und Getreide aufbewahrt wurde, standen entlang der Stirnseite des größtes Hauses. Hier war die Zeit wahrlich stehengeblieben. Es gab keine anderen Ereignisse als den Wechsel der Jahreszeiten, Geburten, Hochzeiten und Sterbefälle. Der Begriff Fortschritt war bedeutungslos. Das Leben reduzierte sich auf seine einfachsten und grundlegendsten Bestandteile.

Ed-Dahariye wirkte wie ausgestorben. Die Bewohner waren bei der Feldarbeit. Als ich mich dem Hauptgebäude näherte, bemerkte ich voller Entsetzen einen Männerkopf mit geschlossenen Augen, der aus dem größten Krug hervorragte. Unfähig, mich zu bewegen, sah ich einen alten Mann aus dem Haus treten und in drohender Haltung auf mich zukommen.

«Wer schickt Sie?» fragte er feindselig.

«Niemand», antwortete ich mit zugeschnürter Kehle.

«Sind Sie Franzose?»

«Ja ...»

Der Alte spuckte mir vor die Füße und hob die rechte Hand, um mich zu verwünschen.

«Scheren Sie sich weg! Genügt es Ihnen nicht, daß Sie meinen Sohn umgebracht haben? Müssen Sie noch seine Ruhe stören?»

Ich erklärte dem Unglücklichen, daß seine Vorwürfe auf mich keineswegs zutrafen. Es gelang mir, seiner bruchstückhaften Rede zu folgen, und so konnte ich die Vorkommnisse rekonstruieren, die zum tragischen Tod eines Menschen geführt hatten. Dieser hatte nämlich einem von Drovettis Lieferanten eine antike Bronze gestohlen. Als er sie mir verkaufen wollte, war er von den *Tschauschen* des Sultans gefaßt worden. Sein Leichnam wurde dann in einem Kanal aufgefunden. Die Polizisten hatten erklärt, der Gefangene sei bei Nacht geflohen und habe auf freiem Feld die Orientierung verloren. Sein Vater behauptete, man habe ihn ermordet.

Diese traurige Geschichte, die Drovetti und seine Handlanger in zweifelhaftes Licht rückte, bestürzte mich zutiefst, und wieder an Bord fiel es mir schwer, mich auf meine kartographische Arbeit zu konzentrieren. Die präzise und gewissenhafte Hilfe Rosellinis war mir eine große Unterstützung. Wie viele Generationen von Gelehrten würden nötig sein, um das riesige Delta komplett zu erforschen, das Reich der «Roten Krone», das unter den Pharaonen so zahlreiche heilige Städte umfaßt hatte?

Es kam die Nacht des 16. September, die wir alle mit kaum gezügelter Ungeduld erwarteten. Nachdem wir das Dorf Es-Ssafeh passiert hatten, legten die Schiffe an, und wir hatten Gelegenheit, die erste bedeutende Stätte zu erreichen, die damit endlich anderen zugänglich wurde als Antiquitätenplünderern: das geheimnisvolle Sais, für die Alten ein Zentrum hoher Weisheit unter dem Schutz der Göttin Neith. Sie hatte durch das Aussprechen von hundert Worten das Universum geschaffen und das Leben gewebt, dessen Geheimnisse von Priesterinnen weitergegeben wurden, welche die heiligen Stoffe für ganz Ägypten herstellten. Ich war in die nach Herodots Schilderungen erstellten Pläne von Sais vertieft, als es an die Tür meiner Kabine klopfte.

Ich öffnete. Es war Vater Bidant, der in aller Eile an Bord der *Isis* gestiegen war.

«Ich möchte Sie um einen Gefallen bitten, Champollion.»

«Gerne, Hochwürden. Wenn ich Ihnen behilflich sein kann ...»

Vater Bidant zögerte, sein Anliegen auszusprechen.

«Wir sollten in Sais nicht anhalten. Dieser Ort ist fluchbeladen. Lassen Sie uns bis Kairo weiterfahren.»

Verblüfft legte ich meine Feder aus der Hand. Sicher hatte ich mich verhört.

«Sie sind ein großer Gelehrter, Champollion, aber ebenso groß ist Ihre Naivität. Diese Gegend ist von Dämonen bevölkert. Sie sind nicht ungefährlich. Glauben Sie mir: Wir sollten Sais meiden.»

Ich erhob mich halb verärgert, halb belustigt.

«Was könnte der christliche Glaube an dieser alten Stadt Anstößiges finden, Hochwürden? Soweit ich weiß, sind hier keinerlei Dokumente erhalten, die die Bibel in Frage stellen.»

«Sais war eine Akademie für Hexenmeister», erklärte er. «Die Auswirkungen ihres bösen Zaubers sind nicht verschwunden. Wir laufen Gefahr, davon verseucht zu werden und unsere Expedition dem Verderben anheimzugeben.»

«Sind Sie so abergläubisch, Hochwürden?» fragte ich erstaunt. «Bewahrt uns Gott nicht vor solchem Wahn?»

Vater Bidant bedachte mich mit einem wenig barmherzigen Blick und verschwand. Sogleich erschienen Nestor L'Hôte und Rosellini, welche die Aussicht, ihren ersten Ausgrabungsort zu betreten, in helle Aufregung versetzt hatte. Sie berichteten, Professor Raddi sei so vertieft in die Untersuchung von Kalkproben, die er in einem Steinbruch bei Alexandria gesammelt hatte, daß er unseren Halt noch gar nicht bemerkt habe. Niemand fand den Mut, seine Forschungen zu unterbrechen.

«Nun sind wir an Ort und Stelle!» erklärte Nestor L'Hôte voller Eifer. «Ihre Anweisungen, mein General?»

«Vor allem größte Umsicht. Haben Sie Ihre Notizhefte bei sich?»

Meine Mitarbeiter waren darauf vorbereitet, eine reiche Ausbeute an Funden zu zeichnen und aufzulisten. Wir umarmten uns, stolz und glücklich darüber, an diesem Ort zu sein, in dieser Sommernacht, in der wir die großartigste aller vergangenen Zeiten wieder zum Leben erwecken würden.

Soliman und ein Dutzend Helfer mit Fackeln brachten uns nach San el-Hagar, wo sich einst die heilige Stadt erhob. Diese Beleuchtung und der Mond, der hoch an einem wunderbar klaren Sternenhimmel stand, verliehen unserem Erkundungsgang eine höchst geisterhafte Atmosphäre.

Ich hatte einen großen Tempel erwartet, einen prachtvollen Götterwohnsitz, hohe, reliefbedeckte Mauern. Durch eine Öffnung gelangte ich in eine weitläufige Einfriedung und stand vor einem Ruinenfeld. Sais, zerstörte Stadt, verlorene Stätte. Meine Neugier war so groß gewesen wie nun meine Enttäuschung. Es hätte Monate gedauert, die Bruchstücke von Quadern aufzulisten, die Einfriedung zu vermessen, die Fragmente von Statuen zu sammeln. Schweigend rief ich die Göttin Isis an, deren Schleier die in ihre Mysterien Eingeweihten hier gelüftet hatten. Wer war so unmenschlich gewesen, diese Hochburg der Spiritualität zu zerstören, lebendige Steine in einen Trümmerhaufen zu verwandeln, der aussah wie vom

Blitz oder einem Erdbeben verwüstet? Ekelerregender Gestank stieg aus den stehenden Wassermassen, die teilweise in einen nahe liegenden, ungepflegten arabischen Friedhof eingedrungen waren. Bald machte ich im Nordosten der Einfriedung einen trockenen Bereich aus, über dem zahllose kleine Eulen umherflogen, bei den Alten ein Symbol der Weisheit und der Wissenschaft. Eilends lief ich dorthin, gefolgt von Rosellini und L'Hôte. Schnell hatten wir einen Bestattungshügel mit Grabkammern identifiziert. Meine Begleiter machten ihre Notizen mit einem Eifer, der mich dem zukünftigen Gang unseres Unternehmens zuversichtlich entgegensehen ließ. L'Hôte zeigte sich ungestüm, Rosellini methodischer. Wenn mir das Schicksal gewogen war, so schwor ich mir, würde ich nach Sais zurückkehren und diesem verfallenen Leichnam zu neuem Leben verhelfen.

Während meine Begleiter einen genauen Plan der Ruinen erstellten, hielt ich mich alleine im südwestlichen Bereich auf, wo ich am Fuße der Einfassungsmauern Bruchstücke von Statuen entdeckt hatte. Ich spürte, daß hier das berühmte Lebenshaus gestanden hatte, dessen Weisheitslehre einst mit der von Heliopolis wetteiferte, dem spirituellen Zentrum des Alten Ägypten. Hier wurde damals das Mysterium der Unsterblichkeit ergründet. Doch die Überlieferung dieses Wissens war unwiederbringlich in den Sandmassen verschwunden. Ich mußte anderswo suchen, weiterreisen. Sais war verloren, zerstört durch Ignoranz und Torheit der Generationen. Diese trostlose Leere, die mich zuvor entmutigt hatte, verwandelte sich in einen Appell.

«Sais war nur eine Etappe, Monsieur Champollion», sagte eine warme Frauenstimme.

Lady Ophelia Redgrave, umglänzt von Mondlicht, trug ein silberdurchwirktes Abendkleid. Von so viel Anmut bezaubert, vergaß ich all meine Vorbehalte gegen sie.

«Sie sehen aus wie eine Göttin», entschlüpfte es mir.

Ich erwartete ein Lächeln, sah jedoch nur ein ernstes Gesicht.

«Sie sollten so etwas nicht sagen. Das Wort ‹Göttin› ist mir noch heilig. Ich bin nur eine Frau, was Ihnen neben Neith gewiß unbedeutend erscheint …»

«Das dürfen Sie nicht glauben», protestierte ich.

«Was halten Sie hiervon?»

Sie zeigte mir den kleinen Gegenstand, den sie gefunden hatte. Die Statuette eines Dieners im Jenseits, der den Befehlen der Verstorbenen unterstand und sie bei der Arbeit auf den paradiesischen Feldern unterstützte, um die Erde fruchtbar zu machen. Man brauchte nur die Hieroglyphen zu lesen, die seinen steinernen oder hölzernen Körper schmückten, um ihn zum Leben zu erwecken.

«Ein schönes Stück aus der Spätzeit … ich kann Ihnen nicht gestatten, es zu behalten. Es muß registriert und dem Museum übergeben werden.»

«Ich weiß. Sie brauchen mir keine Moralpredigt zu halten. Ich gehöre nicht zu Drovettis Bande.»

Gekränkt faßte ich sie an den Handgelenken.

«Wer sind Sie wirklich, Lady Redgrave?»

Sie befreite sich mit katzenhafter Geschmeidigkeit.

«Finden Sie es doch heraus, Monsieur Champollion!»

Sie war die erste, die Sais verließ und wieder an Bord der *Isis* ging. Ich blieb noch lange. Ich wußte nicht mehr, was ich von dieser Frau halten sollte. Im allgemeinen war mein Urteil über die Menschen rasch gebildet. Von ihr war ich so verwirrt, daß ich sogar die Jahrhunderte der Geschichte vergaß, die unter meinen Füßen schlummerten.

Nestor L'Hôte riß mich aus meinen Gedanken.

«Wir müssen hier weg, General. Die Einheimischen drohen uns. Sie fürchten, daß wir die Geister der Toten aufstören.»

Widerwillig folgte ich ihm zum Boot, nicht ohne zu bemerken, daß Abdel-Razuk mich nicht aus den Augen ließ.

*

Stundenlang arbeitete ich ohne Unterbrechung, um Sais und Lady Redgrave zu vergessen. Jeder andere Archäologe wäre zufrieden gewesen, doch ich suchte mehr als Spuren verloschenen Ruhms. Ich war so düsterer Stimmung, daß ich meine Kabinentür unter dem Vorwand verschloß, ich sei in eine heikle Untersuchung vertieft. Meine Begleiter waren solche Anwandlungen von Zurückgezogenheit gewohnt und störten sich nicht daran.

Nur Soliman wagte es, nachdrücklich um Einlaß zu bitten. Ich öffnete.

«Ich muß Ihnen einen ernsten Zwischenfall melden. Die *Hathor* wird von einem türkischen Richter an der Anlegestelle festgehalten.»

«Aus welchem Grund?»

«Die Steuer. Zwei Matrosen sind festgenommen worden. Sie haben ihre Abgabe an den Pascha nicht entrichtet.»

«Konnte Vater Bidant die Angelegenheit nicht aus der Welt schaffen?»

Soliman schwieg mit einem Ausdruck von Mißbilligung. Als ‹General› fühlte ich mich verpflichtet, die Sache unverzüglich in die Hand zu nehmen. Ich folgte Soliman also und verließ die *Isis*, um mich an den Schauplatz des Dramas zu begeben, in die Ortschaft Zauiyet er-Redsin.

Im Schatten der Moschee saß in einem kleinen Kreis von Getreuen der türkische Richter auf weichen Kissen und rauchte eine langstielige Pfeife. Die Hände auf den Rücken gebunden, standen vor ihm die beiden Seeleute der *Hathor.* Mit hängenden Köpfen schienen sie in das schlimmste Schicksal ergeben.

Mit kaltem und boshaftem Blick verfolgte der Türke mein Herankommen. Er hatte mich dazu gebracht, sein Freilufttribunal aufzusuchen, und das befriedigte ihn zutiefst. Einen Europäer lächerlich zu machen – welch glänzende Demonstration seiner Macht. Die Verhandlung versprach schwierig zu werden.

Soliman begann mit einer blumigen Vorrede, in der er die zahllosen Qualitäten des Sultans und seiner Diener rühmte, die Ergebenheit seiner Untertanen und die Gerechtigkeit Gottes. Dem Türken gefielen diese Worte, und er gestattete mir vorzubringen, weshalb ich mich zu ihm begeben hatte.

«Ich möchte wissen, welche Verfehlung diese Männer begangen haben, daß man sie so gefesselt hat.»

Der Türke antwortete scharf, sie schuldeten dem Staat eine beträchtliche Summe. Sie verdienten Stockschläge und gewiß auch Verstümmelung. Die Menschenmenge wuchs. Nestor L'Hôte, Rosellini und Vater Bidant fanden sich an meiner Seite ein.

«Ich bin im Besitz offizieller Dokumente», erklärte ich. «Sie tragen den Stempel des Sultans.»

Der Türke wollte meine Passierscheine sehen. Er begutachtete sie aufmerksam.

«Warum haben Sie nicht für die beiden bezahlt?» fragte ich Vater Bidant leise. «Dann wäre uns diese Komödie erspart geblieben.»

«Nun ja ... es sind überflüssige Ausgaben ... für die beiden Schurken finden wir leicht Ersatz.»

Wäre ich mit dem Geistlichen alleine gewesen, so hätte ich meine Wut wohl nicht zu zügeln vermocht.

«Vater Bidant hat nicht unrecht», schaltete sich Nestor L'Hôte ein. «Warum sollen wir wegen zweier Diebe Zeit verlieren?»

Der türkische Richter gab mir die Dokumente zurück. Sie genügten ihm nicht. Gewiß wiesen sie mich als wichtige und respektable Person aus, doch sie konnten die Beschuldigten nicht entlasten, die alles zu verlieren drohten. Ich wurde von einem heftigen Gefühl des Aufbegehrens gegen diese Ungerechtigkeit überwältigt.

«Meine Herren, ohne diese beiden Matrosen werde ich mich nicht von hier entfernen. Dies möge der ehrwürdige Steuerbeamte bedenken. In meiner Person beleidigt er den Vizekönig.»

Diese schwerwiegenden Drohungen wurden dem Beamten übermittelt, der sie sehr ernst nahm und seine Höflinge zur Beratung rief.

«Sie sind wirklich zu empfindlich, General», bemerkte Nestor L'Hôte. «Wenn Sie sich für das Schicksal sämtlicher Einheimischer verantwortlich fühlen, können wir uns gleich auf den Rückweg machen.»

«Diese Männer gehören zu unserer Besatzung, Monsieur L'Hôte. Wenn wir sie im Stich lassen, werden ihre Kollegen uns nicht mehr das geringste Vertrauen entgegenbringen. Und das mit Recht. Was Sie angeht, Hochwürden», sagte ich zu Bidant, «seien Sie so mildtätig, mich von Ihrer Anwesenheit zu befreien. Ihre Sutane belästigt unsere Gastgeber.»

Die etwas unfreundliche Haltung des Geistlichen verwandelte sich in offene Feindseligkeit. Ich hatte einen Gegner mehr. Der Ausgang der Verhandlung interessierte ihn nicht, und er ging zurück an Bord der *Hathor*.

«Glauben Sie nicht ...», schaltete sich Rosellini behutsam ein.

«Ich werde meinen Entschluß nicht rückgängig machen.»

L'Hôte und Rosellini fühlten sich überflüssig und verließen den Kreis der Schaulustigen. Der Türke ließ mich wissen, meine Drohungen beeindruckten ihn nicht. Er habe das Recht auf seiner Seite, und der Pascha werde seine Entscheidung nicht mißbilligen. Eine Gruppe Unglücklicher drängte sich zwischen die Anwesenden. Das Ereignis nahm beachtliche Ausmaße an. Es kam nicht oft vor, daß ein Steuerbeauftragter so herausgefordert wurde.

«Man soll mir mitteilen, welchen Betrag die Angeklagten schuldig geblieben sind. Ich übernehme es, ihn zu zahlen, wenn sie dafür freigelassen werden.»

Der Vorschlag wurde als empörend empfunden oder kam zu früh … er versetzte das Tribunal des Türken in größte Aufregung, und der Richter sah sich genötigt, schimpfend die Ordnung wiederherzustellen. Ich verweigerte die Antworten auf seine Fragen und blieb beharrlich stehen, um zu signalisieren, daß dieser Vorschlag mein letzter war. In der prallen Sonne, von der ich mich nicht stören ließ, mußte ich beinahe eine Stunde auf den Ausgang der Beratung warten.

Haßerfüllt stieß der Türke eine Zahl hervor, das Doppelte des geschuldeten Betrags. Der Rest war für ihn und seine Höflinge. Ich handelte nicht, auch wenn ich Gefahr lief, als Dummkopf zu gelten. Die beiden Matrosen der *Hathor* wurden von ihren Fesseln befreit. Sie dankten mir mit einem Überschwang, der mir das Herz weit machte, wie die Alten Ägypter geschrieben hätten.

«Mehemed Ali ist ein Tyrann», erklärte Soliman auf dem Weg zur *Isis* ruhig. «Er hat Krieg geführt, er hat den Europäern, die er braucht, beträchtliche Gelder zukommen lassen, doch das Volk hungert, und seine Steuereintreiber sind erbarmungsloser als die Schakale. Sie nehmen selbst denen noch etwas, die nichts mehr haben. Der Vizekönig verfügt über Land, Handel und Produktion. Der Reichtum für ihn, das Elend für sein Volk. Die türkischen Blutsauger und seine Schar Handlanger berauben Ägypten seiner Lebenskraft. Auch Sie werden eines Tages zu ihren Opfern gehören. Seien Sie wachsam.»

Ich hütete mich, diesen Rat auf die leichte Schulter zu nehmen. Da Rosellini uns entgegenkam, konnte ich Soliman nicht nach der genaueren Bedeutung seiner Warnung fragen.

Lady Redgrave beobachtete uns von der Schiffsbrücke aus. Sie lächelte, wie strahlend vor innerer Freude.

*

Im Morgengrauen des 19. September erblickte ich zum ersten Mal die Pyramiden. Wir näherten uns Memphis, der Hauptstadt der Pharaonen im Alten Reich, deren Name allein mich schon seit meiner Jugend faszinierte. Die Stadt stand unter der Obhut des Gottes Ptah, Schutzherr der Baumeister, Handwerker und Goldschmiede.

Plötzlich lief unser Schiff auf eine Sandbank und saß fest. Unsere Matrosen warfen sich in den Nil, um es zu befreien, wobei sie sich Allahs Namens bedienten und, weit wirksamer, ihrer breiten und kräftigen Schultern. Die meisten der Seeleute sind wahre Athleten mit stattlichem Körperbau und erstaunlichen Kräften, und wenn sie aus dem Fluß steigen, erinnern sie an frischgegossene Bronzestatuen.

Ohne weitere Schwierigkeiten erreichten wir die Spitze des Deltas, wo sich der Nil in die Arme von Rosette und Damiette teilt. Der Anblick ist wunderbar. Die Breite des Nils ist beeindruckend. Im Westen zeichnen sich vor einem palmenbestandenen Horizont die massigen Pyramiden ab. Zahlreiche Boote zweigen teils nach rechts auf den Damiette-Arm, teils nach links auf den Rosette-Arm ab. Wieder andere sind in Richtung Kairo unterwegs, eine mächtige Stadt, die ihre Minarette zur Schau stellt, die Hügelkette des Mukattam und ihre nüchterne Zitadelle, die wie ein Wachposten über der Wüste steht.

Ich gab die Anweisung, auf Höhe des Dorfes El-Qattah zu ankern, damit Nestor L'Hôte diese erhebende Landschaft zeichnen konnte. Die übrigen Expeditionsteilnehmer gesellten sich zu uns.

«Wenn man diese Pyramiden Stein für Stein abtragen würde», sagte Professor Raddi, dessen Verzückung sich im Laufe der Tage noch gesteigert hatte, «welch wunderbarer Beitrag für die Mineralogie!»

«Diese Bauten haben keine besondere Bedeutung», widersprach Vater Bidant. «Sie wurden von abscheulichen Tyrannen errichtet, die Millionen von Menschen bei der kräftezehrenden Arbeit umkommen ließen.»

Wie könnte man auf solche Albernheiten anders als mit Empörung reagieren?

«Das sind lauter Lügen, die Sie nicht weiter verbreiten sollten, Hochwürden. Die ägyptische Religion hat niemals Sklaven hervorgebracht. Die Pyramiden sind ein Symbol der Erkenntnis.»

«Dummes Zeug», grollte der Geistliche und zog es vor, sich zu entfernen.

«Ich frage mich, ob wir dort ein paar Inschriften finden werden», hoffte Rosellini.

Ich überließ einen jeden seinen Träumen und genoß das überwältigende Schauspiel der fernen Pyramiden im Sonnenaufgang.

Eine lange, zarte Hand in einem hellen Lederhandschuh legte sich auf die meine. Ich war unfähig zu reagieren, obwohl ich nachdrücklich hätte protestieren müssen.

«Ist das Licht nicht schöner, als Sie es sich je vorgestellt haben, Monsieur Champollion?» Lady Redgraves leise Worte waren nur für mich bestimmt. «Sind wir nicht in höchstem Maß vom Glück begünstigt?»

Die schöne Aristokratin hatte schon wieder die Garderobe gewechselt, sie trug ein Kleid in Ockertönen, das sie der Sonne im Lauf der Tageszeiten gleichen ließ.

«Ich glaube, dieses Glück verdient zu haben. Und ich weiß noch nicht, welche Art von Begünstigung es für mich bereithält.»

An meinem Herzen trug ich die beiden Briefe.

SIEBEN

AM 19. SEPTEMBER UM DREI UHR nachmittags erreichten wir die Vororte von Kairo. Ich lief vorneweg, begleitet von Soliman. An der Anlegestelle erwartete uns ein Abgesandter des Paschas. Es folgten Abdel-Razuk und Moktar, an die ich seit Alexandria kein Wort gerichtet hatte; Rosellini und L'Hôte, die die lange Allee erkannten, deren Bäume Bonapartes Soldaten zum Gedenken an seinen Sieg bei den Pyramiden gepflanzt hatten; Vater Bidant und Professor Raddi, vertieft in eine Unterhaltung, in der jeder über sein Fachgebiet monologisierte. Im Hafen von Bulaq waren wir in ein Durcheinander geraten, das ein verwirrter Geist nicht größer ersinnen könnte: Boote und Schiffe lagen so dicht gedrängt, daß keines manövrieren konnte. Trotzdem wurde ein- und ausgefahren, sicher mittels einer Magie, deren Gesetze uns noch unbekannt waren. Auf den Kais wimmelte es von Seeleuten, Händlern, Bettlern. Nubier, Araber und Europäer mischten sich bunt durcheinander. Hier und da wurde heftig über den Wert einer Ladung, die Kosten eines Transports oder über einen anderen, weniger zulässigen Vorgang verhandelt.

Bizarr gekleidete Männer waren zu sehen: grellbunt gemusterte, spitze Mützen; Bärte und riesige Schnauzer wie aus weißem Werg; eng gewickelte Tücher, unter denen sich jede Körperpartie abzeichnete; und alle hatten sich mit Accessoires aus gezwirbeltem weißem Tuch ausstaffiert. Mit ihrer Kostümierung, ihren Insignien und ihren grotesken Posituren waren die

Männer eine getreues Abbild der alten Faune, die auf antiken griechischen Vasen zu sehen sind.

Wir erreichten den Hof eines baufälligen und wenig gastlichen Gebäudes. Ganze Mauerabschnitte drohten einzustürzen. Auf der Schwelle lag tief schlafend ein Soldat in schmutzstarrender Uniform, das Gewehr neben sich. Der Gesandte des Paschas bat uns zu warten, ging hinein, blieb ein paar Minuten verschwunden und kam dann mit abweisendem Gesicht wieder zu uns.

«Kein Zutritt nach Kairo», verkündete er Soliman auf arabisch.

«Aber warum?» fragte ich ihn in seiner Sprache.

«Der Zoll», antwortete er überrascht. «Es fehlen Papiere. Haben Sie Genehmigungen?»

Ich rief nach Rosellini, der die von Mehemed Ali und Drovetti unterzeichneten Dokumente bei sich trug. Unser Verhandlungspartner nahm sie an sich und verschwand erneut im Zollgebäude.

«Die Angelegenheit dürfte sich leicht klären lassen», sagte ich zu Soliman.

«Vielleicht», antwortete er ausweichend.

Seine Zurückhaltung beunruhigte mich. Welche Bedenken hegte er? Keine andere Expedition war im Besitz so gewichtiger Empfehlungen wie die unsere. Um mich von meinen aufkommenden Befürchtungen abzulenken, lief ich ein wenig im Hof umher, während meine Begleiter sich in Geduld faßten und den grünen Tee kosteten, den ihnen ein zerlumpter Soldat anbot. Ich beobachtete verschleierte Frauen, die mit ihren Krügen aus einer großen, auf Holzplanken stehenden Wanne Wasser schöpften. Die Form dieser Wanne weckte meine Neugierde. Ich trat näher und entdeckte zu meiner größten Überraschung, daß es sich um den wundervollen Basaltsarkophag eines Priesters aus der saitischen Epoche handelte! Brüsk schob ich die Hausfrauen beiseite, um die Hieroglyphen dieser späten Epoche zu entziffern, die an jene aus der Pyramidenzeit angelehnt waren. Sie sprachen von der Unsterblichkeit und vom Sternenschicksal des Gerechten vor dem Jenseitsgericht. Ich las, ich las ohne Schwierigkeit! Die Zeichen sprachen zu mir! Fieberhaft schrieb ich die wichtigsten Inschriften ab und eilte zu L'Hôte und Rosellini, die mir düster entgegenblickten.

«Ich habe ein Meisterwerk für den Louvre gefunden, hier an dieser Stelle!» verkündete ich.

Soliman erschien.

«Der Zoll weigert sich, uns Zugang nach Kairo zu gewähren», erklärte er ergeben.

«Wie bitte? Genügt die Unterschrift des Sultans seinen Beamten etwa nicht?»

Ich stürzte in das Verwaltungsgebäude und stieß sogleich auf einen schnurrbärtigen und schmerbäuchigen Zerberus, der mich heftig anherrschte und mir befahl zu verschwinden. Ich antwortete ebenso heftig. Jede Diskussion erwies sich als unmöglich, denn der gute Mann war nicht bereit, seine Entscheidung zu erklären. Da er mir mit Verhaftung drohte, mußte ich unverrichteter Dinge in den Hof zurückkehren, wo mich meine Gefährten betreten erwarteten. Ich bemühte mich, aufmunternde Worte zu finden, obwohl ich selbst völlig ratlos war.

Lady Redgrave ging mit kühler Miene an uns vorbei. Wir blickten ihr nach und sahen sie verblüfft im Zollgebäude verschwinden.

«Sie werden sie schlecht behandeln», fürchtete L'Hôte.

«Seien Sie unbesorgt», entgegnete Soliman. «Unter meinen Landsleuten ist es nicht üblich, Frauen zu belästigen.»

«Was ist los?» fragte Professor Raddi, der allmählich auch beunruhigt war. «Wir verlieren Zeit!»

Vater Bidant erklärte ihm die Situation. Rosellini kaute an den Fingernägeln. Ich las in seinen Gedanken: Würde unsere

Expedition vor den Toren Kairos wegen eines engstirnigen Zollbeamten scheitern?

«Wir müssen den Sultan und Drovetti benachrichtigen», schlug Vater Bidant vor.

«Das wird nicht nötig sein», sagte Lady Redgrave, deren veilchenblaues Kleid im Sonnenlicht glänzte. «Hier sind unsere Genehmigungen.»

Sie hielt mir ein Dutzend schmutziger, abgestempelter Blätter vor die Nase und entfernte sich. Ich lief ihr nach, vor Neugierde bebend.

«Wie haben Sie das erreicht?»

«Sie gehen zu europäisch vor, Monsieur Champollion. Ihre Papiere konnten den Chef dieses Zollamtes keinesfalls beeindrucken.»

«Und warum nicht?»

«Weil er nicht lesen kann.»

Mir blieb der Mund offenstehen. Lady Redgrave hatte sich darauf beschränkt, wie jedermann die schon im voraus gestempelten Blätter zu verlangen, ohne dem ungebildeten Zollbeamten Passierscheine zu zeigen, die seinen Horizont überstiegen.

«Aber ... sprechen Sie denn Arabisch?»

«Jedem sein kleines Geheimnis, Monsieur Champollion. Wollten wir nicht nach Kairo hinein?»

*

Am 20. September war es also soweit: Die Expedition fand sich vollzählig, in streng hierarchischer Ordnung vor dem Tor von Omar ein. Hoch zu Roß und türkisch gekleidet, boten wir einen sehenswerten Anblick. Mit fiebernder Stirn führte ich den Zug an, voller Stolz über den Erfolg und Aufregung vor der neuen Welt, die sich in ihrem Brodeln von Farben und Gerüchen darbot. Eine unüberschaubare Menschenmenge füllte die Straßen der Stadt.

Hunderte weißer und bunter Turbane schlängelten sich zwischen Karossen, Kamelen und Eseln hindurch. Die Eseltreiber dieser Stadt sind gewiß die versiertesten Kenner von Sprachen und Gesichtern; auf den ersten Blick identifizieren sie den Deutschen, den Engländer, den Franzosen, den Italiener oder jeden anderen Fremden und richten ein paar Worte in seiner Muttersprache an ihn. Nichts und niemand könnte sich geschickter durch die engen Gassen bewegen als ihre kleinen und robusten Grautiere. Durch Zurufe und Hiebe mit dem Stachel dirigieren die Eseltreiber ihre Vierbeiner mit bewundernswerter Genauigkeit. Zu meinem Erstaunen sah ich mehrere Esel, denen ein Ohr fehlte, und fragte Soliman danach. Er erklärte mir, so bestrafe man die Esel, die man auf fremder Weide beim Stehlen erwische.

Man stelle sich unter dem Wort «Esel» jedoch nicht unseren armseligen europäischen Vierbeiner vor, der beschimpft und mißhandelt wird, härteste Arbeit verrichtet, in kümmerlichsten Bedingungen sein Dasein fristet und dennoch nicht auf Mitleid hoffen kann. Man stelle sich auch keinen widersetzlichen Esel vor, der störrisch einen jeden abwirft, der ihn zu besteigen wagt. Nein, wer den ägyptischen Esel nicht gesehen hat, kennt eines der bewundernswertesten Tiere der Schöpfung nicht. Er ist lebhaft, gefällig anzusehen, leichtfüßig, trägt den Kopf hoch und zeigt seine Intelligenz bei jeder Gelegenheit. Sein Besitzer genießt es, ihn zu pflegen, zu striegeln, sein Fell zu bürsten bis es glänzt wie Samt.

«Hüh!», «Hott!», «Hoh!» brüllten die Eseltreiber und wichen mit Mühe und Not zwei Prozessionszügen aus, die sich begegneten: dem einer Hochzeit und dem einer Beerdigung! Reiter, deren Pferde mit goldgesäumten Samtschabracken ausstaffiert waren, ritten ohne Zaudern jeden um, der ihnen in den Weg geriet, selbst Frauen oder Kinder.

Überall wurde nach Herzenslust gegessen und getrunken. Von Kindern umringt, bereiteten Frauen unter freiem Himmel heiße Bohnen zu. Rüben, eingelegte Gurken und Fleischklöße vertrugen sich gut mit einer Gewürzsoße. Ein Teehändler mit blankgeputztem Messinggeschirr pries sein vorzügliches Getränk und wetteiferte mit dem Wasserträger und den Verkäufern von Früchtesirup, Süßholzwasser, Johannisbrot- oder Datteltee, Rosinensaft. Jugendliche rühmten die Vorzüge ihrer Früchte: Wassermelonen, Granatäpfel, Datteln, Trauben, Tomaten, Feigen. Warme Fladen, Zitronen, Zwiebeln waren zu kosten. In großen Kupferkesseln köchelte Hammelfleisch.

Zu unserem Empfang hatte sich Kairo in einen Festsaal verwandelt.

Wir waren im richtigen Moment angekommen: An diesem und dem darauffolgenden Tag feierten die Muselmanen die Geburt des Propheten. Der große, zentral gelegene Ezbekiya-Platz war voller Menschen, die sich um Gaukler, Tänzerinnen, Sängerinnen und um prunkvolle Zelte scharten, in denen Andacht gehalten wurde. Hier saßen Muselmanen und rezitierten im Chor Koransuren, dort hatten sich dreihundert Gläubige in parallelen Reihen niedergekniet und sangen gemeinsam *La-Al-lah-Ell'-Allah*, «es gibt keinen Gott außer Allah», wobei sie ihre Oberkörper unermüdlich auf und ab bewegten wie Scharnierpuppen; etwas abseits hatten sich fünfhundert Rasende zu einem Kreis versammelt, die Ellenbogen untergehakt, sprangen rhythmisch auf und ab und riefen tief aus ihrer erschöpften Brust heraus tausendmal den Namen Allahs, doch in einem so dumpfen Ton, mit einer solchen Grabesstimme, daß ich in meinem Leben keinen höllischeren Chor gehört habe: dieses furchtbare Brummen klang wie tiefstes Tatarisch. Neben den religiösen Darbietungen waren Musikanten und Freudenmädchen unterwegs; Schaukeln aller Art waren in voller Bewegung. Dieses Nebeneinander von profanen Spielen und religiösen Praktiken, dazu die Fremdartigkeit der Gestalten und die außergewöhnliche Vielfalt der Kostüme: alles fügte sich zu einem Schauspiel aus einer anderen Welt.

Mütter tauchten ihre Kinder in das schlammige Wasser, sowohl um ihnen Vergnügen zu bereiten wie um sie zu waschen. Heraus kamen sie schwarz wie die Nacht und aus vollem Halse lachend. Alle bewiesen tiefe Ehrfurcht vor diesem Wasser, das mitunter so hoch stieg, daß sich ein See bildete, auf dem dann edle Frauen und Männer in Booten umherfuhren.

«Champollion! Sehen Sie dort!»

Rosellini hatte sein Pferd neben meines gelenkt. Ich wandte den Blick in die Richtung, in die mein Schüler wies, sah jedoch nur eine Gruppe von Tänzern, die ihre Kunst neben einem dampfenden Kessel ausübten, um den sich allerlei Schaulustige versammelt hatten.

«Ich bin ganz sicher», sagte Rosellini aufgeregt. «Er war es.»

«Wer denn?»

«Drovetti, der Generalkonsul.»

«Unmöglich.»

«Ich schwöre Ihnen, ich habe ihn gesehen.»

Die Bewegung der Menge trennte uns und zwang uns wieder hintereinander. Ich zweifelte nicht an Rosellinis Aufrichtigkeit, konnte mir jedoch nicht vorstellen, daß Drovetti tatsächlich hier war. Er hätte gleichzeitig mit uns in einem anderen Schiff reisen müssen. Und mit welcher Absicht?

«Die Rose trug nur Dornen», hörte ich. «Der Schweiß des Propheten hat sie zum Blühen gebracht.»

Direkt vor mir lief ein Pistazienverkäufer. Ich konnte sein Gesicht nicht sehen.

«Sind Sie der, der die Schrift der alten Steine lesen kann?» fragte er im gleichen dumpfen Tonfall.

«Ich rechne allerdings damit, daß es mir gelingen wird ... aber wer sind Sie?»

«Der Hinweis aus dem Brief wird sich bald erfüllen. Gehen Sie morgen um sieben Uhr in die Moschee Tulun.»

Der Mann beschleunigte seinen Schritt und bog nach links in eine Gasse.

«Warten Sie! Von welchem Brief ...»

Der Pistazienverkäufer war schon verschwunden.

*

Über Kairo ist viel Schlechtes gesagt worden. Was mich betrifft, ich fühle mich dort wohl. Diese so oft beschimpften acht bis zehn Fuß breiten Straßen scheinen mir bestens geeignet, um die größte Hitze abzuhalten. Es ist eine monumentale Stadt, eine Stadt aus Tausendundeiner Nacht, auch wenn die türkische Barbarei die meisten der wunderbaren Zeugnisse arabischer Kunst und Kultur zerstört hat oder durch andere zerstören ließ.

Wie kann ich es abstreiten? Mich rührt das Durcheinander der oft so baufälligen Behausungen, der engen Gäßchen, in denen Gerber, Töpfer, Goldschmiede arbeiten, in denen Hausierer und Wanderköche unterwegs sind. All das ist häßlich, mitunter schmutzig, doch es besitzt einen Zauber, der diese abstoßende, nahezu unmenschliche Stadt das Herz erobern läßt. Man spaziert in Kairo umher, bis man seine Seele darin verliert. Natürlich nur, wenn man die abgeschlossenen Viertel verläßt, in denen europäische Einwohner und Reisende Schutz hinter großen Holztoren suchen, die allabendlich geschlossen werden, sie von der Bevölkerung absondern und vor Aufruhr und Seuchen schützen. Kairos Häuser kleben eines am anderen und bilden chaotische Viertel, deren einzige Lungen, die Innenhöfe, meist von zahllosen Tieren bevölkert werden. Will man ein wenig frische Luft atmen, so bewegt man sich ganz von selbst auf die ruhigen und freien Stellen zu, den großen Ezbekiya-Platz, die Moscheen oder die Zitadelle. Von der Höhe der letzteren aus, wo ich stand, um den Sonnenaufgang zu begrüßen, verschwindet alle Häßlichkeit. Weit weg in der Wüste sah ich eine Karawane sich formieren. Ich zählte etwa dreißig meist kauernde Kamele, daneben riesige Ballen Handelsware. Mit

Stöcken begannen die Kameltreiber, ihre Tiere zu gruppieren. Unter mir erstreckte sich die Hauptstadt des modernen Ägypten in all ihrer Größe. Ich entdeckte Tausende von Terrassen, Minarette, Kuppeln. Im Osten zeichnete sich der Feuersaum des Sonnenaufgangs ab und schuf das Gold des Tagesanbruchs. Wie versteinerte Lichtstrahlen ragten die Pyramiden aus der Wüste empor. Dort erstreckte sich das Totenreich, das Reich der Götter: Sakkara, Dahschur, Abusir, Giseh, wo die Alten Ägypter nach der Ewigkeit forschten, bis sie ihr Geheimnis entdeckt hatten. Das einzige Geheimnis, das zu entdecken sich lohnte.

Mein Gott, war dieser Anblick großartig! Ich fühlte mich, als stünde ich im Himmel, fern von aller menschlichen Beschränktheit, als könnte ich die Begeisterung nachempfinden, die Geist und Hände der Baumeister beseelt hatte. Doch da war diese Verabredung, zu der mich der Pistazienverkäufer bestellt hatte.

Ein Eseltreiber brachte mich bis zur Moschee Tulun, einem Gebäude aus dem IX. Jahrhundert. Obwohl teilweise verfallen, ist sie das schönste arabische Bauwerk Ägyptens. Die Eleganz ihrer Linien, die Schlichtheit ihrer Architektur sind bewundernswert. Während ich die Tür betrachtete, lud ein alter Sheik mich ein, in die Moschee zu treten; ich nahm erfreut an und durchschritt behende die erste Tür. An der zweiten wurde ich unvermittelt aufgehalten: Ich durfte den heiligen Ort nicht mit Schuhen betreten. Ich trug Stiefel, aber keine Strümpfe; das Problem mußte gelöst werden. Ich zog die Stiefel aus, nahm ein Taschentuch und wickelte es um den rechten Fuß, ein anderes um den linken. Und schon stand ich auf dem Marmorboden des geheiligten Raumes, der zu dieser Stunde menschenleer war. Ich blieb eine lange Weile stehen, denn ich wagte es kaum, in dieser Stätte umherzulaufen, deren Stille einen krassen Gegensatz zu den belebten Straßen bildete.

Da erschien ein hochgewachsener Türke mit einem Mameluckensäbel an der Seite. Ein schwarzer Bart verbarg sein Gesicht beinahe vollständig. Einen Meter vor mir blieb er stehen, streng wie der Grabwächter Anubis. Plötzlich befürchtete ich, in eine Falle geraten zu sein. Was wäre einfacher, als einen Eindringling unter dem Vorwand verschwinden zu lassen, er habe die Andacht einer Moschee verletzt? Dabei sah ich zur Zeit aus wie ein echter Araber. Sogar der Eseltreiber hatte mich für einen Landsmann gehalten und vergessen, mich zu bestehlen. Wenn dieser Zerberus mich angriff, mußte ich verraten worden sein. Ich fühlte mich wie eine Fliege im Spinnennetz, und der Atem stockte mir. Mich wehren? In keinem Augenblick meines kurzen Daseins habe ich zur Gewalt gegriffen. Ich verabscheue sie. Selbst wenn es um mein Leben ging, war es mir unmöglich, einen Kampf zu beginnen.

Wir verharrten unbeweglich, wie gebannt voneinander. Vielleicht hätte ich versuchen sollen zu fliehen, doch das schien mir unwürdig. Vielleicht würde der erste gegen mich gerichtete Schlag neue Willenskraft in mir wecken. Der Türke kam näher, den Säbel blankgezogen, unendlich langsam. Der Gedanke an die Hieroglyphen kam in mir auf. Ihr unwiderstehlicher Aufruf riß mich aus der Ergebenheit, die mich wie festgenagelt an meinem Platz verharren ließ. Ich ballte die Fäuste und beschloß, mich zu verteidigen.

«Gehen Sie», befahl er. «Man erwartet Sie auf dem Basar in Khan el-Khalil. Der Buchhändler.»

Er schob seinen Säbel wieder in die Scheide und wandte sich ab, als existiere ich nicht mehr.

*

Khan el-Khalil war der berühmteste und engste Eingang zum Basar. Eine Vielzahl von Ständen versperrte ihn beinahe. Bäkker, Bettler, nargilehrauchende Männer, Eseltreiber mischten sich bunt durcheinander, in endlosem Getümmel, das an- und abschwoll wie eine unerschöpfliche Brandung. Süßwarenhändler stritten sich mit Kraftmenschen, weil diese zur Demonstration ihrer Fähigkeiten Steinblöcke stemmten und damit der Kundschaft den Zugang zu den Ständen versperrten. Ein Fabrikant von roten Lederpantoffeln amüsierte sich über den Zwischenfall.

Kein Buchhändler weit und breit. Der Fabrikant trat auf mich zu.

«Die Taten der Menschen werden nach ihren inneren Absichten beurteilt», sagte er, «und jeder Mensch erhält seinen Lohn entsprechend seinen Absichten.»

Es war der Spruch, der über dem Tor der Barbiere stand.

«Welches sind die Ihren?» fragte ich.

Er schob die Pantoffelreihen beiseite, und darunter kamen rot eingebundene Bücher zum Vorschein.

«Nehmen Sie sich eines.»

Ich zog ein Exemplar des Korans heraus.

«Das daneben dürfte Sie mehr interessieren.»

Ich nahm es; das Buch erwies sich als Reisebericht eines Venezianers, der Ägypten im XVII. Jahrhundert besucht und Theben wiederentdeckt hatte! Während ich mich begeistert in die Lektüre vertiefte, klopfte mir der Buchhändler-Schuster auf den Unterarm. Ich hob die Augen und entdeckte in der Menge eine bekannte Gestalt: Drovetti!

In türkischen Gewändern marschierte er mit seinem militärischen und zielstrebigen Schritt, der sich von der Lässigkeit der Orientalen abhob. Ich vergaß das Buch des Venezianers und stürzte ihm nach, entschlossen, ihn nicht aus den Augen zu verlieren und ihn zur Rede zu stellen. Also hatte sich Rosellini nicht getäuscht. Aus welchem Grund hatte der Generalkonsul sich zugleich mit uns nach Kairo begeben?

Ein Hochzeitszug geriet mir in den Weg. Mitten auf dem Gäßchen hielt er an, und junge Leute bauten auf vier Holzlatten einen Stand auf, den sie mit einer Stoffbahn überspannten.

Während Laternen aufgehängt und Bänke aufgestellt wurden, damit die Gäste sich ausruhen konnten, begannen Trommler zu spielen. Den Vorübergehenden wurde Kaffee ausgeschenkt, so nahmen sie an der Feier teil. Diese Woge der Freude brachte mich in Bedrängnis, denn Drovetti war bei dieser Gelegenheit verschwunden. Ich zwängte mich zwischen den engen Reihen hindurch, stets darauf bedacht, niemanden anzurempeln und keine Ungeduld zu zeigen, und es gelang mir, das Hindernis zu überwinden.

Vor mir stand Lady Ophelia Redgrave.

Ihr veilchenblaues Kleid stach von all den braunen Galabiyas unpassend ab. Unbeweglich im Strom der Vorübergehenden, sah sie mich beunruhigt an.

«Was suchen Sie hier?»

«Es ist wohl eher an mir, diese Frage zu stellen. Haben Sie Generalkonsul Drovetti soeben nicht gesehen?»

Sie zögerte verlegen.

«Nein ... natürlich nicht ... Drovetti ist nicht in Kairo. Er ist in Alexandria geblieben.»

Die Gasse war so eng, daß sie Drovetti nicht hatte übersehen können. Sicher hatten sie Zeit gehabt, ein paar Worte zu wechseln. Nun war ich überzeugt, daß sie sich auf dem Basar verabredet hatten, im Schutz der Menge. Meine Anwesenheit hatte sie wohl gestört.

«Haben Sie mir einen Brief nach Frankreich geschickt, vor der Abreise der Expedition?»

Erstaunen zeigte sich in ihren schönen, hellgrünen Augen.

«Ich hatte nie das Vergnügen, Ihnen zu schreiben», antwortete sie in leicht spöttischem Ton.

Lady Redgrave besaß erstaunliches schauspielerisches Talent, doch allmählich wurde mir die tatsächliche Situation klar. Die Engländerin und Drovetti hatten im Auftrag meiner europäischen Gegner einen Pakt gegen mich geschlossen und wollten mich daran hindern, meine Entdeckungen an Ort und

Stelle zu überprüfen. Drovetti beobachtete mich aus der Ferne und traf die erforderlichen Vorkehrungen, um jeden Fortschritt zu erschweren, während Lady Redgrave ihre Aufgabe als Spionin in meiner Nähe ausübte. Dieser ausgetüftelten Falle würde ihre Beute nicht entgehen. Ein gebrochener, besiegter und der Lächerlichkeit preisgegebener Champollion würde aus Ägypten zurückkehren. Ich war dazu verdammt, zu scheitern oder auf diesem Boden zu sterben, ohne der Welt die Frucht meiner Arbeit übermittelt zu haben.

«Sie schauen recht sorgenvoll drein, Monsieur Champollion. Wären Sie so freundlich, mir in diesem Irrgarten als Führer zu dienen? Sie allein können mich auf die Schätze hinweisen, die sich unter dem Tand und den Fälschungen der Goldschmiede verbergen.»

Ihr Lächeln war entwaffnend. Ströme von Menschen schoben sich an uns vorbei, ohne uns zu berühren. Wir bildeten eine unbewegte Insel inmitten dieser unerschöpflichen Rastlosigkeit. Trotz meiner Vorbehalte gegen Lady Redgrave hatte ich nicht das Herz, ihr diese Bitte abzuschlagen.

Sie reichte mir den Arm und führte mich mitten in den Suk, zum Bezirk der Goldschmiede. Dort fand sich ein buntes Durcheinander von wertlosen Imitationen und kleinen Meisterwerken von jenen Handwerkern, für die die Zeit nicht zählte. Lady Redgrave war durchaus ohne meinen Rat imstande, Echtes von Falschem zu unterscheiden, und wählte ein goldgefaßtes Lapislazuliarmband, dessen tiefes Blau an den Nachthimmel Ägyptens erinnerte, an dem Myriaden von Sternen zu sehen sind, die Wohnstätten der Seelen verstorbener Pharaonen.

Während sie damit beschäftigt war, das Schmuckstück zu prüfen und nach Landessitte um den Preis zu feilschen, stockte mir das Herz: Der Steinblock, der dem Goldschmied als Werkbank diente, trug ein Dutzend Hieroglyphen im so reinen Stil des Alten Reiches! Ich unterbrach die Verhandlung und bat den Handwerker inständig, mich diesen unschätzbar wertvollen Stein betrachten zu lassen. Neugierig geworden, erklärte er sich einverstanden und räumte Werkzeug, Edelsteine und Waage beiseite, die das majestätische Fundstück verdeckten.

Ich erbleichte. Ich sah eine Kartusche: das in einem Knoten endende Oval, das die Namen von Pharaonen umrahmt.

«Ich kaufe es», sagte ich dem Goldschmied.

Der lehnte ab.

«Woher stammt dieser Stein?»

«Er gehört seit vielen Generationen in meine Familie. Er ist unser Talisman. Er beschützt uns und wird unsere Werkstatt niemals verlassen.»

Ich kannte die Kraft des Aberglaubens so gut, daß ich keinen Versuch unternahm, sie zu besiegen. Dieser außergewöhnliche Block war der Wissenschaft unwiederbringlich verloren. Sobald wir gegangen waren, würde der Goldschmied nichts Dringlicheres zu tun haben, als ihn an einem unzugänglichen Ort zu verstecken.

«Was sagt Ihnen diese Inschrift?» erkundigte sich Lady Redgrave, während ich die Hieroglyphen kopierte.

«Eine neue Bestätigung für mein Entzifferungssystem und die Erinnerung an einen der größten Könige, die je auf Erden gelebt haben! Sehen Sie ... dieses Sieb  wird umgeschrieben als *kh*, dieses Wachtelküken  als *w* oder *u*, diese gehörnte Viper  als *f* und wieder das Küken, *u* ... Sie lesen wie ich:  Khufu, der Name des Pharaos, den die Griechen Cheops genannt haben und dessen ägyptischer Name bedeutet ‹Möge Gott mich beschützen›.

«Der Erbauer der großen Pyramide?»

«Genau der.»

«Stammt dieser Stein aus seinem Bauwerk?»

«Wahrscheinlich ... einige Reisende haben behauptet, Kairo sei zum großen Teil mit Blöcken erbaut, die aus den Pyramiden gerissen wurden ... ich fürchte, das ist tatsächlich die schreckliche Wahrheit.»

Lady Redgrave war beeindruckt. Trotz der Selbstbeherrschung, die sie in allen Situationen an den Tag legte, bemerkte ich, daß meine Demonstration sie zumindest verunsichert hatte. Sicher keimte in ihrem Geist zum ersten Mal der Gedanke, ich könnte etwas anderes sein als ein Betrüger oder Phantast.

«Wenn Gott Cheops geschützt hat», sagte sie ernst, «dann möge er sich Ihnen gegenüber als ebenso großzügig erweisen.»

*

Wir liefen durch die Suks, bis die Tore des Basars am Abend von türkischen Aufsehern geschlossen wurden, die dort bis zum nächsten Morgen Wache stehen würden. Im Orient bricht die Nacht innerhalb weniger Minuten herein. Mit ihr kam die Stille. Die Menschenflut verschwand. Die Hunde erwachten aus ihrer Trägheit, um auf der Suche nach Freßbarem durch die Straßen zu streifen. Die Cafés wurden mit Laternen beleuchtet, ebenso die noch geöffneten Läden. Nachtwächter breiteten ihre Palmwedelmatten vor den Häusern der Reichen aus, die zu bewachen sie den Auftrag hatten. Dort würden sie bis zum Tagesanbruch schlafen. Die Rufe der Muezzins schallten durch die laue Abendluft und riefen die Gläubigen zum Gebet.

Es schien mir, als drücke Lady Redgrave meinen Arm ein wenig fester. Berauscht von der Wärme der ägyptischen Nacht, betört von ihren Düften, verwirrt durch die Nähe einer allzu bezaubernden Feindin, vergaß ich einen Augenblick lang die Erfordernisse meiner Suche. Glück durchströmte mich wie ein Windhauch, wie jene erfrischende Brise, die die Alten Ägypter, wenn die Sonnenglut nachließ, mit Leib und Seele genossen.

Doch was erwartete mich morgen?

ACHT

Zwei Tage nach unserer Ankunft in Kairo, wo wir in den Villen des europäischen Viertels angenehm untergebracht waren, richtete ich meinen Begleitern ein Fest aus, das, wie es Brauch war, von sechs Uhr bis Mitternacht dauern sollte. Nur Vater Bidant weigerte sich teilzunehmen, in der Überzeugung, diese Vergnügung würde zum Großteil aus zügellosen Ausschweifungen bestehen. Er machte mir ernste Vorwürfe wegen meines Verhaltens und beschuldigte mich, ich ließe mich durch die orientalischen Sitten verderben. Da all meine Einwände umsonst waren, ignorierte ich die Ermahnungen des guten Paters, der sich über die Natur dieser Kairoer Zerstreuung im Irrtum befand. Was die Ausschweifungen betraf, so kamen wir lediglich in den Genuß einer langen Solodarbietung der Sängerin Nefîse, der Nachtigall von Kairo, Idol eines ganzen Volkes. Für europäische, an wohlklingende Harmonien gewöhnte Ohren war dies eine schwere Prüfung. Dem durchdringenden Singsang mit seinen sehnsuchtsvollen Modulationen gelang es schließlich doch, uns zu betören und uns sogar in eine Art Glückszustand zu versetzen.

Was lag näher als der Gedanke an die pharaonischen Orchester, an die singenden und musizierenden Priesterinnen, deren Stimme die Götter bezaubern sollte? Diese beschwörenden Gesänge entrissen die Seele den Nichtigkeiten dieser Welt und tauchten sie durch die Magie der Klänge in die Sphäre des Heiligen.

Vater Bidant hatte nicht ganz unrecht: Allmählich ergriff der Orient von uns Besitz.

Dieses Fest bot die Gelegenheit, die Expeditionsteilnehmer den einflußreichen Persönlichkeiten Kairos vorzustellen, deren Gunst wir nach und nach eroberten. Die wichtigste unter ihnen war nicht die auffälligste; es handelte sich um einen armenischen Arzt, Botzari, klein, dunkelhäutig und lebhaft. An der Achtung, mit der er behandelt wurde, ließ sich leicht ablesen, daß das Geschick vieler Notabeln in seinen Händen lag.

Im Laufe der Unterhaltungen erfuhr ich, daß er die begehrte Position des ersten Ränkeschmieds des Paschas innehatte und daß kein bedeutendes Geschäft ohne seine Zustimmung zum Abschluß kam.

Während ich noch überlegte, wie ich ein Gespräch mit ihm beginnen sollte, kam er mit spöttischem Ausdruck auf mich zu.

«Gehen wir hinaus in den Garten, Monsieur Champollion. Dort können wir uns in Ruhe unterhalten.»

Wer den Zauber eines orientalischen Gartens in einer Sommernacht nicht erlebt hat, der weiß nicht, daß das Paradies auf Erden existiert. Der Duft der Rosen vermischt sich mit dem von Hibiskus und Tamarisken; wohltuende Kühle steigt von der Erde auf, die von den Gärtnern in der Abenddämmerung bewässert wird.

Es erwachen Träume von einem Universum, in dem das menschliche Wesen wieder gelernt hat, sich mit der einfachsten Blume zu verbrüdern.

Solch bukolische Empfindungen teilte der armenische Arzt nicht. Für ihn war Kairo eine Handelsstadt, in der er seine Macht ausspielte.

«Sind Sie zufrieden mit Ihrem Aufenthalt hier, Monsieur Champollion?»

«Jeder Tag ist eine Offenbarung.»

«Ihr Ruhm wächst unaufhörlich … wissen Sie, wie man Sie nennt?»

«Das ist mir nicht bekannt.»

«Sie werden mit zahlreichen Titeln beehrt: ‹Sohn der Pharaonen›, ‹der Mann, der die magischen Zeichen liest› ... ich bevorzuge den einfachsten: Man nennt Sie oft den ‹Ägypter›, als wären Sie in diesem Land geboren und hätten es nie verlassen.»

Botzaris Worte ließen mich erschauern. Ich empfand sie beinahe als beängstigend, denn sie enthüllten mir geheimnisvolle Aspekte meiner Bestimmung, über die nachzudenken ich mich weigerte.

«Das ist reine Dichtung», antwortete ich ohne Überzeugung.

«Mißtrauen Sie diesem Land», sagte der Armenier ernst. «Den Arabern ist es nicht gelungen, die alten Gottheiten auszumerzen. Durch die unzähligen Schriftsteine, zu denen Sie, wie behauptet wird, den Schlüssel besitzen, sind sie noch sehr gegenwärtig. Sie hüten da ein gefährliches Geheimnis, Monsieur Champollion. Haben Sie bedacht, welche Folgen Ihr Tun nach sich ziehen könnte?»

Auf die Überraschung, aus dem Munde eines Intriganten einen theologischen Diskurs zu hören, folgte der Zorn. Mit welchem Recht maßte sich dieser Arzt an, meine Forschungen in Frage zu stellen?

«Monsieur Botzari, die Entzifferung der Hieroglyphen ist unvermeidlich. Niemand wird verhindern, daß der Wissenschaft dieser Tribut gezollt wird.»

Vor uns floh mit elegantem Sprung eine Spitzmaus. Ich dachte daran, daß dieses kleine Tier, ein Erzfeind der Schlangen, eine der Verkörperungen Atums war, des großen Schöpfergottes der Ägypter.

«Die Wissenschaft, Monsieur Champollion, die Wissenschaft ... sie ist nur eine Illusion unter vielen.»

Die Verachtung in den Worten des Armeniers brachte meine Überzeugungen einen Augenblick lang ins Wanken. War es tatsächlich meine Aufgabe auf dieser Erde, die Sprache der Götter von neuem zu lesen, die größte aller Kulturen dem Vergessen zu entreißen? Lag darin nicht eine wahnwitzige Anmaßung?

«Vergessen Sie Ihre Wissenschaft, Monsieur Champollion», riet er. «In den großen Prüfungen des Lebens wird sie Ihnen nicht von Nutzen sein.»

Mit neuer Kraft lächelte ich.

«In diesem Punkt täuschen Sie sich. Seit meiner Kindheit ist sie meine treueste Verbündete. Es gibt keine Qual, die ich nicht durch die Arbeit an meinen geliebten Hieroglyphen überstanden hätte.»

Botzari blieb stehen und sah mich scharf an, seine durchdringenden Augen prüften meine Seele.

«Sie haben viel Glück», schloß er. «Brechen Sie Ihre Reise an dieser Stelle ab.»

«Weshalb sollte ich das tun?» fragte ich empört.

«Sie werden nicht allen Gefahren ausweichen können, die auf Sie lauern.»

«Und welche wären das, wenn ich bitten darf? Wer könnte mich so sehr hassen, daß er mir nach dem Leben trachtet?»

«Gehen wir wieder hinein», schlug er vor.

Es war dem Armenier gelungen, mir diese süße Nacht zu verderben. Angst schnürte mir die Kehle zu. Die Drohungen aus dem Munde dieses ruhigen, besonnenen Mannes hinterließen einen unheilvollen Nachgeschmack.

Auf der Schwelle des weitläufigen Gebäudes blieb er nachdenklich stehen.

«Die Alten Ägypter kennen Sie besser als die neuen Herren dieses Landes, Monsieur Champollion. Ihre Forschungen kommen ungelegen. Wissenschaftler sind nicht die einzigen, die sich für Altertümer interessieren. Lassen Sie doch die menschliche Verderbtheit die Ruinen bedecken und verschlingen. Ägypten hat Ihnen nichts zu bieten als den Tod.»

«Ich bin hier, um das Alte Ägypten wieder zum Leben zu erwecken, wie hoch der Preis auch sein mag.»

Von unten herauf schaute er mich an.

«Ich habe Sie gewarnt. Morgen kehre ich nach Alexandria zurück. So leben Sie denn wohl, Monsieur Champollion.»

Der Armenier verschwand. Als ich mich wieder zu meinen Begleitern gesellte, die sich auf Seidenkissen niedergelassen hatten und Nargilehs rauchten, gelang es mir kaum, meine Erregung zu beherrschen. Nestor L'Hôte bemerkte es.

«Ist etwas nicht in Ordnung, General?»

«Nein, nein ...»

«Eine schlechte Nachricht?»

«Ja und nein. Mir ist ein Bote aus dem Jenseits begegnet.»

*

«Da sind sie, da sind sie», brüllte Professor Raddi, der auf dem Kabinendach der *Hathor* stand und die berühmten Steinbrüche von Tura erspäht hatte, in denen die Alten den schönsten Kalkstein des Landes abbauten.

Die Begeisterungsrufe des Mineralogen weckten die Besatzung beider Schiffe und die Fellahs an unserem Anlegeufer, die in ihren geflochtenen Hütten noch im Schlaf gelegen hatten. Am Abend des 30. September hatte ich meine Begleiter an Bord der *Isis* zusammengerufen und ihnen meine Pläne erläutert: Wir wollten diese erstaunliche Gegend erkunden, aus der die Nekropole von Memphis und alle anderen großen Gebäude der Stadt hervorgegangen waren. Kein Hindernis, nicht einmal die drückende Hitze würde uns aufhalten. Uns bot sich die Gelegenheit, jenen steinernen Leib zu betreten, der das Ägypten der Baumeister geboren hatte. Gespannt und aufgeregt, beschlossen wir, früh schlafen zu gehen.

Vor zwei Uhr morgens hatte ich kein Auge zugetan. Wie die anderen wurde ich von dem Begeisterungsausbruch des guten Professors geweckt. Während der kurzen Nachtruhe hatte ich von Steinbrechern und Steinmetzen geträumt, die Blöcke für den Tempelbau herausarbeiteten. Ich erlebte ihre Handgriffe, ihre Anstrengungen, ihre Schmerzen. Ich wurde zu ihren Händen. Raddi riß mich aus dieser Vision, doch durch ihn wurde mir ein seltenes Glück zuteil: aus dem Traum in eine Wirklichkeit zu gleiten, die selbst auch den Zauber eines großartigen Traumes besaß. Tura! Ich war tatsächlich in Tura, nahe diesem Kalkhorizont, über den noch der Wind der Ewigkeit strich.

Um fünf Uhr morgens versammelten wir uns vor den Schiffen am Ufer. Lady Redgrave war schon vor uns aufgestanden und erwartete uns auf einem grauen Esel. Zu einem grünen Kleid trug sie einen weißen, breitkrempigen Hut. Ich trat zu ihr.

«Madame, das ist kein …»

«Vergeuden Sie Ihre Worte nicht, Monsieur Champollion. Ich weiß schon, was Sie sagen wollen: Das ist kein Ort für eine Frau. Geben Sie sich keine Mühe, mich von derartigem Unsinn zu überzeugen. Von diesem Land will ich alles kennenlernen.»

Ich fand keinen Weg, sie umzustimmen. Mißmutig ging ich an ihr vorbei und folgte Professor Raddi, der nicht auf mein Zeichen gewartet hatte, um zu den Steinbrüchen zu eilen. Die schöne Spionin verminderte ihre Wachsamkeit nicht. Eigentlich hätte ich größtes Unbehagen empfinden müssen; im Grunde war ich eher froh, sie nicht von unserer kleinen Gemeinschaft getrennt zu wissen.

«Man könnte meinen, es handele sich um enorme Kasernen für eine Armee von Riesen», verkündete Nestor L'Hôte, der die Steinbrüche von der Höhe eines Felsrückens aus betrachtete. «Dort hinten», sagte er und wies auf Höhlungen im Gestein, «sind Türen und Fenster.»

Wir fühlten uns vom Ausmaß unseres Vorhabens erdrückt. Wie sollte man ein so großes Gebiet erforschen? Ich teilte jedem meiner Begleiter eine Zone zu, so daß der größtmögliche Bereich abgedeckt war. Rosellini, der für körperliche Arbeit wenig übrig hatte, äußerte schwachen Protest. Nestor L'Hôte war glücklich, seine überschüssigen Kräfte einsetzen zu können, und verteilte Trillerpfeifen. Wir vereinbarten, daß jeder, der einen größeren Fund machte, die Pfeife benutzen würde, um mir Bescheid zu geben.

«Ich glaube, Sie haben mich vergessen», schaltete sich Lady Redgrave ein.

«Madame, das ist kein …»

Ich wagte es nicht, meinen Satz zu beenden. Ihr spöttischer Gesichtsausdruck ließ mich mir selbst lächerlich erscheinen. Sie streckte die Hand aus, um eine Pfeife entgegenzunehmen, und machte sich auf den Weg zu der Zone, die ich ihr zugewiesen hatte.

Professor Raddi arbeitete wie besessen, beinahe rasend. Er betastete jeden Stein, untersuchte ihn behutsam, sammelte Bruchstücke in einen großen Sack, ohne an das Gewicht zu denken, das da zusammenkam. Die rasch ansteigenden Temperaturen dämpften die Begeisterung meiner Begleiter. Meine eigene ließ nicht nach. Ich kopierte zahlreiche Inschriften aus den bedeutendsten Epochen, Erinnerungen an die Namen derer, die an diesem Ort tätig gewesen waren.

Ein Pfiff.

Er kam aus Lady Redgraves Zone. Ich dachte sofort an einen Unfall und rannte, ohne an die Gefahr zu denken, über einen schmalen Kalkrücken, um sie zu erreichen.

«Vorsicht, General!» brüllte Nestor L'Hôte.

Seine Warnung ließ mich innehalten. Dumpfes Grollen erfüllte meine Ohren. Ich hob den Kopf und sah einen riesigen Felsbrocken auf mich zustürzen. Instinktiv wich ich zurück, auf die Gefahr hin, mir gut zwanzig Meter tiefer den Hals zu brechen. Der Fels stürzte knapp an mir vorbei und hüllte mich in eine Staubwolke. Die Hand schützend über den Augen, verfolgte ich seinen Fall bis auf den Boden des Steinbruchs.

«Hier entlang», wies L'Hôte und streckte mir die Hand entgegen.

Ich erreichte eine Plattform und schöpfte wieder Atem. Mein Herzschlag beruhigte sich allmählich.

«Das war knapp, General.»

«Wo ist Lady Redgrave?»

«Dort hinten.»

Auf einem Vorsprung stehend, hinreißend schön in dem gleißenden weißen Licht, das vom Fels auszugehen schien und mit dem Gold der Sonne verschmolz, schaute sie zu uns herüber. Hatte sie ein Verbrechen eingefädelt? Hatte sie nicht versucht, mich in eine tödliche Falle zu locken? Ich wollte Gewißheit. Mit noch immer zitternden Knien trat ich zu ihr.

«Wo ist Ihr Fund?» fragte ich spöttisch.

«Direkt vor Ihnen», antwortete sie gelassen und wies auf eine glatte Wand, auf der eine seltene Szene eingemeißelt war, das Aufrichten eines Monolithen.

Voller Bewunderung für die Sicherheit des Strichs zog ich sofort mein Notizheft heraus, um die Szene aufzunehmen.

«An der Seite», fügte sie hinzu, «steht der Name des Pharao Psammetich.»

Verblüfft hielt ich inne.

«Wie konnten Sie ihn lesen?»

«Indem ich Ihre Methode angewandt habe», antwortete sie mit bezauberndem Lächeln.

«Unmöglich.»

«Und weshalb, Monsieur Champollion?»

«Weil diese Methode nur mir allein geläufig ist.»

«Wissen Sie denn nicht, daß ich über die Gabe des Zweiten Gesichts verfüge? Entschuldigen Sie mich: Ich bin ein wenig erschöpft. Ich gehe zurück zum Schiff.»

Ich sah ihr nach, wie sie sich leichtfüßig entfernte, gleich einer Göttin, geboren aus dem Ozean der Frische, der nach der Vorstellung der Alten die Erde umgab.

Sie hatte also meine Kabine durchsucht und meine Papiere eingesehen.

*

Wir aßen in einem direkt in den Felsen gehauenen Raum aus der Regierungszeit des Pharao Ahmose, Gründer der XVIII. Dynastie, der Theben zum Mittelpunkt der Welt machen sollte. Jeder war mit der Bestandsaufnahme seiner Funde beschäftigt. Rosellini hatte seine gute Laune wiedergefunden.

«Das steile Stück, von dem aus der Felsblock heruntergestürzt ist, hatte ich niemandem zugeteilt. Arbeitete dort jemand, als der Zwischenfall passierte?»

«Vater Bidant», antwortete Rosellini. «Er wollte den Steinbruch von seinem höchsten Punkt aus betrachten.»

Der Geistliche saß an die Rückwand unseres ungewöhnlichen Speisezimmers gelehnt und hielt Siesta. Er schien tief zu schlafen. Ich fand es sinnlos, ihn zu wecken. Wie hätte Vater Bidant ein Verbrechen aushecken können? Die Phantasie ist ein schlechter Ratgeber.

Ein Kanonenschuß zerriß die glühendheiße Mittagsstille. Wir traten hinaus und erblickten ein seltsames Schauspiel: etwa hundert Fellahs und rund zwanzig Reiter, angeführt von einem alten, bärtigen Sheik mit olivgrünem Turban. Die gesamte Menge schrie unablässig. Unsere Neugierde verwandelte sich in Bestürzung, als wir sahen, wie die Fellahs sich bäuchlings eng nebeneinander auf dem Boden ausstreckten, um eine Art menschlicher Straße für die Hufe der Pferde zu bilden, die sich anschickten, über sie zu treten.

Der Sheik ritt als erster los. Unter dem Gewicht des Vierbeiners, der ihnen auf Hals, Rücken, Nieren trat, brüllten die Fellahs vor Schmerz. Entsetzt wollte ich zum Ort des Geschehens rennen, doch mein Diener Soliman vertrat mir den Weg.

«Greifen Sie nicht ein. Diese Männer sind Freiwillige für den Ritus der Doseh. Denjenigen, die das Glück haben, ernstlich verletzt zu werden, sind ihre Sünden vergeben.»

Von dieser menschlichen Straße stieg eine Anrufung auf,

‹Allah, Allah!›, die den Chor der Klagelaute nur knapp übertönte. Die unbeschlagenen Hufe brachen Knochen, rissen Wunden ins Fleisch, doch niemand floh, bevor der letzte Reiter drüben war. Lady Redgrave, die wieder an Land gekommen war, um mit uns zu essen, bat um meinen Arm. Wie ich selbst war sie unfähig, den Blick von dieser abscheulichen Zeremonie zu wenden, wo im Namen des irrwitzigsten Aberglaubens Blut vergossen wurde. Wie weit war dieses Ägypten doch von dem der Pharaonen entfernt!

Mehr oder weniger versehrt, erhoben sich die Unglücklichen mühsam. Ihre Kleidung war blutbefleckt. Sie fanden noch die Kraft, sich vor dem Sheik mit dem grünen Turban zu verneigen. Dann traten alle wieder den Rückweg nach Kairo an. Viele konnten kaum mehr laufen und stützten sich gegenseitig.

«Dort liegt noch einer!» rief Lady Redgrave aus.

Eine ausgestreckte Gestalt in einer Mulde. Die Kleider waren nur noch Blut und Sand. Das Gesicht des Mannes war tief in den Boden gepreßt.

Gebrochenes Genick.

Als Nestor L'Hôte ihn umdrehte, um seinen Tod festzustellen, erlebte ich eine grauenhafte Überraschung. Ich erkannte den Pistazienverkäufer, der mich im Basar von Kairo angesprochen hatte. Seine Handgelenke waren mit einem dünnen Bindfaden gefesselt. Dieser Mann war jedenfalls nicht freiwillig so früh in Allahs Paradies eingegangen. Meine Gegner aus dem Schatten hätten mir keine eindrucksvollere Warnung übermitteln können.

*

Der trostlose Anblick der Ruinen von Memphis, der ältesten Hauptstadt Ägyptens, steigerte die Verdrossenheit, die unsere kleine Gemeinschaft ergriffen hatte. Ich verlor zu niemandem ein Wort über die Identität des Opfers der Doseh, denn ich wußte nicht mehr, wem ich uneingeschränkt vertrauen konnte. Selbst mein Diener Soliman, der mich am Einschreiten gehindert hatte, erschien mir verdächtig.

In welches Nichts war die riesige Stadt der Weißen Mauer verschwunden, die man ‹Waage der zwei Länder› nannte? Vor unseren Augen erstreckte sich nur eine Wasserfläche, aus der hohe Palmen ragten. Noch im späten Mittelalter hatten die Tempel den hochmütigsten arabischen Reisenden Begeisterungsrufe entrissen. Heute war kein Stein mehr auf dem anderen. Moderne Barbaren hatten alles geplündert. Ich gab mir keine Mühe, die Bestürzung meiner Begleiter zu mildern, sondern folgte Soliman zu einer Kolossalstatue von Ramses II. südlich der alten Einfriedung, vor den steigenden Wassern geschützt. Die Beine waren zerstört, doch Gesicht und Torso, beide unbeschädigt, strahlten eine Würde aus, die mir die Seele ergriff. Allein dieser Anblick gab mir eine Energie zurück, die ich schon verloren geglaubt hatte.

«Bewundernswert», bemerkte Rosellini.

«Viel mehr als das, mein Freund. Ich erinnere mich an die Abscheu, die ich in Rom vor den riesigen Köpfen der Kaiser empfunden habe, die zugleich Henker und Tyrannen waren. Das waren nur scheußliche Kolosse. Allein den Ägyptern ist es gelungen, das Großartige und das Menschliche zu vereinen. In einem solchen Maßstab wird der kleinste Detailfehler zur gravierenden Mißbildung. Der Bildhauer hat die Weisheit besessen, nur das unbedingt Nötige auszudrücken, ohne dabei die Feinheit, den Ernst und das Lächeln auszusparen. Diese Weisheit ist es, die uns anrührt.»

Diese Worte waren mir spontan über die Lippen gekommen. Beinahe schämte ich mich dieses Gefühlsausbruchs, doch ich war sicher, eines der Geheimnisse der altägyptischen Kunst erkannt zu haben. Stundenlang blieb ich mit dem Koloß allein und hielt stumme Zwiesprache mit dem einzigen Geretteten aus dem Untergang der Stadt Memphis.

Indem sie sich auf Ramses' Brust setzte, unterbrach Lady Redgrave meine Versenkung.

«Sind Sie ausschließlich in das alte Ägypten verliebt, Monsieur Champollion?»

Ich schrak zusammen.

«Gehen wir, Madame. Sakkara erwartet uns.»

*

Dieses Land Ägypten, dem so viele Jahre meine Sehnsucht gegolten hatte, behandelt mich wie eine liebevolle Mutter. Hier wird es mir allem Anschein nach gelingen, die gute Gesundheit zu erhalten, die ich mitbringe. Nach Herzenslust trinke ich frisches Wasser, nämlich Nilwasser aus dem Kanal, der zu Ehren seines Erbauers den Namen Mahmudija trägt.

Mein Diener Soliman und die einheimischen Araber beteuern, daß man mich überall für einen gebürtigen Ägypter hält. Ich spreche nicht nur die Sprache, die ich in noch etwa einem Monat vollständig zu beherrschen hoffe, sondern kleide mich auch entsprechend: Turban auf dem rasierten Kopf, goldbestickte Jacke über gestreifter Seidenweste, einen breiten Gürtel aus dem gleichen Stoff um die Taille, Pluderhosen, rote Pantoffeln. Ein beachtlicher Schnurrbart ziert meine Oberlippe. Diese Kleidung ist sehr warm, und genau das braucht man in Ägypten; man schwitzt nach Herzenslust und fühlt sich wohl darin.

Sitten und Gebräuche des Landes habe ich mir schon zu eigen gemacht: Kaffee, Pfeife, Siesta, Esel, Schnurrbart und Hitze, die noch verstärkt, was ich von meiner Schwägerin Zoé am Tag ihrer Hochzeit mit Jean-Joseph zu hören bekam: «Ihr Teint ist zu dunkel. Pudern Sie sich das Gesicht wenigstens für die Zeremonie!»

Nur Nestor L'Hôte hat sich wie ich die landesübliche Tracht angeeignet. Rosellini übt vorsichtige Zurückhaltung, indem er

Spuren der europäischen Mode beibehält. Vater Bidant hat geschworen, seine Sutane nicht auszuziehen. Professor Raddi schwankt zwischen türkisch und italienisch, wie es der Zufall seiner morgendlichen Kleiderfunde gerade will. Was Lady Redgrave betrifft, sie trägt eine sorgfältig ausgewählte orientalische Garderobe und vollbringt das Wunder, Eleganz und Zweckdienlichkeit zu vereinen. Niemand wagt es, sie zu belästigen, denn aufgrund unserer Kleidung hält man L'Hôte und mich für ihre Leibwächter.

Die abgestorbene Ebene von Sakkara erfüllte die Expeditionsteilnehmer mit Schrecken. Wir hatten die beiden vor Bedrachein ankernden Schiffe verlassen, um uns in eine ausgedörrte Wüstenfläche hineinzuwagen, den ehemaligen Friedhof von Memphis, der übersät war mit zerstörten Pyramiden und geschändeten Gräbern. Eine Kette kleiner, durch wahllose Grabungen und Plündereien entstandener Sandhügel bildet das Mumienfeld, wie es die Araber nennen, und die gesamte Fläche ist mit menschlichen Gebeinen gespickt. Die einst mit Skulpturen ausgestatteten Gräber sind zum größten Teil verwüstet oder nach der Plünderung wieder zugeschüttet worden. Die raffgierige Barbarei der Antiquitätenhändler hat hier mit größter Rücksichtslosigkeit gewütet.

Ein Geruch der Endzeit stieg von den Gräbern auf. Wir stellten unser Zelt mitten in diese kahle Unermeßlichkeit, die von verschlossen dreinschauenden Beduinen bewohnt war. Es gelang mir, mich mit ihnen zu verständigen, und sie waren bereit, uns zu unterstützen. Sie übernahmen Haushaltsdienste und hielten Tag und Nacht vor unserem Lager Wache. Ihr Oberhaupt, Sheik Mohamed, brachte mir sogar aufrichtige Zuneigung entgegen.

Niemals empfand ich die Einsamkeit bedrückender als in Sakkara. Lady Redgrave, der meine Beduinen einen wundervollen Fuchs zur Verfügung gestellt hatten, verbrachte den Großteil ihrer Zeit auf dem Pferderücken. Während der heißesten Stunden des Tages schlief sie. Bei den Mahlzeiten plauderte sie gutgelaunt mit meinen Begleitern.

Seit drei Tagen hat sie das Wort nicht an mich gerichtet. Vater Bidant, der wohl die Anwesenheit der Wüstendämonen spürt, liest pausenlos in der Heiligen Schrift, die er sicherlich bald auswendig kann. Er hat tatsächlich versucht, einen jungen Beduinen zu bekehren, hat mit seinen Bemühungen jedoch nur einen schmerzlichen Mißerfolg geerntet. Nestor L'Hôte ist übermütig und ausgelassen wie ein junger Hund. Er springt von eingestürzter Pyramide zu zerstörter Grabstätte, streift überall herum, folgt jedem selbsternannten Fremdenführer und bringt mir unzählige Skizzen, von denen nur ein Bruchteil wissenschaftlichen Wert besitzt. Ich ziehe es vor, ihn seine Energie jetzt austoben zu lassen, dann habe ich ihn später um so besser unter Kontrolle. Professor Raddi verläßt seinen rauschhaften Zustand nicht mehr. Die Wüste ist sein Reich. Er braucht sich nur zu bücken, um Schätze zu finden. Ich glaube tatsächlich, er rekonstruiert die geologische Geschichte dieses Landes, womöglich sogar des ganzen Planeten. Rosellini ist entzückt; er handelt den ganzen Tag mit den Eingeborenen und hat für das Museum zu Turin bereits verschiedene schöne Stücke erstanden, unter anderem einen Sarkophag.

Des Abends versammeln sich die Beduinen um unser Zelt. Als leise Schatten kommen sie von allen Seiten herbei und entfachen kleine Feuer. Sie erzählen einander Geistergeschichten, Legenden, kriegerische Heldentaten. Meine Begleiter, müde von der Arbeit, gehen früh schlafen. Lady Redgrave zieht sich in ihr Privatzelt zurück, über das Soliman wacht.

Ich finde keinen Schlaf mehr. Mich verfolgt der Anblick von Mumienbinden, zerbrochenen Gebeinen, durch den Wüstentau ausgebleichten Schädeln. Meine Reise hat kaum begonnen, von Theben bin ich noch weit entfernt, und schon berühren meine Fingerspitzen das Nichts. Noch keine entscheidende Inschrift hat es mir ermöglicht, mein Entzifferungssystem endgültig zu vervollständigen. Ich habe den Weg noch nicht gefunden, der zur Erkenntnis des ewigen Lebens im Sinne der alten Ägypter führt. Und was ist von den beiden geheimnisvollen Briefen zu halten, deren Schreiber mir noch immer unbekannt sind?

Ich verließ unser bescheidenes Lager, um mich in die Wüste hinauszuwagen. Diese Nacht erschien mir mit einem Mal als weniger bedrohlich. Die Dünen wirkten wie versteinerte Wogen eines Ozeans, der auf ewig ruht. Schlummerten unter dieser unbewegten Kruste nicht Schätze aus der Vergangenheit? Ein Kribbeln in den Beinen zeigte mir an, daß eines der Herzen meines Alten Ägypten an diesem trostlosen Ort noch schlug. Wie viele Tonnen Sand und Steine müßte man abtragen, um die Wunder wieder ans Licht zu bringen, die unter meinen Schritten schliefen?

Der helle Vollmond beleuchtete einen steilen Abhang, an dessen Fuß einzelne Steinblöcke verstreut lagen. Mein Archäologeninstinkt drängte mich, sie genauer in Augenschein zu nehmen. Schon die Größe der Steine ließ erkennen, daß es sich um ein beeindruckendes Gebäude handeln mußte, möglicherweise eine Pyramide. Mit dem Fuß stieß ich an ein kleines Stück Kalkstein, auf dem eine Kartusche reinsten Stils erhalten war. Mühelos entzifferte ich den Namen in ihr: Unas.

Soeben hatte ich einen unbekannten Pharao entdeckt.

*

Am frühen Morgen des 8. Oktober hielt unsere Karawane vor der großen Sphinx, Hüterin der Hochebene von Giseh und der drei großen Pyramiden, deren vollendete Formen für immer in die Ewigkeit der Menschen eingegangen sind. Wir alle waren erschöpft von einem Marsch durch die Wüste, den wir in die Nacht verlegt hatten, einerseits um die Tageshitze zu meiden, andererseits um das morgendliche Licht dieser friedvollen Einsamkeit zu genießen. Ein Schwarm von Beduinen stürzte uns entgegen, um uns Datteln, Wasser und Brot anzubieten. Wir nahmen diese Geschenke dankbar entgegen, doch ich mußte meinen Begleitern die Gegenwart einer Dame ins Gedächtnis rufen, um zu erreichen, daß Lady Redgrave als erste bedient wurde.

Unsere sieben Lastkamele hatten sich vor der großen Sphinx niedergelassen und genossen ihre wohlverdiente Ruhe. Ein Schluck frisches Wasser genügte, um meinen Durst zu stillen, so fasziniert war ich vom wachsamen Stolz der Sphinx und von der Mächtigkeit der drei Steinriesen.

Minutenlang verweilte ich vor diesen Gräbern. Je mehr ich mich in ihren Anblick vertiefte, desto mehr schienen sie zu wachsen und mich mit in den Himmel zu nehmen. Waren diese größten von Menschenhand geschaffenen Monumente tatsächlich, wie es Voltaire und andere Schöngeister behauptet hatten, nur Bauwerke zu Ehren des Nichts? Die Bewunderung, die ich empfand, bewies mir das Gegenteil. Und plötzlich begriff ich. Dies waren keine Steinhaufen zur absurden Demonstration vergänglicher Eitelkeit, sondern Gesänge der Ewigkeit. Die Pyramiden sind keine Gräber, sondern Stätten der Auferstehung. Ja, der Mensch ist Nichts und Staub. Doch sein Geist ist Licht. Um ihn zu beherbergen, baute man eine Wohnstatt, die ihm in Größe und Natur angemessen war.

«Man müßte diese Pyramiden Stein für Stein abtragen», meinte Professor Raddi. «Ich bin sicher, ihr Kern hat Spannendes zu bieten.»

«Was für ein abscheulicher Ausdruck wahnwitziger Eitelkeit!» urteilte Vater Bidant.

Sogleich nahm ich ihn beiseite, während Rosellini begann, um seine zukünftigen Erwerbungen zu feilschen, und Nestor L'Hôte den Kopf der Sphinx zeichnete. Lady Redgrave saß unter einem Sonnenschirm, den Soliman hielt, und ruhte sich aus.

«Hochwürden, diese Kritik hat keinerlei Sinn. Wenn Sie

schon das Unglück haben, Ägypten zu hassen, beglücken Sie uns wenigstens mit Ihrem Schweigen.»

Myriaden von Falken tanzten in unermüdlichem Reigen um die Spitze der Pyramiden. Der Geistliche mied meinen Blick.

«Sie sind anmaßend», gab er zurück. «Sie haben mir mein Verhalten nicht vorzuschreiben. Im Gegenteil, ich bin es, der das Ihre überwachen muß. Sehen Sie sich doch an, Champollion! Sie haben nichts mehr von einem gesitteten Menschen an sich! Wenn Sie sich weiterhin von diesem Land voller Dämonen verführen lassen, werden Sie bald alle Religion verloren haben und der verdorbenste aller Gelehrten sein.»

«Darüber werden wir gemeinsam trauern, Hochwürden. Die Eitelkeit, die Sie den Pharaonen zuschreiben, existiert nur in Ihrer Vorstellung. Diese großartigen Bauten sind Symbole. Sehen Sie sie an! Fegen Sie nicht unsere Mittelmäßigkeit, unsere Kleinherzigkeit, unser erbärmliches Menschsein beiseite?»

Vater Bidant zuckte mit den Schultern und brach das Gespräch ab, indem er sich brummend entfernte. Nestor L'Hôte zog mich am Ärmel.

«General … kommen Sie schnell! Das dürfen Sie sich nicht entgehen lassen.»

Gedankenlos folgte ich ihm. Von seinem kräftigen Arm und dem eines Beduinen von affenartiger Behendigkeit emporgezogen, erklomm ich halb unfreiwillig einen Quader der größten der drei Pyramiden, der von Cheops. Ihre Blöcke bildeten riesige Stufen. Zunächst begeistert von diesem Aufstieg, beging ich den Fehler, mich auf halber Höhe umzudrehen und nach unten zu schauen. Mein Herz klopfte plötzlich zum Zerspringen, der Atem stockte mir, ich taumelte. Um das Gleichgewicht zu halten, schloß ich die Augen und preßte mich gegen die Mauer. Ich war unfähig, mich zu rühren oder um Hilfe zu rufen.

«Klettern Sie, General!» rief L'Hôte ein gutes Stück über mir.

Ich antwortete nicht. Eine Welle der Angst übermannte mich. Hatte L'Hôte mich hierhergebracht, damit ich dem Schwindelgefühl erliegen und mir auf denkbar natürliche Weise den Hals brechen sollte? Doch wie konnte er von meiner Höhenangst wissen?

Eine Hand legte sich auf meine Schulter. Einen Moment lang glaubte ich, sie stoße mich ins Leere.

«Ist Ihnen nicht gut, General?»

«Mir geht es schlecht», stammelte ich, ohne die Augen zu öffnen.

«Haben Sie nach unten gesehen?»

Ich nickte.

«Das war unvorsichtig, General. Lassen Sie sich führen. Sie können die Landschaft von dort oben aus bewundern. Ich bin sicher, dann wird Ihnen nicht mehr schwindelig. Nehmen Sie meine Hand, klettern Sie, und denken Sie nur noch an die Pyramiden.»

Fügsam überließ ich mich L'Hôtes Führung. Die Steinquader wurden meine Zuflucht, der letzte Halt zwischen meinem keuchenden Körper und dem leeren Raum. Sie zu berühren beruhigte mich. Blind brachte ich den Aufstieg sicheren Fußes zu Ende, indem ich meine Energie nur auf das zu erreichende Ziel richtete: die Spitze.

«Wir sind oben, General.»

Einhundertvierzig Meter über der Erde, auf dem Gipfel des großartigsten Bauwerks, das der menschliche Geist je ersonnen hat, öffnete ich endlich die Augen und genoß einen unvergleichlichen Blick. Im Osten die Abbruchkante der Hochebene von Giseh, der Nil und die Betriebsamkeit von Kairo. Im Westen die Wüste. Im Norden die Pyramiden von Abu Roasch. Im Süden Abusir, Sakkara und die beiden riesigen Pyramiden von Dahschur, erbaut durch den gütigen König Snofru. Hier bot sich das Werk des Alten Reiches dar, eine Versammlung von Steinen, die sich dem Absoluten entgegenreckten.

«Da kann man nur noch den Mund halten», sagte L'Hôte fasziniert.

Mit dem Kopf auf den Knien schlief unser Beduinenführer ein. L'Hôte zeichnete. Ich schaute. Wir blieben über zwei Stunden auf der Spitze der Cheopspyramide, an der Stelle, an die eigentlich das Pyramidion* gehört. Die Alten hatten das Werk nicht ganz vollenden wollen, so gewaltig es war. Den letzten Stein zu setzen gebührte nur dem Schöpfergott.

*

Am Abend eines ebenso aufregenden wie ermüdenden Tages fanden wir uns am Saum zwischen Wüste und Fruchtland in einem Akazienwäldchen zu einem Festmahl zusammen, zu dem Sheik Mohamed geladen hatte.

«Es gibt keinen Gott außer Allah», erklärte er, nachdem er uns gebeten hatte, auf spärlich bestickten, aber bequemen Kissen Platz zu nehmen.

Das Essen bestand nur aus Gerstenfladen; die Freundschaft wog die Kargheit des Mahls auf.

«Ich habe wundervolle Stunden verbracht», sagte Lady Redgrave an meiner linken Seite leise.

«Ich hatte schon jede Hoffnung aufgegeben, den Klang Ihrer Stimme noch einmal zu hören», warf ich ihr vor.

«Wissen Sie denn nicht, daß eine Frau verwelkt, wenn man sich nicht um sie kümmert?»

Mein Nachbar zur Rechten, ein Beduine, bat mich, meine Aufmerksamkeit wieder auf Sheik Mohamed zu richten, der erneut zum Sprechen ansetzte.

«Gesegnet sei Ihre Expedition, Monsieur Champollion!» rief er herzlich. «Seit Adam und Eva sind alle Menschen Brü-

* Kleine, oft vergoldete Steinpyramide als Spitze eines Obelisken oder einer Pyramide (A. d. Ü.).

der, doch sie wissen es nicht. Möge es Ihnen gelingen, den Menschen mitzuteilen, was Ihr Herz hier zu suchen gekommen ist.»

Damit beendete der Sheik seine Ansprache und wandte sich dem Essen zu. Ich hätte ihn gerne nach der Bedeutung dieser rätselhaften Worte gefragt, doch die orientalischen Sitten verboten es. Wir aßen schweigend, als plötzlich eine Gewehrsalve die Gäste aufschrecken ließ.

So pflegten die Beduinen die Ankunft eines Reiters zu melden. Dieser trat sogleich in unser Zelt und verneigte sich vor dem Sheik. Türkisch gekleidet, vereinte er Rosellinis elegantes Auftreten mit Nestor L'Hôtes stattlicher Erscheinung.

«Befindet sich Champollion unter den Anwesenden?» fragte er.

«Hier bin ich», antwortete ich und erhob mich.

«Ich wollte Sie unbedingt treffen. Mein Name ist Caviglia.»

Caviglia! Ich starrte ihn an, als sei er vom Himmel gefallen. Dem Mann, der da zu mir kam, hatte ich auf meiner Reise um jeden Preis begegnen wollen.

*

Caviglia kannte die Hochebene von Giseh wie seine Westentasche. Vor elf Jahren hatte er die Sphinx freigelegt, die Pyramiden erforscht, zahlreiche Ausgrabungen unternommen, deren Ergebnisse nur er allein kannte. Er war ein verschlossener Sonderling und lehnte es ab, sich mit den anderen Expeditionsteilnehmern zu unterhalten, er wollte nur mit mir und unter vier Augen sprechen. Drei Tage lang beschrieb er mir seine Arbeiten, drohte aber, sofort zu gehen, wenn ich mir Notizen machte. Mittags und abends aßen wir unter freiem Himmel Datteln und Brot, das uns die Beduinen brachten, die ihn mit größter Achtung behandelten. Nachts schlief ich im Zelt von Sheik Mohamed, dessen Lager täglich an einer anderen Stelle aufgeschlagen wurde. Am Morgen tauchte Caviglia wieder auf, immer mit neuer Energie und beseelt von einer Leidenschaft für das kleinste Zeugnis des ägyptischen Altertums, die der meinen ebenbürtig war.

In den drei Tagen mit diesem Mann lernte ich ebensoviel wie durch jahrelanges Studium in Bibliotheken. Ich war zugleich traurig und erleichtert, von Lady Redgraves ständiger Überwachung befreit zu sein. Welchen finsteren Machenschaften sie sich in meiner Abwesenheit wohl widmete? Warum ließen sich die Spürhunde des Paschas und Drovettis, Abdel-Razuk und Moktar, nicht mehr blicken? Wie entwickelten sich die Beziehungen unter den Expeditionsteilnehmern ohne ihren ‹General›?

«Sie sind bedrückt, Champollion», bemerkte Caviglia und setzte sich mir gegenüber.

Die Sonne ging unter. Vor Sheik Mohameds Zelt tranken wir Johannisbrotsaft.

«Ich danke Ihnen von ganzem Herzen für Ihre Hilfe, aber …»

«Aber die Einsamkeit belastet Sie.»

«Nein. Aber ich muß meine Aufgabe den Expeditionsmitgliedern gegenüber wahrnehmen.»

Ein mißbilligender Ausdruck erschien auf Caviglias Gesicht.

«Eine traurige Truppe haben Sie da … Bidant ist mit allen Wassern gewaschen und wünscht nichts dringlicher als Ihren Mißerfolg. Rosellini ist ein Krämer, wie so viele Möchtegernwissenschaftler. L'Hôte ein grober Klotz, der nichts anderes im Sinn hat als Prügeleien. Professor Raddi ist ein gefährlicher Fanatiker. Und Lady Redgrave … Alle werden Sie verraten, Champollion.»

Ich errötete.

«Sie haben kein Recht, so zu sprechen!»

«Haben Sie die Kartusche des Königs Unas gefunden?»

Seine Frage traf mich unerwartet.

«Woher wissen Sie ...»

«Nichts geschieht zufällig in Ägypten, Champollion. Sicher ist dieses Zeichen auf Ihren Weg gelegt worden ... Bonaparte hat etwas Ähnliches erlebt.»

«Nämlich?» fragte ich wißbegierig.

«Bonaparte hat mit seinem Führer die große Pyramide betreten. Er ist sehr lange dort drinnen geblieben. Als er herauskam, war er außerordentlich blaß. ‹Was ist geschehen›, fragte sein Adjutant. ‹Nichts, das ich erklären könnte›, antwortete Bonaparte. ‹Wozu erzählen, Sie würden mir ohnehin nicht glauben. Und außerdem habe ich Stillschweigen geschworen.›»

Erstaunt über diese Enthüllungen, versuchte ich meinerseits, Genaueres zu erfahren. Doch Caviglia schwieg sich aus.

«Bonaparte war nur ein Schüler unter vielen. Beschäftigen Sie sich mit Ihrem eigenen Schicksal, Champollion. Meine Freunde und ich erwarten Sie seit langem. Die Überlieferungen sind nicht verlorengegangen, aber Ihre Entdeckungen sind von großer Bedeutung. Wir möchten mit Ihnen zusammenarbeiten.»

Caviglia hatte nichts von seiner natürlichen Strenge verloren. Ich fühlte mich angezogen und mißtrauisch zugleich.

«Was fordern Sie von mir?»

«Ihr Wissen über die Hieroglyphen.»

«Und was bieten Sie mir dafür?»

«Schlüssel, die Ihnen noch fehlen, und die Erkenntnis Ihres Schicksals», antwortete er, den Blick in die Ferne, auf die Wüste gerichtet. «Die Entscheidung liegt bei Ihnen. Kommen Sie heute nacht an den Fuß der Stufenpyramide von Sakkara, mit der Kartusche von Unas.»

Caviglia erhob sich. Ich glaubte zu träumen. Was sollte diese Geheimniskrämerei? Wäre dieser Mann nicht ein berühmter Archäologe gewesen, so hätte ich ihn ohne weiteres für einen Träumer und Scharlatan gehalten. Doch der Ernst seiner Worte und seiner Haltung sprachen gegen ein solches Urteil.

«Warten Sie … haben Sie mir in Frankreich vielleicht einen Brief zukommen lassen?»

Caviglia wandte sich nicht um.

«Das ist gut möglich», räumte er ein, bestieg sein Pferd und verschwand in den Sonnenuntergang.

*

Ich bilde mir ein, nichts zu fürchten außer der menschlichen Dummheit, die die edelsten Vorhaben zum Scheitern bringen kann. Seit meiner frühesten Jugend war ich mit dem Unbekannten konfrontiert und habe versucht, seine Herausforderungen anzunehmen. Diejenige, die Caviglia ausgesprochen hatte, war jedoch geeignet, mich aus der Fassung zu bringen. Sie verlangte einen Vertrauensvorschuß, der über jedes vernünftige Maß hinausging. Die einzige Gewißheit: Caviglia war der Schreiber eines der beiden Briefe. Doch welcher stammte von ihm? Hatte er sich geweigert, Genaueres zu verraten, damit er mich um so sicherer in einen Hinterhalt locken konnte?

Die Ebene der Mumien, Sakkara die Schreckliche … war dies meine letzte Etappe auf Erden? Ich fühlte mich nicht bereit, von diesem Leben Abschied zu nehmen, solange meine Forschungen noch zu keinem Ergebnis geführt hatten. Die Vorsicht riet mir, in der Nähe der Expeditionsteilnehmer zu bleiben. Doch eine zwingende Neugierde trieb mich dazu, mich auf dem Rücken eines Maultiers auf den Weg nach Sakkara zu machen, ohne jemanden einzuweihen. Welcher vernunftbegabte Mensch hätte auf die Möglichkeit verzichtet, sein Schicksal zu erkennen und den Schatz zu erhalten, den er mit aller Leidenschaft suchte?

Ich sah die Stufenpyramide von Sakkara zum ersten Mal. Bisher hatte mich diese etwas unförmige Masse, die plump aus einem Haufen Sand und Schutt ragte, nicht sonderlich beeindruckt. Im hellen Mondlicht erschien sie mir in ihrem alten

Stolz. Es drängte mich, sie mit eigenen Händen freizulegen, um ihr all ihre Herrlichkeit zurückzugeben.

Als ich niederkniete, richtete sich ein riesiger Schatten vor mir auf.

NEUN

Die Datteln zum Frühstück waren köstlich. Ein leichter Nordwind brachte Frische. Der Blick auf die drei Pyramiden der Hochebene von Giseh schuf eine unvergeßliche Erinnerung. Lady Ophelia Redgrave hatte keinen Appetit. An der Aussicht fand sie keinen Gefallen mehr. Seit über einer Stunde streifte sie zu Pferd durch die Wüste und wagte sich sogar bis in die Lager der feindseligsten Beduinen.

Zurück am Zelt, in dem die Expeditionsmitglieder übernachteten, sah sie zuerst Vater Bidant, der Minztee trank, neben sich das Meßbuch. Rosellini studierte Abschriften von Hieroglyphen, doch ohne den Meister war er nicht in der Lage, sie zu entziffern. Nestor L'Hôte exerzierte mit nacktem Oberkörper Lockerungsübungen. Professor Raddi, völlig gleichgültig gegen die Außenwelt, inventarisierte Kalkstücke, die er mit der Lupe untersuchte.

Lady Redgrave saß ab und wandte sich an Rosellini.

«Haben Sie Soliman gesehen?»

«Nein», antwortete der Italiener.

«Keine Neuigkeiten von Sheik Mohamed?»

«Nichts. Die Beduinen sagen, er sei nach Süden aufgebrochen. Und Sie … Haben Sie nichts in Erfahrung gebracht?»

Lady Redgrave biß sich auf die Unterlippe.

«Nach dem Stand der Dinge gibt es keinen Zweifel mehr: Champollion ist verschwunden.»

*

Im ersten Moment glaubte ich, die Stufenpyramide stürze auf mich. Ihr riesiger Schatten hüllte mich ein wie ein Leichentuch. Alarmiert drehte ich mich um, denn ich spürte die Gegenwart eines Menschen.

Caviglia.

«Sind Sie bereit, mir zu folgen, Champollion?»

Ich nickte.

Caviglia ging voraus. Wir liefen die Stufenpyramide entlang auf den Mittelpunkt der Nordseite zu. Der Schutt war hoch aufgetürmt und reichte beinahe bis zur Spitze des Bauwerks, so daß die Umrisse völlig verfälscht wurden. Caviglia erklomm die Sandmauer bis auf halbe Höhe, schob mit beachtlicher Anstrengung einen großen Steinblock beiseite, was einige Zeit in Anspruch nahm, und legte so den Eingang eines sehr engen Stollens frei, der einem menschlichen Körper eben Durchlaß bot.

«Dieser Weg führt direkt in die Hölle», verkündete er. «Ganz wie Sie wünschen, Champollion.»

Das Innerste einer Pyramide zu betreten, gibt es ein aufregenderes Angebot? Ich zwängte mich durch die schmale Öffnung, gefolgt von Caviglia, der den Steinblock sorgsam wieder an seinen Platz schob. Das Gefälle erwies sich als sehr steil. Ich lag auf dem Rücken, berührte mit der Nase beinahe die Decke und schob mich vorwärts, indem ich die Beine anzog. Caviglia hielt reichlich Abstand, um nicht auf mich zu rutschen, wenn ich mit den Fersen bremste. Ich schürfte mir Waden und Knie auf, schluckte Staub, stieß mir den Kopf an, doch ich sputete mich, denn ich war begierig, das Grab des Pharaos zu sehen, der die erste aller Pyramiden erbaut hatte.

Als mir die Atemluft knapp zu werden begann, verbreiterte sich der abschüssige Stollen unvermittelt und wurde eben. In dieser Tiefe herrschte ein sanftes, bläuliches Licht, das die

Mühen des Einstiegs sogleich vergessen ließ. Ich konnte mich aufrichten. Auf dem Weg durch die Grabkammer, in der eine ganze Familie versammelt sein mußte, blieb ich staunend vor einer Fayencetafel stehen, die den Pharao mit einer Stange in der Hand bei seinem Lauf anläßlich der Verjüngungszeremonie darstellte, die dem Herrscher durch göttliche Magie neue Macht verleiht, damit er seine Aufgabe besser erfüllen kann.

«Dies ist die Geburtsstätte Ägyptens», betonte Caviglia. «Dieses Grab gehört Djoser, dem ersten Pharao, dem die Vereinigung der Zwei Länder gelungen ist. Eines Tages wird es entdeckt werden. Man wird in dem großen Gebiet rings umher Grabungen vornehmen, und es werden Meisterwerke ans Tageslicht kommen.»

«Weshalb wurde diese sensationelle Entdeckung nicht in der ganzen Welt bekanntgegeben?»

«Weil wir Sie erwartet haben, Champollion, und weil die Zeit noch nicht reif ist. Ich verlange von Ihnen absolutes Stillschweigen über alles, was Sie heute nacht sehen werden.»

«Und wenn ich mich weigere?»

Caviglia antwortete nicht. Sein Blick sprach Bände.

«Bewahren Sie diese Enthüllungen in Ihrem Herzen. Schweigen Sie, bis wir eine anderslautende Entscheidung treffen.»

«‹Wir› ... von wem sprechen Sie?»

«Von den Mitgliedern der Bruderschaft von Luxor.»

Die Bruderschaft von Luxor ... in Paris hatte ich von ihr gehört als von einer Sekte, die die Lehren alter Kulturen sammelt, vor allem aus Indien und Ägypten. Diese Information war mir so grotesk erschienen, daß ich ihr nicht die geringste Bedeutung beigemessen hatte.

«Wir wußten schon immer, daß Sie kommen würden. Einer unserer Brüder, Henry Salt, hatte vorhergesagt, daß ein junger Franzose das Geheimnis der Hieroglyphen wiederentdecken würde.»

Henry Salt, Generalkonsul Großbritanniens in Ägypten, ein Mitglied der Bruderschaft!

«Ich habe viele Jahre damit zugebracht, die Pyramiden zu erforschen, die Sphinx freizulegen und die unterirdischen Gänge zu erkunden, die die Hochebene von Giseh mit Sakkara verbinden. Diesen Weg werden wir einschlagen … sobald ich Ihnen die Augen verbunden habe.»

«Aber weshalb? Mißtrauen Sie mir?»

«Es ist unsere Regel, Champollion.»

«Ich weigere mich.»

Mein ganzes Wesen sträubte sich gegen diese absurde Inszenierung.

«Das wäre ein Fehler», sagte Caviglia gelassen. «Haben Sie vergessen, worum es geht?»

«Nun, worum geht es denn?» forderte ich ihn hitzig heraus.

«Darum, daß Sie die Chance bekommen, sich selbst zu verwandeln, um in den Geist des Alten Ägypten eingeweiht zu werden. Wenn Sie nicht den rechten Blick erlangen, bleiben Sie nur ein Schaulustiger ohne Bewußtsein.»

«Und Sie behaupten, mir einen derartigen Schatz offenbaren zu wollen?»

«Ich? Keineswegs! Nur Ägypten selbst vermag das … wenn es Sie für würdig befindet.»

Die genaue Bedeutung dieser Worte war mir unklar, doch Caviglias Ernst beeindruckte mich zutiefst. Mein Gleichmut war nur gespielt. Dieser Mann besaß offensichtlich ein Geheimnis. Wie hätte ich den Anblick der herrlichen Reliefs des Pharao Djoser vergessen können? Wie sollte ich einem Mann nicht glauben, der mir solche Wunder offenbart hatte?

«Zum letzten Mal, Champollion, ich verlange von Ihnen Stillschweigen über alles, was Sie in dieser Nacht sehen, hören und erleben werden. Verwenden Sie es, um Ägypten vollständig zu entziffern, aber enthüllen Sie niemandem den Schlüssel, der Ihnen als Mitglied der Bruderschaft anvertraut wird. Es wird der Tag kommen, an dem Sie ihn, so wie ich heute, an Ihren Nachfolger weitergeben, dem Sie die gleichen Verpflichtungen auferlegen werden.»

Ich zögerte noch immer, ersann ein Dutzend Argumente, rang mit meiner Angst.

«Ich schwöre es.»

«Kommen Sie.»

Er verband mir die Augen mit einem weißen, jasminduftenden Tuch. Das schwere Parfum stieg mir bald zu Kopfe. Mit Bedauern riß ich mich von Djosers bläulichen Figuren los und überließ mich der Hand, die mich durch den Verbindungsstollen von einer Pyramide zur anderen führte. Ich verlor jedes Zeitgefühl bei diesem Gang über einen äußerst unebenen Boden. Plötzlich wurde der Anstieg sehr steil. Caviglia zog mich unsanft hinauf. Laue Nachtluft drang in meine Lungen. Wir waren wieder unter freiem Himmel.

«Haben Sie von dem Propheten gehört?» fragte ich.

«Der alte Gelehrte, der im Ägypteninstitut arbeitete? Natürlich.»

«Behauptete er nicht, das Geheimnis der Hieroglyphen gelüftet zu haben?»

«In der Tat glaubte er, im Besitz verlorenen Wissens zu sein», antwortete Caviglia.

«Weshalb ist er nicht in die Bruderschaft eingetreten?»

«Kurz vor Ihrer Ankunft wollten wir ihn aufnehmen. Aber sein Arbeitszimmer ist ausgebrannt.»

«Und er selbst ist in den Flammen umgekommen, nicht wahr?»

Caviglia zögerte ein paar Sekunden mit seiner Antwort.

«In den noch rauchenden Trümmern ist kein Leichnam gefunden worden. Es gibt Zeugen, die aussagen, sie hätten Moktar, Drovettis Verwalter, kurz nach Ausbruch des Feuers durch eine Gasse flüchten sehen.»

Ein Verbrechen ... der Prophet wollte mir wichtige Informationen übermitteln. Drovetti hatte ihn töten lassen, um zu verhindern, daß er mit mir sprach.

«Sollte er noch am Leben sein?» mutmaßte ich freudig.

«Niemand weiß es. Man will ihn in Theben gesehen haben, wo er sich verstecken soll. Andere behaupten, er habe in Nubien Zuflucht gefunden, weit entfernt von Drovetti und seinen Handlangern.»

«Wenn er noch lebt», bekannte ich zähneknirschend, «dann werde ich ihn finden. Ich muß ihn finden.»

«Er ist unverwechselbar», bemerkte Caviglia. «Der Prophet ist über zwei Meter groß, trägt einen schmalen weißen Spitzbart und bewegt sich niemals ohne einen großen Akazienstock mit Goldknauf. Sammeln Sie sich, Champollion. Es geht weiter.»

Die Flamme der Hoffnung erwachte wieder in mir. Neue Wege taten sich auf. Ich war bereit zu kämpfen.

Caviglia nahm mir die Binde ab. Ich sah zuerst die Sterne, dann, als ich den Blick senkte, zwei riesige Steinbänke, in denen ich bald die Pranken der Sphinx erkannte. Als ich mich umwandte, begriff ich, daß ich mich vor der Brust und unterhalb des Kinns dieses Wächters über die Totenstadt befand.

«Vorsicht», warnte Caviglia. «Wir gehen bis zur großen Pyramide.»

Also war das Cheopsgrab das Endziel dieser seltsamen Expedition, der Ort, an dem die Bruderschaft von Luxor das an mir vollziehen wollte, was die alten Ägypter die ‹Öffnung von Mund und Augen› nannten. Seite an Seite wanderten wir auf das riesige Bauwerk zu, dessen Masse sich dunkel gegen den Nachthimmel abzeichnete.

Vor uns richtete sich ein Araber auf, ein Gewehr in der Hand.

Caviglia trat zwischen ihn und mich und sprach ein einzelnes Wort, dessen Bedeutung mir entging. Respektvoll neigte der Araber den Kopf.

«Er hält Wache», erklärte Caviglia. «Seine Anwesenheit bestätigt, daß sich kein Nichteingeweihter in der Umgebung befindet.»

Kein streunender Hund, keine Herumtreiber ... die Bruderschaft von Luxor mußte großartig organisiert sein, wenn sie imstande war, jeden Störenfried von der großen Pyramide fernzuhalten. Ich betrat sie mit zugeschnürter Kehle vor Caviglia. Erst mußte ich einen dunklen Bereich durchqueren, dann konnte ich weit über mir den Schein einer Fackel ausmachen. Ich zwängte mich in einen engen Stollen, in dem ich nur gebückt gehen konnte. Bald wurde mir die Atemluft knapp. Der Lichtschein wurde unsichtbar. Hinter mir kein Geräusch mehr, als sei Caviglia verschwunden.

Instinktiv fühlte ich, daß es mir nicht erlaubt wäre kehrtzumachen. Also ging ich weiter, überzeugt, ich würde ersticken. Hitze und Staub vereinten sich und brannten in meinen Lungen.

Mein Widerstand erlahmte. Ich gab auf. Warum sich gegen das Unausweichliche sträuben? Warum sich an sich selbst klammern, warum festhalten wollen, was verschwinden muß, auch wenn es das eigene Leben ist? Im Herzen der großen Pyramide zu sterben, ist das nicht die denkbar großartigste Bestimmung? Meine Aufregung verschwand. Ich überließ mich den Jahrhunderten, die in diesen ewigen Steinen gesammelt waren, ich bewegte mich gelassen vorwärts, als solle dieser Aufstieg niemals enden. Das Licht tauchte wieder auf, als ich aus dem engen Kanal heraustrat, mich aufrichtete und einen riesigen Gang vor mir sah, der zum Herzen der Pyramide hinaufführte.

Fackeln waren am Fuß der Mauern verteilt und verbreiteten ein fahles Licht, aus dem die riesigen Granitblöcke herauszuwachsen schienen. Ich hatte den Eindruck, mich zugleich im Zentrum der Erde und mitten im Himmel zu befinden, in einem unbekannten Raum, in einer Zeit, die nicht mehr die der Menschen war.

Caviglia legte mir die Hand auf die Schulter.

«Die letzte Etappe, Champollion.»

Der Weg schien mir nun leichter, beinahe angenehm. Zwar verlangte es Konzentration, auf dem glatten Steinboden emporzuklettern, doch dieser Gang strahlte eine Energie aus, die aufwärts zog und den Körper leichter wiegen ließ. Dieser Ort war ein funkelnder Zugang zum Universum der Götter. Er läuterte von allem Unnützen und Gekünstelten. Schritt für Schritt befreite ich mich aus einer Kruste, der ich mir bisher gar nicht bewußt gewesen war.

Mit einem großen Schritt über eine hohe Schwelle trat ich in die Sarkophagkammer. Sie wurde von einem einzigen Kandelaber beleuchtet, wie ihn auch die Alten benutzten. Der Docht brannte, ohne zu rußen. Im Hintergrund dieser heiligen Stätte erwarteten mich acht Männer, deren Gesichter im Dunkel lagen. Als ich näher trat, erkannte ich Anastasy, der mir in Kairo behilflich gewesen war, und meinen Diener Soliman. Die anderen, alle türkisch gekleidet, aber von unterschiedlicher Nationalität, waren mir fremd. Ich hätte gern mit ihnen gesprochen, ihnen Fragen gestellt, doch Anastasy ließ mir keine Zeit dazu.

«Legen Sie sich in den Sarkophag», befahl er.

Die Grabwanne des Pharaos Cheops war aus einem einzigen Block gemeißelt. Vom Deckel war nie eine Spur gefunden worden. Am Einschnitt stieg ich in den ehrwürdigsten Sarkophag ganz Ägyptens und streckte mich auf dem Rücken aus. Instinktiv kreuzte ich gleich einem Osiris die Arme auf der Brust.

Ein wunderbares Gefühl der Wärme breitete sich entlang meiner Wirbelsäule aus. Es war durchaus nicht die Ruhe des Todes, die in dieser Wanne herrschte, sondern alle Strahlung des Lebens. Ich schloß die Augen, um dieses beispiellose Wohlgefühl zu genießen, das einer Auferstehung glich, und hörte Anastasys volle Stimme eine Art Ritual zelebrieren:

«Dieser Sarkophag wurde niemals geschlossen», sagte er.

«Niemals wurde ein Deckel aufgelegt. Seit der Zeit des Königs Cheops wurde unseren Brüdern in diesem Raum der Metamorphosen Erneuerung zuteil. Hier, im Mittelpunkt der Welt, kam das Licht aus dem Inneren, um ihr Schicksal zu erhellen. Willkommen in unserer Bruderschaft, Jean-François Champollion. Sie werden die Nacht in diesem Sarkophag verbringen. Was Sie von dieser Pyramide erbitten, wird sie Ihnen gewähren.»

Der Schein der einzigen Fackel verschwand. Ich war nicht mehr Herr meiner selbst. Bilder überfluteten mich. Der ibisköpfige Thot, Schutzgott der Gelehrten und Schreiber, und der schakalköpfige Anubis, Begleiter auf den Wegen ins Jenseits, lüfteten einen Schleier und enthüllten Reihen bläulichgrüner Hieroglyphen, die die Grabkammer einer Pyramide schmückten. Ich begann mit der Entzifferung, indem ich die Grundsätze meiner Methode anwandte. Thot berichtigte jeden meiner Fehler und füllte meine Lücken. Auf diese Weise erkannte ich die letzte Bestimmung des Pharaos, seine unaufhörlichen Verwandlungen im Himmel der Gerechten, seine Reisen in kosmische Räume, sein Verschmelzen mit dem Licht der Sonne, aus der er hervorgegangen war. Ich gelangte auf die andere Seite des Lebens und schwor, den Göttern wiederzugeben, was sie mir geschenkt hatten*.

Die Pyramiden sprachen! Was ich in dieser Nacht gelesen hatte, existierte womöglich tatsächlich irgendwo, an einem Ort, den Archäologen einst entdecken würden** …

* Champollion hielt Wort: In den wenigen ihm verbleibenden Lebensjahren verfaßte er die erste Grammatik und das erste Wörterbuch der Hieroglyphen, umfangreiche Arbeiten, von denen man sich kaum vorstellen kann, daß ein Mensch alleine sie vollendet hat.

** Champollion vermutete richtig. Die Pyramide des Königs Unas, des letzten Königs der V. Dynastie, und verschiedene Pyramiden von Königen und Königinnen der VI. Dynastie enthalten tatsächlich religiöse Texte größeren Umfangs. Der berühmte Ägyptologe Mariette (1821–

Ich verlor jedes Zeitgefühl. Wurde man auf diese Weise zu Lebzeiten zum Osiris? Begegnete man auf diese Weise der göttlichen Macht, in einem Sarkophag liegend, die Augen auf einen steinernen Himmel gerichtet?

*

«Die Garde des Paschas ist alarmiert», verkündete Lady Redgrave mit finsterer Miene.

Zur Mittagsstunde am Fuße der Cheopspyramide versammelt, geriet die Mannschaft des verschwundenen Generals zunehmend in Besorgnis. Selbst Professor Raddi bemerkte, daß etwas Ungewöhnliches geschehen war.

«Schauen Sie!» rief L'Hôte aus, als er Soliman auf das große Zelt zukommen sah, der einen mit Dattelbüscheln beladenen Esel vor sich hertrieb.

Rosellini, dessen Gesicht die Spuren einer schlaflosen Nacht trug, stürzte auf den Diener zu.

«Wissen Sie, wo sich Champollion befindet?» fragte der Italiener angriffslustig.

«Sie brauchen nur dort hinauf zu schauen», antwortete Soliman gelassen.

Alle folgten dem Blick des Dieners und entdeckten auf der Spitze der großen Pyramide die Gestalt von Jean-François Champollion im Licht des Sonnengottes Re.

1881) glaubte nicht an diese Textpyramiden und erfuhr erst auf seinem Sterbebett von ihrer Existenz.

ZEHN

ES WAR DAS STRAHLENDSTE FRÜHSTÜCK meines ganzen Lebens: auf der Spitze der Cheopspyramide, eine ausladende Plattform, die über vierzig Personen Platz geboten hätte. In der Mitte ein unförmiger Haufen großer Steinblöcke, eine Art verfallenes Pyramidion von kleinem Ausmaß. Lady Redgrave, eine beachtliche Bergsteigerin, Nestor L'Hôte, Rosellini und Soliman waren mit Honigfladen und frischem Wasser beladen zu mir heraufgeklettert. Vater Bidant hatte sich geweigert, ein Bauwerk zu besteigen, das er nahezu als satanisch ansah. Professor Raddi widmete sich der Untersuchung eines Kalkstücks, dessen außergewöhnlicher Charakter nur ihm selbst sichtbar war.

«Was ist geschehen?» fragte Lady Redgrave. «Wohin waren Sie verschwunden?»

Ganz in Weiß, um den Kopf einen Schal geschlungen, der nur die Augen frei ließ, erschien mir die britische Spionin wie eine drohende Anklägerin, entschlossen, alles zu erfahren.

«Ich war nicht verschwunden. Ich habe mit Caviglia an Stellen gearbeitet, die er nur mir zeigen wollte.»

«Nämlich?»

«Die Ebene der Toten von Sakkara und ihre Umgebung.»

«Ich dachte, Sie würden diesen Ort verabscheuen», bemerkte Rosellini bissig.

«Caviglia hat mich dazu gebracht, meine Meinung zu ändern.»

«Sie sollten sich vor diesem Mann in acht nehmen», sagte L'Hôte scharf. «Er wird versuchen, Geld von uns zu erzwingen, davon bin ich überzeugt.»

«Vergessen Sie Ihre Bedenken, Nestor. Sie werden Caviglia nicht wiedersehen, und er wird uns in keiner Weise Schaden zufügen.»

Diese Enthüllung versetzte meine Begleiter in größtes Erstaunen.

«Bedeutet das ...», begann Rosellini.

«Caviglia hat Ägypten verlassen», erklärte ich. «Er betrachtet seine Grabungen als abgeschlossen und ist der Ansicht, daß unsere Expedition für die Kenntnis des ägyptischen Altertums eine neue Ära einläutet. Er wünscht uns Glück und hat mir geraten, so schnell wie möglich in den Süden aufzubrechen, ins Innere Nubiens. Wie er sagt, verfällt dieses Land tagtäglich zusehends. Die Monumente sind in größter Gefahr.»

«Dann sollten wir hier nicht länger herumsitzen!» rief L'Hôte und ließ seinen Worten Taten folgen, indem er seinen letzten Honigfladen in die Tiefe warf und den Abstieg begann.

«Ich komme mit!» verkündete Rosellini aufgeregt.

Soliman erbat meine Erlaubnis und folgte dann ihrem Beispiel. Jeder schien begierig, am Fuße der Pyramide ein wenig Kühle zu finden.

Lady Redgrave trat mir in den Weg.

«Ich glaube kein Wort von Ihren Ammenmärchen», schleuderte sie mir entgegen. «Sie haben sich mit Hilfe der Beduinen davongestohlen, um Ihren eigenen Antiquitätenschmuggel zu organisieren. Caviglia ist nur ein unbedeutender Komplize. Haben Sie nicht den größten Teil Ihrer Eskapade, vor neugierigen Blicken geschützt, mit Generalkonsul Drovetti verbracht?»

Diese Anschuldigungen verblüfften mich so, daß es mir die Sprache verschlug.

«Ich habe ins Schwarze getroffen!» triumphierte sie. «Der

große, ehrenwerte Champollion ist nur ein Plünderer wie all die anderen!»

«Madame», brachte ich mit zitternder Stimme hervor, «Sie täuschen sich.»

Wutentbrannt warf sie ihren Schal von sich. In der Mittagssonne erstrahlte ihr Gesicht in einer Reinheit, die ich sonst nur bei den Gemahlinnen der Pharaonen fand.

«Wagen Sie es, zu schwören, bei dem, was Ihnen am teuersten ist? Bei Ihrem Ägypten?»

«Auf altägyptisch heißt Schwur auch ‹Leben› … erlauben Sie mir, auf das zu schwören, was ich heute als wertvollstes Gut betrachte, auf das Leben derer, aus denen sich diese Expedition zusammensetzt?»

Mein Vorschlag verunsicherte sie.

«Lassen wir dieses Spiel, Monsieur Champollion. Sie werden mir die Wahrheit schließlich doch gestehen, wenn ich Ihnen etwas bedeute.»

Die Tigerin gab sich schmeichlerisch, die gefürchtete Löwin Sechmet verwandelte sich in die sanfte Katze Bastet. Kein Mann, so sagten die Alten, konnte ihrem Zauber widerstehen.

«Vielleicht bedeuten Sie mir sehr viel … aber ich habe versprochen, das Geheimnis zu wahren.»

Einem Drang nachgebend, der mich selbst überraschte, nahm ich sie in die Arme. Unsere Gesichter waren einander so nahe, daß unsere Lippen sich beinahe berührten. Ihre nach Jasmin duftende Haut war wunderbar zart. Ihr rätselhafter Blick sah durch mich hindurch.

«Sie lieben mich nicht, Lady Ophelia, Sie spionieren mir nach …»

«Unsinn!» rief sie aus und riß sich los.

*

Als ich am Fuße der Cheopspyramide ankam, erwartete mich eine unangenehme Überraschung: Abdel-Razuk, der *Tschausche* des Paschas, in Begleitung von einem Dutzend türkischer Soldaten. Hinter ihnen Moktar, Drovettis böser Geist, mit der Andeutung eines Lächelns auf den Lippen.

Abdel-Razuk trat auf mich zu.

«Ich habe Anweisungen des Paschas erhalten, Monsieur Champollion. Folgen Sie mir bitte.»

«Aus welchem Anlaß?»

«Ich weiß es nicht.»

«Befindet sich Ihre Hoheit in der Nähe?»

Abdel-Razuk schwieg. Lady Redgrave und meine Begleiter wurden von Reitern mit gezogenem Säbel abseits gehalten.

«Bitte folgen Sie mir unverzüglich», befahl Abdel-Razuk.

Mich der Waffengewalt zu widersetzen schien mir ein lächerliches Unterfangen. Mein dreitägiges Verschwinden hatte genug Aufsehen erregt, um den Gebieter Ägyptens zu verärgern. Ich mußte mein Vergehen vor ihm rechtfertigen und sein Wohlwollen zurückgewinnen.

Man setzte mich auf den Rücken eines Kamels. Ein unbequemer Platz zwar, doch ich versuchte, eine würdige Haltung zu bewahren, und dies während zweier langer Stunden, die uns bis zu einem palmenumstandenen Palast in der Nähe von Kairo brachten. Hatte man den Palmenhain erst durchquert, so entdeckte man einen Garten mit Akazien und Rosenkübeln. Nicht weit vom Eingang stand ein kleiner Marmorpavillon am unteren Ende eines Beckens, auf dessen Wasseroberfläche Seerosen schwammen. Im Schatten eines Eukalyptus lagen zwei schlafende Gärtner. Der Palast bestand aus zwei Gebäudekomplexen, die durch einen Bogen verbunden waren. Die lange Frontseite des ersten war mit vergitterten Fenstern und Machrabiyas* geschmückt. Am Eingang stand ein Pfört-

* Schmaler, vergitterter Balkon in der arabischen Architektur (A.d.Ü.).

ner. Wir grüßten uns, indem jeder mit der rechten Hand Stirn, Mund und Brust berührte, um dem anderen zu bezeugen, daß Gedanken, Worte und Herz ihm gewogen waren. Hinter Abdel-Razuk und Moktar trat ich in eine Säulenhalle, an die sich ein offener Innenhof mit einem Brunnen in der Mitte anschloß. Hier war es wunderbar kühl. Der Marmormosaikboden reflektierte das Licht kaum. Auf einem Diwan sitzend, widmete sich der Hausherr der zarten Kunst der Aquarellmalerei.

Er wandte den Kopf zu mir.

«Herzlich willkommen, Champollion.»

Es war nicht der Pascha, sondern Frankreichs Generalkonsul Bernardino Drovetti.

Er musterte mich von Kopf bis Fuß und verkündete: «Sie sind durch und durch türkisch geworden.»

«Ich habe mir an Ihnen ein Beispiel genommen», gab ich zurück.

Mit unseren Turbanen, den Bärten, den gebräunten Gesichtern und den Pluderhosen hatten wir uns weit vom Dunst Europas entfernt.

«Danke, daß Sie so rasch gekommen sind, Champollion.»

«Sie haben mir keine andere Wahl gelassen …»

Moktar klatschte in die Hände und setzte damit ein Ballett von Bediensteten in Bewegung, die Naschwerk und Getränke brachten. Eine Aufforderung, mich auf Kissen niederzulassen, lehnte ich ab und blieb stehen.

«Ich bin Ihr Freund, Champollion.»

«Weshalb dann die Garde des Paschas?»

«Zu Ihrem Schutz.»

Drovetti selbst goß den Minztee in Porzellantassen.

«Sie haben Kontakt zu gefährlichen Leuten, Champollion. Diese Leute könnten Ihre Großzügigkeit mißbrauchen. Wie ich erfahren habe, hat Caviglia von Ihnen Gelder zu erzwingen versucht, die Frankreich gehören.»

«Ihre Informantin hat Sie falsch unterrichtet. Sie sollten weniger auf Lady Redgrave hören, Herr Konsul.»

Drovetti errötete.

«Ihre Unterstellungen sind lächerlich!»

«Das freut mich. Irren ist menschlich. Also werde ich Lady Redgrave wieder Vertrauen schenken.»

Drovetti warf mir einen vernichtenden Blick zu und trank einen Schluck Tee.

«Caviglia gehört einem Geheimbund an, in dem sich Verschwörer zusammenfinden. Der Pascha und ich sind entschlossen, Ägypten von dieser Plage zu befreien. Diese Gewalttäter werden des Landes verwiesen ... und ebenso ihre Sympathisanten.»

«Das geht mich wenig an», sagte ich gleichmütig.

Drovetti war überrascht.

«Haben Sie diesen Caviglia etwa nicht getroffen?»

«Doch. Er hat mir die Grabungsstätten gezeigt, die ihm der Pascha gewährt hat.»

«Streiten Sie ab, daß Sie drei Tage lang in seiner Begleitung verschwunden waren und seine Komplizen getroffen haben?»

«Verschwunden? Wie romantisch, Herr Konsul. Meine Tätigkeit war rein archäologischer Natur. Ich habe einen gewichtigen Zeugen: Sheik Mohamed, der, soweit ich weiß, ein Freund und Schützling des Paschas ist.»

Die letzten Worte betonte ich sorgsam. Drovettis verschlossenes Gesicht zeigte mir, daß meine Vorsichtsmaßnahmen sich als ausgezeichnet erwiesen. Lady Redgraves Einmischung blieb diesmal wirkungslos. Ich begriff, weshalb die Bruderschaft von Luxor, die die Garde des Paschas und Drovettis Miliz fürchten mußte, sich zerstreut hatte und die Last ihrer Mission nun auf meinen Schultern ruhen ließ. Ich wurde dazu berufen, die Geheimnisse der Alten Ägypter zu entdecken und weiterzugeben, indem ich die Enthüllungen der Bruderschaft mit meiner Kenntnis der Hieroglyphen vereinte.

Vielleicht las Drovetti meine Gedanken. Er spürte meine Entschlossenheit.

«Man könnte Sie für einen Verschwörer halten, Champollion. Sie könnten durch Ihr Tun und Treiben die Autorität des Paschas gefährden!»

Moktar schien nur darauf zu warten, mich zu fesseln und in ein finsteres Verlies zu werfen.

«Das glaube ich kaum. Mich interessiert einzig und allein die Aufgabe, mit der mich der König betraut hat und die der Pascha und Sie selbst gutgeheißen haben: das Alte Ägypten zu entdecken und es in der ganzen Welt bekannt zu machen. Dieses Ziel werde ich verfolgen, ungeachtet aller Hindernisse und Empfindlichkeiten.»

Drovetti reagierte empört.

«Empfindlichkeiten! Sie unterschätzen die Gefahren, die auf Sie lauern. Ihre Aufgabe erfüllen, meinetwegen! Aber stören Sie die Ordnung dieses Landes nicht. Behindern Sie die Interessen derer nicht, die sie aufrechterhalten.»

Er hatte einen scharfen Ton angeschlagen. Mein ‹Gönner› konnte seine Verärgerung kaum verhehlen.

«Das liegt durchaus nicht in meiner Absicht», versicherte ich, «soweit diese Interessen meine Arbeit nicht beeinträchtigen.»

Mit einer fahrigen Handbewegung schickte Drovetti Moktar und Abdel-Razuk hinaus. Sogleich entspannte sich sein Gesichtsausdruck.

«Wie finden Sie diesen Palast, Champollion?»

Die Frage überraschte mich.

«Er ist wundervoll ... ein wahrer Palast aus Tausendundeiner Nacht. Er erinnert mich an jenen traumhaften Orient aus den Märchen, die ich heimlich in der Schule las.»

«Ein bezaubernder Ort, in der Tat ... er steht Ihnen zur Verfügung! Bleiben Sie hier, solange Sie wünschen. Lassen Sie Ihre Begleiter hier einziehen. Lady Redgrave wird diesen Luxus zu schätzen wissen, der ihrer Schönheit angemessener ist als fragwürdige Schiffe und staubige Straßen. Und außerdem …»

Drovetti warf mir einen verschwörerischen Blick zu.

«Ich könnte Ihren wissenschaftlichen Bericht ohne weiteres unterstützen und Ihnen sogar Material im Überfluß liefern. Ich bin im Besitz einiger Manuskripte von Reisenden, die vor Ihnen hier waren. Sie brauchen sie nur abzuschreiben. Was die antiken Stücke angeht, seien Sie unbesorgt. Ich beschaffe Ihnen, was Sie für Ihr Museum im Louvre brauchen. Sind Sie mit dieser Abmachung einverstanden, Champollion?»

Ich dachte laut.

«Wer könnte ein so verlockendes Angebot ablehnen?»

Drovetti entspannte sich. Die Zufriedenheit eines Raubvogels breitete sich auf seinem Gesicht aus.

«Endlich nehmen Sie Vernunft an. Sie haben das Zeug zu einem großen Mann, Champollion. Der Erfolg wird Ihnen hold sein.»

Ich machte auf dem Absatz kehrt und ging zur Tür. Fassungslos sprang Drovetti auf.

«Aber … wohin gehen Sie?»

Ich wandte mich um und sah ihn gelassen an.

«Selbstverständlich setze ich meine Reise fort.»

*

Bei Dunkelheit erreichten wir die Stadt Minia, auf deren Markt im Fackelschein noch reges Treiben herrschte. Wir kamen an einer Baumwollspinnerei vorbei, in der Frauen und Kinder über das Garn gebeugt arbeiteten. Dieser Anblick bekümmerte mich.

«Der Pascha», erklärte Soliman, der direkt hinter mir lief. «Achtung hat er nur vor sich selbst.»

Ein Jugendlicher mit angstvoll aufgerissenen Augen bog rennend aus einer Gasse. Mit voller Wucht stieß er mit Professor Raddi zusammen, der verträumt in die Gegend blickte, taumelte gegen Lady Redgrave und stürzte mit ihr zu Boden. Sogleich erschienen zwei zornentbrannte Türken mit der Waffe in der Hand. Sie zögerten einen Augenblick, erspähten den Jungen, der sich mühsam aufrappelte, und packten ihn beim Hals. Er schrie vor Angst. Einer der Türken schlug ihm mit einem Säbelhieb die Hand ab. Blut spritzte auf Nestor L'Hôte, der wie versteinert stehenblieb, bevor er sich gegen eine Mauer übergab.

Eine Hand packte meinen Arm mit eisernem Griff.

«Mischen Sie sich nicht ein, mein Bruder», riet Soliman. «Sie können nichts für ihn tun. Er hat versucht, den Soldaten zu entkommen, die ihn für die Armee des Sultans rekrutieren wollten. Jetzt ist er nur noch ein Verräter und Rebell.»

Lady Redgrave war noch benommen und hatte von der grausigen Szene nichts gesehen. Vater Bidant half ihr auf, während Soliman das Gesicht des halb ohnmächtigen Professor Raddi mit Wasser besprengte. Schockiert beobachtete Rosellini eine Schar verschleierter Frauen, die sich klagend den Soldaten anschlossen, als diese den Deserteur abführten.

Das Blut versickerte schon im Boden. Ein streunender Hund leckte es auf.

«Der Sultan ist ein grausamer Mensch», sagte Soliman leise. «Seine Macht ist aus dem Verbrechen geboren, als er am 1. Mai 1811 die Provinzstatthalter, die Beys, in der Zitadelle von Kairo zusammenrief. Sie kamen prächtig gekleidet, auf ihren schönsten Pferden, mit edelsteinbesetztem Sattelzeug. Um die Zitadelle zu erreichen, mußten sie durch enge Gassen reiten. Es war ein Massaker. Die Schlächter des Sultans, die Albaner, schossen aus schmalen Fensteröffnungen auf die unglückseligen Gäste. Die Metzelei dauerte eine halbe Stunde. Wie man hört, konnte nur ein einziger entkommen, der es wagte, zu Pferd über die Umfassungsmauer der Zitadelle hinwegzusetzen, und dann auf Nimmerwiedersehen in die Wüste geflohen ist. Er soll den Verstand verloren haben. Die als Feinde angesehenen Mamelucken wurden in ihren Häusern erdrosselt. So machte sich Mehemed Ali zum Alleinherrscher über Ägypten.»

«Verschwinden wir von hier», verlangte ich.

Rosellini protestierte.

«Wir sollten uns ausruhen und zu Abend essen.»

Ich weigerte mich kategorisch, denn ich wollte Minia so schnell wie möglich verlassen und die nächste Ausgrabungsstätte erreichen. Die Kunst der Alten Ägypter war für mich das einzige Mittel, das Drama, das wir mit angesehen hatten, zu vergessen.

«Beni-Hasan», sagte Rosellini mißmutig. «Nichts Bedeutendes zu untersuchen. Ein halber Tag wird genügen. Besonders, wenn Sie es eilig haben, Nubien zu erreichen.»

Kaum waren wir wieder auf den Booten, da erfaßte uns eine heftige Windböe. Ich fing Lady Redgrave auf, die das Gleichgewicht verloren hatte.

«Ich brauche Ihre Hilfe nicht ... Sie waren vorhin auch nicht an meiner Seite, als ...»

«Verzeihen Sie mir. Ich habe meine Pflichten Ihnen gegenüber vernachlässigt.»

Ihre Aufregung schien sich zu legen.

«Sollten Sie etwas Menschliches an sich haben, Champollion? Sollten Sie etwa noch für anderes Zuneigung empfinden als für alte Steine?»

Sicher hätte ich sie geohrfeigt, wenn mich die Sanftheit ihrer hellgrünen Augen ohne jede Spur von Arglist nicht so gerührt hätte.

«Begreifen Sie denn nicht, Lady Ophelia ...»

Mit einem Seitenblick wies sie auf Rosellini, der uns beobachtete.

«Schweigen Sie und denken Sie nach. Sind Sie sicher, daß der unglückselige Junge nicht gerannt kam, um Ihnen eine Nachricht zu überbringen?»

ELF

Der Sturm trieb uns so heftig voran, daß wir Beni-Hasan schon gegen Mitternacht erreichten. Wir gaben unserer Müdigkeit nach und gönnten uns zunächst ein paar Stunden Ruhe. Kurz vor Morgengrauen weckte ich Rosellini, um ihn als Kundschafter auf den Felsen zu schicken, an dem die Grabeingänge zu sehen waren. Nach weniger als einer Stunde kam er mißmutig zurück.

«Es sind nur einfache Höhlen», verkündete er. «Da ist nichts zu holen. Fahren wir weiter.»

Warum sollte man sich auf das Urteil eines so gewissenhaften Kollegen nicht verlassen? Beni-Hasan hatte im Gedächtnis der Reisenden, die es besucht hatten, in der Tat keine nennenswerten Spuren hinterlassen.

«Wir sollten auf Ippolito hören», riet Lady Redgrave, die gerade aufgestanden war und ihr Haar im Wind flattern ließ.

Ich zögerte. Einerseits war es immer das Hauptziel meiner Mission gewesen, Theben und den Süden schnellstmöglich zu erreichen. Andererseits riet mir eine vage Ahnung, diesen Ort nicht zu verlassen, ohne wenigstens einen Blick auf ihn geworfen zu haben.

«Lassen Sie mich nachdenken.»

Ich stieg hinunter auf die Uferböschung. Der Tagesanbruch war von einer Milde, die einen Hauch von Ewigkeit in sich trug. Kaum war ich einige Schritte gelaufen, da packte eine Hand mein rechtes Bein.

Mein erschrockener Blick fiel auf ein kleines Mädchen in einem langen blauen Kleid voller Schlammspritzer.

«Du wirst erwartet», sagte sie mit näselnder Stimme. «Du wirst erwartet!»

Ich wollte sie festhalten, um mehr von ihr zu erfahren. Doch flink wie eine Katze lief sie schnurstracks davon und verschwand in dem üppigen Pflanzendickicht, das einen Kanal verbarg.

War das die berühmte Nachricht? Sollten diese Worte mich zu einer bedeutenden Entdeckung führen? Nachdenklich ging ich wieder an Bord.

«Es wäre unsinnig, diese Gräber nicht kurz zu untersuchen», sagte ich Rosellini. «Ich gehe. Es wird nicht lange dauern.»

Welches Glück es immer wieder ist, über den Wüstensand zu laufen! Er knirscht unter den Füßen, kräuselt sich, wenn der Wind darüberstreicht, bildet eine schmiegsame Masse, die sich fortwährend ändert und sich doch stets gleich bleibt. Die Sonne war aufgegangen. Ich stieg hinauf zu den Höhlen im Fels. Von ihm fühlte ich mich unwiderstehlich angezogen.

Eine Ziegenherde tauchte vor mir auf, weiße und schwarze Tiere. Keines war angriffslustig. Auf einem Steinblock am Eingang eines Grabes saß ihr Hirte in tiefem Schlummer. An ihn geschmiegt, seine junge Freundin, entschleiert und schlaftrunken.

Wie groß war meine Überraschung, als ich eine dieser heiligen Höhlen betrat und einen Raum von beträchtlicher Größe vor mir sah, voller wunderbarer Säulen, von denen einige ohne jeden Zweifel den dorischen Stil vorwegnahmen! Dies war mir der Beweis, daß Griechenland Ägypten nichts gelehrt, sondern ganz im Gegenteil Anregungen übernommen hatte. Als ich an eine Wand herantrat, entdeckte ich eine eilig angebrachte Kreideinschrift: ‹1800, 3. Dragonerregiment›. Mit schwarzer Tinte hinterließ ich darunter die Spur meines eigenen Besuchs:

JFC 1828. Während ich diese bescheidene Signatur anbrachte, gewöhnte sich mein Blick an das Halbdunkel, und ich glaubte, Figuren zu erkennen, eine erstaunlicher als die andere. Von einer verrückten Ahnung ergriffen, eilte ich bis zum Boot, stieß Rosellini beiseite, der mit einem Fellah um Grabfiguren handelte, sprang auf die Brücke und fand neben einem Matrosen, der an eine Taurolle gelehnt eingeschlafen war, einen Schwamm.

Zurück in der Grabhöhle, befeuchtete ich behutsam einen Wandbereich, um ihn vorsichtig von seiner Staubkruste zu befreien.

Malereien! Wunderbare Malereien ... als meine Begleiter herbeigeeilt waren, um die Ursache meiner Begeisterung zu erfahren, machten wir uns gemeinsam ans Werk. Mit Hilfe unserer Leitern und des Schwammes – eine wahrlich schöne Erfindung – legten wir eine sehr alte Serie von Szenen frei, die das bürgerliche Leben darstellten, die Künste, die Handwerke, die Militärkaste.

Vor unseren Augen erstand der ägyptische Alltag. Viertausend Jahre alte Soldaten marschierten wieder munter los, in Gedanken eher bei Festgelagen als beim Krieg. Schreiner zimmerten Stühle, Betten, Truhen; Goldschmiede schliffen Edelsteine für die Götter. Einfache Handwerker arbeiteten im Rhythmus der Anweisungen ihrer Vorarbeiter. Dann erschien die Wüste, mit Hasen, Schakalen, Hyänen, Gazellen.

Stundenlang fertigte ich Notizen und Skizzen an, ohne die geringste Müdigkeit zu spüren. Auch L'Hôte und Rosellini waren in die Arbeit vertieft. Mittags brachte Soliman uns eine Mahlzeit aus kleinen Hammelstücken, dazu als Soße eine Schale Sauermilch und Wassermelonen. Lady Redgrave stattete uns am frühen Nachmittag einen kurzen Besuch ab. Ich erläuterte ihr die Szenen, denen der Schwamm zu neuem Leben verholfen hatte, und las ihr die Inschriften vor, in denen die Handwerker dazu angehalten wurden, das Rohmaterial zu verwandeln, um ihm Schönheit und Harmonie zu verleihen. Schweigend hörte sie mir zu und begab sich dann wieder ins Licht der Außenwelt, in der Professor Raddi die Muskelkraft von Vater Bidant nutzte, um kleine Steinblöcke in seine Kabine zu transportieren.

Auf dem Boden der Milchschale fand ich einen Kalksplitter, in den eine arabische Inschrift eingeritzt war:

‹Gehen Sie nicht nach Theben. Dort erwartet Sie der Tod. Sie haben Ihren Mut bewiesen. Es mußten schon zu viele Unschuldige leiden.›

Ich zertrat den Splitter zu Staub. Stammte diese Nachricht von Freund oder Feind? War sie eine Einschüchterung oder eine Warnung?

Ich traf eine Entscheidung: Ich würde mich niemandem anvertrauen.

*

Als die Sonne unterging, legte L'Hôte Rohrfeder und Skizzenheft erschöpft beiseite.

«Es genügt», sagte er. «Hier gibt es zuviel zu tun. Wir hatten nur einen halben Tag vorgesehen ...»

Verlegen unterbrach Rosellini seine Aufzeichnungen.

«Das glaubte ich wirklich.»

«Wir werden hierbleiben, solange es nötig ist», ordnete ich mit fester Stimme an und erklärte mich bereit, ein wenig auszuruhen.

Wir gingen hinaus. Von der eleganten Säulenvorhalle des Grabes eines Monarchen namens Chnumhotep blickten wir auf eine herrliche Ebene, teils grün, teils überschwemmt. Die letzten Sonnenstrahlen, Vorboten der hereinbrechenden Nacht, tauchten alles in goldenes Licht. Als es dunkel war, gingen wir wieder an Bord, um auf dem Schiff zu Abend zu essen.

Beni-Hasan beschäftigte uns vierzehn lange Tage, in denen ich mit niemandem ein Wort wechselte, so vertieft war ich in meinen Dialog mit den Alten Ägyptern, die mir durch die zeitlosen Zeugnisse, die sie hinterlassen hatten, von Stunde zu Stunde lebendiger wurden. Nestor L'Hôte war dieses allzu arbeitsreichen Aufenthalts bald überdrüssig und protestierte mehrfach. Rosellini unterstützte seine Proteste unauffällig mit dem Argument, Lady Redgrave, die in ihre Kabine verbannt war, zeige sich von zunehmend unausstehlicher Laune. Doch keiner der vorgebrachten Gründe reichte aus, mich von diesen Gräbern loszureißen, in denen der Glanz eines ewig gegenwärtigen Lebens mir das Herz erwärmte.

Soliman war es, der mich mit wenigen Worten zum Aufbruch bewog.

«Vergessen Sie Ihre Verpflichtungen nicht», mahnte er. «Sie haben versprochen, so schnell wie möglich nach Nubien zu reisen.»

*

Der 7. November wurde zu einem bedrückenden Tag, an dem sich die Befürchtungen der Bruderschaft von Luxor über den Zustand des Landes und die mangelnde Pflege der antiken Monumente bestätigten.

Vom pharaonischen Ashmunein, dem Hermopolis Magna der Griechen, der Stadt des Gottes Thot, Schutzherr der Schreiber und Schöpfer der Hieroglyphen, erhoffte ich mir einiges. Vielleicht würde ich hier grundlegende Bestätigungen für mein Entzifferungssystem erhalten. Vielleicht würde ich ein neues Stück des Schleiers lüften.

Die Enttäuschung war bitter. Die heilige Stadt bestand nur noch aus Ruinen und Säulenresten.

Voller Zorn entschied ich, die Reise fortzusetzen, denn es war mir unmöglich, diesen trostlosen Anblick noch länger zu ertragen. Angst packte mich. Und wenn es um ganz Südägypten so bestellt war? Wenn es dem Wahn und der menschlichen Dummheit gelungen war, das gewaltigste Zeugnis zu zerstören, das je von einer Kultur hinterlassen wurde?

Ein Schreckensschrei von Lady Redgrave riß mich aus diesen düsteren Gedanken.

Starr vor Entsetzen stand sie im Bug des Schiffes, die Hände vors Gesicht gepreßt, und starrte auf ein höchst unschickliches Bild: Vor ihr stand splitternackt und tropfnaß ein junger Mann und lachte sie mit blitzenden Zähnen an.

Ich erkannte, daß sie nicht in Lebensgefahr schwebte, und eilte ihr also allein zu Hilfe.

«Was ist los?»

«Er ... er ist bis zum Boot geschwommen», erklärte Lady Redgrave, «er ist unglaublich behende an Bord geklettert und hat mich in einer unbekannten Sprache angesprochen! Halten Sie ihn auf, Monsieur Champollion!»

Ich stellte mich zwischen den Mann und die Dame. Die unbekannte Sprache, in der er fröhlich drauflosredete, erwies sich als koptischer Dialekt. Zu seiner größten Zufriedenheit antwortete ich ihm ebenso.

«Was will er?» fragte Lady Redgrave, die furchtsam hinter meiner Schulter hervorschaute.

«Er ist ein koptischer Mönch. Er bittet um ein Almosen.»

Um seiner Bitte Nachdruck zu verleihen, streckte der nackte Geistliche Lady Ophelia seinen sehnigen rechten Arm entgegen, auf dessen Muskelwölbung ein blaues Kreuz tätowiert war.

«Er soll das nehmen und verschwinden!» stieß sie empört hervor und hielt ihm eine Münze entgegen.

Flink nahm der Mönch diesen Schatz an sich, steckte die Münze in den Mund, kehrte uns kurzerhand den Rücken und verschwand mit einem kraftvollen Kopfsprung.

«Er wird ertrinken!»

Besorgt beugte sich Lady Redgrave über die Reling. Der Kopf des Mönchs tauchte bald mitten im Nil wieder auf. Er vollführte eine Art Kapriole und entschwand unseren Blicken, auf dem Rückweg zu seinem Kloster.

«Unglaubliches Land», murmelte Lady Redgrave.

«Wunderbare Gegend», sagte ich, «wo die Mönche nichts zu verbergen haben.»

Ich weiß nicht, ob Haß oder Belustigung im Blick der schönen Britin lag. Aber ich spürte eine Art geheimen Einvernehmens. Im Geburtsland des Christentums einen Mönch im Adamskostüm gesehen zu haben, das verbindet.

*

Die Ruinen der Stadt Antinoe stürzten mich erneut in Verzweiflung. Eine trostlose Kette von Erhebungen, Trümmerhaufen, Tonscherben, zerbrochenen Granitsäulen ... und unter einer Palme saß auf einer abgewetzten Decke ein Kopte mit einer Rohrfeder in der Hand.

Ich begrüßte ihn mit allem seinem Rang gebührenden Respekt. Er brummte eine so undeutliche Antwort, daß ich Soliman zu Hilfe holen mußte, um die Forderungen dieses modernen Schreibers zu klären. Er verlangte nichts weniger als eine beachtliche Gebühr im Namen des Sultans. Ich fragte ihn, wohin die Monumente verschwunden seien, die er ohne Zweifel zu bewachen den Auftrag habe. Mit einem Zynismus, der mich innerlich zum Kochen brachte, erklärte er, der Sultan habe angeordnet, die alten Bauwerke zu zerstören, als Rohstoff für die Kalköfen, deren Aufbau ihm überaus wichtig sei. Wäre Soliman nicht gewesen, so hätte ich diesen Banditen im Dienste eines schlechten Herrn gewiß erwürgt. Um die Überreste des verschwundenen Antinoe zu besichtigen, mußten wir Eintritt bezahlen.

Vater Bidant trat an meine Seite und wischte sich den Schweiß von der Stirn.

«Dieses Land ist voller Betrübnis», wisperte er. «Es ist in der Hand von Ungläubigen. Diese Expedition ist ein Mißerfolg, Champollion. Sie erfüllt Ihre Träume nicht. Sie bringt der wissenschaftlichen Welt nichts ein und kann nur das Mißfallen des Herrn erregen. Nehmen Sie Vernunft an: Lassen Sie uns nach Kairo zurückkehren. Ich hasse diese schäbigen und übelriechenden Gegenden.»

Rosellini stieß den Priester ohne Entschuldigung beiseite, so aufgeregt war er.

«Meister, sehen Sie sich das an!»

Hinter meinem Schüler brachten vier Fellahs einen Granitkopf. Ein herrliches Ramsesbildnis.

«Ich habe es für sieben Piaster bekommen», verkündete Rosellini stolz.

Ein Meisterwerk, wahrhaftig. Aber ein trauriges Meisterwerk. Ein Kopf ohne Körper, die Frucht einer Zerstörung. Ihn nicht mitzunehmen hieße, den Kopf anderen Plünderern in die Hände zu spielen. Beschämt befahl ich, ihn aufs Schiff bringen zu lassen und den Transport mit ein paar zusätzlichen Piastern zu entlohnen.

«Jetzt würde ich gerne einen Fladen essen», äußerte Professor Raddi, der plötzlich aus seinen Träumen aufgewacht war und sich von der Untersuchung seiner geliebten Steine losriß.

Der Mineraloge in seinem unverwüstlichen Nankinganzug eilte auf das am Ufer gelegene Dorf unter Dattelpalmen zu.

«Warten Sie einen Augenblick!» bat ich, ohne Erfolg.

Raddi konnte kein Arabisch. Mir blieb nichts anderes übrig, als ihm nachzueilen.

Meckernde Ziegen und schreiende Esel begrüßten mich auf ihre Weise. Das Sonnenlicht verlieh den hohen Palmen einen goldenen Glanz und überflutete die Hügel der Wüste. Wo Raddi vorüberkam, eilten schwarzgekleidete Frauen in ihre ärmlichen Hütten. Nackte Kinder spielten unbeirrt weiter im Staub, als gäbe es uns nicht.

«Wo ist das Gasthaus?» klagte Raddi und lief wie verstört hin und her.

Ohne es zu bemerken, hatte der Mineraloge das winzige Dorf schon verlassen und entdeckte nun mit der größten Verblüffung jene Hebebäume zum Wasserschöpfen, die Schaduf genannt werden. Mittels eines einfachen Systems von Gegengewichten schöpfen die drei ersten Eimer unmittelbar aus einem Kanal und leeren das Wasser in ein höher gelegenes Bekken; die drei folgenden heben es in ein weiteres Becken; die drei letzten verteilen es in Bewässerungsrinnen, die den Feldern Leben bringen. Mit fortwährend wiederholter, aber mäßiger Anstrengung wird ein beachtliches Ergebnis erzielt. Diese neun Schadufs waren in Stockwerken aufgebaut und untereinander durch Pfosten verbunden; auf einem stand ein Kind, das sich auf einen Stock stützte, um Balance zu halten.

«Wasser, endlich!» rief der Professor aus.

«Bleiben Sie stehen!» schrie ich.

Als er die Erdplattform erreichte, auf der die Schadufs aufgestellt waren, gelang es mir endlich, ihn einzuholen. Wie ich befürchtet hatte, rutschte er auf der feuchten Erde aus und verlor das Gleichgewicht. Die Bauern erstarrten fassungslos. Raddis schwerer Körper stürzte die erste Böschung hinunter.

Ich kam ebenfalls ins Rutschen, doch es gelang mir, ihn am Ärmel zu packen. Er hatte endlich erfaßt, in welcher Gefahr er schwebte, und sträubte sich nicht.

Ich zerrte ihn zu mir empor, als ich schreckensstarr einen schweren Tontopf, der sich aus seiner Vertäuung gelöst hatte, auf meinen Kopf zustürzen sah.

ZWÖLF

BIN ICH DER GLÜCKLICHSTE ALLER MENSCHEN? Ich befinde mich im Herzen des Alten Ägypten. Seine größten Wunderwerke sind nur ein paar Klafter von meinem Boot entfernt. Gerade stehe ich mitten im seltsamsten von ihnen.

Tell el-Amarna! Die Stadt des ketzerischen Pharaos Echnaton, Apostel der göttlichen Sonne. Meine Begleiter und ich haben uns in seinem zerstörten Palast niedergelassen, dessen Überreste dem Sandsturm preisgegeben sind. Alle haben auf einem Steinblock oder einem Mauerrest Platz gefunden. Um mich herum hat sich ein schweigender Zirkel gebildet. Schon seit mehreren Stunden habe ich kein Wort gesprochen.

In ein weites Baumwollgewand gehüllt, genoß Lady Ophelia Redgrave die Sonne. Ippolito Rosellini zeichnete. Nestor L'Hôte scharrte mit einer Spitzhacke nachlässig vor sich im Boden. Professor Raddi untersuchte ein Stück Kalkstein. Vater Bidant betete seinen Rosenkranz. Moktar und Soliman standen abseits, mit Gewehren bewaffnet. Die Gegend war unsicher, weil sich häufig Plündererbanden herumtrieben.

Auf den Grenzstelen* des heiligen Bezirks von Tell el-Amarna verblüfften mich die Darstellungen von Echnaton und seinen Familienmitgliedern mit ihren länglichen Schädeln, aufgetriebenen Bäuchen, überdehnten Formen. Ein eigenartiges

* Stele: Stein- oder Holzplatte unterschiedlicher Form mit Dekorationen und Inschriften (A. d. Ü.).

Symbol auch die Sonnenstrahlen, die zu Händen wurden und den Herrschern das Sinnbild des Lebens darboten.

Hier spürte man die Atmosphäre einer zerrissenen Welt, die kurz davor war, ins Vergessen zu stürzen, doch jeden Tag durch den mächtigen Sonnengott erneuert wurde. Er ließ den blumengeschmückten Palast wiedererstehen, die Villen der Reichen mit ihren üppigen Gärten, die breiten, von Wagen befahrenen Straßen, die Wasserbecken, in denen sich der Himmel spiegelte und auf denen Vergnügungsboote schaukelten. Kein Pharao kann sterben. Diese Gottkönige haben ihr Gepräge zu tief ins Fleisch der Zeit geschnitten, als daß die Menschen es auslöschen könnten.

Echnaton mußte der glücklichste aller Herrscher gewesen sein. Er hatte seine Stadt erbauen lassen, seine neue Religion durchgesetzt, von der Sonne Zeugnis abgelegt, die er im Herzen trug. In diesen armseligen Ziegelresten, diesen verfallenen Mauern, diesen Tempeln, die in den Ozean allen Ursprungs zurückgekehrt waren, blieb er uns gegenwärtig. Wie gerne hätte ich mich seinem Andenken überlassen; doch andere Sorgen beschäftigten mich.

«Ich habe Sie zusammengerufen», begann ich, «weil man versucht hat, mich zu töten.»

Rosellini reagierte als erster.

«Unglaublich!» rief er. «Wir müssen sofort Abdel-Razuk informieren.»

«Nicht nötig», entgegnete ich. «Er war es, der versucht hat, mich umzubringen. Darum ist er geflohen. Ich habe sein Gesicht deutlich gesehen, als er einen riesigen Tontopf auf mich fallen ließ, der mir den Schädel zerschmettern sollte.»

«Könnten Sie sich nicht getäuscht haben?» mutmaßte Lady Redgrave.

«Ich habe einen Zeugen: Professor Raddi.»

Verlegen starrte der Mineraloge auf sein armseliges Stück Kalk.

«Leider», gestand er, «habe ich nichts gesehen ... Ich lag mit dem Gesicht zur Erde. Meine wissenschaftliche Ehrlichkeit verbietet mir, etwas anderes zu behaupten.»

«Das Wort des Generals kann nicht in Zweifel gezogen werden», mischte sich Nestor L'Hôte ein. «Wenn ich diesen Abdel-Razuk erwische, breche ich ihm den Hals.»

«Sie werden nichts dergleichen tun», schaltete sich Vater Bidant ein. «Ich verbiete Ihnen, Gewalt mit Gewalt zu beantworten. Man würde Sie gefangennehmen und zum Tode verurteilen.»

«Aber Hochwürden, auf wessen Seite stehen Sie?» fragte ich verärgert.

«Ich stehe auf niemandes Seite», gab er zurück. «Die Vernunft gebietet uns, Vorsicht walten zu lassen. Wenn Sie tatsächlich in Gefahr sind, dann sind wir es auch. Meiner Ansicht nach ist es Zeit, die Expedition zu beenden, da der Herrscher dieses Landes uns feindlich gesinnt ist.»

Ich hatte das Gefühl, vom Geist Echnatons erfüllt zu werden, der sich gegen in Ehrgeiz und Eitelkeit befangene Priester empörte.

«Wir werden sie dennoch fortsetzen, Hochwürden. Wir werden sie fortsetzen, solange ich am Leben bin.»

Der Geistliche bot mir die Stirn.

«Dieser Wagemut ist unverzeihlich, Monsieur Champollion. Von nun an wird Gott Sie für alle Widrigkeiten, die einem von uns begegnen, zur Verantwortung ziehen.»

*

Wir verbrachten einen knappen Tag auf dem Gebiet von Amarna, um Inschriften zu suchen und Pläne zu erstellen. Ich erkannte, daß aufwendige Arbeiten notwendig waren, um diese Stätte zu erfassen. Ganz zu schweigen von den vielen Gräbern, die sich in den Bergen östlich der Stadt verbargen.

Wir mußten weiter nach Theben, in den Süden, zu den Geheimnissen, ohne zu wissen, ob die Götter Ägyptens mir die Gunst gewähren würden, an diesen von Schatten bevölkerten Ort zurückzukehren, der Worte der Sonne barg. Doch wie hätte ich ihnen diese Ungewißheit vorwerfen können, da sie mir schon so viel geschenkt hatten?

Lady Redgrave zeigte mir die kalte Schulter als hätte ich sie beleidigt. Ich war nicht geneigt, ihr entgegenzukommen. Soliman ließ Moktar, Drovettis bösen Geist, nicht aus den Augen, der seinerseits tat wie ein guter und treuer Diener. Seine Aufgabe als Spitzel gestaltete sich schwieriger, seit sein Komplize Abdel-Razuk verschwunden war. Doch hatte der sich nicht ins Dunkel zurückgezogen, um besser zuschlagen zu können? Ich mußte recht störend geworden sein, um einen solchen Anschlag gegen mich auszulösen. Mehemed Ali wußte inzwischen, daß ich einen Teil der Schäden kannte, die er Ägypten zugefügt hatte. Wenn er versuchte, meine Weiterreise zu verhindern, dann gab es dafür nur einen Grund: Er wollte sicherstellen, daß ich nicht noch Schlimmeres entdeckte! Natürlich mußte mein Tod aussehen wie ein Unfall, fern von allen Zeugen, damit Frankreich nicht allzu verstimmt reagieren würde.

Mehr Mut als andere Menschen besaß ich nicht, doch größere Hartnäckigkeit. Auf dieser von den Göttern geliebten Erde zu sterben, in diesem Land, mit dem mich die brennendste Leidenschaft verband, das schreckte mich nicht. In Europa ertrug ich ein grausames Exil. Hier war ich zu Hause. Zu Hause seit Anbeginn. Ich hatte nur eine Furcht, die meine Schwäche war: zu sterben, ohne die Botschaft Ägyptens in all ihrer Reinheit erfaßt zu haben. Diese Welt zu verlassen, ohne den Schlüssel dazu errungen zu haben.

Auf mir lastete die schreckliche Drohung von Vater Bidant, dieser unbarmherzige Bannfluch. Der Geistliche hatte mich ins Herz getroffen, und er wußte es. Weniger wegen des Christengottes, der seinen Platz nicht in diesen lebendigen Tempeln hatte, vielmehr wegen der Zuneigung, die ich meinen Mitreisenden entgegenbrachte. Ich war ja tatsächlich für ihr Leben verantwortlich, das mir mehr am Herzen lag als mein eigenes. Der Sultan hatte ihnen nichts vorzuwerfen, doch welche verschlungenen Wege würde seine orientalische Phantasie einschlagen, um mich zum Aufgeben zu zwingen?

Der Zwischenfall geschah, als wir die beeindruckenden Felsen von Abu-Feda passierten. Das Wetter war schlechter geworden. Unruhig hob sich der Nil in zornigen Wellen. Eine Art Tornado verzehnfachte das Tosen des Flusses. Nestor L'Hôte, der an Backbord den Helden spielte, hob die Hand, um mir zu bedeuten, daß alles in Ordnung war. Ich schrie ihm zu, er solle unter Dach kommen. Im Dämmerlicht des Sonnenuntergangs glaubte ich eine Gestalt auszumachen, die L'Hôte in den Rücken stieß. Der fuchtelte mit den Armen, fand keinen Halt und stürzte ins Wasser.

«Zu Hilfe!» schrie ich aus vollen Lungen.

Das Brausen des Sturms übertönte meine Stimme. Ich rannte zu der Stelle, an der L'Hôte verschwunden war, ergriff ein Seil und warf es in den Nil.

Ich fühlte Widerstand. Hatte er das Seilende packen können? Eine Welle schlug mir ins Gesicht, der Wind beutelte mich: Ich war außerstande, ihn ins Boot zu ziehen. Das Seil spannte sich. Rettung war möglich! Sein Leben lag in meinen Händen. Ich durfte es nicht an Kraft fehlen lassen. Ich mußte körperliche Fähigkeiten aufbieten, die ich nicht besaß. Meine Handflächen brannten. Das Bootsdeck rutschte unter meinen Füßen. Meine Kräfte erlahmten. Es würde mir nicht gelingen, L'Hôte zu retten. Doch das Seil würde ich nicht loslassen. Mein Leben für sein Leben, mein Leben mit seinem Leben.

Als ich kurz davor war, meinerseits ins Wasser zu taumeln, zog eine neue, unerwartete Kraft das Seil an. Ich fand Halt, dann schöpfte ich wieder Mut und konnte mich rückwärts bewegen. Schritt um Schritt kämpfte ich mich zur Bootsmitte.

Endlich erschien Nestor L'Hôtes Kopf, triefend von Nilwasser. Der robuste Bursche war geschickt genug, allein an Bord zu klettern.

Erschöpft, atemlos wandte ich den Kopf und sah Soliman. Er war es, der L'Hôte gerettet hatte. Er war mir in genau dem Augenblick zu Hilfe gekommen, als ich aufgeben wollte. Wortlos zog er sich zurück. Der Fluß wurde ruhiger. Wir hatten die gefährliche Passage hinter uns.

Der völlig durchnäßte Nestor L'Hôte zog sich aus und trocknete sich ab.

«Jemand hat Sie gestoßen, nicht wahr?»

«Ich weiß es nicht, General. Ich habe niemanden gesehen. Ich habe etwas wie einen Stoß im Rücken gespürt, das ist wahr, aber vielleicht war es eine Böe. Der Wind hatte mich schon ein paarmal aus dem Gleichgewicht gebracht.»

Ich wandte mich ab und übergab mich. Dieses Drama hatte mich zutiefst erschüttert. Hätte ich Nestor L'Hôte verloren, so wäre ich ein unwürdiger Mensch gewesen. Meine Reise wäre an den Nilklippen zerschellt.

Vater Bidant war es gelungen, mich selbst zu meinem erbittertsten Gegner zu machen.

*

Als sich die letzten Windböen gelegt hatten, breitete sich die tiefe Stille der feuchtgrünen, durch Palmengruppen aufgelokkerten Felder über das Land. Auf die kahlen Felsen der nahen, bedrohlich wirkenden Berge folgten friedliche Uferlandschaften, von strahlendem Morgenlicht umspült, das den leichten Nebel auflöste. Wir erreichten Assiut, das Lykopolis der Griechen, die Stadt des Gottes Anubis, der die ruhmreichen Toten einbalsamierte und auf den Weg ins Jenseits geleitete.

Meine fiebrigen Augen blickten mit Vergnügen auf eine Stadt, die weniger staubig und erbärmlich war als die vorhergehenden. Sykomoren, Palmen, blühende Sträucher, Rosen, Magnolien zierten Assiuts Gassen, durch die mich meine Begleiter in einer Sänfte trugen wie einen Pharao. Zahlreiche Minarette reckten sich in einen strahlend blauen Himmel. Eine Unmenge von Katzen streifte durch die Gassen. Soliman erklärte mir, diese Stadt sei für sie ein Paradies. Sie töteten Ratten und Mäuse und schützten so die Nahrungsvorräte. Auch pflegten die Einwohner niemals eine Katze zu stören, die im Schatten schlief, sondern traten lieber selbst in die Sonne, um das Tier nicht aufzuscheuchen.

Wir kamen an einem baufälligen Café vorbei, das teils unter freiem Himmel lag. Zerrissene Stoffe hingen von der Decke. Ein Lampion beleuchtete den Innenraum, in dem sich pfeiferauchende Männer vor einem Flötenorchester und vor Käfigen versammelt hatten, in denen kleine Affen herumturnten. Soliman bat Lady Redgrave, Vater Bidant, Professor Raddi und Moktar, in diesem Café bei einem Jasmintee auf uns zu warten. Er verhandelte lange mit dem Inhaber und bat ihn, darüber zu wachen, daß seine hohen Gäste auch als solche behandelt würden.

«Wo sind die antiken Monumente?» fragte ich Soliman.

«Es sind keine erhalten», gestand er unbewegt. «Nur eine Säule ist noch übrig, die auf einem Schutthaufen steht. Die Tempelsteine sind zu Mahlsteinen, Trögen oder Türschwellen verarbeitet worden. Die Kalkblöcke wurden als Rohstoff für Kalköfen verwendet.»

Die Empörung machte mich stumm. Assiut erschien mir plötzlich erheblich weniger fröhlich. Wir begegneten Syrern, Asiaten, Afrikanern, die über die Karawanenstraßen hierhergelangt waren. Zahlreiche Handelsgüter wechselten hier den Besitzer.

«Die Gräber», sagte ich. «Ich will zu den Gräbern.»

«Das wäre unvorsichtig, Meister», widersprach Rosellini. «Wir hatten vereinbart, Sie so schnell wie möglich zu einem Arzt zu bringen.»

«Die Gräber», wiederholte ich.

Nestor L'Hôte drängte mich ebenfalls, meinen Entschluß zu ändern, doch vergeblich. Soliman hütete sich einzugreifen.

«Ich will laufen», verlangte ich. «Helfen Sie mir.»

Von Soliman geführt, von L'Hôte und Rosellini gestützt, kletterte ich mühsam die sandigen Hänge zur Nekropole hinauf, die in eine Anhöhe über der Stadt gegraben war. Vor Jahren hatte Desaix dort sein Hauptquartier errichtet und seine Kanonen aufgestellt, um Assiut zu unterwerfen. Kein Kriegsgerät mehr an diesem strahlenden Morgen. Der Friede des Jenseits herrschte unangefochten. Sogleich ließ meine Spannung nach. Immer wenn ich die Welt der modernen Araber verließ, um wieder in die der Alten Ägypter einzutreten, durchdrang mich neue Energie.

Wie in Beni-Hasan waren die Wände der heiligen Höhlen mit Szenen bemalt, die jenen, soweit das zu beurteilen war, jedoch nicht ebenbürtig waren. Doch mir fehlte der Wunderschwamm und mir drehte sich der Kopf. Nestor L'Hôte bemerkte es.

«Sie können sich ja kaum noch auf den Beinen halten, General. Sie müssen in Behandlung.»

Ich hatte meine Gräber gesehen. Ich bestand darauf, noch einige allzu kurze Minuten zu verweilen, bevor ich mich in die Innenstadt Assiuts tragen ließ, wo Soliman mich in türkische Bäder führte, während Rosellini und Nestor L'Hôte am Eingang warteten. Er brachte mich in einen rundgebauten Saal mit einer Öffnung in der Kuppel, so daß die Luft im Innern zirkulierte. Wir legten unsere Kleider auf einen umlaufenden Sockel, schlangen uns Handtücher um die Hüften und schlüpften in Sandalen. Dann gingen wir durch eine Art Korridor, in dem es wärmer war. Hinter uns fiel eine Tür ins Schloß.

Wir gelangten in einen Saal, dessen Wände mit Marmor ausgekleidet waren. Ich fühlte mich wohl.

«Ich lasse Sie jetzt alleine», sagte Soliman. «Fürchten Sie

nichts. Lassen Sie alles mit sich geschehen. Ich bin bald zurück.»

Ich hatte nicht die Kraft zu widersprechen. Von meinem Bart begann das Wasser zu tropfen. Und wenn Soliman mich den Fängen meiner Gegner auslieferte? Ein Koloß mit ölglänzendem Körper erschien. Er nahm mich bei der Hand. Ich glitt aus. Er fing mich auf. Eine seltsame Benommenheit erfaßte mich. Ich mochte nicht mehr kämpfen. Wenn Soliman, der sich mein Bruder nannte, mich verraten hatte, wem würde ich dann noch vertrauen können?

Der Koloß führte mich in einen anderen, sehr geräumigen Saal mit gewölbter Decke. Er half mir, mich neben einem Bekken auszustrecken, und legte mir ein flaches Kissen unter den Kopf. Eine Wolke wohlriechender Dämpfe drang in meinen Körper. Ich entspannte mich.

Der Mann drehte mich auf den Bauch und begann, mich sanft zu massieren. Dann rieb er mir mit einem Handschuh kräftig den Rücken. In einem kleinen Nebenraum mit Hähnen für kaltes und warmes Wasser wusch ich mich genüßlich. Der Diener wies mir dann ein duftendes Bett, in dem ich mich erneut ausstreckte, erholt, befreit von allen Unreinheiten, mit geweiteter Brust, um Jahre verjüngt.

Ein alter Mann mit weißem Bart, bekleidet mit einem Lendenschurz, kam langsam auf mich zu. Er kniete nieder und legte auf dem Marmorboden ein Papyrusblatt und ein goldenes Tintenfaß zurecht.

«Nimm das Tintenfaß», wies er mich auf arabisch an, «und schüttele es über diesem Blatt.»

Mechanisch gehorchte ich und übersäte die zarte Unterlage mit Flecken. Der Alte betrachtete das Ergebnis minutenlang mit großer Aufmerksamkeit.

«Deine Krankheit ist nicht schwer», schloß er. «Schlaf und ein Kräutertee genügen, um sie zu heilen. Doch dein Leben ist damit noch nicht gerettet ... ein böser Geist umgibt dich. Ein

Geist, der versucht, dich zu zerstören. Wenn es dir nicht gelingt, ihn zu erkennen, wirst du ihm erliegen.»

Der Wahrsager knüllte das Papyrusblatt zusammen, kaute es und schluckte es herunter. Dann verschwand er mit der gleichen würdevollen Langsamkeit und überließ Soliman das Feld.

«Was muß ich tun?» fragte er mich.

«Mich aufs Schiff bringen, in meine Kabine einschließen und mich zwölf Stunden schlafen lassen.»

*

Ich erwachte erst am nächsten Abend, zur Stunde des Sonnenuntergangs. Ich fühlte mich großartig. Am Kopfende meines Bettes stand eine Tasse nach Lilien duftender Tee. Ich trank ihn mit Genuß, und nachdem ich mich gewaschen hatte, klopfte ich an meine eigene Tür, die von außen verschlossen war.

Soliman öffnete.

Der Abend war wunderbar. Eine Sternschnuppe strich über den Himmel. Wir waren auf Höhe des Dorfes Sawadiya vor Anker gegangen, ein friedlicher bäuerlicher Marktflecken. Nach einer schnellen Mahlzeit aus Bohnen und Fladen versammelten wir uns im geräumigsten Teil des Schiffes, den Rosellini hochtrabend ‹Salon› getauft hatte, um dort Kaffee zu trinken, Karten zu spielen und ein Flötenkonzert anzuhören, das die Schiffer uns darboten.

Soliman unterbrach diese friedliche Stimmung.

«Ein Schiff nähert sich», verkündete er.

L'Hôte griff nach einem Gewehr. Die Besatzung wurde alarmiert. Bei Nacht ist der Nil wenig befahren. Niemand hatte von Piraten gehört, doch die erklärte Feindseligkeit des Paschas konnte das Schlimmste befürchten lassen.

Wir hatten Fackeln angezündet, deren Schein das dunkle Blau des Nils mit roten Mäandern durchzog. Das fremde Schiff schob sich langsam vorwärts. Ein am Bug stehender Diener mit Turban begann eine ebenso feurige wie blumige Rede, deren Inhalt mich beruhigte. Er sprach im Namen seines Herrn Mohamed Bey, des Gouverneurs der Provinz, der uns einlud, in seinem Palast zu speisen. Als Zeichen seiner Freundschaft sandte er uns dieses Boot voller Lebensmittel.

Ich verhandelte mit dem Abgesandten des Provinzstatthalters, bot ihm eine Kiste Wein als Dank für seine Einladung an, die ich leider ablehnen müsse. Verstimmt insistierte der Mann. Doch ich blieb hart, denn es schien mir unzulässig, meine Ankunft in Theben durch gesellschaftliche Verpflichtungen verzögern zu lassen.

«Diese Ablehnung war vielleicht unbedacht», murmelte Soliman.

«Das macht nichts», gab ich zurück. «Wir fahren morgen weiter, wie vorgesehen.»

Am Nachmittag des darauffolgenden Tages, als wir uns bereitmachten abzulegen, kam eine Kolonne Reiter und Fußvolk herbei, um uns mit großem Geschrei und viel Aufwirbeln von Staub an unserem Vorhaben zu hindern. An der Spitze dieser kleinen Streitmacht stand der Sohn des Beys höchstpersönlich. Diesmal schenkte man mir eine Menge Schlachtfleisch. Musikanten, die die Soldaten begleiteten, brachten uns ein Ständchen.

*

Meine Begleiter waren beeindruckt von dieser Ehrbezeugung und baten mich, einer so dringlich dargebrachten Einladung doch Folge zu leisten. Dennoch machte ich meine Entscheidung nicht rückgängig, zum großen Verdruß des Sohnes des Beys. Auch die folgende, einstündige Diskussion konnte mich nicht umstimmen. Diese Verzögerung verschaffte mir nur eine Genugtuung: Ich hatte meine ganze Energie wiedergefunden.

Ich gab Befehl abzulegen und rechnete damit, daß wir bis in die Nacht unterwegs sein würden.

Vater Bidant kam keuchend herbeigerannt.

«Warten Sie, Champollion, warten Sie!»

«Weshalb in aller Welt sollte ich noch länger warten?»

«Professor Raddi und Nestor L'Hôte sind verschwunden.»

«Ihre Phantasie geht mit Ihnen durch, Hochwürden.»

«Überzeugen Sie sich selbst!»

Nachdem ich die Kabinen und alle Winkel des Schiffes abgesucht hatte, mußte ich mich den Tatsachen beugen: L'Hôte und Raddi waren nicht mehr an Bord. Niemand hatte sie aussteigen sehen. Lady Redgrave wirkte bei aller Distanz und Unzugänglichkeit doch besorgt. Rosellini war so aufgeregt, daß er nicht stillstehen konnte.

«Wo wohnt dieser Mohamed Bey?» fragte ich Soliman.

«Am Ufer stehen ein Dutzend Leute. Sie brauchen sie nur zu fragen.»

«Sie sollen mich zu ihm bringen.»

«Ich begleite Sie.»

«Ich werde alleine gehen, Soliman. Du bleibst hier und kümmerst dich um die anderen. Wenn ich nicht zurückkomme, übernimmt Rosellini die Leitung der Expedition.»

«Ist das nicht ein zu großes Risiko?»

Ich blickte meinem Bruder fest in die Augen.

«Ich bin der Leiter unserer Gemeinschaft, Soliman. Ich trage die volle Verantwortung für die Teilnehmer, ob Freunde oder Feinde, ob sie auf Verrat oder auf Unterstützung sinnen. Unsere beiden Begleiter sind von diesem Bey entführt worden, so viel steht fest. Ein Anhänger des Paschas, ganz ohne Zweifel ... wenn ich es bin, den er haben will, dann werde ich ihn nicht enttäuschen. Unter der Bedingung, daß L'Hôte und Raddi ihre Freiheit zurückerlangen.»

«Wenn er Sie nicht alle drei gefangennimmt ... oder noch Schlimmeres mit ihnen vorhat.»

«Ich habe keine Wahl, Soliman. Ich kann nicht in meinen eigenen Augen zum Feigling werden.»

Mein Gegenüber verneigte sich respektvoll.

«Gewiß steht geschrieben, daß niemand sich Ihrem Willen widersetzen kann …»

Nach kurzer Wegstrecke brachten mich die Männer des Beys zu einem weißen Haus, prunkvoll in seiner Abgeschiedenheit, die durch einen weitläufig angelegten, mit Zitronenbäumen bepflanzten Garten gemildert wurde. Aus der offenstehenden Tür drang schrille Musik. Hohe Kandelaber rechts und links des Eingangs verbreiteten ein Licht, das um so kräftiger wurde, je weiter die letzte Helligkeit des Tages erlosch.

Ein höchst verlockender Hinterhalt. Alles atmete Luxus und Sinnenfreude. Doch wie hätte ich vergessen können, daß der Herrscher dieser Insel des Friedens zwei meiner Begleiter als Geiseln festhielt?

Mit weitaus mehr Angst, als ich mir anmerken ließ, bat ich einen Verwalter, mich zu melden, und blieb am Fuße der Eingangstreppe stehen. Wenig später erschien auf der Schwelle ein massiger Mann mit hochrotem Gesicht, in schimmernde Seidenstoffe gehüllt.

«Champollion!» rief er mit dröhnender Stimme. «Kommen Sie rasch herein!»

Verblüfft durch diesen Empfang, blieb mir keine andere Wahl, als zu gehorchen. Ich hob den Kopf, um noch einen Blick auf Ägyptens Himmel zu werfen, denn ich fürchtete, ihn so bald nicht wiederzusehen.

Der imposante Mann ergriff meinen Arm.

Ich sträubte mich.

«Ich verlange, daß meine beiden Freunde sofort freigelassen werden.»

«Freigelassen? Wer hat sie denn gefangengenommen? Kommen Sie doch herein!»

Ich wollte protestieren, zuerst erreichen, was ich verlangt

hatte ... doch mein Gastgeber zog mich resolut in seine Wohnstätte.

Vor mir öffnete sich ein weitläufiger Festsaal, in dem die Gäste, lässig auf Kissen ausgestreckt, fröhlich plauderten. Im Halbdunkel und im Dunst der Pfeifen, die überall geraucht wurden, erkannte ich Nestor L'Hôte und Professor Raddi Seite an Seite, wie sie vergnügt riesige Gewürzgurken kosteten.

«Können sie ... sich frei bewegen?» fragte ich verwirrt.

«Ganz und gar», antwortete Mohamed Bey. «Es sind meine Gäste, ebenso wie Sie selbst. Sie erschienen hier und kündigten mir Ihr baldiges Kommen an, was mich zutiefst erfreute. Der Ehrenplatz an meiner Seite ist für Sie reserviert.»

Es war tatsächlich ein Hinterhalt, doch meine eigenen Verbündeten hatten ihn gelegt.

«General!» rief L'Hôte aus, als er mich bemerkte. «Ich wußte, Sie würden mich nicht im Stich lassen!»

Schwankend kam er auf mich zu.

«General ... wir durften unseren Gastgeber nicht beleidigen ... Soliman sagte mir, er könnte uns daran hindern, die Expedition fortzusetzen ... ich habe mich geopfert ... und habe Sie hierhergelockt ... alles wendet sich zum Besten!»

«Und Professor Raddi?»

«Er ist mir gefolgt. Ich wollte ihn zurückschicken, aber er beteuerte mir, er habe unbändige Lust, an einem muselmanischen Fest teilzunehmen. In Florenz, mit seiner Frau, da amüsiert er sich nicht oft ...»

Der ehrwürdige Professor war außerstande, auf die geringste Frage zu antworten. Stockbetrunken beschränkte er sich darauf, das große Likörglas, das in der Gesellschaft kreiste, an seinen Nachbarn weiterzugeben. Jeder trank daraus, bevor er es weiterreichte. Trotz meiner Abneigung gegen diese ebenso süße wie schädliche Art von Alkohol mußte ich daran nippen.

Sobald das Glas leer war, ließ der Bey es wieder füllen. Er selbst trank mit kräftigen Zügen und rauchte eine langstielige

Pfeife. In einer Anwandlung von Großzügigkeit sprach Mohamed Bey eine Amnestie für alle Straffälligen aus und verteilte kleine Münzen an die Armen, die sich vor seinem Haus versammelt hatten.

Über zwanzig verschiedene Gerichte wurden serviert: Hammel in mehreren Variationen, Melonen, Sardellen, Salate. Wir wischten uns die Hände an goldbestickten Tüchern ab. Zwei Sänger bildeten den künstlerischen Höhepunkt des Abends. Der erste, ein Grieche in den Siebzigern, beehrte uns mit einigen gefühlvollen Liebesliedern. Der zweite, ein Araber, der weit über achtzig war, intonierte ein traditionelles Gesangsstück. Als er endlich verstummte, waren die meisten Gäste eingeschlafen. Nestor L'Hôte übernahm die Aufgabe, sie zu wecken, indem er die *Marseillaise* anstimmte, gefolgt von Oden an die Freiheit aus der *Muette* von Portici. Diese im Palast des Beys nie gehörten Töne weckten nur schwache Begeisterung.

Das Fest dauerte die ganze Nacht. Als die Sonne aufging, waren nur Mohamed Bey und ich noch wach. Trotz der Unmenge an Alkohol, die er zu sich genommen hatte, war der Machthaber noch Herr seiner selbst. Seine Hand zitterte nicht, und seine Augen blickten vollkommen klar.

«Ich würde Sie gerne ein paar Tage bei mir behalten, Champollion. Ihre Gegenwart ist ein Gottesgeschenk. Warum feiern wir nicht weiter?»

«Ich habe einen Auftrag, Exzellenz, und ich werde an seiner Erfüllung weiterarbeiten.»

«Alte Steine besichtigen, ich weiß ... suchen Sie in den Bergen. Die sind voll davon! Ich stelle Ihnen eine Hundertschaft von Dienern zur Verfügung, die Ihnen jeden Tag unzählige Körbe voller Steine bringen werden!»

«Ich danke Ihnen, aber ...»

«Sie wollen die antiken Steine, die mit unlesbaren Zeichen beschriftet sind ... wozu soll das gut sein? Das Glück, Champollion, ist es, mit Freunden zu feiern, gemeinsam zu trinken und zu essen, Musik zu hören, der Toten zu gedenken, bis wir selbst tot sind, damit unsere Freunde unsere Erinnerung in Ehren halten können.»

Die Offenheit dieser Worte berührte mich.

«Nichts geht über eine lange Freundschaft, Champollion. Sie müssen lernen, sie zu genießen, jede Sekunde auszukosten ... bleiben Sie hier, und lassen Sie uns alte Freunde werden. Ihre Steine, Ihre versunkene Welt werden Sie bald vergessen. Lassen Sie davon ab, unnütze Gefahren auf sich zu nehmen. Wählen Sie den wahren Frieden, den meines kleinen Königreichs, den dieser Sonne, die sich ewig gleich bleibt, den des Nils, der unberührt ist von menschlicher Leidenschaft.»

Der Bey setzte mich einer schweren Prüfung aus. Was er mir da anbot, war sicher von unermeßlichem Wert. Ich brauchte lediglich den Lauf der Zeit anzuhalten, meinem Ehrgeiz zu entsagen, mich auf einen Stein am Fluß zu setzen und mit ihm alt zu werden.

«Sie haben recht, Exzellenz, doch ich glaube, nicht Herr meines Schicksals zu sein.»

Mohamed Bey erhob sich.

«Kommen Sie, Champollion.»

Wir stiegen über schlafende Körper, verließen das weiße Gebäude und liefen bis zum Ufer. Ein sanfter Wind trug die Strapazen der Nacht davon.

«Sie sprechen wie ein Auserwählter, Champollion. Wie ein Mensch, für den es nur einen einzigen Weg gibt, nur eine einzige Liebe.»

«Das Ägypten der Pharaonen», sagte ich, «ist mächtiger als alle Götter, zärtlicher als jede Liebe, lebendiger als jede Freundschaft. Angesichts seiner Mysterien haben weder Sie noch ich die geringste Bedeutung.»

Ein aschgrauer Wiedehopf strich vom Wipfel einer Tamariske ab und flog ins Licht.

«Dann gehen Sie, Champollion», sagte der Bey mit ergriffener Stimme. «Doch gehen Sie hiermit.»

Er gab mir einen wundervollen Ring aus rotem Jaspis*.

«Möge dieser Schmuck Sie behüten. Und verlassen Sie Ihren Weg nicht, mein Bruder.»

* Zu sehen im Louvre.

DREIZEHN

EIN PAAR STUNDEN SPÄTER sollte sich das Schicksal als grausam erweisen. Ich freute mich darauf, die heilige Stadt Abydos zu sehen, das Reich des Osiris, Richter über die Toten und Herr der Verwandlungen, die den Gerechten erlauben, sich auf den Wegen des Jenseits zu bewegen.

Die Natur hatte anders entschieden. Die Überschwemmung ist ein herrlicher Anblick für all diejenigen, die wie wir die Landschaft bewundern können. Jedoch nicht für die bedauernswerten Fellahs. Die Flut hatte bereits mehrere Ernten vernichtet. Um nicht zu verhungern, würden die Bauern das Korn verzehren müssen, das der Pascha ihnen für die nächste Aussaat gelassen hatte. Wir sahen ganze Dörfer vom Nil überflutet, dem die armseligen Hütten aus sonnengetrocknetem Lehm nicht standzuhalten vermochten; vielerorts erstreckt sich das Wasser von einem Berg zum anderen. Dort, wo die höchsten Hügel noch aus dem Wasser ragen, schleppen Fellahs, Frauen, Männer und Kinder körbeweise Erde herbei, um einem riesigen Fluß Dämme von drei bis vier Zoll Höhe entgegenzusetzen und so ihre Häuser und die wenigen Vorräte, die ihnen geblieben sind, zu retten. Es war ein trostloser Anblick, der mich tief betrübte.

Vom höchsten Punkt des Bootes aus, auf dem Kabinendach stehend, grüßte ich aus der Ferne das antike Abydos. Der osirische Tod duldete meine Gegenwart nicht. Er stieß mich in die Ferne, als sei die Stunde noch nicht gekommen. Dabei stammte eine der Inschriften, die den Ausgangspunkt meiner Entdekkungen bildete, von diesem heiligen Ort. Abydos mußte noch andere Hieroglyphentafeln bergen, die Schlüssel zur heiligen Sprache enthielten. Eine Sprache, die mir ihre letzten Schätze noch vorenthielt; ein Mensch besaß sie jedoch: der Prophet, der sich irgendwo unter dieser strahlenden Sonne verborgen hielt.

*

An einem kühlen Morgen kamen wir in Girgeh an. Der Nordwind kräuselte den Nil. Die Stadt des heiligen Georg, die unter den Mamelucken einen gewissen Ruhm genossen hatte, nun aber verfallen ist, liegt in einer Flußbiegung. Ein hoher Felsen scheint sie beinahe zu erdrücken. Zahlreiche Vögel, Reiher, Krähen, Sperber waren am Himmel zu sehen.

An der Anlegestelle erwartete uns eine Menschenansammlung. Es wurde laut und heftig diskutiert. Nachdem Moktar einige Schaulustige grob angefahren hatte, teilte er mir mit, Anastasys Ausgräber wünsche mich zu sehen.

«Anastasys Ausgräber?» wunderte ich mich. «Wo arbeitet er?»

«Ich weiß es nicht.»

Seinem verstockten Gesichtsausdruck nach billigte Drovettis Diener diese Einladung keineswegs.

«Wo befindet sich dieser Mann?»

«Im Kloster der Bruderschaft des heiligen Georg», antwortete Moktar.

«L'Hôte wird mich begleiten», ordnete ich an.

«Ich auch», schaltete Vater Bidant sich ein. «Endlich gibt es die Gelegenheit, wahre Gläubige zu treffen, da ist meine Anwesenheit unerläßlich.»

«Wie Sie möchten», stimmte ich zu.

Der Zugang zum Kloster erwies sich als äußerst schwierig. Mit einem Seilzug mußte man sich bis in beachtliche Höhe ziehen lassen. Die Mönche hatten kein anderes Mittel gefunden, sich den Schikanen zu entziehen, mit denen die Araber sie quälten.

Die Kirche und das Kloster der Kopten von Girgeh waren dem Untergang geweiht. Ihr Zufluchtsort unterschied sich durch nichts von den anderen Häusern des Dorfes. Sie praktizierten das Gelübde der Armut in einem Maß, das jede Vernunft überstieg. Wohlbefinden und Frohsinn waren seit langem aus dem Leben der drei oder vier Überlebenden verbannt, die in einer Kirche, düster wie eine Krypta, ihren trüben Gedanken nachhingen. Sie trugen Kaftan und Turban in Schwarz, die ihr Priesteramt nicht erkennen ließen.

«Gott, welch ein Elend und welch ein Gestank!» empörte sich Vater Bidant.

L'Hôte, der die Auffassung des Geistlichen teilte, zog es vor, am Eingang zu warten. Ich trat mit entschlossenem Schritt in den finsteren Raum, denn ich hatte den Mann erkannt, der sich zu meiner Begrüßung erhoben hatte: der nackte Schwimmer, der Lady Redgrave in Angst und Schrecken versetzt hatte.

«Ich bin Anastasys Ausgräber», verkündete er auf koptisch, eine Sprache, die weder L'Hôte noch Bidant verstanden. «Ich habe Ihnen ein wichtiges Dokument zu übergeben. Meine Brüder wissen nichts davon. Sie werden uns nicht verraten. Sie sprechen nur Arabisch. Binnen kurzem wird diese Kultstätte verschwunden sein. Treffen wir uns heute abend in Qena. Lassen Sie sich zum *Zâr* bringen.»

Ohne weitere Erklärungen verbeugte er sich erneut und setzte sich an die feuchte Mauer neben die übrigen Mönche, die in völliger Apathie verharrten.

«Was hat er Ihnen gesagt?» fragte Vater Bidant.

«Daß die Ausgrabungen ergebnislos waren», antwortete ich, «und daß er keine Möglichkeit hatte, sie fortzusetzen.»

«Elendes Land, das seine Geistlichen dahinsiechen läßt und den wahren Glauben ablehnt», wetterte er.

*

Mit jedem Tag wurde ich ein wenig mehr zum Ägypter. Zwischen dem Land und mir gab es keine Barriere mehr, keine Schranke. Sein Himmel war zu meinem Himmel geworden, seine Erde zu meiner Erde. Sanfte Magie löste mein europäisches Wesen, meine französischen Gepflogenheiten auf. Mein Denken floß im Rhythmus des Nils und durchlebte dabei den Tagesanbruch ebenso wie die sanfte Abenddämmerung.

«Träumen Sie, Monsieur Champollion?»

Lady Redgrave hatte sich so behutsam neben mich gesetzt, daß ich ihr Kommen gar nicht bemerkt hatte. Sie trug eine lange weiße, beinahe durchscheinende Tunika. Sie duftete nach Jasmin. Seite an Seite auf einer Holzbank sahen wir das Ufer vorüberziehen, auf dem unendlich langsam ein kleiner Junge auf einem Esel entlangwanderte.

«Wollen wir einen Waffenstillstand vereinbaren?»

«Führen Sie denn Krieg, Monsieur Champollion?»

Ich fuhr mir mit der Hand durch den schwarzen Kinnbart.

«Seit ich denken kann. Ich führe Krieg gegen Geistlose und Lügner. Sicher stehe ich auf verlorenem Posten, doch ich gebe nicht auf. Hat das Ägypten der Pharaonen sie nicht alle überlebt?»

«Aus welchem Grund fesselt Ägypten Sie derart? Glauben Sie nicht, daß es noch andere Philosophien, andere Kulturen gibt, die ebenso großartig sind? Sie sollten sich mit den Lehren Indiens oder Persiens befassen, einmal über den Rand Ihrer pharaonischen Zitadelle blicken.»

«Das ist bereits geschehen, Lady Ophelia. Schon vor Jahren habe ich die Religionen Indiens, Persiens und Chinas studiert. Ich habe die Sprachen dieser Völker gelernt. Ich habe sogar begonnen, ein Wörterbuch des Altpersischen zu verfassen, das ich recht gut beherrschte. Ich war lange der Überzeugung, daß es eine enge Beziehung zwischen China und Ägypten gibt, daß die Hieroglyphen dieser beiden großen Nationen ein und demselben Ursprung entstammen. Ich habe mich getäuscht. Doch Indien, Persien und China haben mich sehr angezogen. Sie haben mich sogar ins Wanken gebracht, beinahe wäre es ihnen gelungen, meine Liebe zu Ägypten zu dämpfen. Doch wie immer hat Ägypten schließlich den Sieg davongetragen. Alle Vergleiche fielen zu seinen Gunsten aus. Die Hieroglyphen sind die schönste Sprache der Welt. Die pharaonische Denkweise ist die umfassendste, die stimmigste, die einsichtigste. Ich bewege mich auf sie zu wie ein Kind auf seine Mutter. Ich habe die Pflicht, ihr zu dienen, doch diese Aufgabe ist keine Last. Sie ist Freude. Selbst wenn ich bis ans Ende meiner Tage einsam wandern müßte, um meinen Glauben weiterzugeben, so würde ich es nicht bereuen.»

«Sind Sie so alleine auf der Welt?» fragte sie.

«Nein. Ich habe einen Bruder, Jacques-Joseph. Er hat nie aufgehört, mir zu helfen, mich zu ermutigen, mich aus den Abgründen zu ziehen, in die ich stürzte. Daß ich heute hier bin, verdanke ich ihm. Hundertmal war ich nahe daran aufzugeben, hundertmal hat er mich überredet weiterzumachen. Schon seit langem zeigt er mir: er, das bin ich. Wir werden niemals zwei getrennte Personen sein. Verflucht sei der Tag, der uns trennen könnte! Jede Streitigkeit zwischen uns ist undenkbar, denn welche Undankbarkeit meinerseits wäre das! Die Gegenwart, die Vergangenheit, was ich war, was ich bin, was ich sein werde, alles wird mich an einer solchen Haltung hindern.»

Die immer zahlreicher auftretenden Dumpalmen kündigten die Stadt Qena an. Ihr schlanker Stamm teilte sich in Äste und spreizte sich bis zu den Blättern in Form eines Fächers. Sie trugen Nüsse so groß wie Enteneier. Die Fellahs aßen die Früchte, die nach süßem Brei schmecken, und verwendeten die Blätter zum Abdecken ihrer Hütten.

«Und Sie, Lady Ophelia, sind Sie alleine auf der Welt?»

Ich erhielt keine Antwort. Sie war verschwunden.

*

Qena lebte vom Töpferhandwerk. In der Stadt, in der überall reihenweise Töpfe jeder Größe standen, gab es zahlreiche Brennöfen. Hausdächer, Taubenschläge, überall war gebrannter Ton verarbeitet. Eine umfangreiche Handelsflotte brachte die Waren in andere Städte.

Unter dem Vorwand, die Stadt sei nicht sicher, bat ich meine Begleiter, an Bord zu bleiben. Da ich eine offizielle Unterredung mit dem Provinzvorsteher in die Wege leiten wollte, benötigte ich nur Solimans Unterstützung.

Unser Marsch durch die Straßen von Qena war äußerst malerisch. Vor jedem Haus waren Töpferwaren aufgestapelt, einige dienten unverschleierten Frauen als Sitzgelegenheit, die uns lächelnd zuwinkten. Sie waren barfüßig, in schwarze Gewänder gehüllt und trugen schwere Silberarmbänder. Dieser außerordentliche Reichtum prangte zwischen Schutt und Unrat. Die reizenden Geschöpfe stellten Qenas Besitz zur Schau und demonstrierten so ihre bedeutende Stellung. Bei einer von ihnen erkundigte sich Soliman, wo der *Zâr* zu finden sei. Dann führte er mich in ein schmales, gewundenes Gäßchen zwischen rissigen Häusern. Der Gestank war beinahe unerträglich.

Vor uns erhob sich ein älterer, beleibter Mann, der mit einem Krummsäbel bewaffnet war.

«Wohin des Wegs?»

«Zum *Zâr*», antwortete Soliman.

Der Mann ließ uns passieren und wies auf die niedrige Tür eines Hauses, das völlig verfallen schien. Wir mußten Schutt und Abfall beiseite schieben, um auf allen vieren durch den Eingang zu schlüpfen.

Wir gelangten in einen düsteren Raum, in dem furchteinflößende Wesen zu atmen schienen. Wir setzten uns und ließen unsere Augen sich an das Halbdunkel gewöhnen. Der Raum starrte vor Schmutz. Die Lehmmauern schwitzten Feuchtigkeit. Fauliges Stroh war in den vier Ecken verteilt. Im Hintergrund saßen fünf Frauen, die kleine Trommeln schlugen.

Ein Mann sprang auf, drehte sich um die eigene Achse und stürzte mit Schaum vor dem Mund zu Boden. Eine alte Frau zog ihn zu sich heran. Über zwanzig Männer und Frauen waren versammelt.

«Es sind alles Kranke», erklärte Soliman. «Sie sind zum *Zâr* gekommen, um gesund zu werden. Sie sind von Dämonen besessen. Nur Magie kann sie davon befreien.»

Schnaufend schob sich ein beleibter Mann in den Raum. Nachdem er durch die Tür gekrochen war, richtete er sich mit einiger Anstrengung auf und wandte sich sogleich an uns.

«Herzlich willkommen», begrüßte er uns.

Das Trommeln brach ab.

«Rühren Sie sich nicht», riet der Mann. «Schauen Sie nur. Wenn Ihr Dämon noch nicht zu tief in Ihre Seele eingedrungen ist, wird er Angst bekommen und fliehen.»

Auf sein Handzeichen nahm das Orchester sein Spiel wieder auf. Eine große, knochige Frau, beinahe zum Skelett abgemagert, trat in die Mitte und begann einen Tanz, der lasziv wirken sollte. Sie öffnete den zahnlosen Mund und schenkte den Anwesenden ein kümmerliches Lächeln. Die Zuschauer begannen, mit den Füßen zu stampfen. Ein Kranker fiel plötzlich in Trance und wälzte sich auf dem Boden. Die Musiker bemühten sich, dem Rhythmus seiner Zuckungen zu folgen.

Der beleibte Mann kniete sich neben ihn und nahm das Gesicht des Kranken in seine Hände. Er fiel in einen Singsang, den der Klang der Trommeln überdeckte, und magnetisierte den Unglücklichen lange, dessen Krämpfe allmählich schwächer wurden. Dann bedeckte der Arzt den Kopf des Kranken mit einem feuchten Tuch und begann, ihn in alle Richtungen zu wenden, als wolle er ihn vom Körper lösen. Als er das Tuch wieder entfernte, öffnete der Besessene seine verdrehten, weit aufgerissenen Augen. Der Arzt unterzog ihn einer Behandlung von unerhörter Brutalität: Er verbog ihm die Ohren, schlug ihm auf die Stirn, verrenkte ihm die Glieder. Ich wollte eingreifen, um dieser Folter ein Ende zu bereiten, doch Soliman hielt mich zurück. Das Schlimmste stand uns noch bevor: Der Arzt drückte den Kranken bäuchlings zu Boden, preßte sein Knie in die Mitte der Wirbelsäule und zog den Kopf des Besessenen zu sich heran, als wolle er ihm alle Wirbel brechen. Entsetzt schloß ich die Augen.

Ein gellender Schrei erklang. Ich packte Soliman am Arm.

«Alles in Ordnung», murmelte er.

Ich wagte einen neuerlichen Blick auf das furchtbare Schauspiel und sah den Besessenen aufstehen und an seinen Platz zurückkehren. Mit der Hilfe zweier verschleierter Frauen stellte der Arzt in der Mitte des Raumes einen kleinen Holzaltar auf, der mit brennenden Kerzen und einer Weihrauchschale bestückt war, deren Duft uns sogleich angenehm in die Nase stieg. Die Musiker brachen ihr Trommeln ab und stellten sich im Kreis um den Zeremonienmeister, der zu unverständlichen Litaneien anhob, aus denen ich einige Namen ägyptischer Gottheiten herauszuhören glaubte. Die zahnlose Frau zerrte einen gefesselten schwarzen Hammel herbei, der bisher unter einer Plane verborgen gewesen war. Tränen der Empörung stiegen mir in die Augen, als der Arzt dem armen Tier die Klinge eines langen Messers an die Kehle setzte. Einen Augenblick später floß das Opferblut auf den Altar, während sich beschwörender Singsang erhob, der die Höllengeister vertreiben sollte.

Die Opferung löste eine kollektive Trance aus. Die meisten Kranken brachen in rasenden Tanz aus, rempelten einander an, taumelten, schlugen sich. Ich preßte meinen Rücken gegen die Lehmmauer und sah, wie der Arzt sich mit dem Hammelblut besprengte, den Tierkadaver in die Luft warf und die Kranken dann niederknien ließ. Der Heiler hob die Arme gen Himmel und befragte die dunklen Mächte, indem er nacheinander auf jeden der Besessenen wies.

Der eine mußte einen Silberring geben, um geheilt zu werden, der andere einen Mantel, der dritte Fleisch …

Im Schutz des allgemeinen Durcheinanders und des Lärms hatte sich ein Mann neben mich gesetzt.

Der koptische Mönch, der mich hierherbestellt hatte.

«Nehmen Sie dies», flüsterte er und reichte mir eine hieroglyphenbedeckte Holztafel. «Es kommt vom Propheten.»

«Vom Propheten?» fuhr ich auf. «Ist er hier?»

«Er ist in den Süden gegangen. Halten Sie sich nicht auf. Es kann gefährlich werden. Es gibt wirklich Verrückte.»

Mehrere der Besessenen tauchten ihre Lippen in das Blut. Sie stachelten sich gegenseitig auf und begannen, einander zu beleidigen. Wir krochen nach draußen und waren froh, wieder an der frischen Luft zu sein.

«Legen Sie ein paar Münzen auf diesen Stein», bat der koptische Mönch. «Das ist der Lohn für den Arzt.»

*

Zurück auf dem Schiff, betrachtete ich die Tafel, die der Mönch mir gegeben hatte. Sie war voller Staub. Ich reinigte sie behutsam, und es kamen Kartuschen mit Königsnamen zum Vorschein. Die Zeichnungen schienen aus einer frühen Epoche zu stammen.

Große Aufregung erfaßte mich.

Es handelte sich um eine Namensliste von Königen der ältesten Dynastien. Ein Dokument von unschätzbarem Wert, das neues Licht auf die Ursprünge der ägyptischen Kultur warf. Mehrere Zeichen waren mir unbekannt. Ich war sicher, der Prophet kannte die Elemente, die mir fehlten. Gewiß waren sie ihm durch eine mündliche Tradition überliefert worden, die mit ihm verlöschen würde.

Krachend wurde meine Kabinentür aufgestoßen. Es erschien Vater Bidant, aufgebracht und mit hochrotem Kopf.

«Das kann ich nicht dulden, Champollion! Wie man hört, haben Sie an einem Satanskult teilgenommen!»

Vor mir stand ein Großinquisitor, imstande, mich auf den Scheiterhaufen zu bringen.

«Das ist übertrieben, Hochwürden ... ich habe gezwungenermaßen einer etwas heidnischen Zeremonie beigewohnt.»

«Und zu welchem Zweck?»

«Um dieses außergewöhnliche Dokument zu erhalten», antwortete ich und wies die Tafel vor.

«Und warum soll dieses gräßliche Holzstück so wertvoll sein?»

«Es wirft ein neues Licht auf die Ursprünge der Geschichte und des Denkens, Hochwürden.»

Dem Geistlichen stieg die Zornesröte ins Gesicht.

«Sie verbreiten abscheuliche Gotteslästerungen!» brüllte er. «Es gibt nur eine einzige Geschichte, und zwar die, wie sie die Bibel lehrt! Alles andere sind Lügen! Schwören Sie Ihrer falschen Wissenschaft ab, Champollion, und bereuen Sie.»

Meine einzige Antwort war ein Lächeln, das den Geistlichen zur Weißglut brachte.

«Vor Ihnen haben schon andere versucht, die christliche Religion zu zerstören! Sie alle sind gescheitert, dank Gottes Hilfe, und Sie werden ebenso scheitern!»

Ich erhob mich und lief ein paar Schritte.

«Ich verstehe Ihre Befürchtungen, Hochwürden, doch was ist mit den Dokumenten? Was ist mit dieser gerade entstehenden Wissenschaft ... der Ägyptologie?»

«Die Ägyptologie existiert nicht und kann niemals existieren! Ägypten ist tot, unwiderruflich tot, und Sie werden es nicht zum Leben erwecken. Die Hieroglyphen haben keinerlei Bedeutung. Es sind heidnische, unheilbringende Zeichen, die im Nichts verbleiben müssen. Zerstören Sie diese Tafel, Champollion. In den Augen des Herrn ist sie wertlos.»

Ich wandte mich ihm zu.

«Lassen Sie mir doch wenigstens ein Erinnerungsstück … erscheint Ihnen dieses Dokument als eine solche Gefahr für Ihren Glauben?»

In Vater Bidants flammendem Blick las ich wenig Barmherzigkeit und Nächstenliebe. Schweißperlen traten ihm auf die Stirn.

«Sie verkennen, was bei Ihrer Expedition wirklich auf dem Spiel steht, Champollion», erklärte er plötzlich ruhig, beinahe sanft. «Seit Ihre ersten Publikationen erschienen sind, verfolgt die Kirche Ihre Arbeit mit großer Aufmerksamkeit. Das Alte Ägypten ist sicherlich keine Bedrohung für die Existenz des Vatikan, doch es wäre unsinnig, das geringste Risiko einzugehen. Wir sind von Abtrünnigen und Heiden umringt. Alles, was ihrer Sache dienen könnte, muß vernichtet werden, ungeachtet des wissenschaftlichen Wertes solcher Dokumente. Die Wissenschaft ist des Teufels, wenn sie dem Glauben widerspricht. Und Sie werden zu einer Verkörperung des Teufels, wenn Sie den allmächtigen Herrn herausfordern. Beobachten und forschen Sie, soviel Sie wollen. Doch bewahren Sie Stillschweigen. Lassen Sie Ägypten und seine satanischen Bauwerke unter dem Sand ruhen. Gott wollte das Ende dieser Kultur, die auf ihre Gottheiten so stolz war. Wir dürfen seinen Absichten nicht entgegenwirken und müssen die Bibel als die einzige ernstzunehmende Wissensquelle betrachten.»

«Ich bin mit Ihrer Religion aufgewachsen, Hochwürden, doch ich empfand sie oft als heuchlerisch und verlogen. Wie auch immer: Die Menschen mögen glauben, was sie glauben wollen. Die Vorsehung, wenn sie denn existiert, hat mich mit einer Aufgabe betraut: das Ägypten der Pharaonen, deren Erben wir sind, neu zu beleben. Die Bibel ist nur ein Text unter vielen anderen, die der alte Orient hervorzubringen vermochte. Der Glaube an einen alleinigen Gott, der sich in verschiedenen Gottheiten manifestiert, bestand schon vor der Geburt des Christentums. Die ägyptische Geschichte reicht viel weiter in die Vergangenheit zurück als die biblische. Das sind die Wahrheiten, die ich bald beweisen werde.»

Vater Bidant bekreuzigte sich. Alle Farbe war aus seinem Gesicht gewichen.

«Sie sind schlimmer als der Teufel, Champollion. Sie sind der Antichrist.»

Ich lächelte erneut.

«Das ist zuviel der Ehre. Ich bin wohl nur ein alter Ägypter, der in sein Heimatland zurückgekehrt ist und den Wunsch hat, ihm zu huldigen. Ich erlebe das Abenteuer dieser Nation als meine persönliche Geschichte. Sie ist mein Lebenssaft. Ich teile den Glauben der Pharaonen, ich teile ihren Drang zu bauen, den Menschen zu entwerfen, zu Ehren der Götter Tempel zu errichten.»

Der Geistliche wich entsetzt zurück.

«Mein Sohn, Sie reden irre! Sie stürzen in die Fänge des Dämons!»

«Wenn die Welt erst fähig ist, die Hieroglyphen zu entziffern, dann wird sie den höchsten Grad an Spiritualität entdekken, den je eine Gesellschaft erreicht hat. Und an diesem Tag, das ist wahr, werden unsere Konventionen und Glaubensansichten erschüttert werden.»

Mit unerwarteter Schnelligkeit stürzte sich der Geistliche auf die Tafel und versuchte, sie zu zerbrechen. Unfähig, mich zu beherrschen, verwickelte ich ihn in ein wildes Handgemenge, und es gelang mir, ihm das wertvolle Dokument zu entreißen.

«Verlassen Sie diesen Raum», befahl ich bebend vor Empörung.

Vater Bidant reckte mir einen drohenden Zeigefinger entgegen.

«Damit, Champollion, haben Sie sich Gott selbst zum Feind gemacht!»

*

Ich erwartete mir nichts mehr von Qena und hätte die Stadt gerne schnellstmöglich verlassen, um den Spuren des Propheten zu folgen und auf der Fahrt nilaufwärts mit Hilfe meiner Aufzeichnungen die Tafel zu studieren. Doch Rosellini teilte mir mit, es gebe nicht weit entfernt, in Maabdeh, eine Katakombe voller mumifizierter Krokodile und vielleicht die Gelegenheit, günstig Papyri zu erwerben. Er weckte die unersättliche Forscherneugier in mir und überredete mich, eine kurze Exkursion zu organisieren, an der er selbst und Nestor L'Hôte teilnehmen würden.

Maabdeh kündigte sich dem Besucher durch seinen drohenden Wachturm an. Zu unserer Überraschung empfingen uns die Dorfbewohner wenig freundlich. Sie waren abweisend, einige flohen sogar, als wir kamen, oder schlossen sich in ihren Häusern ein. Ein blonder Halbwüchsiger zeigte uns den Weg zu den Katakomben.

Man erreichte den Einstieg über einen Hügel, den L'Hôte mit der ihm eigenen Gewandtheit als erster erklettert hatte. Er berichtete, der Abstieg im Inneren einer Art Gruft sei nicht allzu gefährlich. Durch eine schmale Öffnung gelangten wir in einen warmen und staubigen Raum, in dem es nach einer Mischung aus Harz und Pech stank. Unsere Fackeln brannten schlecht.

Auf dem Boden und in flachen Mulden lagen Reste von Krokodilskadavern, einige noch mit zerfetzten Binden umwickelt. Keine Papyri.

«General», warnte Nestor L'Hôte, «es ist schrecklich. Gehen Sie nicht weiter.»

Zu seinen Füßen lag ein weiterer Kadaver: der eines Menschen mit eingeschlagenem Schädel. Der koptische Mönch, Anastasys Ausgräber, der mir die Tafel des Propheten überreicht hatte.

VIERZEHN

WIE SIND SIE HIER HEREINGEKOMMEN?» empörte ich mich, als ich Lady Ophelia Redgrave in meiner Kabine sah.

«Mit Rosellinis Hilfe, Monsieur Champollion. Sie können nicht länger so zurückgezogen bleiben.»

«Ich habe meine Gründe.»

«Die kenne ich. Rosellini und L'Hôte haben mir von Ihrem schrecklichen Fund erzählt.»

«Noch weitaus schrecklicher, als Sie glauben. Der nackte Schwimmer, dem Sie Ihr Almosen gaben, dieser unglückselige Mönch stand in Anastasys Diensten. Drovettis Männer haben ihn ermordet.»

«Dafür gibt es keinen Beweis. Vielleicht handelt es sich um eine Abrechnung unter Einheimischen.»

«Wenn ich richtig liege, ist der Krieg erklärt. Wir alle sind in Gefahr. Ich habe kein Recht, Sie solchen extremen Risiken auszusetzen.»

«Wir sind keine Kinder, Champollion. Wir sollten zusammenkommen und gemeinsam entscheiden. Jeder muß die Verantwortung selbst auf sich nehmen.»

Die zarte und hübsche Engländerin bewies eine Willensstärke, die mir durchaus nicht mißfiel.

«Ich bin der Leiter dieser Expedition, Lady Ophelia, und ich gedenke nicht, meine Autorität zu teilen.»

«Ein Leiter, der an sich selbst zweifelt», spottete sie und wedelte mit ihrem Fächer. «Ein Leiter, der sich in die Einsamkeit zurückzieht, statt an der Front zu kämpfen.»

Zutiefst getroffen, packte ich ihr Handgelenk und zwang den Fächer beiseite, hinter dem sie ihr Gesicht verbarg.

«Verkennen Sie mich nicht, Lady Ophelia. Ich habe einen Moment der Schwäche gehabt, gewiß … danke, daß Sie mir wieder Mut gemacht haben. Wollen Sie meine Botschafterin sein? Fragen Sie unsere Begleiter, ob sie dieses Abenteuer fortsetzen möchten, obwohl wir von Drovettis Handlangern gejagt werden. Handlanger, die selbst vor einem Mord nicht zurückschrecken. Wenn einer von ihnen abspringen möchte, soll er zu mir kommen.»

«Ich freue mich über diesen Auftrag, Jean-François. Ich werde das sofort übernehmen.»

Eine Stunde später verließ ich meine Kabine.

Niemand war abgesprungen.

*

Als wir in Dendera ankamen, war die Nacht schon hereingebrochen. Eine friedliche, von Düften erfüllte Nacht. Der Mond schien wunderbar hell, und nach meinen Berechnungen waren wir nur eine Stunde von den Tempeln entfernt. Wer hätte dieser Versuchung widerstanden? Im Nu hatten wir zu Abend gegessen und waren zum Aufbruch bereit. Allein und ohne Führer, die Kapuzen weißer Burnusse über die Köpfe gezogen und bis an die Zähne bewaffnet, schlugen wir unseren Weg durch die Felder ein. Wir schritten wacker aus und sangen dabei die Märsche aus den neuesten Opern, um unsere Ungeduld zu zügeln. Doch wir fanden nichts und fürchteten schon, wir hätten uns verirrt. Wir durchquerten ein Palmenwäldchen, dann hohes Gras, Dornengestrüpp und Buschwerk.

Eine endlose, leere Ebene.

Sollten wir umkehren? Das kam nicht in Frage. Die Tempel mußten sich hier in der Gegend befinden. Ich spürte ihre Nähe wie die eines Freundes.

Lady Ophelia überredete uns, alle gemeinsam zu schreien, um uns bemerkbar zu machen. Doch die einzige Antwort war das Gebell streunender Hunde. L'Hôte mit seiner unermüdlichen Begeisterung drängte uns weiterzusuchen. Er füchtete die nächtlichen Dämonen nicht.

Als wir um die Kehre eines steinigen Weges bogen, erblickten wir unter einer Akazie einen schlafenden Fellah. In seinen schwarzen Lumpen wirkte er, als er aufgeschreckt davonrannte, wie eine wahrhaftige wandelnde Mumie. L'Hôte holte ihn ein. Verängstigt und zitternd hörte er unsere Fragen an und war dann bereit, uns zu den heiligen Stätten zu führen. Der arme Teufel, mager und abgezehrt, hatte uns für eine Gruppe Beduinen gehalten. Der Fellah brachte uns auf den richtigen Weg und begleitete uns schließlich sogar bereitwillig. Er führte uns ausgezeichnet, und wir behandelten ihn entsprechend.

Nach einem strammen zweistündigen Marsch tauchte endlich der Tempel von Dendera auf.

Das riesige Portal, in himmlisches Licht getaucht, bot einen überwältigenden Anblick! Soviel man den Tempel auch vermessen mag, einen Eindruck davon zu vermitteln ist unmöglich. Anmut und Majestät in höchstem Grad sind hier vereint. Tiefer Friede und geheimnisvolle Magie lagen über den riesigen Säulen, zwischen denen undurchdringliche Dunkelheit herrschte, ein starker Kontrast zum blendend hellen Mondlicht.

L'Hôte entzündete im Inneren ein Feuer aus trockenem Gras. Ein Schrei des Erstaunens drang aus allen Kehlen. Fieberhafte Begeisterung erfaßte uns. Wir umarmten einander, so groß war der Überschwang angesichts eines wunderbar erhaltenen Tempels, in dem wir die Stunden der Meditation und des

Gebets nachleben konnten, die die ägyptischen Priester hier jahrtausendelang zelebriert hatten. Selbst Vater Bidant schien fasziniert.

Nahezu verzückt hielten wir uns zwei Stunden im Inneren des Tempels von Dendera auf, rannten mit unserer armseligen Laterne durch die großen Säle und versuchten, Szenen und Inschriften zu lesen.

«Wir sollten die Nacht hier verbringen», schlug Rosellini vor.

«Nein. Zum ernsthaften Arbeiten haben wir das nötige Material nicht dabei. Wir kehren auf dem kürzesten Weg zum Schiff zurück und kommen schnellstmöglich wieder hierher.»

Voller Gedanken und Träume formierten sich meine Begleiter zu einer Marschkolonne, um zum Nil aufzubrechen. Ich bestand darauf, mit einer Fackel in der Hand den Abschluß zu bilden.

Ein Schatten zeichnete sich hinter mir ab. Ich zog meinen Säbel.

«Fürchten Sie sich etwa vor einer Frau, Champollion?»

Das fahle Licht tanzte über das edle Gesicht Lady Redgraves.

«Sie sollten nicht zurückbleiben, Lady Ophelia. Das könnte gefährlich sein. Wahrscheinlich treibt sich Gesindel in der Gegend herum.»

«Das schreckt mich nicht», sagte sie und hob den Kopf zum sternübersäten Himmel. «Mich schreckt nichts mehr. Sie haben mir den beglückendsten Augenblick meines Lebens geschenkt. Im Innern dieses Tempels, in der Gegenwart dieser Gottheiten, habe ich die Wirklichkeit einer anderen Welt empfunden, viel wirklicher als die, die unsere Augen sehen. Sie waren es, der mich hierhergebracht hat, Jean-François Champollion. Wer Sie in Wahrheit auch sein mögen, das werde ich Ihnen niemals vergessen.»

Ich wollte ihr Fragen stellen, die Bedeutung dieser seltsamen

Worte erfahren, Ihren Irrtum bezüglich meiner Person berichtigen … doch Lady Redgrave war schon in der Kolonne verschwunden.

*

Um sieben Uhr morgens waren wir zurück am Tempel, diesmal mit der nötigen Ausrüstung, um Pläne anzufertigen und Texte und Szenen zu kopieren. Was im Mondlicht herrlich war, war es noch weitaus mehr, als die Sonnenstrahlen uns alle Details zeigten. Der Tempel erwies sich als Meisterwerk der Architektur, doch seine Reliefs waren im Vergleich zur göttlichen Hand der Bildhauer der alten Epochen von schlechtestem Stil. Die Flachreliefs in Dendera stammten aus einer Zeit der Dekadenz. Das Gebäude, das Hathor geweiht ist, der Göttin der Freude, die den Glanz der Sterne hervorzubringen vermag, wurde in seiner gegenwärtigen Form von den Ptolemäern begonnen und von den römischen Kaisern vollendet. Dank der Königsnamen in den Kartuschen konnte ich sogar die Hauptbaumeister bestimmen: Kleopatra, Caesarion und Augustus. Während die Bildhauerei einen Niedergang erlebt hatte, war die Architektur, die als chiffrierte Kunst dem Wandel weniger unterliegt, der Götter Ägyptens und der Bewunderung der Jahrhunderte würdig geblieben.

Staunend verweilten wir vor den gigantischen Portikussäulen*. In Wirklichkeit sind es riesige Musikinstrumente, Sistren**, gekrönt von vier Gesichtern der Göttin Hathor. Durch ihre Bewegung lösten die Eingeweihten Schwingungen aus, die die göttlichen Energien in alle vier Himmelsrichtungen

* Portikus: Säulenhalle als Vorbau an der Haupteingangsseite eines Tempels (A. d.Ü.).

** Rasselstab, ein den Göttinnen Hathor und Bastet geweihtes Musikinstrument (A. d.Ü.).

verteilten. Ich vermute, die gesamte Tempelanlage ist ein einziger Resonanzraum, der auf unsere Seelen und Körper wirkt. Vandalen, darunter fanatische Christen, haben leider mehrere Darstellungen der Liebesgöttin verunstaltet, als könne sie ihren Glaubensansichten gefährlich werden. Da diese Göttin die Toten am Jenseitsufer empfängt, bezweifle ich, daß die Zerstörer dort gut aufgenommen worden sind. Ich bin der Überzeugung, daß unsere Taten im Unsichtbaren ihre Fortsetzung finden. Wer zerstört hat, wird zerstört werden.

«Gebt mir eine Schaufel, und laßt mich hier!» verlangte Nestor L'Hôte. «Der Tempel ist halb im Sand begraben! Die Hälfte der Säulen ist gar nicht zu sehen ... welch ein Anblick, wenn erst alles freigelegt ist!»

Tatsächlich hat sich der Sand als Denderas Verbündeter gezeigt. Indem er einen Großteil des Reliefs verborgen hielt, konnte er sie vor den Bilderstürmern bewahren. Man mußte beginnen, ihn abzutragen und das Gebäude wieder in seinem ursprünglichen Glanz herzurichten.

Von Rosellini begleitet, lief ich bis zum rückwärtigen Ende des Allerheiligsten, wagte mich Schritt für Schritt ins Mysterium des Tempels, nicht ohne den Blick zur Decke zu heben, an der sich Sternentafeln entfalteten, Himmelskarten, kosmische Gottheiten.

«Welch unermeßliche Arbeit uns erwartet, Meister! Mehr als zehn Jahre wären nötig, um dieses gigantische Buch zu kopieren und zu übersetzen.»

«Und noch weitaus mehr, um es zu begreifen, Rosellini. Jetzt verstehe ich, was Napoleon mit seinen Worten gemeint hat.»

«Haben Sie denn mit ihm gesprochen?»

«Ja, in Grenoble, bei seiner Rückkehr von der Insel Elba. Mein Bruder, den er zu seinem Sekretär ernannt hatte, ermöglichte dieses Treffen. Beim behördlichen Empfang hat mich der Kaiser in der Menge erkannt und mir versprochen, mein Wörterbuch der koptischen Sprache drucken zu lassen. Er wünschte sogar, das Koptische solle zur offiziellen Sprache des modernen Ägypten werden. Napoleon war fasziniert von Ägypten. Er trug einen Talisman bei sich und glaubte, daß ihn die Magie der Pyramiden beschütze. Er war überzeugt, daß die Alten Ägypter erstaunliche Kenntnisse besaßen. Er kannte Ägypten. Ich träumte damals nur davon.»

Der in Lumpen gekleidete Fellah, unser vorzüglicher Führer, trat zu mir und wollte mir ein weiteres Wunder enthüllen. Er hob eine Steinplatte an, die den Zugang eines unterirdischen Ganges zu einer Krypta verschloß. An ihren Wänden sah ich großartige Abbildungen von der Herstellung des göttlichen Goldes. Nach der Astrologie an der Decke des Tempels nun die Alchimie in seinen geheimen Fundamenten. Allein Pharao hatte Zutritt zu diesen heiligen Wissenschaften.

Der Fellah und ich saßen im Staub, gefesselt vom Anblick dieser Symbole: Gefäß, aufgerichtete Schlange, Falkenkopf erklärten, wie der Mensch zu Licht wurde.

«Bist du dem begegnet, der sich der Prophet nennt?» fragte ich.

«Es gibt keinen Gott außer Allah, und Mohammed ist sein Prophet», antwortete er schockiert.

«Es handelt sich um einen hochgewachsenen Mann, der einen weißen Spitzbart trägt», beschrieb ich. «Er geht an einem großen Stock mit Goldknauf. Er versteht die Zeichen und Bilder der Alten.»

Der Fellah senkte den Kopf und legte ihn auf die Knie. Er dachte lange nach.

«Ein Mann, der diesem ähnelt, ist hierhergekommen, vor zwei Monden ... ich selbst habe ihn nicht gesehen. Doch man sagt, er sei eine ganze Nacht hindurch auf dem Tempeldach geblieben.»

«Hat man ihn weggehen sehen?»

«Es heißt, er sei an Bord einer Felukke gegangen und Richtung Theben gefahren.»

Durch einen ansteigenden Gang, an dessen Wänden eine unsterbliche Prozession von Priestern dargestellt war, erreichte ich meinerseits das Dach des Tempels zu Dendera. Die Schönheit des Anblicks betörte mich sogleich. Die Landschaft, der Nil, die Hügel der Wüste ergaben ein vollkommen harmonisches Bild, dessen Mitte der Tempel einnahm. Die Astrologen, die ‹Stundenpriester›, wie die Alten Ägypter sie nannten, kamen hier herauf, um ihre Kunst zu erlernen.

Schon begannen die Farben der untergehenden Sonne, die Steine in warmes, goldenes Licht zu tauchen.

Lady Redgrave saß in einem Winkel des Daches, den Blick auf einen Palmenhain gerichtet, über den mit ausgebreiteten Schwingen ein Ibis strich. Sie hatte ihren Hut abgenommen. Die rotgoldenen Haare fielen ihr in Wellen auf die Schultern. Ihre bei ihrer Ankunft in Ägypten so helle Haut war nun gebräunt, was ihr orientalischen Zauber verlieh. Sie trug eine gelbe Bluse und einen schwarzen Rock und war schön wie nie.

Dendera, der Tempel der Liebesgöttin ... war sie nicht in dieser geheimnisvollen Frau mit den vollkommenen Gesichtszügen verkörpert, deren Sanftmut doch Leidenschaft verbarg? Schenkte sie mir nicht die Vision eines unmöglichen und doch so greifbaren Glücks, während die Sonne sich zum Horizont senkte?

Unendlich langsam wandte sie den Kopf.

«Ich wußte, daß Sie hier sind, Jean-François. Kommen Sie, setzen Sie sich zu mir.»

«Lady Ophelia, ich wollte Sie fragen ...»

«Schweigen Sie jetzt. Wir werden später miteinander sprechen. Geben Sie mir Ihre Hand.»

Die sinkende Sonne tauchte den Himmel in ihre Glut. Das Feuer der letzten Strahlen durchdrang das Grün der Palmen und breitete einen orangeroten Mantel über die Felder, aus denen eine Flötenmelodie emporstieg.

*

Ein einziger Tag für Dendera ... welches Sakrileg! Doch wir mußten weiter, mußten Theben erreichen, wo der Prophet wohl Zuflucht gefunden hatte. Auf dem Arbeitstisch in meiner Kabine lagen die Hefte ausgebreitet, in denen ich meine jüngsten Forschungen festgehalten hatte. Ich begann zwar, die Hieroglyphen zu entziffern, doch noch tastend, wie ein Anfänger im Lesen, der Buchstaben erkennt, mitunter Wörter, selten ganze Sätze. Ein erhellender Schlüssel fehlte mir noch.

Meine Gedanken bewegten sich zwischen Tod und Leben, was mir in zwei Briefen vor meiner Abreise nach Ägypten beides verheißen worden war. Tatsächlich hatte beider Geheimnis im Laufe meines Vordringens nach Süden begonnen, sich zu entschleiern. Obgleich Abdel-Razuk verschwunden war und Moktar den hilfreichen und gehorsamen Diener spielte, schwebte der Schatten von Drovetti und seinem Gebieter, dem Pascha, weiterhin über uns. Doch es wirkte auch die wohltätige Magie der Bruderschaft von Luxor, das Ägypten der Tempel, das Erhabene einer Reise, die mich weiter trug als ich je zu hoffen gewagt hatte ... dies war das wahre Leben, das erneuerte Leben, der wertvollste aller Schätze.

Was würde Theben für mich bereithalten, die erstgeborene Stadt, um die seit meiner Jugend all meine Träume kreisten? Was war geblieben von der weitläufigsten und berühmtesten Hauptstadt der Alten Welt?

Es klopfte an meiner Tür. Ich öffnete.

Professor Raddi bat um eine Unterredung, die ich ihm sogleich gewährte.

«Seit dem Beginn unserer Reise hatten wir keine Gelegenheit zu einem Gespräch», begann er und setzte sich auf mein

Bett und auf einige Papiere, die darauf herumlagen. «Ich möchte Sie wissen lassen, daß ich sehr zufrieden bin mit den gesammelten Steinen und mit den wissenschaftlichen Perspektiven, die ich absehen kann.»

«Das freut mich außerordentlich, Professor! Sie haben sich so zurückgezogen, daß ich Sie in Ihren Forschungen nicht stören wollte.»

«Das sei Ihnen gedankt, Champollion ... es ist mir tatsächlich zur Gewohnheit geworden, mit der Menschheit nicht allzuviel Kontakt zu pflegen. Sie langweilt mich. Die Steine sprechen bedeutsamer zu mir. Sie haben mich auch das Beobachten gelehrt», fügte er mit düsterer Miene hinzu.

«Was wollen Sie damit sagen?»

Professor Raddi starrte vor sich hin, als existiere ich nicht.

«Sie sind nicht nur von Freunden umgeben ...»

Seine Stimme war beinahe tonlos.

«Sie verraten zuviel oder zuwenig, Professor! Wen beschuldigen Sie damit?»

«Rein wissenschaftliche Beobachtungen. Halten Sie Rosellini tatsächlich für einen treuen Schüler?»

«Davon bin ich überzeugt. Er ist grundehrlich und mir ergeben. Sicher hat er manchen Fehler ... etwa verbringt er wohl zuviel Zeit mit Handeln und Kaufen. Doch sein Drang, zu entdecken und zu lernen, steht außer Frage.»

Raddi schüttelte den Kopf und strich über seinen zerknitterten Anzug.

«Man kann genial und naiv zugleich sein», seufzte er. «Ich wette, er wird Sie verraten. Und Ihr Nestor L'Hôte? Welches Ziel verfolgt er?»

«Er will seine Zeichenkunst ausüben und dabei an einem ungewöhnlichen Abenteuer teilhaben», antwortete ich bestimmt. «Ist diese Absicht in Ihren Augen nicht edel genug?»

«Der Schüler Rosellini sinnt nur darauf, den Platz des Meisters einzunehmen, und der brave Soldat L'Hôte nur darauf,

General zu werden ... Was die charmante Lady Redgrave angeht, so weiß Gott allein, wozu sie imstande ist. Eine Spionin, gewiß ... doch auch eine liebende Frau. Sie vermag zu zerstören oder zu erschaffen, ganz wie es ihrem Herzen gefällt. Ich hoffe, die Sache wird für Sie einen günstigen Verlauf nehmen. Ich hatte dieses Glück nicht. Madame Raddi ist eine Furie der schlimmsten Art. Ich hätte mich weigern sollen, sie zu heiraten, doch ich habe es nicht gewagt. Sie hat mich schon immer geängstigt. Sie hat immer recht. In diesem entlegenen Land habe ich seit zwanzig Jahren zum ersten Mal gefeiert. Beinahe habe ich darüber die Mineralogie vergessen. Deshalb werde ich nicht nach Europa zurückkehren. Dort gibt es zu viele Vorschriften, Disziplin und Verdrießlichkeit. Hier hält man mich für einen verrückten Alten und läßt mich in Frieden. Der Wüste bin ich keine Rechenschaft schuldig. Mit ihr spreche ich ohne Hintergedanken. Sie beantwortet mir das Wesentliche. Ich weiß, weshalb Sie von diesem Land fasziniert sind, Champollion. Es ist Magie. Es gehört zu einer anderen Welt. Auch Sie werden nicht zurückkehren.»

Ich schwieg lange. Raddi starrte auf meine rechte Hand.

«Sie tragen da einen wundervollen Jaspisring ... dürfte ich ihn näher betrachten?»

«Tut mir leid, Professor. Er darf meine Hand nicht verlassen.»

«Ach! Auch Sie glauben an Talismane ... die Magie, sage ich Ihnen! Die Wissenschaft erscheint mir so lächerlich, so kindisch mit ihren Maßen und Ziffern, im Vergleich zur Wüste ... Schützen Sie sich, Champollion. Es gibt keine bessere Strategie gegen das Unglück.»

«Weshalb haben Sie Vater Bidant nicht erwähnt?»

Professor Raddi runzelte die Stirn. Verärgert erhob er sich und öffnete die Kabinentür. Auf der Schwelle hielt er inne.

«Sie sind das größte Genie, das kennenzulernen ich das Glück hatte. Ihr Schicksal lenkt Sie, und Sie können nichts daran ändern. Dennoch sollten Sie nicht vergessen, daß der Mensch, selbst wenn er eine Sutane trägt, zum bösartigsten aller wilden Tiere werden kann.»

*

Seit zwei Tagen steht der Wind nun schon in der Flaute und verschließt uns die Einfahrt zum Heiligtum: Theben. Ich war so besessen von diesem Namen, von dieser Stadt, daß ich meinen Kameraden gegenüber unerträglich wurde. Unablässig studierte ich wieder und wieder Pläne, Karten und Beschreibungen früherer Reisender. Plötzlich schoß mir ein Gedanke durch den Kopf. Ich stürzte auf die Brücke. Der, den ich suchte, war nicht dort. Er saß am Ufer im Schatten einer Akazie und rauchte eine Nargileh. Mit großen Schritten stürmte ich auf ihn zu, mit einer Entschlossenheit, die ihn in Schrecken versetzte.

«Moktar, warst du schon einmal in Theben?»

«Nein ... nein, ich glaube nicht ...»

«Du lügst. Wie oft bist du mit Drovetti hierhergekommen?»

«Sooft er mich brauchte ...»

«Hat er dir befohlen, die Monumente zu zerstören?»

«Er nicht ... er bringt ihnen großen Respekt entgegen. Aber wir alle sind treue Diener des Paschas ...»

Mich schauderte.

«Was hat er verlangt?»

«Theben ist voll von alten Monumenten ... der Pascha ließ einige abbrechen, um Zuckerraffinerien und Baumwollmanufakturen zu bauen.»

Ich packte ihn an den Schultern.

«Wie viele Tempel sind abgerissen worden?»

«Ein Dutzend ... vielleicht mehr.»

«Vielleicht mehr ...», wiederholte ich, erschüttert bis ins Mark meiner Seele.

Ich ließ Moktar sitzen, dem das Schicksal der thebanischen Monumente völlig gleichgültig war. Er rauchte seine Nargileh weiter und beobachtete mich aus den Augenwinkeln.

Eine Windbö peitschte mir ins Gesicht.

Der Wind!

Der Wind, der endlich den Zugang nach Theben öffnete.

*

Der Himmel Oberägyptens ist der schönste, den man sich denken kann. Der Sonnengott herrscht uneingeschränkt, und er bringt ein Blau von so vollkommener Reinheit hervor, daß der Blick mit Genuß darin verweilt.

An den Ufern liegt der vom Nil angeschwemmte Reichtum: schwarzes, fettes, lockeres Erdreich. Die Wüstenwinde verbreiten eine trockene Hitze, ähnlich wie das, was einem aus der Luke eines gewöhnlichen Ofens entgegenschlägt, wenn das Brot entnommen wird.

Dieser Anblick, an dem ich mich nicht sattsehen konnte, dämpfte meine Ungeduld jedoch nicht. Das Boot näherte sich der Anlegestelle. Theben erschien.

«Vielleicht wäre es klüger, unseren Weg fortzusetzen», sagte Soliman, der neben mir stand.

Entsetzt blickte ich ihn an.

«Auf Theben verzichten? Bist du von Sinnen, Soliman?»

«Sehen Sie links den großen Baum ...»

Eine riesige Sykomore beschattete einen Uferstreifen. Ihr Blätterdach reichte beinahe bis auf die Erde herunter und mußte bei großer Hitze wunderbaren Schutz bieten.

«Der Baum ist herrlich, aber ...»

«Sehen Sie genauer hin.»

Trotz der Entfernung glaubte ich, Füße zu erkennen, die nach unten aus dem Blattwerk hervorragten, den Boden jedoch nicht erreichten.

«Gehenkte», erklärte Soliman. «Unschuldige wurden hingerichtet, weil sie das Mißfallen des Paschas erregt haben. Andere wurden geköpft. Mehr als dreihundert Opfer, die den Fehler begangen haben, gegen Mehemed Alis Gewaltherrschaft aufzumucken. Man munkelt, einige der Fragen, die vor ihrer Exekution an sie gerichtet wurden, bezogen sich auf den Propheten und sein Versteck … Möchten Sie Theben noch immer besuchen?»

Ich ballte die Fäuste. Die Entscheidung oblag mir allein. Gewiß hätte ich das Für und Wider abwägen müssen, die Gefahren abschätzen, nachdenken … ich vertraute mich allein der inneren Stimme an, die mir sagte, was ich zu tun hatte.

«Theben erwartet uns, Soliman.»

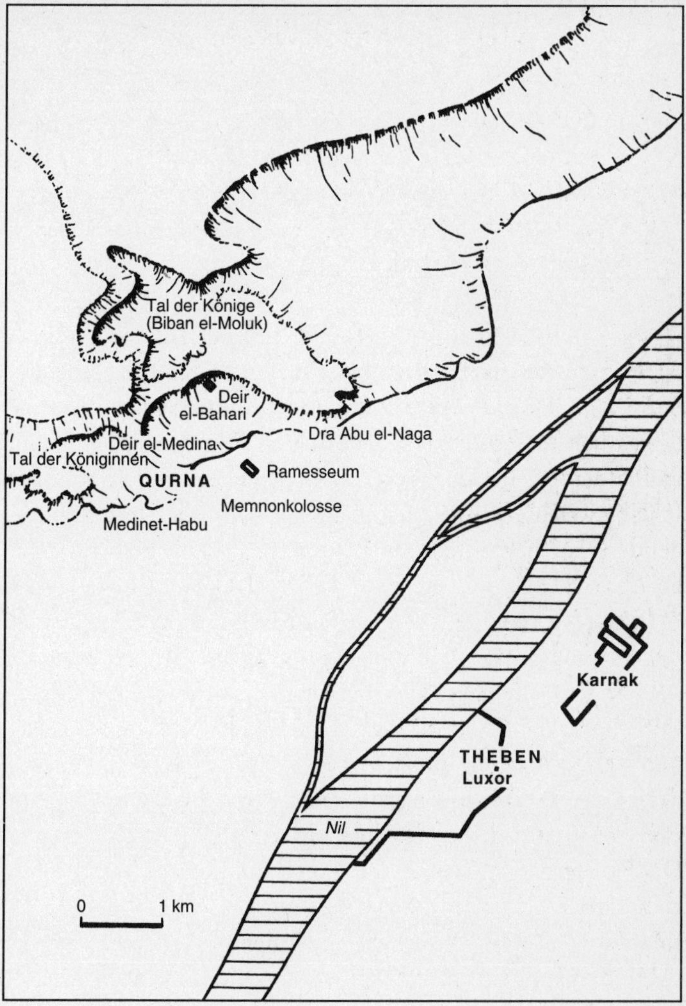

Cartographie: C.A.R.T

FÜNFZEHN

DIE BEIDEN SCHIFFE GINGEN VOR DEM TEMPEL von Luxor vor Anker. Schwalben tanzten in der Brise, die den Sonnenaufgang begleitete. In der Ferne röteten sich die Kämme des östlichen Gebirges. Zuerst erschien ein safrangelber Saum, dann überzog eine leuchtende Aura den Himmel. Die Sonnenscheibe tauchte auf und entfachte auf dem Nil zahllose blendende Glanzlichter, die das Land nach und nach aufleuchten ließen.

In seinem riesigen thebanischen Reich hat der Gott Amun den Lebenden viel Platz eingeräumt: grüne, wohlbewässerte Felder, in kleine Parzellen aufgeteilt, gute Ernten, Palmenwäldchen. Mit dem Anbruch des Morgens machten Mensch und Tier sich bereit, ihr Tagwerk in Angriff zu nehmen. Vor den Häusern spielten nackte Kinder mit Stoffpuppen. Am Fluß verbreiteten die Schadufs knarrend ihre ersten Klagen. Die Frauen gingen Wasser holen. Esel und Kamele setzten sich gemessenen Schrittes in Bewegung zu den Feldern, von denen sie schwerbeladen zurückkehren würden.

Die Luft war süß. Ich kostete sie aus wie einen wahren Leckerbissen. Worte können dieses wunderbare Klima nicht beschreiben, in dem das Licht jede Körperzelle durchdringt. Es würde ein Tag sein wie jeder andere, erfüllt von der Sonne, dem Nil, den Tempeln und der menschlichen Arbeit. Ein vollkommener Tag, an dem Leben und Tod einmal mehr bereit waren, sich zu verbrüdern.

Vor mir erhob sich Luxor, ein riesiger Götterpalast, davor zwei Obelisken, die von Meisterhand aus einem einzigen Block rosafarbenen Granits gehauen worden waren, daneben vier Kolossalstatuen, die bis zur Brust im Sand steckten. Auf den ersten Blick erkannte ich die Kunst Ramses' des Großen. Der Nil bedroht das Gebäude. Wenn nichts zu seinem Schutz unternommen wird, wird das Wasser es bald angreifen und unterspülen.

Die Einheimischen bringen dieser glorreichen Vergangenheit wenig Ehrfurcht entgegen. Sie haben direkt auf den Ruinen Ziegelmauern gezogen, um ihre armseligen Wohnungen abzutrennen, die sie zwischen Säulenkapitellen eingerichtet haben. Tauben und Hühner vergnügen sich auf Höhe von steinernen Lotosblüten, Hunde laufen zwischen Flachreliefs umher, Unrat besudelt wunderbare Götterbilder. Der rechte Teil des großen Eingangspylonen* ist durch Taubenschläge vollkommen versperrt. Vor dem, was einst die eindrucksvolle Fassade eines Tempels war, warten kauernde Kamele darauf, daß ihre Besitzer endlose Geschäfte abschließen.

Das Tempelinnere ist noch übler zugerichtet. Hier finden sich Bratöfen für Hähnchen, Kindergärten, das Haus eines türkischen Hauptmanns, Überreste einer christlichen Kirche und sogar eine Moschee, die einen großen Teil des Monuments verbirgt. Luxor ist das am meisten entwürdigte und mißhandelte Heiligtum Ägyptens.

Von diesem herzzerreißenden Anblick eines Theben überwältigt, von dem ich mir zu unrecht so viel erträumt hatte, weinte ich im Schutze einer rußgeschwärzten Säule.

Diese traurige Versunkenheit mochte Stunden gedauert haben. Nestor L'Hôte war es, der mich aufspürte. Es gelang mir, meinen Schmerz zu verbergen, und ich zeigte ihm ein gelassenes Gesicht.

* Pylon: monumentaler Tempeleingang aus zwei turmartigen Torbauten (A. d. Ü.).

«Kommen Sie schnell, General! Ich werde Ihnen die Obelisken freilegen.»

«Durch welches Wunder?»

«Man braucht nur die Lehmziegelhütten zu zerstören, die darangebaut sind.»

L'Hôtes Augen glänzten vor Aufregung.

«Ich untersage es Ihnen.»

«Aber weshalb?» fragte er verständnislos.

«Wir würden mehreren mittellosen Familien das Dach über dem Kopfe rauben. Dazu haben wir kein Recht.»

Nestor L'Hôte ließ die Arme hängen, er verstand meine Entscheidung nicht. Als disziplingewohnter Soldat begehrte er nicht auf. Aber ich spürte, daß die Freundschaft, die er mir entgegenbrachte, ernstlich gelitten hatte.

«Ich werde mich darauf beschränken zu zeichnen», antwortete er.

«Arbeiten Sie ohne Unterlaß», riet ich. «Die Architektur und die Reliefs sind von vorzüglichem Stil. Wenigstens das müssen wir retten.»

Es wurde ein arbeitsreicher Tag. Ich machte hier und da Notizen und träumte von einem großartigen Ausgrabungsfeldzug, der den Tempel von seinem leidigen Unrat befreien würde, ohne die Armen zu schädigen. Mein Herz empörte sich bei dem Gedanken, daß Menschen mit den Wundern, in deren Reichweite sie lebten, so achtlos umgehen konnten. Eine erste Untersuchung ließ mich erkennen, daß Luxor das Mysterium der göttlichen Geburt enthüllte, die Art und Weise, wie Pharao von den Göttern ausgestattet wurde, um Herrscher über Ägypten zu werden, Mittler zwischen Gott und den Menschen. Würden diese Offenbarungen, erstickt unter dem Unrat der Menschheit, eine Wiedergeburt erleben?

Am Abend sah ich das geschändete Luxor in einem Glanz, der seine einstige Schönheit ermessen ließ. Ein leichter Wind brachte mir neuen Gleichmut. Warme Farbtöne überzogen

Mauern und Säulen. Der feurige Schleier des Sonnenuntergangs legte sich über den steinernen Giganten und ließ Gestrüpp, Abfall und Bruchbuden unsichtbar werden. Der Lärm aus den Hühnerhöfen verstummte. Die Einheimischen liefen nicht länger zwischen den Ruinen umher, sondern zogen sich in ihre Hütten zurück, um das Essen zu bereiten. Rosellini und L'Hôte waren aufs Schiff zurückgekehrt.

Ich war alleine im Allerheiligsten, alleine mit dem, was einst ein weitläufiger Festsaal gewesen war, in dem Gott und Menschen sich in strahlender Freude vereinten. Dennoch vermochten meine Gedanken sich nicht von der Beunruhigung zu lösen, die Professor Raddis vertrauliche Worte in mir geweckt hatten. War ich tatsächlich nur von Verrätern, Unfähigen und Neidern umgeben? Wer von ihnen stand im Dienste des Feindes? Welche Pläne hegte er gegen mich, und wie wollte er sie umsetzen? War Professor Raddi womöglich ein gewiefter Lügner, und hatte er nicht versucht, meines Schutzringes habhaft zu werden?

Im Herzen des Tempels, durch seine Schönheit wieder zur Ruhe gekommen, ermaß ich den Weg, den ich seit meiner Abreise aus Grenoble hinter mich gebracht hatte. Diese Expedition, die nur ein archäologisches Abenteuer werden sollte, hatte Haß und Leidenschaften wachgerufen und mich in einen Kampf verstrickt, auf den ich nicht vorbereitet war. Ich war zum Gegner des allmächtigen Paschas von Ägypten geworden, des unerbittlichen Drovetti, ihrer plündernden und mordenden Banden, stand ihren Machenschaften im Wege und war dennoch wild entschlossen, nicht zurückzuweichen. Diese Männer wollen Ägypten plündern, ausbeuten, zerstören, noch vor seiner Entdeckung. Gewiß führen sie noch weit Schlimmeres im Schilde. Für sie bin ich nur ein Sandkorn im Getriebe. Aber ein offizielles Sandkorn, abgesandt von der französischen Regierung. Von jener Regierung, gegen die ich noch vor kurzem so heftig gekämpft habe …

«Ihre Vergangenheit holt Sie ein, nicht wahr?»

Lady Ophelia Redgrave war mit leichtem, lautlosem Schritt herangekommen. Sie blieb hinter mir stehen.

«Diese Steine werden eines Tages wieder in all ihrer Schönheit erstrahlen», sagte sie. «Das fühle ich.»

«Die Gelehrten sind zu dumm, zu feige ...»

«Sie waren nicht gerade liebenswürdig zu Ihren Kollegen ... Mein Onkel beschrieb Sie als einen Mann von zänkischem Charakter, der seinen Konkurrenten Beschränktheit und Inkompetenz vorwirft.»

«Er hatte nicht unrecht. Wenn Sie die französischen Wissenschaftler kennen würden ... Quatremère de Quincy, Raoul Rochette oder Silvestre de Sacy ... sie sind unfähig, die Bedeutung der ägyptischen Kultur zu erkennen. Es sind alte, selbstgefällige Bourgeois, festgefahren in ihren Denkgewohnheiten, voreingenommen gegen jede Entdeckung. Zu gerne hätte ich sie auf die Probe gestellt, sie Tag und Nacht in der kleinen Bibliothek arbeiten lassen, die mir mein Bruder in Grenoble eingerichtet hatte. Wir hatten nur zwei Zimmer voller Bücher. Ständig kauften wir neue und verschlangen sie. Das war uns die wohlschmeckendste Nahrung. Jacques-Joseph hat mich die Grammatik gelehrt, Latein, Griechisch, Hebräisch ... und ich habe seine Bildung durch Aramäisch und Koptisch vervollständigt.»

Die untergehende Sonne erfüllte den Tempel. Das sanfte Licht, die laue Luft der hereinbrechenden Nacht machten uns zu Komplizen, die mit leiser Stimme sprachen, um die Götter nicht zu stören.

«Mein Onkel behauptet, daß Sie nichts entdeckt haben und ein Hochstapler sind.»

«Young ist ein Lügner und Neider!» empörte ich mich. «Genau am 14. September 1822, um die Mittagsstunde war es, als ich zum ersten Mal erkannte, wie die Hieroglyphen gelesen werden müssen. ‹Ich habe die Sache im Griff›, sagte ich meinem Bruder, bevor ich in eine dreitägige Bewußtlosigkeit fiel. Es war mir gerade noch gelungen, ihm einige Grundlagen der Entzifferung zu diktieren, die wir einem jener Möchtegernwissenschaftler zukommen lassen wollten, diesem jämmerlichen Übersetzer Sacy. Ich konnte Jacques-Joseph dazu überreden, diesen elenden Menschen zu vergessen und statt dessen einen Bericht an Dacier zu senden, der meinen Bruder sehr schätzte. Leider …»

«Leider?»

«Niemand hat etwas von meinen Entdeckungen begriffen. Weil ich Republikaner war und mich offen zu meiner Gesinnung bekannte, wurde ich meiner Professorenstelle in Grenoble enthoben. Mein Bruder war es, der mich in Paris, in der *Rue Mazarine*, aufgenommen hat, um mir die Ausbildung seiner Kinder anzuvertrauen. Diese Aufgabe bereitete mir wenig Freude, muß ich gestehen, aber sie erlaubte mir, meine Forschungen ohne Geld- und Wohnungssorgen weiter zu verfolgen.»

Die Stille der ägyptischen Abendstunden ist unvergleichlich. Die Menschheit schweigt, die Landschaft gleitet langsam in den Schlaf hinüber, die Tempel werden zu steinernen Weisen, Träger zeitloser Worte. Der Friede von Luxor nahm den Erinnerungen den Stachel, die in meinem Gedächtnis verschwammen. Lady Redgrave lud mich ein, mein Herz auszuschütten, und ich tat es. Niemals hatte ich von diesen schwierigen Phasen meines Daseins erzählt, die nicht gerade vom Glück heimgesucht waren. Mein einziger Reichtum war mein unerschütterlicher Wille, Ägypten zum Sprechen zu bringen, diese großartige Stimme wieder hörbar werden zu lassen, die am Ursprung aller Kultur stand.

«Sind Sie nicht sogar durch die Polizei festgenommen worden?» fragte Lady Redgrave argwöhnisch.

«Festgenommen nicht; aber ins Exil geschickt … und auf diese Verbannung bin ich stolz. Die Schreckensherrschaft der

Royalisten zwang meinen Bruder und mich, in Figeac zu leben. Tausend Schikanen haben wir dort erlitten. Trotz aller Böswilligkeit konnte vor Gericht kein Vorwurf gegen uns aufrechterhalten werden. Heute erscheint mir all das so lächerlich ... Eine einzige Erinnerung ist mir wirklich wertvoll: die an die heimlich durcharbeiteten Nächte im Schlafsaal des Grenobler Gymnasiums, wo ich im Kerzenlicht griechische und lateinische Autoren übersetzte. Meine Kameraden schliefen. Schon damals war ich allein ... allein mit Texten, Gedanken, Worten, die ich der Stille entriß und dem Tod.»

«Kommen Sie», sagte sie. «Ich möchte ein wenig laufen.»

Die so fein gearbeiteten Flachreliefs von Luxor wurden unsichtbar. Die Nacht gewann schnell an Raum und überließ es einem hellen Mond, den Tempel zu beleuchten. Hand in Hand liefen wir bis zum Allerheiligsten, in dem die Götterbarke aufbewahrt wurde, die die Priester durchs Volk trugen, wenn Amun seine Gegenwart zeigte.

Wir waren nur noch zwei Gestalten, verloren im Geheimnis eines heiligen Ortes, wo sich Pharao im Beisein des Schöpfers bei der rituellen Hochzeit mit der Großen königlichen Gemahlin vereinigte. Die Hieroglyphen an den Wänden vergegenwärtigten diesen Akt unaufhörlich, sofern sich ein Blick auf sie heftete und sie zum Leben erweckte.

In dieser Nacht schien es mir, als ob der Tempel von Luxor leuchte vor Liebe.

*

«Wachen Sie auf! Wachen Sie auf, ich bitte Sie!»

Soliman schüttelte mich ohne Grobheit, doch mit Nachdruck. Er besaß als einziger einen Zweitschlüssel zu meiner Kabine. Ich brauchte einige Sekunden, um auf dieser Erde wieder Fuß zu fassen. Während meines kurzen Schlafs hatte ich von großartigen Ausgrabungsstätten geträumt, von aus dem

Sand befreiten Tempeln, von restaurierten Flachreliefs ... ganz Ägypten baute ich wieder auf.

«Was ist los, Soliman?»

«Mehemed Ali, der allmächtige Pascha Ägyptens, ist gerade in Theben angekommen.»

Plötzlich hellwach, fuhr ich hoch.

«Soliman, ermögliche mir ein Treffen.»

*

Mehemed Ali hatte sein Domizil in einem weitläufigen Gebäude aufgeschlagen, an dem die Hälfte der Fenster verbarrikadiert war. Er empfing mich zur Mittagsstunde, umgeben von zahlreichen Höflingen, die Nargilehs rauchten und grünen Tee tranken. In einem Empiresessel sitzend, glättete Mehemed Ali seinen langen, frisch parfümierten Bart.

«Schön, Sie wiederzusehen, Champollion. Verhilft Ihnen Ihre Reise zu den Freuden, die Sie erhofft haben?»

In respektvollem Abstand zum Thron verbeugte ich mich ehrerbietig.

«Möge der Himmel Sie dafür belohnen, Eure Hoheit, daß Sie mir Audienz gewährt haben.»

Der Pascha ließ Honiggebäck und Tee bringen. Ich kostete von beidem in Ruhe, denn ich wollte ein Gespräch nicht übereilen, in dessen Verlauf ich ihn in höchst riskanter Weise herauszufordern gedachte. Ich glaubte, einen Weg gefunden zu haben, wie ich den Tyrannen besiegen konnte, ohne daß er das Gesicht verlor. Wenn der Versuch mißlang, würde dies das Ende meines Abenteuers bedeuten.

«Die Gesundheit Eurer Hoheit scheint zu blühen.»

«Es geht mir ausgezeichnet, Champollion. Niemals war ich fester entschlossen, meine Verpflichtungen zu erfüllen und meinem Volk zu Reichtum und Glück zu verhelfen. Die Industrialisierung meines Landes ist die wichtigste Aufgabe. Ich bin mir der Notwendigkeit bewußt, verschiedene antike Monumente zu bewahren, doch die Sorge um die Gegenwart ist vordringlich.»

Die Warnung war deutlich. Mehemed Ali untersagte mir, die auf seinen Befehl niedergerissenen Bauwerke zu erwähnen.

«Wer könnte Sie dafür tadeln, Eure Hoheit? Im Verlauf meiner Reise hatte ich Gelegenheit, den Zustand des ägyptischen Volkes zu sehen, dem ich mich so verbunden fühle ... was auch immer zu seinen Gunsten unternommen wird, kann niemals zu großzügig ausfallen.»

Der Pascha hatte Widerspruch erwartet, den er jedoch nicht zu hören bekam. Sein Scharfblick ließ ihn einen Angriff von anderer Seite vermuten.

«Kein ernstlicher Zwischenfall während Ihrer Fahrt, Champollion?»

«Ein paar gewaltsame Tode, Eure Hoheit, doch keiner, der mich direkt betrifft ... in Ägypten wie anderswo äußern sich die menschlichen Leidenschaften mitunter auf grausame Weise. Interessenkonflikte, nehme ich an. Doch ich bin Ägyptologe und kein Richter. Ich habe weder den Wunsch noch die Möglichkeit, hinter die Kulissen zu schauen. Mir geht es allein um die Archäologie.»

Der durchdringende Blick des Paschas wurde starr. Der Herrscher Ägyptens wog jedes meiner Worte genau. Er wußte, daß ich die Sachlage durchschaute. Er würdigte meine unerwartete Zurückhaltung, die im Hinblick auf seine Interessen höchst beruhigend war. Mit keinem Wort hatte ich Abdel-Razuk, seinen *Tschauschen,* erwähnt, der versucht hatte, mich umzubringen. Weder er noch ich beabsichtigten, diesen bedrohlichen Menschen ins Gespräch zu bringen.

«Wenn Sie Ihre Expedition fortsetzen wollen, Champollion, was kann ich für Sie tun? Ich wünsche, einem verdienstvollen Abgesandten Frankreichs einen Gefallen zu erweisen.»

Ich trank meinen Tee in kleinen Schlucken und dachte lange

nach, als zögere ich, eine Bitte zu äußern. In Wirklichkeit rief ich mir die Schritte meiner Argumentation ins Gedächtnis, um später nicht ins Stocken zu geraten. Mit etwas zitternder Stimme nahm ich die Eroberung des Paschas in Angriff.

«Ist es richtig, Eure Hoheit, daß die Engländer einen Obelisken aus Alexandria, den Sie ihnen schenken wollten, unter dem Vorwand abgelehnt haben, zu seinem Transport hätte eine Straße gebaut werden müssen, deren Kosten auf dreihunderttausend Francs geschätzt wurden?»

Aus der Fassung gebracht, antwortete der Pascha mit einem Nicken.

«Natürlich», fuhr ich fort, «ist diese Straße, die zu einem Verladekai im neuen Hafen führen sollte, unverzichtbar. Doch das Geschenk des Paschas von Ägypten zurückzuweisen ist ein schwerer, ein unverzeihlicher Fehler.»

Mehemed Ali gab sich Mühe, unbewegt zu bleiben, doch ich vernahm einen leisen Seufzer der Genugtuung.

«Für die gleiche Summe, Eure Hoheit, habe ich einen weitaus besseren Vorschlag. Selbstverständlich vorausgesetzt, er findet Ihre Zustimmung.»

«Fahren Sie fort», befahl er, neugierig geworden.

«Ich bin höchst erfreut», sagte ich, «daß der sachkundige englische Ingenieur eine Straße für dreihunderttausend Francs vorgeschoben hat, um seiner Regierung, und damit indirekt auch unserer, die armseligen Obelisken von Alexandria zu verleiden! Sie wecken nur noch mein Mitleid, seit ich die von Theben gesehen habe. Ich habe eine gewagtere, großartigere Idee ... was England verschmäht, nimmt Frankreich mit Begeisterung entgegen! Wir brauchen einen Obelisken in Paris, Eure Hoheit. Es wäre kein Fehler, unserer Nation ein Denkmal solchen Ranges vor Augen zu führen, um den Firlefanz und die Kinkerlitzchen bloßzustellen, die wir so hochtrabend als ‹öffentliche Denkmäler› bezeichnen: reine Salondekoration, ganz nach dem Vermögen unserer ‹großen› Architekten, die sich darauf beschränken, den Tand des spätrömischen Reiches zu imitieren. Was auch behauptet wird, Großes wird immer im Großen zu finden sein und nirgendwo sonst. Schon allein die Höhe wirkt und beeindruckt Geist und Augen. Eine einzige Säule aus Luxor ist mehr Denkmal als die vier Fassaden des Louvre. Eine ägyptische Kolossalstatue auf der *Pont-Neuf* wäre aussagekräftiger als drei Regimenter von Reiterstandbildern. Unsere Hauptstadt ist trostlos. Die moderne Kunst hat die Kunst getötet. Paris ist ins Zeitalter der Barbarei eingetreten. Als ich hier Obelisken gesehen habe, die zu Ehren von Ramses errichtet wurden, dem größten Eroberer seiner Zeit, da wußte ich: Einer von ihnen könnte auf großartige Weise an die unverbrüchliche Freundschaft erinnern, die Ägypten und Frankreich verbindet.»

Der Pascha bemühte sich nicht länger, seine Überraschung zu verbergen.

«Was schlagen Sie also vor, Monsieur Champollion?»

«Für den Betrag von dreihunderttausend Francs bin ich sicher, den Transport eines der beiden Obelisken des Tempels von Luxor bis nach Paris gewährleisten zu können, nämlich dessen, der rechts vom Eingang steht. Die Nation wird Ihnen ewig erkenntlich sein, Eure Hoheit.»

«Ein überraschendes Ansuchen und ein gewagtes Unterfangen», urteilte der Pascha. «Sicher wird man diesen riesigen Monolith in drei Teile zerlegen müssen ...»

«Alles oder nichts, Eure Hoheit. Der Obelisk muß intakt bleiben, um auf französischem Boden in seiner ganzen Macht zu erstrahlen. Der Transport wird unter der Voraussetzung gelingen, daß eine praktisch bewanderte Person damit betraut wird, ein Architekt oder Mechaniker, keinesfalls ein Gelehrter aus dem Studierzimmer!»

Das war die einzige Lösung, um eines der vollendetsten Meisterwerke der ägyptischen Kunst zu retten, das tagtäglich von Vandalen besudelt wurde und zu schnellem Verfall verurteilt war.

Mehemed Ali strich sich unschlüssig über den weißen Bart, erhob sich und befahl den Höflingen barsch zu verschwinden. Erst als wir allein waren, ergriff er das Wort.

«Sie sind ein tatkräftiger Mann, Champollion. Ägypten lebte ruhig und vergessen, bevor Sie kamen. Ich befürchte, Sie könnten ein allzu lebhaftes Interesse für dieses alte Land wekken, das den Weg des Fortschritts langsam einschlagen muß.»

«Ist Ägyptens Aufgabe nicht die Vermittlung seiner spirituellen Botschaft, Eure Hoheit?»

«Sie sehen Tempel, Statuen, Gottheiten. Ich sehe Fabriken, Maschinen, Staudämme. Wir sind engagierte Gegner in einem gnadenlosen Kampf. Erst die Nachwelt wird über uns urteilen können.»

Der Pascha blieb vor einem offenen Fenster stehen und wandte mir den Rücken zu. Für ihn war die Unterredung beendet.

Nicht jedoch für mich.

«Verzeihen Sie, wenn ich Ihre Gedanken unterbreche … aber ich habe Ihre Antwort bezüglich meines Projektes nicht gehört.»

Der Herrscher Ägyptens hatte die Unbewegtheit von Granit.

Während langer Sekunden befürchtete ich, er würde auch schweigen wie ein Stein.

«Ihr Obelisk wird Paris zieren, Champollion.»

*

Trunken vor Glück über meinen Sieg, wagte ich endlich den letzten Schritt, der mich vom Herzen Thebens noch trennte: Karnak, der Palast von Amun-Re, dem König der Götter.

Karnak, das hunderttorige Theben, das jahrhundertelang die Welt regiert hatte. Was hielt es für mich bereit? Was war geblieben nach der Zerstörung durch Assyrer, Christen und Araber?

Befand sich Karnak im gleichen beklagenswerten Zustand wie Luxor?

Unfähig, mich noch länger zu gedulden, lief ich mit schnellen Schritten durch die Sonne. Ein Eseltreiber bot mir seine Hilfe an, die ich gerne in Anspruch nahm. Die Entfernung war rasch überwunden. Als wir den Uferweg verließen, um in die Ländereien vorzudringen, und der Eseltreiber mir stolz verkündete ‹Al-Karnak!›, da schloß ich die Augen.

Würde ich die größte Freude oder die größte Enttäuschung meines Daseins erleben? Der Esel blieb stehen. Ich stieg ab, zutiefst ergriffen.

Endlich öffnete ich die Augen.

Karnak … Karnak erhob sich vor mir, riesig, übermenschlich.

Hier sah ich die ganze pharaonische Pracht vor mir, das Größte, was Menschen je erdacht und ausgeführt haben. Alles, was ich in Theben gesehen hatte, erschien mir kümmerlich im Vergleich zu den gigantischen Bauten, die mich hier umgaben. Ich werde mich hüten, sie beschreiben zu wollen; entweder könnte ich nur den tausendsten Teil dessen ausdrücken, was zu sagen wäre; oder aber man hielte mich schon aufgrund einer schwachen, farblosen Schilderung für einen Schwärmer, womöglich sogar für einen Irren. Ich begnüge mich damit, zu betonen, daß keine klassische noch moderne Kultur die Kunst der Architektur in so erhabenem, so weitläufigem, so grandiosem Maßstab beherrscht hat wie die Alten Ägypter; sie gingen von hundert Fuß großen Menschen aus, und wir erreichen allenfalls eine Größe von fünf Fuß und acht Zoll. Selbst eine Vorstellungskraft, die sich weit über unsere europäischen Säulenhallen emporschwingt, muß kapitulieren angesichts der 140 Säulen der Hypostylhalle von Karnak: ein Wald riesiger Blumen, eine Welt jenseits des Menschlichen, beleuchtet von himmlischem Licht, das durch die Steine dringt.

In diesem herrlichen Tempel habe ich Bildnisse von beinah allen Pharaonen bewundern können, die dem Imperium zum Ruhm verholfen haben. In diesen Säulen und an diesen Wänden hat Ägypten die Macht des Geistes entfaltet, es ist ihm gelungen, die Materie zu vergeistigen.

Auch Karnak hat unter der Nachlässigkeit der arabischen Eroberer gelitten, die Ägypten nur als fremdes Territorium betrachten. Viele Kolosse sind zusammengebrochen, Berge von Sand müßten abgetragen werden, Simse drohen einzustürzen, in den Heiligtümern hausen Einheimische. Doch der Geist der Alten war diesen Angriffen der Zeit und der Menschen stets überlegen. Durch seine gigantischen Ausmaße vermag Karnak den Katastrophen zu trotzen, in deren vorderster Reihe die menschliche Dummheit steht.

Die Götter hatten mich ins Herz dessen geleitet, was der Welt das Heiligste ist ... und dieser Anblick ließ mich die Nichtigkeiten und Niedrigkeiten des Daseins vergessen.

*

«Meister ... aber da sind Sie ja!»

Rosellini stand in der Kabinentür, die ich abzuschließen vergessen hatte, und es überraschte ihn, mich an meinem mit Papieren überhäuften Arbeitstisch sitzen zu sehen.

In Karnak hatte ich Dutzende von Blättern beschrieben. Abends auf der *Isis* hatte ich sogleich begonnen, einen chronologischen Abriß der Könige zu erstellen, die Spuren ihrer Regierungszeit hinterlassen hatten. An dem Tag, an dem der Prophet mir die mündlich überlieferten Elemente mitteilen würde, über die er verfügte, wäre ich darauf vorbereitet, eine Grammatik, ein Wörterbuch und eine allgemeine Geschichte der ägyptischen Kultur zu verfassen.

«Wir haben Sie überall gesucht, Meister ... wir waren sehr beunruhigt. Fühlen Sie sich nicht wohl?»

«Ich bin bei ausgezeichneter Gesundheit. Das Klima bekommt mir hervorragend, und es geht mir weitaus besser als in Paris. Ich habe heute viel gearbeitet … und ich hoffe, Sie ebenfalls.»

Rosellini wirkte plötzlich verstimmt.

«Verzeihen Sie die Bemerkung … aber Sie scheinen schlechter Laune zu sein.»

«Ganz richtig», sagte ich und warf die Feder von mir. «Ich bin sogar äußerst wütend.»

«Meinetwegen?»

«Durchaus nicht. Wegen ganz Frankreich, wegen denen, die sich meine Familie oder meine Freunde nennen. Keine Nachricht von ihnen seit unserer Abreise. Kein einziger Brief.»

«Sicher Beförderungsprobleme …»

«Versuchen Sie nicht, mir etwas vorzumachen, Rosellini. Ich weiß, daß Sie über Alexandria Briefe erhalten haben. L'Hôte, Bidant, Raddi … Sie alle haben Neuigkeiten erhalten. Nur ich nicht.»

«Wahrscheinlich hat Drovetti alle an Sie gerichteten Sendungen abgefangen, um Sie in Verzweiflung zu stürzen. Geben Sie ihm diese Genugtuung nicht.»

Ich war also allein, absolut allein, doch der Geist des Alten Ägypten drang Stunde um Stunde in mich ein. Die Verbindungen mit Europa und mit meiner Vergangenheit zerbrachen eine nach der anderen. In der Tiefe meines Herzens empfand ich keine Trauer darüber. Karnak war der Gipfel meiner Bestimmung und fegte das Gestern hinweg wie ein Sandsturm. Ich hatte einen Punkt erreicht, an dem es kein Zurück mehr gab.

L'Hôtes besorgtes Gesicht tauchte hinter Rosellini auf.

«General, eine schlechte Nachricht. Gerade habe ich Abdel-Razuk auf dem Kai gesehen. Zuerst glaubte ich, ich hätte mich getäuscht, aber ich bin aus Gewohnheit ein genauer Beobachter. Ich habe seinen Namen gerufen. Er hat sich umgedreht und ist geflohen. Wir müssen die Behörden von Luxor über seine Anwesenheit in Kenntnis setzen.»

«Sinnlos», antwortete ich. «Abdel-Razuk steht im Dienste des Paschas, der jedes Vorgehen gegen seinen Diener vereiteln wird.»

*

Ich wollte den Sonnenuntergang auf der Brücke der *Isis* genießen und stieß dort auf Lady Redgrave in einem prachtvollen Abendkleid aus roter Seide, geschmückt mit einer dreireihigen Perlenkette. Sie sah blendend aus und hätte jeden Eremiten dazu gebracht, seine Einsamkeit aufzugeben.

«Ich fürchte, ich muß Sie aus Ihren hochwissenschaftlichen Arbeiten reißen», sagte sie schelmisch.

«Aus welchem Grund?»

Sie betrachtete mich kritisch.

«Sie sehen aus wie ein Pionier, der gerade aus der tiefsten Wüste kommt. Sie sollten sich ein wenig herausputzen, um Ihren Gästen zu gefallen.»

«Ich habe nicht die Absicht, jemandem zu gefallen, Lady Redgrave. Ich komme einen Moment herauf, um frische Luft zu schnappen, und gehe dann wieder in meine Kabine. Die Liste der Pharaonen aufzustellen erscheint mir wichtiger als ein mondänes Abendessen.»

«Diesem einen werden Sie dennoch nicht entgehen.»

«Und weshalb nicht?»

«Weil die bedeutendsten Persönlichkeiten von Luxor an Ihren Tisch geladen zu werden wünschten ... an einen Tisch, der sich zur Zeit hier auf der Brücke befindet.»

Ich wollte aufspringen, um diese Nachricht zu überprüfen, doch Lady Redgrave trat mir in den Weg.

«Nicht in diesem Aufzug, Monsieur Champollion!»

*

Die Gästetafel stand unter einer Zeltplane, die über vier Stangen gespannt war. Eine angenehme Brise verlieh dem Abend besonderen Zauber und ließ die Anstrengungen des Tages vergessen. Lady Redgrave hatte sich als vollendete Hausherrin gezeigt, indem sie die übliche Ausstattung um Öllampen und Blumenschmuck bereichert hatte.

Was den Rang unserer Gäste anbelangte, so hatte sie mir nicht zuviel versprochen. Es war ein türkischer Aga anwesend, Oberbefehlshaber von Qurna; der Sheik el-Beled von Medinet Habu, Befehlshaber im dortigen Tempel und im Ramesseum; schließlich der Sheik von Karnak, vor dem sich in den Säulenreihen des alten Königspalastes alle niederwarfen. Sie regierten über ein Heer von kleinen Leuten und kleinen Gewerben. Unmöglich, in Theben ohne ihre Zustimmung auch nur einen Schritt zu tun.

Im Grunde beschränkte sich die Unterhaltung auf einen Austausch von Gemeinplätzen und gegenseitigen Lobreden; in regelmäßigen Abständen antwortete ich *thaïbin*, ‹es geht gut›, auf die Frage *Ente-thaïeb*, ‹geht es gut?›. Ein herzliches Lächeln erschien daraufhin auf den Lippen meiner Gäste, denen ich Pfeifen und Kaffee im Überfluß anbot. Soliman erzählte einige amüsante orientalische Geschichten von Dämonen, die von den Menschen genarrt werden. Wir wurden mit Geschenken überhäuft: eine Schafherde und etwa fünfzig Hühner. Dieser tierische Reichtum, über den Lady Redgrave sich entzückt äußerte, würde uns bald eine ausgezeichnete Ernährung sichern.

Nachdem der Sheik von Karnak einen Posten Pulver erhalten hatte, der ihm die kriegerische Vormachtstellung sicherte, stellte er mir umfangreiches Personal für die Arbeiten im großen Tempel zur Verfügung. Er erging sich in galanten Bemerkungen über Lady Redgrave, der er den Titel ‹Ihre Gattin› verlieh. Ich hätte reagieren müssen, doch nach den ägyptischen Regeln der Höflichkeit ist es sehr heikel, seinem Gast direkt zu widersprechen.

Lady Ophelia lächelte nur.

*

Das Herz voller Hoffnung, betrat ich Karnak am nächsten Morgen erneut, als wäre das riesige Reich Amuns mir zu eigen geworden. Die Fellahs, die mir der Sheik versprochen hatte, erwarteten mich im großen Hof hinter dem massigen Eingangspylon. L'Hôte und Rosellini neben mir, sprach ich voller Begeisterung zu dieser Truppe unter der Leitung eines Vorarbeiters, der ihren Tageslohn auf einen halben Piaster festlegte. Die Grabungen begannen unverzüglich. Rosellini bebte vor Aufregung in der Erwartung, Statuen freizulegen. L'Hôte war glücklich, sein Zeichengerät beiseite legen zu können, um die Rolle des Anführers zu übernehmen.

Soliman brachte die Person zu mir, die ich ihn ausfindig zu machen gebeten hatte: Timsah, ‹das Krokodil›, persönlicher Ausgräber von Generalkonsul Drovetti und hiesiger Repräsentant der französischen Autoritäten. Das Krokodil war klein und gedrungen. Es hatte eine niedrige Stirn und plumpe Hände und öffnete die Augen nur einen Spalt weit.

«Glück sei mit dir, Timsah. Hat dir der Generalkonsul mein Kommen angekündigt?»

«Ja.»

«Hat er dir die nötigen Gelder für die Grabungen ausgehändigt?»

«Ich erwarte sie.»

«Willst du damit sagen … daß du nichts zur Verfügung hast?»

«Ich erwarte sie», wiederholte er.

«Wann genau?» insistierte ich ungeduldig.

«Morgen … oder übermorgen.»

«Morgen werden sie eintreffen. Ich mache dich persönlich dafür verantwortlich.»

‹Das Krokodil› verneigte sich und entfernte sich gemessenen Schrittes.

«Wie sollen wir die Arbeiter heute abend bezahlen?» fragte Rosellini besorgt.

«Mit meinem eigenen Geld.»

*

An diesem Tag kamen wir aus dem Staunen nicht mehr heraus. Ich ließ den höchsten der ägyptischen Obelisken vermessen. Einem jungen Nubier gelang es, die Spitze der steinernen Nadel zu erreichen, indem er einen mit Seilen umwickelten Mast zu Hilfe nahm. Während seiner Kletterpartie rief der Vorarbeiter Allah auf Knien an, und die Hilfsarbeiter rezitierten Koranverse. An anderen Stellen grub man, um die Basis einer Säule freizulegen, und brachte aus der Erde späte Bronzestatuen zum Vorschein. Ich flog von Tempel zu Tempel, vom Festsaal zum Allerheiligsten, von der Widderallee zur mächtigen Säulenhalle. Ich verschlang Karnak mit Heißhunger, in der Überzeugung, daß diese Baustelle von kosmischen Ausmaßen niemals aufgegeben worden war. Bis zum Ende ihrer Heldenzeit hatten die Baumeister errichtet, verschönert, vergrößert. Und heute war ich ihr demütiger Nachfolger, entschlossen, diesen heiligen Leib Ägyptens zu neuem Leben zu erwecken, in dem Kopf und Hand im gleichen Geist erschaffend gewirkt hatten.

Ich war damit beschäftigt, eine Opferszene von einer der Säulen im Hypostylsaal zu kopieren, als der Vorarbeiter mich holte. Seine fahrigen Gesten verrieten große Aufregung. Ich folgte ihm rennend bis zur Kapelle von Sethos, vor der ein erbärmliches Schauspiel im Gange war: L'Hôte und Vater Bidant schlugen aufeinander ein. Der Geistliche schien die Oberhand zu haben, er verteilte kräftige Maulschellen. L'Hôte blieb nichts anderes übrig, als sich das Gesicht zu schützen und zurückzuweichen.

«Sofort aufhören!» donnerte ich, was dem Kampf sogleich ein Ende setzte. «Sind Sie verrückt geworden, Hochwürden? Und Sie, L'Hôte, haben Sie allen Anstand verloren?»

«Bidant ist ein Verbrecher, General.»

«L'Hôte ist von Sinnen», konterte der Geistliche. «Er hat mich angegriffen, als ich den Fuß einer Mauer betrachtete.»

«Er betrachtete ihn nicht», protestierte L'Hôte, «er zerstörte ihn! Er schlug mit einem Stein auf die Figuren ein, um sie unkenntlich zu machen!»

Ich beugte mich über den Gegenstand des Streits und sah eine rührende Szene: Pharao als Kind saß auf den Knien seiner Mutter. Ich verstand, was in Vater Bidant vorgegangen war.

«Die Jungfrau mit Christus ... daran haben Sie gedacht, nicht wahr? Sie wollten dieses ägyptische Motiv zerstören, das den Künstlern des Mittelalters als Vorbild gedient hat. Diese göttliche Geburt vor der Zeit des Christentums ist in Ihren Augen äußerst störend ... Ihr Kampf ist aussichtslos, Hochwürden. Sie werden anerkennen müssen, daß das Christentum in dieser Erde wurzelt, und daß es seine Symbole aus der altägyptischen Bildwelt geschöpft hat!»

«Ketzerei!» brüllte der Geistliche empört und verließ den heiligen Bereich, den Staub von seiner Sutane schüttelnd.

*

Karnak zog mich in seinen Bann. Ich brauchte keinen Schlaf mehr, ich aß kaum noch. Ich dachte nicht einmal mehr an die Gefahr. Ich fühlte mich, als hätte ich schon immer hier gelebt, diese Alleen schon durchschritten, die Säle schon bewohnt.

Lady Redgrave hatte das Schiff verlassen, um sich eine bequeme Wohnung in Luxor einzurichten, die von eifrigen Dienern bevölkert war. Wieder hatte sich eine unüberwindliche Schranke zwischen uns aufgebaut. Vater Bidant hatte sich in seiner Kabine eingeschlossen und ließ sich auch die Mahlzeiten dort servieren. Professor Raddi hatte sich einen Klappstuhl besorgt und saß am Saum der Wüste, die er stundenlang betrachtete. Er sah und hörte nichts und niemanden. L'Hôte und Rosellini unterstützten mich bis an die Grenzen ihrer Kräfte und staunten über meine Ausdauer. Meine Gesundheit, die mir im feuchtkalten Europa ständig Sorgen bereitet hatte, besserte sich unter der Sonne Ägyptens. Zudem besaß Karnak die Gabe, jede Ermüdung zu vertreiben. In diesem Boden strömten göttliche Energien, die den Körper erneuerten. Ich begriff, wie die Arbeiter vermocht hatten, Steine von solcher Größe zu bewegen und in so gigantischem Maßstab zu bauen: In ihnen wohnte die übermenschliche Kraft des Tempels.

Diese Monumente gehörten nicht der Vergangenheit an. Sie waren die ewige Gegenwart des Bewußtseins, rein wie beim ersten Tagesanbruch der Welt. Theben war zum Mittelpunkt meines Universums geworden, es war der Ort, an dem sich mein Schicksal erfüllte, im Licht wie im Mysterium. Wenn man mich Karnak ausgraben läßt, werde ich mich von hier nicht mehr entfernen. Darüber würde ich sogar den Propheten und die Entzifferung der Hieroglyphen vergessen. Ich wäre es zufrieden, als bescheidener Arbeiter bis ans Ende meines Daseins Sand und Staub abzutragen.

Von einem wiedererstandenen Karnak träumend, glitt ich in den Schlaf.

*

Im Bereich des Mut-Tempels südlich des Heiligtums von Amun herrschte größte Aufregung. Im strahlenden Morgenlicht erschien mir diese der göttlichen Mutter geweihte Stätte in all ihrer Fremdartigkeit: verstreute Steinblöcke, wilde Gräser, ein heiliger See in Form einer Mondsichel.

Zahlreiche Fellahs waren um L'Hôte versammelt, der darauf bestanden hatte, seinen Spaten an diesem einsamen Ort einzusetzen, der seit Jahrhunderten in Stille und Vergessenheit lag. Gern hätte ich mich vom Zauber dieser Ebene voller verborgener Schätze erobern lassen, wenn ich nicht gesehen hätte, wie L'Hôte sich gegen eine feindselige Menge verteidigte. Ich mußte ihm schnellstens zu Hilfe eilen.

Ich schob einige Arbeiter beiseite und wandte mich an den Sheik von Karnak, der drohend einen kurzen Stock schwenkte.

«Was ist los?»

«Schauen Sie», sagte L'Hôte und wies auf ein Loch, aus dem der schwarze Kopf einer Statue der Löwengöttin ragte. «Die Fellahs sind überzeugt, daß es sich um einen Dämon handelt. Sie wollen ihr das Gesicht zerstören, bevor sie die Statue aus der Erde holen. Sie hat den bösen Blick.»

«Sie haben recht, sie haben recht!» heulte Vater Bidant und schwenkte ein Kruzifix über unseren Köpfen. «Grabt diese unselige Statue wieder ein!»

Rosellini brachte ihn zum Schweigen. Doch der Sheik von Karnak blickte weiterhin verschlossen und feindselig drein. Er konnte es sich nicht leisten, vor seinen Leuten das Gesicht zu verlieren.

«Es ist ein böser Zauber am Werk», verkündete er. «Die Löwin wird uns an die Gurgel springen. Gestern in Qena haben Fische, die nach Menschenfleisch gierten, Schwimmer angegriffen und ihnen das Geschlecht abgefressen. In Achmim haben Kinder eine Schlange in Stücke geschnitten. Sie hat sich sogleich wieder zusammengesetzt und die Kinder gebissen. Es ist ein böser Zauber am Werk. Der böse Blick liegt auf uns.»

Der Sheik hätte noch vielerlei andere phantastische Geschichten erzählen können, in denen Spuren der ägyptischen Mythologie lebendig waren. Ich hatte nicht die Muße, ihm von der Uräusschlange zu berichten, deren Aufgabe es war, die Pharaonen zu beschützen, oder vom Mythos des Osiris, dessen Geschlecht von einem Fisch verschlungen worden war.

«Ich besitze die Fähigkeit, den bösen Blick abzuwenden», behauptete ich. «Ich fürchte ihn nicht.»

Neugierig geworden, schob der Sheik mit einem Stockhieb zwei Fellahs beiseite.

«Beweise es.»

Ich kniete nieder. Mit bloßen Händen entfernte ich ein wenig Erde, bis ich das strenge Gesicht von Sechmet vollständig freigelegt hatte, der Löwengöttin mit dem Feuerblick, deren Aufgabe es war, die sichtbaren und unsichtbaren Feinde Pharaos zu vernichten und die Ärzte ihre Kunst zu lehren. Ich nahm die breite Stirn der Göttin zwischen meine Hände, was entsetztes Raunen auslöste.

«Seht, die Göttin erkennt mich an. Sie wird weder Unglück noch Krankheit verbreiten.»

Ich verharrte mehrere Minuten in dieser Pose. Jeder Fellah rechnete damit, die schreckliche Löwin werde mich verschlingen. Doch der böse Blick traf mich nicht. Das Lächeln kehrte auf die Gesichter zurück. Ein Arbeiter machte sich wieder ans Werk, dann ein zweiter, ein dritter … Am späten Vormittag thronte die mächtige Statue der sitzenden Sechmet vor unseren Augen und bezauberte uns durch die Größe ihrer Macht und Erhabenheit.

Rosellini konnte seine Erschütterung nicht verbergen. Ihm zitterten die Hände.

«Was haben Sie, Ippolito?»

«Ihr Blick, Meister, Ihr Auftreten dem Sheik gegenüber … nie habe ich Sie so entschlossen, so unbeugsam gesehen … ich glaubte, Sie würden sich mit den Arabern schlagen; Sie wären zu allem fähig, um diese Skulptur zu retten.»

«Ja, ich würde Ägypten mit Klauen und Zähnen verteidigen. Beide sind mir im zarten Alter von fünf Jahren gewachsen und haben seither nichts von ihrer Kraft verloren. Ich erinnere mich … ich ging an einem baufälligen Haus vorbei. An der Tür lehnte ein Bettler, der einen Hut hielt. Ich wollte gerade eine Münze hineintun, als ein Führer der Revolutionspartei dem Blinden, der ihm im Weg stand, einen Stockhieb versetzte. Ich habe mich auf den Rohling gestürzt, den Stock gepackt und diesen beschworen, seinem bösen Besitzer nicht mehr zu gehorchen, sondern ihn statt dessen selbst zu prügeln! Dieser verfluchte Jakobiner ist in lautes Gelächter ausgebrochen und hat meiner Mutter geraten, ihrem Küken schleunigst Schnabel und Krallen zu stutzen, damit es später nicht andere tun müßten. In der Tat haben andere versucht, meinen Gerechtigkeitssinn zu zerstören. Es ist ihnen nicht gelungen. Und auch in Zukunft wird es niemandem gelingen.»

Ich hielt mich nicht länger auf, denn ich war ernstlich besorgt: Soliman hätte seit langem wieder bei mir sein müssen. Wir hatten vereinbart, uns zur Mittagsstunde vor dem Eingangspylon zu treffen, falls es ihm nicht gelungen war, Timsah, ‹Das Krokodil›, zu mir zu bringen.

Mein Bruder hatte seine gewohnte Gelassenheit verloren.

«Unmöglich, Timsah dingfest zu machen. Er ist verschwunden.»

«Warte hier auf mich.»

Nach einer ebenso kurzen wie heftigen Unterredung mit dem Sheik von Karnak, dem ich ein beträchtliches Bakschisch entrichten mußte, erhielt ich die erhoffte Auskunft. Das Krokodil verbarg sich bei einer Frau in der Ortschaft von Karnak. Wenig später standen wir vor Drovettis Ausgräber.

«Warum versteckst du dich?» fragte ich scharf.

«Ich ruhe mich aus.»

«Wo ist das versprochene Geld, um die Arbeiter zu bezahlen?»

«Es ist nicht angekommen.»

«Wann kann ich endlich darüber verfügen?»

«Ich weiß es nicht.»

«Wie trittst du mit dem Konsul in Kontakt?»

«Er schickt mir Boten.»

«Täglich, wöchentlich?»

«Das ist unterschiedlich ... wann er es für nötig hält. Es ist schon eine ganze Weile her, daß der letzte hier war. Es ist keine gute Jahreszeit zum Reisen.»

Das Krokodil hielt die Augen geschlossen. Meine Fragen beeindruckten ihn nicht. Im Schutze Drovettis und des Paschas fühlte er sich unverwundbar.

Ich brach das sinnlose Gespräch ab.

*

Vier Tage vergingen. Wertvolle Zeit verstrich. Ich mußte die Grabungen aus Geldmangel einstellen. Drovettis Ausgräber hatte keine Nachricht erhalten. Er würde so lange keine erhalten, wie ich an meinem Vorhaben festhielt. Also waren die Gerüchte, die vor meiner Abreise in Paris kursiert waren, begründet: Drovetti würde mit allen Mitteln meinem Bestreben entgegenwirken, die Stätten zu untersuchen und instand zu setzen.

Ich mußte mich damit begnügen, nur ein Durchreisender zu sein.

Die Seele voller Trauer, schlenderte ich auf der Uferstraße von Luxor entlang. Der Westen färbte sich rot. Bald würde der Nil in den tausend Farben des Sonnenuntergangs erstrahlen. Dort lag Theben, zum Greifen nahe, und ich mußte darauf verzichten: wegen eines Teufels, der mein Scheitern geschworen hatte und das der Alten Ägypter.

Als ich das Totenufer betrachtete, stürzte sich ein Mann auf mich und stieß mich mit aller Kraft zum Fluß.

SECHZEHN

WENN L'HÔTE NICHT EINGEGRIFFEN HÄTTE, wäre ich niedergeschlagen und in den Nil gestoßen worden. Er zog seinen Säbel und bedrohte meinen Angreifer. Als der zu fliehen versuchte, warf L'Hôte ihm den Säbel zwischen die Beine und brachte ihn zu Fall. Er sprang ihm auf den Rücken und preßte ihn mit dem Gesicht zu Boden. Der Mann wehrte sich, mußte sich aber geschlagen geben. L'Hôte riß ihm den Turban ab, der Kopf und Gesicht verbarg.

Abdel-Razuk! Der Scherge des Paschas hatte ein zweites Mal versucht, mich unschädlich zu machen.

«Von wem erhältst du deine Befehle?» fragte ich.

Der *Tschausche* hob den Blick zum Himmel.

«Antworte», ereiferte sich L'Hôte, «oder ich breche dir das Genick!»

Ich übersetzte die Drohung. Die ernstliche Wut meines Landsmannes schüchterte Abdel-Razuk ein. Stammelnd entschloß er sich zu sprechen.

«Der ... der Prophet war es, der mir den Befehl gegeben hat, Sie zu töten.»

Ich war sprachlos.

«Warum?»

«Ich weiß es nicht.»

«Wo ist er? Versteckt er sich in Theben?»

«Er ist nach Süden aufgebrochen ...»

«Wann?»

«Vor drei Tagen. Ich sollte ihm die Nachricht Ihres Todes überbringen, damit er nach Theben zurückkehren kann.»

«Verschwinde, Abdel-Razuk. Gerate mir nicht mehr in die Quere. Sonst werden meine Freunde und ich unsere Säbel nicht mehr zurückhalten.»

Ich befahl L'Hôte, ihn loszulassen.

«Warum bringen wir ihn nicht vor den Pascha?»

«Wenn er die Wahrheit sagt, ist es besser, wir lassen ihn laufen. Er wird den Propheten warnen. Der wird über das Mißlingen seines Plans sehr betroffen sein. Wir sind ihm auf den Fersen. Schließlich werden wir ihn finden und begreifen, warum er meinen Tod wünscht. Lassen Sie alles vorbereiten. In einer Stunde brechen wir nach Süden auf.»

*

Die beiden Schiffe verließen die Anlegestelle von Luxor. Bei günstigem Wind entfernten sich Champollion und seine Expeditionsmitglieder rasch von der herrlichen Hauptstadt der Pharaonen im Neuen Reich.

Bernardino Drovetti, Generalkonsul Frankreichs, verließ das Fenster, von dem aus er die Abreise beobachtet hatte. Er zündete sich eine mit türkischem Tabak gestopfte Fayencepfeife an und nippte genüßlich an einem Glas Bordeauxwein.

In einem Winkel des weitläufigen Salons, der dem Konsul als Hauptquartier diente, rezitierte Abdel-Razuk Koranverse.

«Perfekt», murmelte Drovetti. «Er hat Theben verlassen, und wir können in aller Ruhe weitermachen, Abdel-Razuk!»

Der *Tschausche* des Paschas stand auf. Er fürchtete diesen reizbaren Mann, der Mehemed Alis Vertrauen besaß.

«Vergiß nicht, die nötigen Vorbereitungen zu treffen ... Champollion steht die gefährlichste Etappe seiner Reise bevor. Vielleicht kommt die Natur uns zu Hilfe. Im Süden hat es schon viele Unfälle gegeben. Unser Komplize kann endlich zeigen, was in ihm steckt, mitten in diesem verfluchten Expeditionskorps ...»

*

Karnak zu verlassen brach mir das Herz. Ich schwor mir, als Sieger zurückzukehren: mit der Fähigkeit, die Steine zum Sprechen zu bringen, dem ewigen Ägypten seine Sprache wiederzugeben. Nach diesen an Land verbrachten Tagen sahen meine Begleiter den neuen Horizonten, zu denen uns unsere Weiterfahrt auf dem Nil tragen würde, mit einer gewissen Neugierde entgegen.

Mit Hilfe archäologischer Karten, die ich selbst erstellt hatte, legte ich unseren nächsten Halt in El-Kab fest, einer sehr alten Stadt, in der ich Überreste aus frühester Zeit zu finden hoffte. Als wir auf Höhe der Stadt Esna anlangten, durchkreuzten der Wind und die Nacht unsere Pläne. Der *Reis*, den wir als Lotsen an Bord hatten, riet uns, vor Anker zu gehen. Wir segelten also etwas weiter nach Süden, verließen unsere schweren Schiffe und benutzten die Beiboote, um Contra-Latopolis zu erreichen. Nur L'Hôte und Rosellini begleiteten mich, letzterer ging zuerst an Land.

Ein großer Bursche in einer schmutzigen und zerschlissenen Dschellaba kam auf ihn zugelaufen. Er redete laut und undeutlich auf ihn ein. Rosellini drängte mich zu helfen. Ich sah, daß der Mann zahnlos war, daher seine schlechte Aussprache. Was ich zu verstehen glaubte, entsetzte mich derart, daß ich beinahe in Ohnmacht fiel. Meine Blässe beunruhigte L'Hôte, der stets auf all meine Reaktionen achtete.

«Was erzählt dieser Bandit, General? Hat er Sie beleidigt?»

«Viel schlimmer, mein Freund, viel schlimmer ...»

Vor Bestürzung stockte mir der Atem. Meine Mitarbeiter halfen mir, mich zu setzen. Der zahnlose Araber wunderte sich über meine Verzweiflung.

«Sprechen Sie, Meister», drängte Rosellini.

Mit einiger Anstrengung gelang es mir zu erklären: «Es gab hier einen großen Tempel, noch vor zwei Wochen ... die Arbeiter des Paschas haben ihn völlig zerstört. Die Steine wurden teils zum Fabrikbau verwendet, teils um die Anlegestelle von Esna zu verstärken, die der Nil davonzuschwemmen droht.»

Weder L'Hôte noch Rosellini fanden aufmunternde Worte. Sie wußten, daß die vorsätzliche Zerstörung der ägyptischen Monumente für mich die unerträglichste aller Qualen war. Nichts konnte mich darüber hinwegtrösten.

Der eisige Nordwind strich mir über die Schläfen.

«Kehren wir nach Esna zurück», sagte ich, den Tränen nahe.

*

Ein weiteres Unglück erwartete uns.

Die *Isis* stand voll Wasser, sie war am Ufer auf Grund gelaufen. Glücklicherweise lag sie an einer flachen Stelle, wo sie bald aufgesessen war und nicht sinken konnte. Dennoch mußte das ganze Schiff ausgeräumt werden, damit es ausgebessert und das Leck repariert werden konnte. Unsere Vorräte waren durchnäßt. Wir hatten Salz, Reis und Maismehl verloren.

Ich sah L'Hôte zum erstenmal verzweifelt.

«Ein schlechtes Zeichen, General ... der Süden bringt uns nichts Gutes.»

«Im Gegenteil», widersprach ich. «Das ist eine Kleinigkeit im Vergleich zu der Gefahr, in die wir geraten wären, wenn das Leck auf unserer Fahrt durch den großen Kanal entstanden wäre. Wir wären unweigerlich gesunken. Gelobt sei der große Gott Amun!»

Mein Optimismus, der mich selbst überraschte, war anstekkend.

«Zum Teufel, Sie haben recht, General! Die ägyptischen Götter leiten uns! Legen wir unser Schicksal in ihre Hände.»

Diese neuerliche Begeisterung wurde sogleich wieder gedämpft durch das lärmende Auftauchen einer kopfstarken Truppe, die mit Gewehren, langen Pistolen, Säbeln und Lanzen bewaffnet war. Kommandiert wurde sie von einem schnurrbärtigen Riesen mit abweisendem Äußeren. Ich befahl meinen Begleitern, auf den Schiffen zu bleiben, und bemerkte Lady Ophelia, das Gesicht beinahe vollständig unter einem breitkrempigen, blaßvioletten Hut verborgen. Sie ließ sich zu keinerlei Aufregung hinreißen.

Gelassen ging ich auf den Kommandanten zu, der uns belagerte. Nachdem ich tausend Segenswünsche für ihn und seine Familie ausgesprochen hatte, fragte ich nach dem Grund dieses militärischen Aufgebots gegen meine bescheidene Expedition, die, wie alle Welt wußte, unter der besonderen Gunst des Paschas stand.

Wir waren vom Pech verfolgt. Ich hatte es mit einem Kleingeist zu tun, der für schöne Worte nicht empfänglich war. Seine Antwort beschränkte sich auf ‹Folgen Sie mir›, in einem Ton, der keinen Widerspruch zuließ. Ich wurde genötigt, auf ein Kamel zu klettern, von dessen Rücken aus ich L'Hôte beruhigend zuwinkte.

Man brachte mich ein paar hundert Meter weiter zu einem weitläufigen Gebäude am Nilufer. Der Kommandant hielt mich mit einer riesigen, goldverzierten Pistole in Schach. Er schob mich vor einen dickbäuchigen Potentaten, vor dem er sich verneigte.

«Ich bin Ibrahim Bey», verkündete der Potentat. «Die Stadt Esna und Umgebung unterstehen meiner Rechtsprechung. Sind Sie Russe?»

«Durchaus nicht, Exzellenz. Mein Name ist Champollion. Ich bin Franzose.»

«Und wenn Sie doch ein Russe sind? Wenn Sie lügen? Gestern hieß es in Kairo, die Russen würden auf Konstantinopel marschieren und unsere Armee mache sich kampfbereit. Unser allmächtiger Herrscher, der Pascha, befürchtet, daß unsere Provinzen von Spionen durchsetzt sind. Er erwartet von seinen Gouverneuren, daß sie diese festnehmen und hinrichten.»

Um mich herum sah ich nur feindselige Blicke.

«Der Pascha hat mich ermächtigt, durch Ägypten zu reisen, um die antiken Monumente zu erforschen», sagte ich ruhig. «Das ist meine einzige Aufgabe.»

Ibrahim Bey verschränkte die Hände über seinem Bauch.

«Ich glaube Ihnen nicht. Wer könnte sich für diese alten Steine interessieren?»

«Meine Beglaubigungsurkunden sind auf dem Schiff. Sie brauchen sie nur zu prüfen.»

Der Potentat setzte eine enttäuschte Miene auf.

«Das ist zu weit. Ich bin müde. Der Pascha hat mir befohlen, einen russischen Spion ausfindig zu machen ... ich habe durchaus die Absicht, ihm zu gehorchen. Wer immer Sie sind, dafür eignen Sie sich ganz gut.»

Der Kommandant und mehrere seiner Männer umringten mich, bereit, sich meiner Person gewaltsam zu bemächtigen.

«Ich verbiete Ihnen, mich anzurühren!» verkündete ich zornentbrannt und hob drohend meine rechte Hand.

Der Kommandant zog entschlossen seinen Säbel.

«Weg mit euch!» befahl Ibrahim Bey seinen Männern grob. «Sie, Champollion, kommen Sie her!»

Er starrte wie gebannt auf meine Hand. Ungläubiges Staunen breitete sich auf seinem Gesicht aus.

«Woher haben Sie diesen Ring?»

«Er ist ein Geschenk von Mohammed Bey, dem Gouverneur der Provinz von Beni-Hasan.»

Ein breites Lächeln erschien auf den fleischigen Lippen des Potentaten.

«Er ist mein geliebter Bruder», verkündete er und umarmte mich so überschwenglich, daß er mich beinahe erdrückt hätte. «Die Freunde meines Bruders sind meine Brüder!»

Sein Gefühlsausbruch war heftig und langanhaltend. Der Potentat von Esna schwor, er werde mir in dieser Welt wie in der anderen seinen Arm reichen, mein Alter mit prunkvollen Geschenken ehren und mir einen Platz neben sich im Paradies freihalten. Ich nutzte diese günstigen Umstände, um ihn eingehender nach jenen russischen Spionen zu fragen, die ihm solche Sorgen bereiteten. Er antwortete, die Lage sei ernst. Am Vortag habe man sogar geglaubt, das heftig umkämpfte Kairo sei unzugänglich geworden. Diese Nachrichten hatten sich glücklicherweise als falsch erwiesen.

«Da Sie die alten Steine lieben», verkündete er mir stolz, «habe ich welche für Sie.»

*

Während eine friedliche Armee von Arbeitern die letzten Reparaturen an unseren Schiffen vornahm und eine Heerschar von Dienern den Mitgliedern meiner Expedition köstliche Speisen servierte, machte ich mich voller Neugierde auf den Weg zum Tempel von Esna, wie es der Rat der Götter entschieden hatte.

Wie groß war mein Erstaunen, mitten in der lauten und staubigen Ansiedlung ein Gebäude von beträchtlichen Ausmaßen vorzufinden, das beinahe vollständig unter dem Sand begraben lag! Überdies diente es als Baumwollager, würde der Zerstörung also noch einge Zeit entgehen. Der Tempel ist mit Nilschlamm verputzt, hauptsächlich die Außenseite. Den Zwischenraum zwischen den ersten Säulenreihen des Pronaos* hatte man mit Lehmmauern geschlossen, so daß ich meine Arbeit mit Hilfe von Leitern und Kerzen bewerkstelligen mußte, um die Flachreliefs von nahem zu sehen. Um in das Innere des Heiligtums zu gelangen, muß man über eine Treppe hinunter,

* Vorhalle eines Tempels oder Grabmals (A. d. Ü.).

nicht ohne die Abfälle beiseite zu schieben, die den Zugang versperren. Drinnen ist Vorsicht geboten, damit man nicht über die Schläfer auf ihren Matten stolpert und ebensowenig über diejenigen, die barfuß auf Teppichen kniend den Koran lesen, an dieser Stätte, die doch anderen Mysterien gewidmet ist. Dieses Heiligtum, dessen Gründung weit zurückreicht, ist dem Widdergott Chnum geweiht, der auf seiner Töpferscheibe die Gesamtheit aller Lebewesen formt. Nach meinem Eindruck sollten die Reliefs die Weisen diesen Schöpfungsvorgang lehren, der den Ursprung jedes Handwerks bildet.

Die zwischen zwei Kapitellen aufgestellte Leiter knarrte. Jemand stieg herunter. Der Saum einer Sutane erschien. Mit großer Mühe schob sich Vater Bidant in diesen Tempel, der beinahe gänzlich mit Sand verschüttet war.

«Grauenerregend», sagte er, als er mich entdeckte. «Man könnte meinen, in die Höhle des Teufels zu geraten!»

«Ich kann Sie beruhigen, Hochwürden. Hier gibt es nur mich und ein paar Ungläubige.»

«Ein seltsamer Ort», bemerkte er unruhig.

«Wenn man seine Kruste entfernen würde, sähe man einen Tempel, der früh begonnen und von den römischen Kaisern fertiggestellt wurde. Hier finden sich erstaunliche Texte über die Entstehung des Lebens.»

«Im Einklang mit der christlichen Doktrin?» fragte Vater Bidant besorgt.

«Ich fürchte, nein», gestand ich. «Soweit ich verstehe, sprechen die Texte von einer Gottheit, die ihre Macht anderen Schöpferkräften überträgt, damit sie in ihrem Namen wirken ... Mittler zwischen Gott und dem Menschen gewissermaßen. Die ‹Geister› der Alten, die das Christentum so erbittert bekämpft hat.»

Ich erwartete eine scharfe Antwort, doch der Geistliche begnügte sich damit, in dem versandeten Raum auf und ab zu laufen.

«Es war ein Fehler von mir, so ausfallend zu werden, Champollion. Ich habe mich über jedes vernünftige Maß hinaus ereifert, muß ich gestehen. Das ist wenig christlich. Ich bitte Sie um Verzeihung. Sie müssen mich verstehen. Die Hitze, die einseitige Ernährung, die Strapazen der Reise, der Umstand, unserem schönen Frankreich so fern zu sein, der ständige Kontakt mit Ungläubigen ... all diese Belastungen haben zu diesem bedauernswerten Ausbruch von Schwäche und Unduldsamkeit geführt.»

Ich war zutiefst bewegt. Die Offenheit Vater Bidants ließ mich unsere vergangenen Streitereien vergessen.

«Auch ich habe mich nicht korrekt verhalten, Hochwürden. Sowie die Alten Ägypter angegriffen werden, gerät mir das Blut in Wallung. Halten Sie mich nicht für einen eingeschworenen Feind der christlichen Religion. Ich bin lediglich der Ansicht, daß sie nicht der Ursprung aller Dinge ist, sondern in einem älteren und umfassenderen Glauben wurzelt, welcher der Menschheit morgen neues Licht schenken wird.»

Vater Bidant ließ den Finger vorsichtig über ein Relief gleiten, als seien diese Götterfiguren Träger einer Magie, die ihn gefährden könnte.

«Auf diesem Weg kann ich Ihnen nicht folgen, Champollion, doch ich bewundere Ihr Vorgehen, und möchte es begreifen. Gestehen Sie mir Ihrerseits zu, daß es meine Pflicht ist, Sie nicht vom rechten Glauben abkommen zu lassen.»

«Und ich werde mich bemühen, Hochwürden, Sie zur Religion der Pharaonen zu bekehren!»

Der Geistliche lächelte gutmütig.

«Machen Sie sich keine Hoffnungen! Aber fahren Sie fort, ganz für Ihre Wissenschaft zu arbeiten ...»

Vater Bidant verließ den Tempel. Ich hatte mich in ihm getäuscht. Er war ein anständiger Mann, für ein solches Abenteuer schlecht gerüstet und durch den Orient ganz und gar desorientiert! Seine Toleranz war das beste Mittel, um zwischen uns einen dauerhaften und tiefgreifenden Frieden herzustellen.

*

Es war schon dunkel, als ich meinerseits das Heiligtum von Esna verließ. Ich hatte jedes Zeitgefühl verloren, so erstaunt war ich über die Tragweite der auf den Mauern entfalteten Philosophie. Erstaunt und ärgerlich zugleich, denn verschiedene Hieroglyphen bereiteten mir noch Schwierigkeiten, und die vollständige Entzifferung wollte mir nicht gelingen, obwohl sie doch zum Greifen nahe war.

Draußen herrschte ein fröhliches Treiben. Zigeunerinnen, die *Ghawazee* *, hatten ihre Zelte auf einem kleinen Platz aufgeschlagen. Um sie herum standen ihre Väter, Viehhändler, die nicht davor zurückschreckten, ihre eigenen Töchter an den Meistbietenden zu verkaufen. In schwarzen Bolerojäckchen und weißen Röcken, mit nacktem Bauch und schweren Perlmuttketten um den Hals begannen die *Ghawazee* zu singen und zu tanzen. Ihre schrillen Stimmen wurden von Flöten-, Klarinetten- und Lautenklängen begleitet. Dieser aufdringlichen Musik konnte man sich nicht entziehen: Man hörte sie ohne Genuß, doch man ließ sich verzaubern. Sie klang durch die warme Nacht und schlich sich in jede Faser des Körpers ein.

Eine der Tänzerinnen, die sich mit viel Anmut rhythmisch in den Hüften wiegte, war von besonderer Schönheit. Unter dem Bolero bebten die nackten Brüste bei jeder Bewegung. Ihr flacher, goldbrauner Bauch schien ein Eigenleben zu führen. Die ausgesprochen schlanken Fesseln stampften den Boden mit erstaunlicher Geschmeidigkeit.

«Interessieren Sie sich für Freudenmädchen?»

* Einzahl: *Ghaziya*, Zigeunerin (A. d. Ü.).

Lady Redgraves Stimme ließ mich hochfahren. Mit schwarzer Hose und braunem Hemd knabenhaft gekleidet, hatte sie ihre wundervollen Haare zu einem Knoten gedreht und unter einem Stirnband verborgen. Im Halbdunkel konnte man sie für einen jungen Burschen halten.

«Ein seltsamer Zeitvertreib für einen Mann der Wissenschaft», fuhr sie spöttisch fort. «Es sei denn, dieser Mann hätte über seine wahre Tätigkeit gelogen und wäre nur ein Spitzel im Sold der Franzosen ...»

In dieser fröhlichen und entspannten Atmosphäre hatte ich keine Lust, mit ihr zu streiten.

«Dies ist kein Ort für eine Dame, Lady Redgrave. Es ist äußerst gewagt von Ihnen, in dieser Menge herumzuspazieren.»

«Warum überlassen Sie mich der Einsamkeit, Jean-François? Habe ich Sie verstimmt?»

«Es ist nicht gerade angenehm, ein Spitzel genannt zu werden ... doch in Wirklichkeit sind Sie diejenige, die mich konsequent meidet!»

«Sie sind unaufrichtig, Herr Ägyptologe. Dieser Mangel an wissenschaftlicher Redlichkeit gereicht Ihnen nicht zur Ehre.»

«Es wird Ihnen nicht gelingen, mich in Wut zu versetzen, Lady Ophelia ... der Abend ist zu angenehm, diese Vorführung zu schön, und Sie sind zu verführerisch. Genießen Sie die Tänze und Gesänge. Wir werden später miteinander sprechen.»

«Morgen ... immer morgen! Bleiben Sie bei Ihren Kurtisanen. Ich gehe wieder an Bord.»

Wie konnte ich sie zurückhalten? Wie sie überreden, bei mir zu bleiben? Während die schöne *Ghaziya* sich zu gewagter Akrobatik emporschwang, war Lady Redgrave schon verschwunden.

*

Als ich gegen Morgen zurückkehrte, entdeckte ich vor der *Isis* ein bedrohliches Ding: nichts Geringeres als eine Kanone von beachtlicher Größe!

L'Hôte, der mich mit einer Tasse dampfenden Tees erwartete, erklärte mir, es handele sich um ein Geschenk von Ibrahim Bey, das unsere Sicherheit gewährleisten solle. Er fügte hinzu, er habe sich wegen meiner langen Abwesenheit nicht gesorgt, weil türkische Soldaten den Tempel umstellt hielten, solange ich dort arbeitete, und mir während des Festes der *Ghawazee* in einigem Abstand gefolgt seien. Ihr Kommandant hatte die Nacht auf dem Schiff verbracht und war erst kurz vor meiner Ankunft verschwunden.

Wir legten ab Richtung El-Kab, dem antiken Nechab. Dort empfing uns sturzbachartiger Regen, begleitet von Blitz und Donner.

Voller Eifer lief ich durch die noch erhaltene Innenstadt von El-Kab sowie durch die zweite Einfriedung, die einst Tempel und heilige Bauwerke umschlossen hatte. Tag und Nacht suchte ich alles ab, eine Laterne in der Hand. Ich fand keine einzige aufrechte Säule: Seit einigen Monaten hatten die Barbaren alles zerstört, was von den zwei frühen Tempeln noch übrig war, sowie den gesamten außerhalb der Stadt gelegenen Tempel. Sie wurden abgetragen, um einen Kai oder andere Nutzbauten auszubessern. Ich mußte mich damit begnügen, einzelne Steine zu untersuchen, die die Zerstörer vergessen hatten und auf denen einige Bildhauerarbeiten erhalten waren. Eine heilige Welt war im Verschwinden begriffen. Hier und da belegten Kartuschen mit den Namen großer Pharaonen, Thutmosis, Amenophis oder Ramses, daß sich hier Meisterwerke erhoben hatten, die kurz vor meiner Ankunft verschwunden waren. Tat ich unrecht daran, Ägypten so eilig zu bereisen?

Mein einziger Trost kam von Lady Redgrave, die sich aufgemacht hatte, um einen Hügel nahe der antiken Stadt zu erkunden. Sie rief mich mit einem fröhlichen Schrei.

«Ich habe ein eigenartiges Grab gefunden», verkündete sie, sobald ich sie zusammen mit L'Hôte und Rosellini erreicht hatte. «Lauter Textspalten.»

Ich kniete nieder, um sie zu untersuchen. Die Zeichen waren mir vertraut, und ich erfaßte den allgemeinen Sinn. Die Inschrift war das Werk einer hochrangigen Militärperson, Ahmose, Marinebefehlshaber des Pharao. Unter der Herrschaft eines Monarchen gleichen Namens hatte er seine Truppen siegreich gegen die Hyksos geführt und diese Eroberer libyscher Herkunft aus Ägypten vertrieben. Es war die längste und bedeutsamste Inschrift über diesen Befreiungskrieg, dessen Ausgang den Ruhm der neuen Reichshauptstadt Theben begründen sollte. Nach so vielen Jahrhunderten empfand ich größte Hochachtung für diesen Helden und bedauerte, daß er nicht unter uns weilte, um Ägypten von seinen modernen Barbaren zu befreien.

Moktar und Soliman unterbrachen mich in meiner Kopierarbeit, um mir mitzuteilen, Professor Raddi sei verschollen. Sie brauchten mich, um das Dorf zu durchsuchen, in dem ihn ein Bauer in Begleitung einer jungen Frau hatte verschwinden sehen.

Soliman zeigte sich ernstlich besorgt. Wenn der Mineraloge sich in den Kopf gesetzt hatte, eine Einheimische zu verführen, dann konnte die Angelegenheit einen schlimmen Ausgang nehmen.

Ich rannte bis ins Dorf. Ein Mitglied meiner Expedition in Gefahr zu wissen stürzte mich in quälende Sorge. Selbst meine geliebten Hieroglyphen konnten mich davon nicht ablenken.

Das Dorf bestand nur aus etwa fünfzig Hütten, eine eng an die andere gebaut, um der Sonne und der Hitze zu trotzen. Fröhliche Kinder berichteten uns sogleich von der Anwesenheit eines Fremden in einer der Hütten. Tatsächlich fanden wir Professor Raddi dort über ein kleines Mädchen gebeugt, das auf einer Matte ausgestreckt lag. Über ihrem Gesicht bewegte er einen Bindfaden, an dessen Ende eine Münze befestigt war.

«Seien Sie leise, Champollion. Dieses Kind hat Fieber. Mit meiner Methode hoffe ich, es heilen zu können.»

Machtlos und zweifelnd wohnten wir der Behandlung durch Professor Raddi bei. Die Augen der Eltern, die von der Anwesenheit eines Wundertäters in unserer Expedition gehört hatten, leuchteten vor Hoffnung. Ihre baufällige Hütte zeugte von absolutem Elend. Ihr einziger Reichtum bestand in zwei großen Zinkwannen, die die Mutter beharrlich scheuerte.

Eine lange Stunde verstrich. Die Münze pendelte unermüdlich. Das Mädchen stammelte unzusammenhängende Sätze. Sie erwachte aus ihrer Benommenheit, richtete sich auf, erkannte ihre Mutter, die sie sogleich in die Arme schloß.

«Ich glaube, es ist mir geglückt», seufzte Professor Raddi und wischte sich den Schweiß von der Stirn.

«Wie sind Sie vorgegangen?»

«Wir haben einige Heilbegabungen in unserer Familie. In Italien hatte ich sie vergessen. Hier habe ich sie wiedergefunden ... wie wundervoll es ist, nicht mehr Tag für Tag in einer Stadt, in einem Arbeitszimmer gefangen zu sein, nicht mehr in Untersuchungen eingeschlossen zu sein, die nur mich allein interessieren! Ich lerne, nicht mehr zu arbeiten, Champollion!»

Die Eltern wollten dem Professor danken, der sie in echt italienischem Überschwang mit zahllosen Umarmungen und Küssen rechts und links bedachte. Diese Gelegenheit nutzte ich, um das Mädchen anzusprechen.

«Du hast vorhin vom Propheten geredet ... kennst du ihn?»

«Er macht mir angst. Er hat den bösen Blick über mich verhängt.»

«Hat er in deinem Dorf gewohnt?»

«Nein. Aber er ist vor einer Woche hier gewesen.»

«Weißt du, wohin er gegangen ist?»

«Er hat gesagt, er würde nach Edfu gehen … ich bin froh, daß er nicht mehr hier ist.»

SIEBZEHN

Mit überschäumender Begeisterung kamen wir zeitig vor dem riesigen Pylon des Tempels von Edfu an. Schon von weitem hatten uns seine kolossalen Ausmaße beeindruckt. Doch auch dieses erstaunliche Bauwerk, das besterhaltene von allen, die wir bisher gesehen hatten, lag zum großen Teil unter Sand begraben. Die heiligen Türme erhoben sich fünfundsiebzig Fuß über unsere Köpfe und reichten noch mindestens vierzig weitere Fuß tief unter die Erdoberfläche.

Der große Tempel des Gottes Horus, unmittelbarer Beschützer des Pharao, war zu einer Art schäbiger Ansiedlung verkommen, in der sich Fellahs samt ihren Familien niedergelassen hatten, die sich um die heilige Stätte nicht scherten und sie durch ihre Anwesenheit entweihten. Sie wohnten auf dem Tempeldach und beschmutzten es ohne Skrupel. Um es zu erreichen, mußten wir uns zwischen Hütten hindurchzwängen, bis wir einen Lauf grobgehauener Stufen erreichten. Ich malte mir die weite Esplanade aus, die unter diesem Schutthaufen verborgen lag, den großen Vorhof zur Säulenhalle, die weitläufigen Räume, geschmückt mit Reliefs und Texten, von denen mir die meisten unzugänglich bleiben würden. Überall ein Rumoren von menschlichen Wesen, die Seite an Seite lebten mit Geflügel, Kühen, Hunden, Eseln und reichlich vorhandenem Ungeziefer. Wir stiegen über schmutzstarrende Trümmer und mußten Einheimische vertreiben, die auf Kranzgesimsen oder Kapitelltrommeln schliefen, den Rücken gegen das Antlitz der

Göttin Hathor oder des Gottes Horus gelehnt. Es wurde geraucht, gegessen, getrunken, ohne sich um die Gottheiten zu kümmern.

Dieser Tempel war ein Abbild des Universums und ein Kompendium der Wissenschaften, die die Alten praktizierten. Astrologie, Botanik, Medizin, Magie, Mineralogie, Alchimie, Geographie wurden an dieser Stätte gelehrt, von der ich träumte, sie werde eines Tages wieder in vollem Glanz erstrahlen.

Nestor L'Hôte verschwand in den Räumlichkeiten hinter dem Pylon und ließ einen überraschten Ausruf hören. Er hatte die Wachstube einer Hundertschaft altgedienter Kämpfer während Napoleons Ägyptenexpedition vorgefunden. Nach der Konvention von El-Arish dort vergessen, hatten sie in den umliegenden Dörfern Zuflucht gesucht, waren dann jedoch in dieses Lager zurückgekehrt, in dessen Mauern sie ihre Namen einritzten, Sterbedaten, Windmühlen mit spitzen Dächern, die sie an einen Winkel Frankreichs erinnern mochten. Die letzten dieser wackeren Soldaten waren zu Mamelucken geworden, sie trugen die Kleider derer, gegen die sie gekämpft hatten.

«Ein phantastischer Ort», gab Vater Bidant zu, der den Tempel an meiner Seite besichtigte.

«Das könnte er tatsächlich sein, wenn man ihn von dem Haufen Unrat und dem Sand befreien würde, der ihn erstickt.»

«Und ihn vor Zerstörung schützt», wandte Rosellini ein.

Ein Gefühl der Ohnmacht überwältigte mich. Mußte man die Tempel denn begraben und vor allen Blicken verbergen, um sie zu retten? Hieß das nicht, sie einer anderen Art des Todes anheimzugeben, einem langsamen und ebenso zerstörerischen Verfall? War es denn nicht möglich, Ägypten von dieser Barbarei, die es beherrschte, zu befreien?

Behördliche Schikanen unterbrachen diesen Gedankengang. Moktar brauchte mich. Er brachte mich in ein Militärbüro am Rande der arabischen Stadt, wo meine Genehmigungen geprüft werden sollten.

Ich glaubte, er wolle sich über mich lustig machen. Er hatte mich an eine Nische zwischen zwei baufälligen Backsteinmauern geführt, vor die ein Vorhang gezogen war. Ich entdeckte noch weitere Nischen, die auf gleiche Weise verschlossen waren, und fragte mich, welches Geheimnis hier wohl vor mir lag; da öffnete sich der Vorhang. Ein Mann mit Turban saß auf einem Stein, einen Stapel schmutziger Papiere vor sich. Das war sein Amtszimmer.

«Ihre Genehmigungen», verlangte er barsch.

Statt ihm direkt zu antworten, was eine grobe Beleidigung bedeutet hätte, erging ich mich in einer Litanei von zuckersüßen Komplimenten über die Bedeutsamkeit und Kompetenz des hohen Funktionärs, der mir die unermeßliche Ehre erwies, das Wort an mich zu richten. Diese blumigen Worte, so sorgfältig sie auch gewählt waren, konnten den Beamten nicht bezaubern. Er erhob sich, um den Vorhang vor einer anderen Nische mit Papieren anzuheben. Mit einer Geschicklichkeit, die er im Laufe einer langen Karriere erworben haben mußte, zog er ein vergilbtes Schriftstück heraus und hielt es mir unter die Nase. Mit Erstaunen las ich ein lokales Gesetz aus dem Jahre 1650, nach dessen Wortlaut es jedem Fremden verboten war, sich auf dem Gebiet von Edfu zu bewegen. Bei Zuwiderhandlung drohte eine schwere Gefängnisstrafe. Ihm anzudeuten, daß diese Anordnungen veraltet waren, wäre nutzlos und gefährlich gewesen.

Der gute Mann triumphierte, ohne seinen Fremdenhaß zu verhehlen. Es gab nur eine Lösung: ihm zu beweisen, daß ich kein Fremder war.

Ich änderte meine Haltung, betonte jede Silbe meines Arabisch und drohte ihm mit den schlimmsten Repressalien hier und im Jenseits, wenn er es wagen sollte, etwa meine Befähigung und meine Titel in Zweifel zu ziehen. In gespieltem Zorn brauste ich auf.

Eingeschüchtert durch diese unerwartete Reaktion und mit

der Befürchtung, ich könne zu allem fähig sein, sammelte der Beamte ungeschickt seine Papiere ein und faltete sie hastig zusammen. Eine seltsame Eingebung überkam mich.

«Wer hat dir befohlen, mich derart zu beleidigen?»

Er preßte die Lippen aufeinander.

«Es war der Prophet, nicht wahr? Stehst du in seinem Dienst?»

Sein Schweigen war Antwort genug. Wutentbrannt schlug ich eigenhändig den Vorhang vor diesem Hampelmann herunter.

*

Aus einer Hütte auf einer Anhöhe über der Stadt hatten zwei Männer diese Szene beobachtet.

«Champollion läßt nicht locker», murmelte Abdel-Razuk.

«Von diesem Dummkopf von Beamten war nichts anderes zu erwarten», urteilte Drovetti. «Er hat an Gift verspritzt, was er konnte. Er hat in Champollions Geist neuen Zweifel gesät. Der Mann ist empfindlich. Es wird uns gelingen, ihn einzuschüchtern und ihm das Ganze zu verleiden.»

*

Unsere Abfahrt wurde durch Nestor L'Hôte verzögert. Der Ärmste war in eine der baufälligen Hütten auf dem Tempeldach gekrochen, um ein Kapitell zu zeichnen, das er vom Unrat befreit hatte. Seine Heldentat hatte ihm einen Ausschlag mit Bläschen und roten Flecken eingebracht. Unerträglicher Juckreiz zwang ihn dazu, sich lange im Nil zu baden.

Unsere Schiffe erreichten eine der außergewöhnlichsten Stellen im Niltal, den Gebel Silsileh, wo die beiden Wüsten einander treffen. Sie lassen dem Nil nur eine schmale Passage zwischen gelben Sandsteinhügeln. Gebel Silsileh bedeutet

‹Berg der Kette›; der Überlieferung nach versperrte eine zwischen den Gebirgsstöcken gespannte Kette den Nillauf. An beiden Ufern hatten die Alten Ägypter Tagebau betrieben, und der Reisende kann nur staunen, wenn er angesichts der Steinbrüche ermißt, welche Massen wohl abgetragen worden sind, um die offenen Stollen und weiträumig ausgehobenen Flächen entstehen zu lassen. Er wird nicht müde, sie zu erkunden, und stets begleitet ihn der Gedanke an die Arbeiter, die hier Blut und Wasser geschwitzt haben, um die Basis für zukünftige Meisterwerke zu schaffen. Die riesigen Schneisen und die Menge an Abraum, die noch zu sehen sind, lassen erkennen, daß die Arbeiten Jahrtausende hindurch fortgeführt wurden. Wir hatten den Eindruck, direkt in die Flanke des Berges vorzudringen, aus dem Stein für Stein Luxor, Deir el-Bahari, Karnak entstanden waren …

Professor Raddi geriet in Ekstase. Noch nie hatte er die Gelegenheit gehabt, eine derartige Menge von Sandstein bester Qualität zu untersuchen. In der Stimme des Nils, die an dieser Stelle schnell und dröhnend war, klangen die Rufe der Bauherren, Vorarbeiter, Steinmetze, Steinbrecher, Hilfsarbeiter nach, die jahrelang nichts anderes zu Gesicht bekommen hatten als diese riesige Baustelle.

«Großartig», sagte Professor Raddi, der vor einem Felsblock kniete. «Das ist das schönste Laboratorium meiner gesamten Laufbahn. Sie sind hier, die Ingenieure aus der alten Zeit, sie sind hier, ich kann sie hören! Für sie bergen diese Steine keinerlei Geheimnis … mit bloßen Händen erkennen sie die kleinste Äderung. Sie sind fähig, allein durch ein Auflegen der Hand gute von schlechten zu unterscheiden. Sie sind für immer hier, sie können nicht verschwinden …»

L'Hôte und Rosellini verbargen ihr Erstaunen. Ihre Blicke drückten aber aus, daß sie Raddi für verrückt hielten.

«Die Sonne ist zu stark», sagte Rosellini. «Sie läßt uns das Hirn schmelzen. Wir sollten nach Theben zurückkehren.»

Professor Raddis Reaktion war unglaublich heftig. Er versetzte seinem Landsmann eine so gewaltige Ohrfeige, daß der zu Boden stürzte.

«Ich verbiete Ihnen, solche Dummheiten von sich zu geben! Sie sind dieses Ortes nicht würdig ... schweigen Sie oder gehen Sie!»

L'Hôte wollte sich auf den Mineralogen stürzen. Lady Redgrave trat ihm in den Weg und hielt ihn zurück.

«Unnötig, diesen Zwischenfall noch zu verschlimmern ... bewahren Sie einen kühlen Kopf, Monsieur L'Hôte.»

Sprachlos, entsetzt, wandte Rosellini mir einen flehenden Blick zu. L'Hôte erwartete meine Befehle. Ich war zu keiner Reaktion fähig. Der Unfriede stürzte mich in völlige Verwirrung. Unsere kleine Gemeinschaft löste sich auf, Haß trat an die Stelle von Freundschaft. Völlig gleichgültig gegen das Drama, das er ausgelöst hatte, entfernte sich Professor Raddi mit langsamen Schritten und zog dabei seine Lupe hervor, um jedes auffällige Steinchen genauer zu betrachten.

«General», drängte L'Hôte, «lassen Sie mich diesen Rüpel zurechtweisen.»

Ich schüttelte den Kopf. Zornig griff der Zeichner nach einem kleinen Sandstein und warf ihn von sich, um dann aufzustehen und sich abseits zu setzen.

Moktar war es, der Rosellini auf die Beine half. Mein italienischer Schüler, kein Freund von Schlägereien, kam nur langsam wieder zu Atem.

«Warum ... warum hat Professor Raddi mich geschlagen?»

«Seien Sie ein Mann», verlangte Lady Redgrave. «Sie haben seine Gefühle verletzt, er hat reagiert. Wenn Sie beim ersten Kampf schon aufgeben, ist es um die Zukunft der Ägyptologie schlecht bestellt!»

Ippolito Rosellini zuckte zusammen.

«Meister ... diese Frau ist eine Teufelin! Sie bespitzelt uns unablässig, sie ist eine Verbündete unseres schlimmsten Feindes! Warum vertrauen Sie ihr? Warum jagen Sie sie nicht davon? Bald wird sie uns in den Rücken fallen!»

Moktar lächelte. Diese Streitereien gefielen ihm.

«Lassen Sie mich allein», verlangte ich.

*

Die Masken waren gefallen. Die Steinbrüche des Gebel Silsileh hatten die wahre Natur meiner Begleiter ans Tageslicht gebracht. Professor Raddi war egoistisch, in seinen Visionen gefangen; Nestor L'Hôte rachsüchtig und unduldsam; Rosellini feige und charakterlos; Lady Redgrave unerbittlich und hart. Glücklicherweise hatte Vater Bidant diesen Zwist nicht miterlebt, der unsere brüderlichen Bande zerstört hatte. Ich war versucht, ihn an Bord der *Hathor* aufzusuchen und die Beichte abzulegen. Doch der Anblick Solimans im Bug des Schiffes hielt mich davon ab. Von welchen Sünden wollte ich meine Seele befreien? Hatte ich mich nicht selbst ausgeliefert, um mich Ägypten zu opfern, der Spiritualität, die jeden seiner Steine durchdrang?

Die Arbeit in diesen magischen Steinbrüchen gab mir meine Gelassenheit zurück. Meine Augen, all der Skulpturen aus der Ptolemäer- und Römerzeit müde geworden, erfreuten sich am Anblick der pharaonischen Flachkunst aus dem Neuen Reich. Hier finden sich zahllose Spuren von Königen der achtzehnten Dynastie und ihren Bauherren. Mein geliebter Ramses, sein Vater, der unbeugsame Sethos, und sein Sohn Merenptah hatten sich Kapellen der Ewigkeit in den Fels hauen lassen, in denen Lobpreisungen des Gottes Nil dargestellt waren. Er wurde mit dem Himmelsfluß identifiziert, welcher das Urwasser durch das Universum führt; es liegt nahe, ihn an dieser Stelle zu verehren, denn nachdem der Fluß sich durch die Sandsteinfelsen gegraben hat, die ihm den Weg versperren, scheint er hier wiedergeboren zu werden. Wenn man die Texte erst vollständig versteht, dann wird man erkennen, daß die Ägypter eine sehr fortschrittliche Auffassung von Energie hatten, deren unablässiger Austausch den Fortbestand des Lebens sichert, gleich ob es sich um das der Sterne oder des Menschen handelt. Sie stellten sich vor, unsere Erde sei von einem Ozean aus Schwingungen umgeben, in dem die schöpferischen Mächte Gestalt annehmen, sie sahen jedes Wesen als ein Bündel von Wellen, die sich ständig erneuern und einander beeinflussen.

Diese Steinbrüche brachten der Reise nicht nur eine Prüfung, sondern auch neuen Schwung. Sie verkörperten die Jugend der Welt, die Sehnsucht, das Leben immer neu zu entwerfen. Der Gebel Silsileh lehrte uns, daß die menschliche Gesellschaft von Tempeln bevölkert werden muß und immer eine Baustelle bleiben wird.

In der Einsamkeit, in der Zwiesprache mit dem Stein hatte ich Trost gefunden. Ich sah meine Aufgabe klar vor mir: unsere Gemeinschaft neu zu vereinen.

*

Zwei Tage lang untersuchten wir Block für Block den Doppeltempel von Kom Ombo, dessen eine Hälfte dem Falkengott Horus, die andere dem Krokodilgott Sobek geweiht ist. So verbinden sich die Prinzipien von Luft und Wasser in feinsinniger Alchimie. Das Heiligtum bildet eine Art Aussichtspunkt oberhalb des Nils. Der Sonnenuntergang ziert es mit Gold, das die schlechte Qualität der späten Bildhauerarbeiten auslöscht und das Bauwerk in seiner einstigen Herrlichkeit erstrahlen läßt.

Vater Bidant blieb in seine Kabine zurückgezogen und widmete sich dem Gebet. Der schmollende Nestor L'Hôte zeichnete fleißig, wenn auch etwas widerwillig die Reliefs, die ich ihm anwies. Rosellini hatte Fieber und hütete das Bett. Lady Redgrave las auf der Tempelterrasse, die zum Nil hin lag, Miltons *Verlorenes Paradies*. Soliman fuhr fort, Moktar zu überwachen, in der Befürchtung, der könne heimlich Kontakt zu unseren Gegnern aufnehmen.

Wer unter meinen Reisegefährten verriet mich zugunsten des Paschas und des Generalkonsuls? Wer besaß so viel Falschheit, daß er Freundschaft heucheln konnte und versuchte, Entdekkungen zu vertuschen, die, davon war ich überzeugt, die Geschichtsschreibung und das Denken der Menschheit grundlegend verändern würden?

Meine Gewißheit wuchs mit jedem Tag. Ägypten war mehr als nur Ägypten. Es hatte die Wissenschaften hervorgebracht, die tiefgründigste aller Philosophien formuliert, die vollendetsten aller Tempel erbaut. Hier schlägt das Herz der Welt. Hier wird die geistige Revolution ihren Anfang nehmen, die die alten Glaubensansichten hinwegfegen und den Menschen einen Weg zeigen wird, wieder mit den Göttern eins zu werden. Deshalb muß es mir um jeden Preis gelingen, diese heilige Sprache zu entziffern, diese Worte voller Schöpferkraft, die erklären, wie man die kosmische Energie gebraucht. Die Ägypter hatten kein anderes Ziel als die Weisheit. Diese erlangte man nicht durch Glauben, sondern durch Kenntnis des Universums.

Diese Steine, in denen Jahrhunderte des Wissens gestaltet waren, erfreuten die Seele durch ihre bloße Gegenwart. Die Reise, von der ich so lange geträumt hatte, wurde zu einer Pilgerfahrt zur Quelle allen Seins. Wie sollte sich ein denkender und empfindender Mensch diesem Land fremd fühlen, in dem jeder Tempel vom Wesentlichen spricht? Auf dieser Anhöhe oberhalb des Nils überschaute ich zum erstenmal mein eigenes Dasein. Es erschien mir in all seiner Armseligkeit und Lächerlichkeit. Ich war nichts als eine Ameise, die sich bemühte, in einem gigantischen Festsaal etwas Nahrung zusammenzutragen, in dem von Riesen die schmackhaftesten Gerichte aufgetragen wurden; doch ich war eine emsige, hartnäckige Ameise mit unstillbarem Appetit und ungeahnten Kräften. Die Vorsehung hatte mir das schönste Geschenk bereitet, das sich ein Mensch erträumen kann: das Paradies auf Erden zu entdecken; es bei Lebzeiten betreten zu dürfen. Es auf eigennützige Weise zu genießen wäre übelste Niedertracht gewesen. Ich mußte die Botschaft weitergeben, die ich zu entdecken suchte, indem ich den Schleier der Isis anhob, mußte ohne Unterlaß arbeiten, meine Müdigkeit ignorieren.

Die Sonne begann sich gegen den Horizont zu senken und überschwemmte die silbrigen Glanzlichter des Flusses mit ihrem Gold. Diese Tageszeit genoß ich wie eine Opfergabe. Die Ägypter nannten sie ‹Fülle›. Alles kam zur Ruhe. Die Düfte ließen sich vom Nordwind wiegen, der die Wasseroberfläche kräuselte. Instinktiv fand man zum Schweigen. Die Landschaft erfüllte den Blick, ließ die Gedanken in einem Ozean von Grün und Orange aufgehen, löschte alle Unreinheiten aus.

Eine Gestalt kam zwischen den Säulen auf mich zu.

Moktar blieb in respektvoller Entfernung stehen.

«Der, den Sie suchen, ist hier», verkündete er geheimnisvoll.

«Von wem hast du das erfahren?»

«Neuigkeiten verbreiten sich schnell im Orient ... niemand weiß, wer sie weiterträgt. Der Prophet verbirgt sich im Dorf, bei einem Händler.»

«Wenn ich dir keinen Glauben schenke?»

«Wie könnte ich Sie überzeugen? Ich bin nur ein demütiger Mittelsmann. Wenn Sie wünschen, daß ich Sie führe, warten zwei Esel auf uns.»

Lockte Moktar mich in eine Falle? Konnte der Diener meiner Feinde mir ohne Hintergedanken Hilfe anbieten? Wen konnte ich um Rat fragen, ohne die Anwesenheit des Propheten zu verraten? Es war meine Sache, das Risiko auf mich zu nehmen.

«Ich folge dir, Moktar.»

*

Der nächtliche Markt im Dorf von Kom Ombo war in vollem Gange. Die Menge drängte sich zwischen den Ständen unter freiem Himmel. Mit unerschütterlicher Ruhe bahnten sich unsere Esel ihren Weg zwischen Kisten mit Korn, schoben Wasserträger beiseite, wichen Kamelen aus, zertraten Pistazien, die auf Tüchern aufgehäuft lagen. Fellahfrauen mit entblößten Gesichtern schauten uns neugierig nach. Sie kauften Lebensmittel, verhandelten über Kleidungsstücke. Viele hatten sich um einen Wahrsager geschart. Eine tauschte mit schriller Stimme ein Huhn gegen Zwiebeln. Ein Metzger schnitt einem Hammel die Kehle durch, gleichgültig gegen einen Streit, der zwischen zwei Burschen entbrannt war. Jungen, die Bohnen gestohlen hatten, zerbissen sie gierig. Zahlreiche Öllampen beleuchteten die Stände.

Der Esel blieb vor einem baufälligen Haus stehen. Palmen versperrten die Tür.

«Drinnen werden Sie erwartet», sagte Moktar.

Ich zögerte. Von den Expeditionsteilnehmern wußte niemand, wo ich mich befand.

Moktar beobachtete mich kalt. Unmöglich, die geringste Gemütsbewegung an ihm zu erkennen. Wenn ich vor dem Hindernis zurückwich, verlor ich unwiderruflich das Gesicht. Niemand in diesem Land würde je wieder das Wort an mich richten. Jeder würde erfahren, daß der ‹General›, der Ägypter, der Abgesandte der französischen Regierung ein Feigling war.

Ich blickte noch einmal zurück, um die letzte Glut des Sonnenuntergangs zu grüßen, und zögerte nicht länger. Ich stieg über einen Erdwall und trat ein.

Drinnen herrschte völlige Dunkelheit. Beißender Knoblauchgeruch stieg mir in die Nase. Ich blieb unbeweglich stehen und hielt die Luft an. Ich nahm ein leichtes Atmen wahr.

«Sind Sie der Prophet?» fragte ich angespannt.

Ich erhielt keine Antwort. Bohrende Angst erfüllte mich. Ein schwaches Licht erhellte den kleinen Raum, an dessen

Rückwand eine verschleierte Araberin saß, bekleidet mit einer leichten roten Bluse und einer blauseidenen Pluderhose. Eine reiche Aristokratin.

«Wer sind Sie? Warum haben Sie mich kommen lassen?»

«Wer sind Sie selbst?» fragte mich auf arabisch eine Stimme, die der Schleier unkenntlich machte.

«Champollion, von Frankreich bevollmächtigt, die Reichtümer des Alten Ägypten zu entdecken und zu bewahren.»

«Sparen Sie sich Ihre hochtrabenden Reden für den Pascha», gab sie zurück. «Wer sind Sie wirklich?»

Ich folgte einer plötzlichen Eingebung.

«Heben Sie diesen Schleier, oder ich tue es eigenhändig.»

Ich trat einen Schritt auf sie zu.

«Sollten Sie es wagen?»

Meine Haltung bewies ihr, daß ich entschlossen war, meine Drohung in die Tat umzusetzen.

Sehr langsam hob sie den zarten Stoff, der ihr Gesicht verbarg.

«Lady Ophelia ... warum diese Komödie?»

«Das ist keine Komödie, Jean-François. Ich muß mit Ihnen sprechen, vor feindlichen Ohren geschützt und fern von Soliman.»

«Betrachten Sie etwa sämtliche Mitglieder unserer Expedition als Feinde?»

«Ich stehe im Dienste meines Landes wie Sie im Dienste des Ihren. Auch ich erfülle einen Auftrag. Wenn Sie mir ein wenig gewogen sind, enthüllen Sie mir Ihre wahren Absichten.»

«Sie haben zu dieser Maskerade gegriffen ...»

«Ich freue mich, Ihnen zu beweisen, daß ich mich ebenso gut an Ägypten anpasse wie Sie. Ich kenne seine Sprache und seine Sitten.»

«Sie kennen vor allem Moktar ... und sicher auch seinen Herrn, Drovetti.»

«Warum sollte ich es verhehlen? Ja, der Generalkonsul ist ein

Freund. Ja, der Pascha hat mich empfangen und meine Stellungnahme angehört. Macht sie das zu Verbrechern? Bin ich eine verachtenswerte Frau, nur weil ich ihnen die Ehrerbietung entgegenbringe, die ihnen zusteht? Sie stecken voller Vorurteile, Champollion. Die Herrscher Ägyptens sind nicht so teuflisch, wie Sie glauben.»

«Wollen Sie mir etwas weismachen, daß sie die ägyptischen Monumente nicht zerstören lassen?»

Aufgebracht hob sie die Schultern.

«Hören Sie auf, den gekränkten Archäologen zu spielen, Jean-François! Sie arbeiten für den Ruhm Frankreichs, ich für den Englands, das ist alles. Wir haben die gleiche Mission, auch wenn wir gegnerischen Lagern angehören. Die Pflicht schließt weder Bewunderung aus noch … Zuneigung.»

«Lady Ophelia, ich bin kein Spion», erklärte ich mit Nachdruck. «Frankreich hat mich tatsächlich mit einer wissenschaftlichen Aufgabe betraut, doch diese Reise hat all meine Erwartungen übertroffen. Tiefe Geheimnisse sind mir hier begegnet.»

Lady Redgrave lächelte.

«Sie haben Talent, Jean-François! Sie spielen den Wissenschaftler perfekt. Ich zweifle kaum noch an Ihrer Leidenschaft für die Hieroglyphen.»

«Wie kann ich erreichen, daß Sie Ihren Irrtum einsehen? Wie kann ich Sie überzeugen, daß ich Ägyptologe bin und sonst nichts?»

Sie verschleierte sich erneut.

«Auch ich weiß meine Geheimnisse zu wahren», sagte sie mit schmeichelnder Stimme. «Mein innigster Wunsch wäre es, sie Ihnen zu enthüllen … wenn Sie aufrichtig wären.»

Die erhabene Prinzessin des Orients kam mit wiegenden Hüften auf mich zu. Ohne mir der Geste bewußt zu sein, nahm ich sie in die Arme. Ihr Mund näherte sich dem meinen. Ihre Haut duftete nach Jasmin.

«Nein», rief ich und stieß sie von mir. «Sie lieben nicht mich, sondern ein Trugbild, das Sie erfunden haben. Vertrauen Sie zuerst meinem Wort, vertrauen Sie ihm völlig! Andernfalls sollten wir es beim Schweigen belassen.»

Ihre hellgrünen Augen, die mich vorwurfsvoll und enttäuscht anblickten, brachen mir das Herz.

ACHTZEHN

In der Mittagshitze segelten wir unter brennender Sonne Richtung Assuan. Die Landschaft veränderte sich, wurde lieblicher. Palmen, Sykomoren, Akazien, Tamarisken, grünes Buschwerk lockerten die Ufer auf. Hier und da waren als weiße Flecken kleine Moscheen zu sehen, gekrönt von einer Kuppel oder einem Minarett. Die Dörfer wurden wohlhabender, fröhlicher. Die Gegend von Assuan war die Pforte zu einer neuen Welt. Auf den Sandstein folgte Granit. Die Bevölkerung, die man zu Gesicht bekommt, setzt sich zusammen aus Fellahs, Türken, Bidscharis, Nubiern, Abessiniern, Sudanesen. Die Marktstände sind gefüllt mit Elfenbein, Datteln, Gummiharzen, Raubtierfellen, Gewürzen und anderen exotischen Erzeugnissen. Den Blick vom Nil ins Landesinnere versperrt eine Wand von Bäumen, nackten Felsen und ausgedörrten Hügeln, so daß man den Eindruck hat, Ägypten ende dort und die Nilquellen seien ganz nah.

Nach dem ausgedörrten Weg durch das Niltal waren meine Begleiter bezaubert von dieser weitläufigen Oase. Ich ruhte nicht, bis ich die Insel Elephantine betreten konnte, um dort zwei berühmte Tempel aus der hohen Epoche zu untersuchen. Einmal mehr erwartete mich eine herbe Enttäuschung: Sie waren erst vor wenigen Jahren zerstört worden. Nur der Standort ist erhalten. Ich mußte mich mit einem verfallenen Portal begnügen, das Alexander, dem Sohn des Eroberers, gewidmet war, und mit einigen hieroglyphischen Anbetungsszenen, die auf einer alten Mauer eingemeißelt waren; schließlich mit ein paar vereinzelten pharaonischen Überresten, die als Material für römische Bauten gedient hatten. Was mir einer der Inselwächter mitteilte, weckte meinen Zorn: Der neue Palast des Paschas und eine neue Kaserne hatten die Steine der alten Heiligtümer verschlungen. Nestor L'Hôte, der meinen Ärger bemerkte, vertiefte sich schweigend in seine Zeichnungen.

Rosellini riß mich aus der traurigen Benommenheit, die mich überwältigt hatte.

«Kommen Sie, Meister», bat er mich. «Ich glaube, ich habe etwas entdeckt ... den Brunnen ohne Schatten!»

Mein Schüler war in heller Aufregung. An diesem Ort, den man stets für einen Mythos gehalten hatte, fielen die Sonnenstrahlen am Tag der Sommersonnwende senkrecht ein. Daraus hatten die Ägypter durch komplizierte Berechnungen den exakten Erdumfang ermittelt.

Der Brunnen ohne Schatten erwies sich als ein Schacht, eine Art Nilometer, der über Treppen einen Zugang zum Fluß bildete. Die Stufen waren moosbedeckt. Rosellini glitt aus und stürzte schwer auf die Seite. Ich half ihm auf, doch aus Furcht vor einem neuerlichen Sturz wollte er nicht weitergehen. Ich für meinen Teil fand Kraft und Wagemut der Jugend wieder, sobald ich die antiken Steine berührte. Mit großem Vergnügen drang ich ins Innere dieses alten Bauwerks vor, in das so viele Priester vor mir hinabgestiegen waren.

Lange Zeit hielt ich mich im Halbdunkel des Schachtes auf, der dazu bestimmt war, das Sonnenlicht einzufangen. Seine Kühle vertrieb die Müdigkeit. Die Zeit stand still. Tatsächlich fühlte ich mich seit dem Bruch mit Lady Ophelia noch einsamer, doch diese Einsamkeit war durchdrungen von den Sonnenstrahlen, die meine Tage als Ägypter erhellten. Während ich immer weiter nach Süden vordrang, hatte ich die Empfindung, die Räume eines riesigen Tempels zu durchqueren, der das ganze Land umfaßte. Schon zu Beginn meiner Reise hatte ich erkannt, das es unabdinglich war, Ägypten in seiner Gesamtheit zu sehen. Nachdem ich nun in Assuan das Tor des Südens erreicht hatte, war ich erfüllt von Landschaften und Heiligtümern.

Als ich mich umwandte, um die Treppe wieder hinaufzusteigen, sah ich sie.

Aufgerichtet fixierte mich die Viper mit leerem Blick, bereit zuzustoßen.

Ich konnte weder vor noch zurück. Ich mußte ebenso unbeweglich verharren wie das Reptil. Der Tod begegnete mir in Gestalt dieser Schlange, die seltsamerweise keinerlei Angst in mir weckte. Im Verlauf meiner Forschungen hatte ich mit zahlreichen Schlangengöttinnen zu tun gehabt: die Kobra, die Ägypten beschützte, diejenige, die sich auf der Stirn des Königs aufrichtete, um mißhellige Kräfte zu bannen, diejenige auch, die über Ernten und Erträge wachte. Ganz zu schweigen von den Reptilien, denen im Hieroglyphenalphabet der Wert von Stammbuchstaben zukommt. Wenn ich tatsächlich der Ägypter war, was hatte ich dann von einer lebenden Hieroglyphe zu fürchten?

Ich stieg also eine Stufe höher, die Viper dabei weiterhin fixierend. Sie richtete sich noch höher auf. Ich ging weiter, sehr langsam. Mein linkes Bein bewegte sich in weniger als einem Meter Entfernung an dem kleinen flachen Kopf vorbei. Sie konnte noch von hinten angreifen. Ich beeilte mich nicht.

Stufe um Stufe sah ich das Sonnenlicht wieder, das mir noch nie so lieblich erschienen war.

*

Die größte Sehenswürdigkeit von Assuan ist sein Markt, der farbenprächtigste und lebendigste des ganzen Landes. Am Eingang lagen Weizen, Hirse und Reis aufgehäuft, von Fellahs behütet, die unter Sonnenschirmen in ihre Mäntel gehüllt schliefen. Schwärme von Fliegen um sich, rannten nackte Kinder in alle Richtungen. Magier lasen die Zukunft aus in den Staub gezeichneten Geomantiefiguren und wurden von zahlreicher Kundschaft bedrängt. Einen von ihnen, einen großen, blinden Sudanesen, ertappte ich bei einem vergnügten Lächeln über die Aussicht, aus so viel Gutgläubigkeit seinen Profit zu schlagen.

«Warum hast du mich hierhergebracht?» fragte ich Soliman.

«Einer unserer Brüder hat mir besorgniserregende Neuigkeiten über unsere Bruderschaft zukommen lassen. Alle Mitglieder haben Ägypten verlassen. Drovetti hat dem Pascha etliche Berichte geliefert, in denen die Brüder von Luxor als gefährliche Verschwörer denunziert werden. Der Pascha hat beschlossen, sie mit seinen üblichen Methoden aus dem Weg zu räumen, bei absoluter Diskretion. Auch Sie werden verdächtigt. Noch schützt Sie der offizielle Charakter Ihrer Mission, doch wie lange? Es wäre besser, schnellstmöglich nach Kairo zurückzukehren, gesundheitliche Probleme vorzuschützen und die Heimkehr zu beantragen. Diese Reise fortzusetzen wäre eine Torheit, die tödlich enden könnte.»

Wir bogen in eine Gasse, die von einer Karawane erschöpfter, staubbedeckter Kamele belagert war. Sie keuchten unter dem Gewicht ihrer schweren Ladung aus Straußeneiern, Elfenbein, goldenen und silbernen Armbändern, Holzschalen, Tierfellen, Leder, Trommeln. Die Spitze des Zuges bildete ein Eselchen mit einem alten Mann auf dem Rücken, dessen Beine so lang waren, daß sie beinahe den Boden berührten. Betörende Düfte von Gewürzen und aromatischen Pflanzen drangen aus den Kochstellen unter freiem Himmel.

«Hat die Garde des Paschas dich erkannt, Soliman?»

«Ich weiß es nicht.»

«Weißt du es wirklich nicht, mein Bruder, oder willst du es mir nicht sagen?»

Er schwieg.

«Du bist in weitaus größerer Gefahr als ich, Soliman. Du solltest die Expedition verlassen und dich verstecken.»

«Ich habe geschworen, Sie zu schützen. Ich werde mein Wort nicht zurücknehmen.»

Das Licht drang nur noch gedämpft durch das Sonnensegel über der Gasse. Der Boden war feucht. Männer rauchten kauernd ihre Nargileh, andere aßen Mais oder Datteln. Eine kleine Nubierin, die nichts als eine Halskette und schwere Ringe um die Knöchel trug, zog mich am Ärmel und lief lachend davon.

«Und ich, Soliman, werde meine Entscheidung nicht rückgängig machen. Ich habe mein ganzes Leben lang auf diese Reise gewartet. Sie ist das Ziel und die Krönung meines Daseins. Wie groß die Gefahren auch sein mögen, ich werde bis zum Ende gehen. Wer mich daran hindern will, muß mich zerstören. Wenn ich glücklich sterben soll, dann in diesem Land.»

«Sie vergessen, mein Bruder, daß Sie alles, was Sie gesehen und erkannt haben, an einen anderen weitergeben müssen. Sie haben nicht mehr das Recht, für sich selbst zu leben.»

«Ich vergesse nichts. Nubien kenne ich noch nicht, Theben habe ich nur flüchtig berührt, den Propheten habe ich noch nicht gefunden … Solange meine Arbeit nicht abgeschlossen ist, solange mein Entzifferungssystem nicht vollständig ist, kann ich nichts Bedeutendes weitergeben.»

«Gehen wir in diesen Laden», riet Soliman, plötzlich beunruhigt. «Wir werden verfolgt.»

Der Händler, ein beleibter, stämmiger Mann mit Glatze, verbeugte sich tief vor uns und pries dann mit blumigen Worten die außergewöhnliche Qualität seiner Waren, die in der ganzen Welt berühmt seien: Pfeile, Bogen, Dolche, Keulen, Peitschen, Teppiche, Nargilehs, Turbane … der gute Mann war allein schon ein ganzer Basar. Wir verhandelten über den Preis einer Decke, die wir in einem Winkel aufgestöbert hatten, und verließen den Laden nach einer Stunde.

Soliman beobachtete die Menge.

«Trinken wir einen Kaffee», sagte er und klopfte an einen blaugestrichenen Holzladen.

Der Laden teilte sich nach rechts und links und gab eine Nische frei, in der ein alter Araber mit faltigem Gesicht saß und eine dampfende Kaffeekanne hütete. Er reichte uns zwei Tassen.

«Wir sind in Sicherheit», urteilte Soliman. «Zumindest für einige Zeit ... Ich verstehe Ihre Entschlossenheit, aber ist sie vernünftig?»

«Ist diese Reise vernünftig? Ist es vernünftig, Ägypten aus der Stille und dem Dunkel reißen zu wollen? Dieses Argument kann mich nicht überzeugen, Soliman. Vorsicht ist nicht mehr angebracht. Wir müssen dem Unglück zuvorkommen.»

«Es ist schwierig, Sie von Ihrer Meinung abzubringen, selbst angesichts des Unmöglichen.»

«Hat Drovetti Männer in Nubien?»

«Ich glaube nicht. Die Garde des Paschas ist in dieser Gegend kaum präsent. Wir werden nur die Plünderer zu fürchten haben ... und die Verräter.»

«Hast du herausgefunden, wen Drovetti bei uns eingeschleust hat?»

Soliman trank einen Schluck Kaffee.

«Ohne Gewißheit jemanden anzuklagen wäre niederträchtig. Einmal ausgesprochene Worte lassen sich nicht mehr zurücknehmen. Nein, ich habe es nicht herausgefunden.»

Es stand mir nicht zu, Soliman zu bedrängen. Ich kostete meinerseits von dem ausgezeichneten Getränk und wartete darauf, daß er sich eingehender äußerte.

«Ihr Schüler, Ippolito Rosellini, ist ein seltsamer Mensch. Sein Blick ist hinterhältig. Er bringt Ihnen allzu offenkundige Ehrerbietung entgegen. So verhält sich ein wahrer Schüler nicht.»

«Hast du konkrete Vorwürfe gegen ihn?»

«Er ist zu klug, um grobe Fehler zu begehen. Doch er war derjenige, der Sie in die Nekropole geführt hat, wo der Leichnam des koptischen Mönchs, des Ausgräbers von Anastasy, gefunden wurde. Er war es auch, der Ihnen den Standort des Nilometers gezeigt hat, wo Sie eine Viper erwartete. Rosellini könnte das erste Verbrechen organisiert und das zweite eingefädelt haben.»

Soliman hatte ich den Zwischenfall im Brunnen ohne Schatten nicht verschwiegen. Finstere Gedanken über Rosellini waren mir durch den Kopf gegangen. Entsetzt hatte ich sie beiseite geschoben.

«Rosellini ist kein Verräter.»

«Dennoch sollten Sie die gefährlichste Stelle dieser Gegend meiden», riet Soliman.

«Die wäre?»

«Die Steinbrüche.»

«Die Granitbrüche? Diesen berühmten Ort? Soliman, du bist mein Bruder ... du kannst mir einen solchen Genuß nicht vorenthalten!»

Resigniert schüttelte Soliman den Kopf.

«Das habe ich befürchtet ... seien Sie zumindest wachsam Rosellini gegenüber ... wenn er derjenige ist, der Ihnen eine Besichtigung der Steinbrüche vorschlägt, rechnen Sie mit einer Falle.»

*

Beim Abendessen herrschte verdrossene Stimmung. Lady Redgrave war unpäßlich und aß in ihrer Kabine. Vater Bidant fastete. Professor Raddi, der begonnen hatte, die gesammelten Mineralien zu studieren, hatte ein Ei ausgeschlürft und ein Glas Wein getrunken und sich dann in sein Reich zurückgezogen. Moktar und Soliman nahmen im Quartier der Bediensteten Fladen und Bohnen zu sich.

L'Hôte zog eine finstere Miene. Rosellini verspeiste mit gesundem Appetit ein Brathähnchen.

«Weshalb dieses verschlossene Gesicht, Nestor?»

«Das Heimweh, General. Zuviel Hitze, zuviel Wüste, zuviel Staub ... ich träume von grünen Landstrichen, von Regentagen, von Wolken. Ich denke an die nebligen Stunden am frühen Morgen, wenn das Gras feucht ist vom Tau, an das Feuer im Kamin, an die kalten Nächte, in denen man sich in die vorgewärmten Laken wickelt.»

Auch ich erinnerte mich: an die eiskalten Schlafsäle der Schule, an den Nieselregen, an den Schmutz der Städte, an die bleierne Dunstglocke über Paris, die die Sonne tagelang verschleierte, wochenlang, monatelang. Ich dachte an die eiskalten Finger, den Schnupfen, die Bronchitis, die schmerzenden Glieder, die Verzweiflung über den tiefhängenden Himmel ... und ich vermißte sie nicht!

«General ... Sie müssen mir sagen, wohin wir gehen. Ich bin stets bereit, Ihnen zu folgen, aber ich möchte wissen, wo Sie mich hinführen ... kehren wir nach Theben zurück, oder reisen wir weiter nach Süden?»

«Ich pflege Ihnen die Wahrheit nicht vorzuenthalten, Nestor. Als ich Sie gebeten habe, mit mir in den Orient zu kommen, habe ich Ihnen mein Ziel genannt: Theben und der Süden, soweit der Nil läuft. Wir stehen vor den Toren nach Nubien. Wir reisen weiter.»

Rosellini schaltete sich ein.

«Wir sollten Assuan nicht verlassen, ohne den Tempel auf Philae gesehen zu haben. Die Alten berichten, er sei großartig.»

«Schöne perspektivische Zeichnungen», stimmte L'Hôte angeregt zu.

«Es gibt noch eine andere Stätte, die wir nicht vergessen sollten. Ihre wissenschaftliche Bedeutung ist groß.»

«Nämlich?»

«Die Granitbrüche, Meister.»

*

Zwischen Assuan und Philae erstrecken sich die Steinbrüche über mehr als sechs Kilometer Länge. Trittsichere und lebhafte Esel trugen uns zuerst über Pfade, die nur ihnen allein bekannt waren und über verfallene muselmanische Mausoleen führten, bevor sie in ein Meer von Granitfelsen einmündeten, das von Naos*, Stelen, Säulen und grob behauenen Statuen übersät war. Wegen Mängeln im Stein waren die Arbeiten abgebrochen worden. Ein Koloß von Amenophis III. war aus dem Fels gehauen und dann für den Transport zur ‹Bleibe des Goldes› grob bearbeitet worden, wo die Bildhauer, ‹die das Leben geben›, ihm Mund und Augen öffnen sollten, und war dann auf einem Weg zur Ebene zurückgelassen worden. Der Sockel der Statue ist doppelt mannshoch. Das Bemerkenswerteste ist ein Obelisk von mindestens zweiunddreißig Metern Länge, sorgfältig behauen, doch noch in den Fels gebettet, aus dem er nicht vollständig herausgelöst wurde. Ein Sprung hatte den Monolith unbrauchbar gemacht. Bei einer genaueren Untersuchung stellte ich fest, daß die Steinbrecher, um einen so kolossalen Block aus dem Fels zu lösen, entlang seiner Oberfläche etwa alle sechs Zoll Kerben anbrachten. In diese bis zu zwanzig Zentimeter tiefen Einschnitte wurden Holzkeile geschlagen und mit Wasser getränkt. Das Holz quoll dann auf, und dieser einfache Mechanismus reichte aus, um den Granit zu sprengen. Die so entstandenen Blöcke konnten die Steinmetze schleifen. Hier und da fanden sich Reste von Schlegeln, die eben zum Bearbeiten und zum Spalten eingesetzt worden waren.

Wir hatten uns verteilt, und jeder bewunderte einen Bereich dieser Steinlandschaft. Hier war noch die Anwesenheit der Genies zu spüren, die über so genaue Kenntnis des Steins verfüg-

* Kleiner Schrein aus Stein oder Holz, in dem die Statue des Gottes im Allerheiligsten aufbewahrt wurde (A. d. Ü.).

ten, daß sie im voraus um die kleinste Äderung wußten und ihm den richtigen Platz im zukünftigen Bauwerk zuweisen konnten.

Professor Raddi, begeistert von diesem neuen Paradies, wählte mit penibler Sorgfalt Granitproben aus und ließ sie von L'Hôte und Moktar einsammeln und aufs Schiff bringen. Diese neuentflammte Leidenschaft beruhigte mich. Er hatte sich also wieder gefangen.

Vater Bidant unterhielt sich angeregt mit Lady Redgrave. Sie saßen in der prallen Sonne auf einem riesigen Block rosafarbenen Granits. Soliman war nirgends zu sehen. Ich lief einige Meter zu einer Stelle, deren Hieroglypheninschriften ich aufnehmen wollte, und bemerkte, daß nur Rosellini noch in meiner Nähe war. Mit der ihm eigenen Gründlichkeit machte er zahlreiche Notizen.

«Sehen Sie sich das an», sagte ich und setzte ein Knie auf den Boden. «Spuren einer schiefen Ebene … hier wurden die Blöcke mit Hilfe von Walzen und Schlitten bewegt. Während der Niedrigwasserphase beförderte man sie zu einer Anlegestelle. Die Zimmerleute bauten riesige Flöße unter die Steine; wenn das Hochwasser kam, hob es diese Massen empor und trug sie nach ganz Ägypten. Waren die Kolosse erst einmal angehoben, lagen sie sicherlich noch so tief im Wasser, daß sie mindestens ein Drittel an Gewicht verloren. Welch eine großartige Baustelle, Ippolito … die Ägypter verstanden es nicht nur, abzubauen, zu schleifen, zu behauen. Sie besaßen auch außerordentliches Talent dafür, zu organisieren, Arbeit zu verteilen, Heiligtümer für ein ganzes Land zu schaffen.»

Das Gesicht meines Schülers blieb streng, als gefielen ihm meine Worte nicht.

«Wie können Sie sich all das vorstellen, Meister?»

«Ich stelle mir nichts vor, Ippolito, ich sehe. Ich sehe diese Szenen, als würde ich sie erleben, während ich mit Ihnen spreche. Wir werden Belege dafür finden.»

In seiner linken Hand hielt Rosellini einen schwarzen Stein, der als Schlegel gedient hatte.

«Und wenn Sie sich täuschen? Wenn die alten Ägypter nur Barbaren gewesen sind, gerade so wie die heutigen?»

Fassungslos sah ich meinen Schüler an. Sein Bild verschwamm vor meinen Augen. Es schien mir, als hebe er den Arm, um mich zu schlagen.

«Ich höre wohl nicht recht, Ippolito … nach all dem, was wir gesehen, gefühlt haben, wie …»

Der Arm holte zu einer Geste des Angriffs aus. Ich rührte mich nicht. Lieber wollte ich sterben, als den Verrat eines Mannes zu akzeptieren, dem ich mein ganzes Vertrauen geschenkt hatte.

Plötzlich veränderte sich der Ausdruck in Rosellinis Augen. Angst überfiel ihn, als habe er einen Menschen hinter mir wahrgenommen. Seine Hand öffnete sich. Der scharfgeschliffene Stein fiel zu Boden.

«Verzeihen Sie, Meister … ein Moment der Verwirrung. Die Hitze sicherlich … lassen Sie mich den Text dieser Stele notieren. Überanstrengen Sie sich nicht. Wir brauchen Sie so sehr.»

Ich brachte kein Wort hervor. Hatte ich geträumt? Hatte mein Schüler einen mörderischen Plan gegen mich im Schilde geführt? Das alles war nur ein schrecklicher Alptraum. Dafür hatte ich ja auch den Beweis, denn er hatte seine ursprüngliche Absicht von sich aus aufgegeben, wenn sie denn jemals existiert hatte.

Der leichte Wind und die glühende Sonne über den Steinbrüchen läuterten diese schrecklichen Augenblicke.

Ich erschauerte, als ich auf der Anhöhe oberhalb der Stelle, an der ich mit Rosellini stand, Soliman erblickte, dessen Gesicht streng wirkte wie das eines Richters.

*

Moktar setzte eine betrübte Miene auf.

«Das ist vollkommen unmöglich», betonte er noch einmal. «Die *Isis* und die *Hathor* können den Katarakt nicht überwinden.»

Beeindruckt davon, Einlaß in meine Kabine gefunden zu haben, die sich jeden Tag mehr mit Papieren und kleinen Statuetten füllte, überbrachte mir Moktar mit scheinbarer Zerknirschung die Anordnungen der ägyptischen Behörden.

«Welche Lösung schlägst du mir vor?» fragte ich umgänglich.

«Was Allah nicht wünscht, kann der Mensch nicht vollbringen.»

«So. Gibt es jenseits des Katarakts keine anderen Schiffe, die uns nach Nubien bringen können?»

«Möglich … aber wir müßten die *Hathor* und die *Isis* entladen und die Expeditionsausrüstung auf Kamelrücken bis zur Anlegestelle gegenüber der Insel Philae transportieren.»

Ich strahlte ihn an.

«Nun dann, entladen wir!»

*

Philae, die heilige Insel, Wohnstatt der großen Magierin, hielt eine unangenehme Überraschung für mich bereit. Rheumatische Schmerzen im linken Fuß machten mir das Gehen zur Qual. Der gesunde Menschenverstand hätte mir zur Ruhe geraten, doch wie konnte ich an Ort und Stelle bleiben, wenn der Isistempel so nahe war?

Von Soliman gestützt, kletterte ich auf einen Esel, um die mit Inschriften gespickten Steinbrüche von rosafarbenem Granit zu durchqueren. Nachdem wir in einem Boot über den Nil gesetzt waren, halfen mir vier Männer, angespornt von sechs weiteren, denn der Anstieg war beinahe senkrecht. Sie nahmen mich auf die Schultern und hievten mich bis zu einem kleinen Heiligtum empor, wo man mir ein Zimmer in alten römischen Bauten vorbereitet hatte, die zwar stark einem Gefängnis ähnelten, doch windgeschützt lagen und ein angenehmes Klima aufwiesen.

Der Boden der Insel war ausgedörrt. Granitfelsen schützten ihre Küsten. Sie bot die wunderbarste Ruinengruppe, die ich auf so engem Raum jemals zu Gesicht bekommen habe. Ein paar Palmen, wilde Gräser, orangerote und gelbe Blumen vermittelten etwas Frische.

Vater Bidant beugte sich zu mir.

«Haben Sie große Schmerzen?»

«Sie reichen aus, um mich hier festzuhalten, während ich doch im Tempel umherlaufen sollte.»

«Würden Sie meinen Arm akzeptieren?»

«Mit Freude, Hochwürden. Ein paar Schritte werden meine Genesung beschleunigen.»

Mühsam liefen wir bis zum mittleren Durchgang des äußeren Pylons, wo Nestor L'Hôte weinend vor einer Inschrift stand. Besorgt glaubte ich einen Moment, er habe plötzlich die volle und gesamte Kenntnis der Hieroglyphen erlangt! Als ich mich dem Gegenstand seiner Ergriffenheit näherte, war ich beruhigt.

«Lesen Sie, General, lesen Sie! Welch eine großartige Erinnerung!»

Im Jahre VI der Französischen Republik, am 13. Messidor, ist eine französische Armee, befehligt von Bonaparte, nach Alexandria vorgestoßen. Nachdem sie zwanzig Tage lang den Mamelucken auf der Spur war, die sich zu den Pyramiden geflüchtet hatten, verfolgte Desaix, Kommandant der ersten Division, sie bis jenseits des Kataraktes, wo er am 13. Ventôse des Jahres VII angekommen ist.

Gerührt überließ ich den Zeichner seiner patriotischen Begeisterung, um die zahllosen Flachreliefs des großen Tempels zu untersuchen. Das Reich der Isis war einem Kult und Mysterien gewidmet, die nur jenen Eingeweihten zugänglich waren, die die große Göttin für würdig befunden hatte. Hier lebten sie bis ins V. Jahrhundert nach Christus und wurden dann vertrieben. Ich begriff, daß das letzte von den Ägyptern erbaute Monument keine neue Gottheit beherbergte. Das Religionssystem dieses Volkes war so einheitlich, all seine Teile waren so eng miteinander verwoben und seit urdenklicher Zeit so absolut und präzise festgelegt, daß die Vorherrschaft der Griechen und Römer keinerlei Neuerung brachte: Ptolemäer und Cäsaren haben sowohl in Nubien wie auch in Ägypten lediglich wieder aufgebaut, was die Perser bei ihren Invasionen zerstört hatten, und die Tempel an ihren alten Standorten wieder errichtet, denselben Göttern geweiht. Diese großartige Vision des Heiligen, die ich begeistert erläuterte, überzeugte Vater Bidant nicht, wenngleich er meinen Worten aufmerksam lauschte.

«Mein Glaube genügt mir, Champollion. Sie sollten sich nicht mit diesen Hirngespinsten beschäftigen. Seien Sie lieber wachsam denjenigen gegenüber, die Sie umgeben.»

Meine Gicht machte sich schmerzhaft bemerkbar.

«Was wollen Sie andeuten, Hochwürden?»

«Nestor L'Hôte ist ein seltsamer Mensch … war sein Sturz über Bord nicht vielleicht fingiert? Ich mißtraue ihm schon seit dem Beginn unserer Reise. Zwei- oder dreimal schien mir, als sähe ich ihn in Begleitung von eher zwielichtigen Arabern, sicher Handlanger von Drovetti und dem Pascha. Ich habe die starke Befürchtung, er verrät uns.»

Von den Worten des Geistlichen beeindruckt, versuchte ich, mir die Momente ins Gedächtnis zu rufen, in denen L'Hôte sich tadelnswert verhalten hatte. Der Schmerz in meinem Fuß hinderte mich am Nachdenken.

«Sie sind zu naiv, Champollion. Glauben Sie wirklich, ein Mann wie L'Hôte unternimmt ein so gefährliches Abenteuer nur um der Freude am Zeichnen willen? Denken Sie an finanzielle Interessen ... Geld regiert die Welt. Dieser L'Hôte ist nicht besser als andere. Wenn man ihm Geld angeboten hat, damit er Sie ausspioniert, ist dieser Komplott schon in Frankreich geschmiedet worden. Dann kommt nur Drovetti als Anstifter in Frage.»

«Bringen Sie mich in den Südwesten der Insel, vor das Tor der Säulenhalle.»

«Warum dorthin?»

«Eine Erinnerung, ehrwürdiger Vater, nur eine Erinnerung ...»

Vater Bidant begriff, daß ich über diesen Punkt schweigen würde. Ich wollte ihm meine Hoffnung nicht anvertrauen, dort einen kleinen Sandsteinobelisken vorzufinden, von dem ich eine Lithographie erhalten hatte. Auf ihr hatte ich eine Kartusche erkannt und darin den Namen Kleopatra entziffert. Dieser wertvolle Beleg war eine entscheidende Etappe auf dem Weg zum Verständnis der Hieroglyphen. Eine Überprüfung am Original war unerläßlich und würde mir einen Schlüssel liefern, mit dem ich vielleicht nicht mehr auf diesen verwünschten Propheten angewiesen war, der fortwährend vor mir flüchtete.

Es war kein Obelisk zu finden, dafür aber Lady Redgrave, in ein weites, schulterfreies Gewand aus weißer Baumwolle gehüllt. Mittlerweile war sie an die Sonne gewöhnt und trug keinen Hut mehr. Ihre üppige rotblonde Haarpracht, die sie offen trug, bot ausreichend Schutz.

«Ihr Obelisk befindet sich derzeit im *British Museum*, Monsieur Champollion. Mein Onkel benötigte ihn für seine Arbeit. Das Stück hat ihn in gutem Zustand erreicht.»

Ihr Ton sollte schroff klingen. Der Schlag, den sie gegen mich führte, sollte tödlich sein. Ihr Blick sprach jedoch eine andere Sprache.

Vater Bidant zog es vor, einen Streit zu vermeiden, und führte mich weiter.

«Verzichten wir auf den Süden, kehren wir schnellstmöglich nach Kairo zurück», redete er mir zu. «Dieses Land ist schrecklich. Es wird uns allen den Tod bringen.»

«Wie Gott es will, Hochwürden ... es ist wahr, ich zögere, das Abenteuer fortzusetzen.»

«Nehmen Sie endlich Vernunft an?»

«Lady Redgrave hat mir die einzig mögliche Entscheidung genannt ... das Fehlen dieses Obelisken zwingt mich, nach der anderen entscheidenden Spur zu suchen, um sie an Ort und Stelle zu überprüfen.»

«Ein anderer Obelisk?»

«Ein ganzer Tempel.»

«In Theben?»

«Nein, Hochwürden. Im Süden. Dort, wohin wir unterwegs sind.»

Ich begab mich nicht sofort wieder auf mein Lager. Ich fühlte mich kräftig genug, um ein wenig in der Galerie des großen Tempels umherzulaufen, bis zur Treppe der Anlegestelle. Obwohl die Sonne brannte, war dieser Ort kühl, erfrischend. Alle Kapitelle im Säulengang waren unterschiedlich gestaltet und erfreuten das Auge durch die Feinheit der Ausführung. Das Lächeln der Göttin war in den Stein geschrieben.

*

Das Fieber stieg so hoch, daß ich ins Delirium fiel. Lady Ophelias Gesicht verschmolz mit dem der Göttin Isis, die den Samen des toten Osiris empfing, um einen Sohn zu gebären: Horus, welcher die Ordnung und Gerechtigkeit wiederherstellte, die von seinem Bruder Seth, dem Mörder seines Vaters, zerstört worden war. Die Reliefs von Philae kreisten vor meinen Augen und enthüllten mir das wahre Wesen von Isis, der Mutter Natur, die nach dem Plan der Götter schöpferisch wird. Die große Göttin wurde zu Hathor, Tempel des Horus, Lächeln des

Himmels, ewige Freude über den Tanz der Sterne, Mutter und Nährerin des Lichts. Isis und Hathor, dieselbe und die andere, das Lächeln aus dem Jenseits, das die Ernten reifen und die Felder grünen läßt. Die Frau, die sich immer gleichbleibt, die himmlische Liebe.

«Meister! Meister! Ich habe es geschafft!»

Rosellinis Ausrufe rissen mich aus meiner Träumerei. Ich richtete mich im Bett auf.

«Meister, ein Naos, ein vollständiger Naos! Ich habe ihn in den unterirdischen Tempelräumen gefunden. Ich habe ihn für eine bescheidene Summe gekauft ... der einzige vollständig erhaltene in ganz Ägypten!»

Rosellini erging sich in eine detaillierte Beschreibung dieses monolithischen Blocks, das Allerheiligste des Tempels, in dem die Götterstatue aufbewahrt wurde, die nur Pharao betrachten durfte.

«Ich habe noch etwas für Sie ... einen Brief aus Frankreich!»

«Geben Sie ihn mir, schnell!»

Über vier Seiten, unterzeichnet von meinem Bruder Jacques-Joseph. Er erwähnte seine vorangegangenen Briefe, die wohl verlorengegangen sein müßten. Er beschrieb mir die Kälte in Paris, die Regentage, den Nebel, wünschte mir tausend beglückende Erlebnisse und noch mehr Funde, um die ägyptologische Wissenschaft zu begründen und die Spiritualität der Pharaonen wieder zum Leben zu erwecken. Er sprach von meiner Gesundheit, die er sich wesentlich besser vorstellte als meinen Zustand in Frankreich, beteuerte mir seine Neugier auf die unzähligen Notizen, die ich sicherlich abfassen würde. Eine schlechte Nachricht, die ihn sehr betrübte, hatte er für den Schluß aufgehoben: Meine Kandidatur für die Akademie war einmal mehr abgelehnt worden. Mein Ansehen in Gelehrtenkreisen nahm weiterhin ab. Die Verleumdungskampagnen waren in vollem Gange. Ich sollte mich dadurch nicht entmutigen lassen und meine Hoffnung in die Zukunft setzen.

«Ich habe Hunger», sagte ich zu meinem Schüler. «Lassen Sie mir ein kräftiges Essen zubereiten, zur Feier meiner Genesung.»

*

Alle gemeinsam unternahmen wir einen Vergnügungsausflug zum Katarakt, wo wir direkt gegenüber den Nilklippen, deren Brausen mich an die Sturzbäche unserer Alpen erinnerte, im Schatten eines Santh saßen, eine sehr dornenreiche Mimosenart und der einzige Baum weit und breit. Die erhabene Schönheit des Ortes, die majestätische Ruhe der Steine, unberührt von aller menschlichen Leidenschaft, nötigte uns zum Schweigen. Wir bereiteten uns darauf vor, eine Grenze zu überschreiten, und ermaßen dieses Ereignis in seiner ganzen Bedeutsamkeit.

Später ließ ich mich auf das felsige Biga mit seinem blutroten Granit übersetzen. Dort war die Erinnerung an die Auferstehung des Osiris festgeschrieben. Nicht weit davon entfernt bahnte sich der Nil seinen Lauf durch ein Gewirr von Klippen und hatte Kanäle in den Stein gegraben, durch die das Wasser fröhlich schäumte und sprang. Die mächtige und gewaltige Stimme des Katarakts dröhnte uns in den Ohren. Nubier schwammen splitternackt zwischen den Felsen umher, wobei sie Schilfbündel als Flöße vor sich herschoben. Einer von ihnen kam zu uns, ohne sich um die Anwesenheit einer Dame zu scheren, und lud uns in sein Dorf zum Tee ein, dessen Hütten um die Ruinen eines Tempels herum angeordnet waren.

Mir war danach, mich hier niederzusetzen und zu verharren, um gleich Osiris die Auferstehung zu erwarten. Der Mensch war an diesem einsamen Ort kaum geduldet.

Nestor L'Hôte unterbrach meine Gedanken.

«Was haben Sie wirklich entschieden, General? Es kursieren

Gerüchte ... Ihre Gesundheit, die Gefahren ... ich muß es wissen.»

«Wir reisen weiter. Der Süden wird uns nicht enttäuschen.»

*

«Das ist unser neues Geschwader», verkündete Moktar unterwürfig.

Diese kleine Flotte jenseits des Kataraktes bestand aus einem Flaggschiff, eine *Dahabiie*, die die französische Flagge über der toskanischen gehißt hatte, zwei Schiffen unter französischer und zwei weiteren unter toskanischer Flagge, einem Vorratsschiff unter blauer Flagge und einem weiteren, das unsere Streitmacht trug, nämlich Moktar und einige Handlanger. Das Flaggschiff war mit einer Kanone von dreien ausgerüstet, die unser Freund Ibrahim Bey uns geschenkt hatte. Diese *Dahabiie* war ein stattliches Schiff mit beinahe luxuriös ausgestatteten Kabinen. Jeder von uns verfügte über ein eigenes Schlafzimmer und Bad; der gemeinsame Bereich umfaßte einen Eßraum und einen Salon, in dem zwei Diwane und ein Klavier standen.

Moktar erklärte mir stolz, die *Dahabiie* sei vier Tage lang geflutet worden, um sie von Ratten und Ungeziefer zu befreien. Die Garde des Paschas hatte höchstpersönlich Wache gestanden, um die Rückkehr der Nager zu vereiteln.

«Ich möchte den vorderen Teil des Bootes sehen», verlangte ich.

«Das ist nicht üblich.»

«Das ist mir gleichgültig. Ich muß alle Bereiche des Schiffes kennen, dem das Leben der Expeditionsteilnehmer anvertraut werden soll.»

«Normalerweise betreten die Reisenden ...»

«Ich bin kein normaler Reisender. Gehen Sie mir aus dem Weg.»

Moktar verbeugte sich. Im selben Augenblick glitt ein Matrose ins Wasser, mit einem kleinen Brett in der Hand, das er unter den Kiel in die Nähe des Steuers nagelte. Es würde als Bremse dienen.

Im vorderen Teil des Schiffes war eine Küche eingerichtet, hinter der am wuchtigen Mast eine riesige Rahe mit Lateinersegel vertäut war. Neben der Küche lag eine Kabine mit winzigem Fenster, aus der durchdringende Musik erklang. Ich trat ein. Dort drängte sich ein Dutzend Matrosen, die Tamburin und Flöte spielten. Andere lagen in ihre Burnusse gehüllt auf der Seite und sahen aus wie Kleiderbündel. Ihr einziger Reichtum bestand in einem Korbsessel, der ihrem Chef vorbehalten war. Diese Menschen lebten in unerträglichem Schmutz und Elend.

«Ich verlange, daß diese Matrosen angemessen untergebracht werden», sagte ich zu Moktar, der mir nicht von der Seite wich.

«Unmöglich ... wenn Sie in ihre Gewohnheiten eingreifen, werden sie die Arbeit verweigern. Diese Kabine gehört ihnen. Sie haben sie eigenhändig erbaut. Jeder hat darin seinen Platz. Sie daraus zu vertreiben wäre eine Beleidigung, sie würden rebellieren.»

Ich mußte mich seinen Argumenten beugen. Diese Menschen gegen ihren Willen zu ihrem Glück zu zwingen wäre eine Torheit gewesen. Ich hatte gerade eine Lektion in Demut erhalten, die ich nicht vergessen werde.

Als ich wieder auf die Brücke kam, erwartete mich ein unglaublicher Anblick. Ein weiteres Schiff war zu unserer Flotte gestoßen: das, auf dem Professor Raddis zahllose Proben untergebracht waren, die er seit Beginn der Reise gesammelt hatte. Das überladene Boot drohte jeden Moment zu sinken. Zudem trieb der Professor ein Dutzend junger Nubier an, die versuchten, eine Palme von über achtzig Fuß Höhe aufzuladen! Ich mußte meine ganze Überredungskunst aufbieten, um diesem Vorhaben ein Ende zu setzen. Trotz aller Schwierigkeiten schloß sich das Schiff der Expedition an, und Raddi richtete sich in einer Kabine ein, die einer Felshöhle glich.

*

Am frühen Morgen, unter dem blauen Himmel von Philae, verließen wir Ägypten in Richtung Nubien. Im Licht tanzende Schwalben begleiteten unsere Abreise. Der Wind war unser Verbündeter und ermöglichte uns ein gutes Tempo. Ein Pärchen wilder Enten führte uns. Für die Alten versinnbildlichten sie die zwei Seelen eines Paares, die zur himmlischen Stadt flogen, um dort Osiris zu begegnen, dem Herrn über die Auferstehung. Welches günstigere Zeichen hätten die Gottheiten mir senden können?

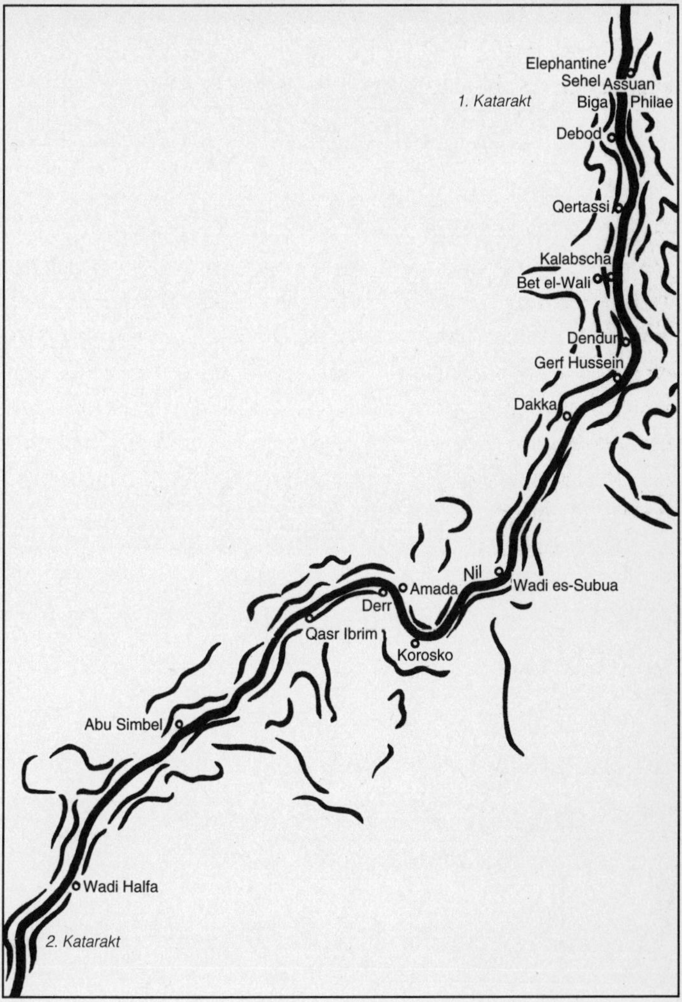

Cartographie: C.A.R.T

NEUNZEHN

WAS DIE KÄLTE ABHÄLT, hält auch die Wärme ab. In Flanell und Pelz gehüllt, mit einem dicken Burnus und einem Mantel bedeckt, trug ich Tag und Nacht dieselbe Kleidung. Bald taten es mir meine Begleiter gleich. Seit wir uns südlich des Wendekreises befanden, zitterten wir vor Kälte, sobald die Sonne untergegangen war.

Debod, Qertassi, Taffa, Kalabscha, Dakka ... die Tempel Nubiens hatten sich vor meinen Augen ausgebreitet und boten mir Sphinxalleen, Säulenhallen, königliche Kolossalstatuen dar. In Kalabscha entdeckte ich eine neue Generation von Göttern, die den Kreis der Gestalten von Amun vollendet, Ausgangspunkt und Zusammenführung aller göttlichen Wesenheiten. Amun-Re, das höchste Wesen, Ursprung allen Seins, war sein eigener Vater und wird «Gemahl seiner Mutter» genannt, der Göttin Mut, sein weiblicher Anteil, der in seiner eigenen, zugleich männlichen und weiblichen Wesenheit eingeschlossen ist. Alle anderen ägyptischen Götter sind nur Manifestationen dieser beiden Grundprinzipien, die sie unter verschiedenen, isoliert betrachteten Blickwinkeln verkörpern. Es sind reine Abstraktionen des großen Seins. Diese Formen auf zweiter, dritter Stufe usw. bilden eine ununterbrochene Kette, die vom Himmel herabreicht und sich materialisiert, bis hin zu den Inkarnationen auf der Erde und in Menschengestalt. Die letzte dieser Inkarnationen ist Horus, Vorbild und Beschützer des Pharao.

Nubien zeigte sich ebenso schön wie großzügig. Es öffnete mir die Augen noch nachhaltiger, weihte mich tiefer ins spirituelle Licht der Alten ein, auf dieser Reise in ein Universum aus der Zeit vor der Erfindung des Materialismus.

Als wir am 23. Dezember Derr, die Hauptstadt Unternubiens erreichten, beschäftigte mich eine andere Sorge: schnellstmöglich den nötigen Vorrat an Brot backen zu lassen. Soliman wollte bei dem türkischen Magistrat vorsprechen, der die Gegend regierte, und von ihm die Erlaubnis einholen, einen Ofen zu benutzen. Während ich den Musikern im vorderen Teil der *Dahabiie* zuhörte, bemerkte ich zwei Gestalten, die auf das Dorf zuliefen: Nestor L'Hôte und Professor Raddi, der seinen italienischen Anzug endlich gegen orientalische Kleidung eingetauscht hatte. Weshalb taten sie so heimlich? Beunruhigt ging ich zu Rosellinis Kabine. Leer. Seit dem frühen Nachmittag hatte keiner der Matrosen meinen Schüler mehr gesehen.

Die Zeremonie des Sonnenuntergangs stand bevor. Düstere Ereignisse brauten sich zusammen. Besorgt klopfte ich an Vater Bidants Kabinentür. Keine Antwort. Ich wagte es einzutreten. Ich sah den Betschemel, das Kruzifix, eine Bibel, ein sorgfältig glattgestrichenes Bett, aber weit und breit keinen Geistlichen. Auch er war verschwunden. Eine neuerliche Befragung, diesmal des für die Navigation verantwortlichen Lotsen, brachte kein Ergebnis. Es blieb mir nur noch Lady Redgrave. Vielleicht wußte sie, was da im Gange war. Wenn sie nicht gar die Drahtzieherin des Komplotts war, das ich gerade entdeckte.

Doch Lady Ophelia hatte die *Dahabiie* verlassen, niemand hatte ihr Gehen bemerkt.

Es war unmöglich, daß all meine Begleiter sich so davongestohlen hatten, ohne die Aufmerksamkeit der Matrosen zu wecken. Man belog mich. Eine bleierne Last legte sich mir auf die Schultern. Ich fühlte mich wie ein Insekt, das im Spinnennetz zappelt und sich vergebens wehrt. Sollte ich auf dem Schiff bleiben oder die Flucht ergreifen? Die Flucht wohin? Hilfe suchen, doch wessen Hilfe?

Das Eintreffen des türkischen Magistrats, eines großen, hageren und sehnigen Mannes, setzte diesem Zwiespalt ein Ende. In Begleitung von einem Dutzend Nubier, die nur einen Lendenschurz trugen und mit Lanzen bewaffnet waren, kam er an Bord der *Dahabiie* und verbeugte sich vor mir.

«Ich bitte Sie, mir zu folgen.»

«Aus welchem Anlaß?»

«Ich bin Ihnen keine Erklärung schuldig. Sie unterstehen meiner Befehlsgewalt.»

Brutal schnappte die Falle zu. Entweder waren meine Begleiter verhaftet worden, oder sie hatten mich verraten. Und diese seltsame Flucht von zweien von ihnen …

«Ich bin ein Gesandter Frankreichs», erklärte ich. «Sie können sich meiner Person nur bemächtigen, wenn Sie über Dokumente verfügen, die der Pascha unterzeichnet hat.»

«Ich bin der offizielle Repräsentant des Paschas», gab er zurück. «Ich handele in seinem Namen und brauche keine Dokumente.»

Welches Gericht konnte ich anrufen, verloren in diesem entlegenen Nubien? Meine letzte Waffe war meine lächerliche Wissenschaftlerehre. Selbst wenn ich vor Angst verging, würde ich mein Gesicht wahren. Diesen Leuten den Anblick meines Entsetzens zu bieten war meiner Mission unwürdig. Also folgte ich dem türkischen Magistrat. Kein Matrose der *Dahabiie* rührte sich. Die Sache war gut eingefädelt. Bis zuletzt hatte ich nichts geahnt.

Wir liefen einen staubigen Pfad entlang zum Dorf. Über den armseligen Hütten lag Stille. Nicht einmal Kinderlachen war zu hören. Keine lebende Seele in der düsteren Gasse, die ins Zentrum der Ansiedlung führte.

Dort, ein Feuer.

«Weiter», befahl der Türke.

Ich zögerte, war sicher, eine Lanzenspitze in den Rücken zu bekommen, sobald ich den ersten Schritt gegangen wäre. Ich bemühte mich, einen Anschein von Mut aufrechtzuerhalten, und setzte mich in Bewegung.

Kaum war ich losgelaufen, als ohrenbetäubendes Geschrei mich auf der Stelle erstarren ließ. Von allen Seiten tauchten Einheimische auf und umringten mich. Sie stimmten ein nubisches Lied an, von dem ich kein Wort verstand.

Ihr Kreis öffnete sich, um eine Prozession einzulassen, die ein großer Türke mit Turban und einer Fackel in der Hand anführte. Bei welcher barbarischen Zeremonie würde ich im Mittelpunkt stehen?

Spontan brach ich in lautes Gelächter aus, als ich nach so viel Sorgen und Angst Nestor L'Hôte erkannte, gefolgt von Rosellini, Professor Raddi, Soliman, Moktar, von einer verschleierten Tänzerin mit blondem Haar, die niemand anders war als Lady Redgrave, und von einem Pfarrer in Sutane! Nach ihnen kamen der örtliche Magistrat und die Matrosen der *Dahabiie*. Alles, was Unternubien an Einwohnern zählte, war hier versammelt.

«Aber ... weshalb?» fragte ich L'Hôte.

«Sollten Sie das Ereignis vergessen haben, General? Wir haben den 23. Dezember ... und feiern Ihren achtunddreißigsten Geburtstag!»

*

Der türkische Burnus hat den Vorteil, daß man ihn über die Augen herunterschlagen kann, um Tränen zu verbergen. Diese Geburtstagsnacht, die bewegendste meines ganzen Lebens, war reich an Lachen, Gesang und Tanz. Selbst Vater Bidant ließ seine geistliche Würde nach Mitternacht ein wenig außer acht, um sich über die lockeren Scherze von Nestor L'Hôte zu amüsieren und eine Bauchtanzdarbietung von zwei jungen, temperamentvollen Nubierinnen zu bewundern.

Rosellini erklärte mir, vor Verzweiflung habe sich der örtliche Potentat um ein Haar umgebracht, als er erfuhr, daß meine Begleiter mir zu Ehren ein großes Fest zu veranstalten wünschten. Die Gegend war so arm, daß sie weder frisches Fleisch noch Gemüse besaß, noch nicht einmal einfache Öfen, um Fladen zu backen. Lady Ophelia hatte den Unglücklichen vor der Schande bewahrt, indem sie ihn einlud, sich zu uns zu gesellen und den Ehrenplatz bei einem bescheidenen Bankett einzunehmen, bei dem wir in Assiut gekaufte Kekse und Konserven aus Europa verzehrten.

Wie wenig bedeuteten der Reichtum der Speisen. Der Schatz, den wir im Herzen trugen, war von unschätzbarem Wert.

*

Der Wind *Schamali* blies mit solcher Gewalt, daß er Gewitter verursachte und den Nil zum Toben brachte. Wellen peitschten das Ufer. Unheilvolle Wolken verdunkelten die Sonne. Der Wind wirbelte Sandsäulen auf. Doch nichts konnte unser Flaggschiff und sein Gefolge daran hindern, das Land des Hungers zu durchqueren und auf Abu Simbel zuzusteuern, welches ich stets als Endpunkt meiner Reise betrachtet hatte. Rudernd mußten wir gegen die Strömung ankämpfen, mußten uns mit Treideln behelfen, Riffe in der Flußmitte meiden, Gegenströmungen überwinden.

Die Leidenschaft, die mich beseelte, war so stark, daß sie jede Spur der Entmutigung um mich herum vertrieb. Vom Haupttempel des großen Ramses erhoffte ich die Bestätigung meines Entzifferungssystems und die Begegnung mit dem Propheten. Wenn er mich angreifen oder mir helfen würde, dann dort und nirgendwo sonst, das lag auf der Hand. Weshalb hatte ich das nicht schon früher erkannt? Der Königsname, der meine ersten Eingebungen untermauert hatte, war der des Ramses gewesen. Die Inschrift, die ihn nannte, stammte aus Abu Simbel. Das Schicksal erwartete mich dort zu einem Stelldichein, dem ich mit der Begeisterung eines jungen Mannes entgegenstrebte.

Das Leben an Bord der *Dahabiie* besaß seinen eigenen Zauber. Jeder verfügte über eigene Räumlichkeiten. Die Mahlzeiten boten Gelegenheit zu besinnlichen Gesprächen, die uns einander näherbrachten. Vater Bidant erzählte uns von seiner geistlichen Laufbahn und von seinen Aufenthalten in Rom. Diese Reise auf heidnischem Boden ertrug er als eine Prüfung des Himmels. L'Hôte weihte uns in die Zeichenkunst ein, indem er jedes Expeditionsmitglied porträtierte. Rosellini malte die Zukunft des Turiner Museums aus, die Sammlungen von Schätzen und Meisterwerken, die er zusammenzutragen hoffte. Professor Raddi erklärte uns mit hochgelehrten Worten die ersten Kapitel seiner monumentalen Erdgeschichte, an der er seit über zwanzig Jahren arbeitete. Lady Redgrave beschrieb ihre Kindheit in London, ihre Ausflüge in die ländlichen Gegenden Englands, ihre strenge Erziehung durch Thomas Young, ihre Vorliebe für die Völker des Orients.

Die nächtliche Kühle begünstigte einen wohltuenden Schlaf. Als der Sturm sich legte und der Sonnenaufgang sein Gold über die Berggipfel blitzen ließ, erblickten wir endlich eine friedliche Uferregion, in der Bauern und Bäuerinnen nackt in den Feldern arbeiteten, die sie mit Hilfe von Schöpfrädern bewässerten. Die jungen Nubierinnen waren von zarter und unschuldiger Schönheit, die Eva im Paradies noch in den Schatten stellte. Ochsen mit glänzendem Fell hielten ein Rad in Gang, das in langsamem und gleichmäßigem Rhythmus Krüge voll Wasser aus dem Nil schöpfte. Nahe der Böschung sah man eine Gruppe eng beieinanderstehender Palmen, unter denen eine Mutter ihr Kind stillte.

Ich war sprachlos vor so viel Schönheit und heiterer Gelassenheit. Hier hatte sich der Mensch mit Gott versöhnt. Die Natur stand ihm nicht feindlich gegenüber. Sie verlangte von ihm lediglich die notwendigen Opfergaben, um ihm ihrerseits ein sorgloses Leben zu bescheren.

«General! Sehen Sie, am anderen Ufer!»

Aus einer riesigen Sandwehe, die sich vor einem hohen Felsen aufgetürmt hatte, ragten gigantische Köpfe hervor. Gesichter von Königskolossen. Unmöglich zu erkennen, ob sie standen oder saßen.

Es war sieben Uhr, als wir am Fuße eines Tempels anlegten, den ich der Göttin Hathor zuordnen konnte. Hier hatte sie die Züge von Nefertari angenommen, der Großen königlichen Gemahlin, welche dem Herzen Ramses' II. so teuer war und oft als riesige Statue an der Seite ihres Gatten dargestellt wurde. Die Tempel von König und Königin in Lebensgröße zu sehen versetzte mich in wahre Verzückung. Diese direkt in den Fels gehauenen Gebäude verkörperten die Geburt des Geistes außerhalb der Materie, die Macht des Lichts als Ausdruck der Seele im Stein.

Wo verbarg sich die Inschrift, deren Kopie mir am 14. September 1822 die Tore zu den Hieroglyphen geöffnet hatte? Sie hatte mich in eine solche Aufregung versetzt, daß ich in unserer kleinen Wohnung meinen Bruder aufgesucht hatte und mich des Ausrufs ‹ich habe es gefunden!› nicht enthalten konnte, bevor ich in Ohnmacht fiel.

Plötzlich durchzuckte ein heftiger Schmerz mein linkes Knie. Der Atem stockte mir. Unfähig, mich auf den Beinen zu halten, brach ich zusammen.

*

«Was ist geschehen?» fragte ich Vater Bidant, dessen Gesicht ich über mir erkannte. «Wo bin ich?»

«Ein Gichtanfall. Wir haben Sie in Ihre Kabine gebracht.»

«Haben Sie Verbandsmull?»

«Ich habe tatsächlich etwas bei mir.»

«Bringen Sie ihn mir, dazu einen Schwamm.»

Mit einem Schwamm gepolsterter Verbandsmull ist ein ausgezeichnetes Mittel, um den Schmerz zu lindern. Mir blieb nichts anderes übrig, als mein Leiden geduldig zu ertragen und drei Tage das Bett zu hüten, und ich nutzte diese Ruhepause, um ein Wörterbuch der Hieroglyphen zu beginnen und mich an der Übersetzung eines Textes zu versuchen, den ich ‹Dekret des Gottes Ptah› betitelte. Ich hatte ihn durch einen Abguß im Großen Saal des Ramsestempels gewonnen. Die Augen öffneten sich mir allmählich. Satzzusammenhänge ergaben sich beinahe von selbst. Die Sprache der Götter wurde mir Tag für Tag vertrauter. Ich lernte, die Hieroglyphen zu lesen und zu schreiben, ohne einen anderen Lehrer als die Texte selbst und die magische Welt der Pharaonen.

Rosellini und L'Hôte berichteten mir allabendlich über die getane Arbeit. Sie kopierten historische Reliefs in schillernden Farben, von denen einige leider zu verblassen begannen. Ich wartete voller Ungeduld darauf, daß diese verwünschte Gicht aufhören würde, mich unbeweglich zu machen.

Es war nach Mitternacht. Tiefe Stille lag über der *Dahabiie*. Nach einem ermüdenden Arbeitstag schlief alles. Mein Wörterbuch machte beinahe von selbst Fortschritte, als würde es mir von einer inneren Stimme diktiert. Ich schlief nicht. Die Krankheit war im Abklingen.

Langsam öffnete sich die Tür meiner Kabine. Lady Redgrave erschien. Ihr violettes Nachtgewand ließ die Schultern frei. Sie blieb auf der Schwelle stehen, das Gesicht kaum beleuchtet vom flackernden Schein einer Kerze.

«Sind Sie wach, Jean-François?» murmelte sie mit einer mädchenhaften Stimme, die ich an ihr nicht kannte.

«Treten Sie ein, Lady Ophelia. Am Fußende des Bettes steht ein Sessel.»

Sie verschmähte den Korbsessel und setzte sich auf die Bettkante, neben mein linkes Bein.

«Wollen wir unsere Feindseligkeiten nicht endgültig beilegen?» schlug sie vor. «Wir sind verloren am Ende der Welt, von der Zivilisation vergessen. Wir sollten versuchen … glücklich zu sein.»

Ich konnte mich noch so sehr bemühen, meine Ohren vor dem Gesang dieser Sirene zu verschließen, doch sie betörte mich. Sogleich meldete sich mein Gewissen zu Wort, um mir diese unerhörte Schwäche vorzuwerfen, doch wie dagegen ankämpfen?

«Glücklich sein … dazu müßten wir einander zuerst einmal vertrauen, Lady Ophelia.»

«Ich vertraue Ihnen, Jean-François. Dem Mann in Ihnen. Nicht dem Spion im Dienste Frankreichs.»

«Ich bin kein Spion, und hier gibt es kein Frankreich mehr. Nur Nubien, die Tempel, den Nil, einen Abglanz des Paradieses … und uns beide.»

Sie lächelte.

«Wie gerne würde ich Ihnen glauben … doch Sie und ich, wir sind beide die Sklaven unserer Mission. Mein Onkel hatte mich gewarnt: Sie sind ein überaus intelligenter und listiger Mensch.»

«Bitte, helfen Sie mir auf.»

Ich stützte mich auf ihren Arm und humpelte an den Arbeitstisch, auf dem Rosellini meine Papiere zurechtgelegt hatte.

«Sehen Sie sich das alles an», bat ich sie. «Der Entwurf zu einem Wörterbuch, Übersetzungen von Texten, die Bestätigung von Hypothesen, die ich in der Kälte von Paris aufgestellt habe, Kopien von Darstellungen … ist das die Arbeit eines Spions oder die eines Ägyptologen?»

Sanft, aber bestimmt zwang sie mich wieder aufs Bett.

«Damit können Sie nur sich selbst überzeugen, Herr Gelehrter … denn nur Sie können die Hieroglyphen lesen.»

«Die Zukunft wird Ihnen beweisen, daß ich nicht auf dem falschen Weg bin.»

Lady Redgrave nahm meine rechte Hand in ihre Hände.

«Beenden wir dieses grausame Spiel, Jean-François. Ich verstehe Ihren Einsatz. Verstehen Sie den meinen. Sein Land zu lieben, dessen Größe zu wünschen, das sind edle Gefühle. Vielleicht sind wir keine Gegner. Unser Ziel ist sicherlich das gleiche. Vereinen wir unsere Kräfte … unter der Bedingung der Aufrichtigkeit. Wenn Sie mich lieben, enthüllen Sie mir das wahre Ziel Ihrer Mission. Dann könnte ich… Ihnen alles geben.»

«Ich könnte Sie belügen», sagte ich mit erstickter Stimme, «doch ich werde mich nicht in meinen eigenen Augen erniedrigen … nein, Ophelia, ich bin kein Spion. Frankreich hat mir die Durchführung dieser Expedition ermöglicht, das ist wahr, doch einzig und allein, damit ich meine Schritte in die Spuren der Alten Ägypter setze.»

Sie erhob sich, plötzlich abweisend, und ging rückwärts zur Kabinentür.

«Wenn es so ist, Jean-François, wünsche ich Ihnen eine geruhsame Nacht …»

*

Erst gegen Morgen fand ich Ruhe. Ich hatte kaum ein paar Minuten geschlafen, da klopfte es laut an meine Tür.

«Aufmachen! Sofort aufmachen!» brüllte Professor Raddi.

«Die Tür ist offen», antwortete ich heiser.

Ein Orkan stürzte auf mich zu.

«Champollion, ein Unglück! Ein entsetzliches Unglück! Eine namenlose Katastrophe! Ein unsägliches Desaster!»

So fuhr er minutenlang fort und erging sich in den dramatischsten Ausdrücken. Ich wartete, bis er seine Litanei beendet hatte, um Aufklärung zu erbitten.

«Meine Säcke ... meine Säcke mit den Gesteinsproben ... sie sind verschwunden!»

«Wo waren sie untergebracht?»

«Vorn auf der Brücke, unter einer Plane. Auf meinem Schiff war kein Platz mehr. Wir müssen eine Suchaktion starten.»

«Schicken Sie den *Reis* zu mir.»

Die Nachforschungen erwiesen sich als denkbar einfach. Nachdem wir den Kapitän befragt hatten, brachte er uns sogleich den Schuldigen, der sich ohne Zögern gemeldet hatte.

«Was hast du mit der Sammlung von Professor Raddi gemacht?» fragte ich den großen, mageren Kerl.

Er verstand meine Frage nicht. Ich erwähnte die Säcke.

«Die Säcke voller Steine? Die habe ich ins Wasser geworfen. Steine findet man überall.»

Es war unmöglich, diesem Unglücksraben, dem jede mineralogische Kenntnis abging, klarzumachen, welch einen Fehler er begangen hatte. Bevor ich dem guten Professor das Ergebnis meiner Nachforschungen mitteilte, schickte ich den Matrosen in sein Quartier zurück.

Raddi brach zusammen. Innerhalb weniger Sekunden sah ich ihn um zehn Jahre altern.

«Ich verlasse Abu Simbel», kündigte er an. «Ich reise zurück nach Kairo. Ich werde meine Sammlungen Stein für Stein wiederherstellen.»

«Professor, ich teile Ihre Betroffenheit. Bleiben Sie bei uns, ich bitte Sie darum. Sie werden die Kräfte für eine solche Reise nicht aufbringen. Widmen Sie sich der Mineralogie Nubiens, die noch niemand untersucht hat ...»

«Ich brauche meine Proben, um die Weltgeschichte zu schreiben. Ohne sie bin ich ein verlorener Mann.»

«Wollten Sie sich nicht von der Schreibtischarbeit befreien, Professor? Hatten Sie sich nicht in die Wüste und in die Stille verliebt?»

Beschämt senkte Raddi den Kopf.

«Schon ... aber mein Werk, das umfassendste, was ein Mensch je unternommen hat! Denken Sie nur, Champollion: die Weltgeschichte, erzählt von den Mineralien! Granit, Sandstein, Alabaster, Kalkstein aus Ägypten sollten mir entscheidende Anhaltspunkte liefern.»

«Auch hier erwartet Sie eine große Aufgabe, Professor. Arbeiten Sie aus Leibeskräften. Das ist das beste Mittel gegen die Prüfungen, so grausam sie auch sein mögen. Wenn wir zurück Richtung Norden reisen, werden Sie wiederfinden, was Sie verloren haben.»

Ich hatte so viel Überzeugungskraft in meine Worte gelegt, daß Raddi tief bewegt war. Er war bereit, von seinem Vorhaben abzusehen und bei uns zu bleiben.

Als er meine Kabine verließ, war ich erschöpft, aber glücklich, die Einheit unserer kleinen Gemeinschaft bewahrt zu haben, auch wenn sie mir zunehmend gefährdet schien. Lady Redgrave entwickelte sich zu einer unbeugsamen Feindin. Rosellini zeigte bei aller Ergebenheit Anwandlungen von Ehrgeiz und Neid. L'Hôte hielt sich zwar an die Grundsätze der Disziplin, wurde das Abenteuer jedoch allmählich leid. Professor Raddi war heftigen Schicksalsschlägen ausgesetzt. Und wer von ihnen hatte beschlossen, mich zu verraten? Die einzige Freude war die ‹Bekehrung› von Vater Bidant, der seither unerwartete Toleranz an den Tag legte.

Ich hatte die Unausweichlichkeit des Schicksals stets bestritten. Ich wehrte mich noch immer gegen sie. Um neue Energien zu tanken, brauchte ich meinen Verjüngungstrunk: einen ägyptischen Tempel. Und ich hatte einen großartigen in Reichweite.

Ich vergaß Krankheit und Schmerz und stand auf.

*

Der große Tempel von Abu Simbel ist so wunderbar, daß er Theben in nichts nachsteht. Die menschliche Vorstellungskraft erstarrt in Ehrfurcht angesichts der hier geleisteten Arbeit. Das Lächeln der Kolossalstatuen, die die Stirnseite beherrschen und Ramses den Großen darstellen, ist eines der reinsten Meisterwerke aus dem Meißel ägyptischer Steinmetze. Es verkörpert zugleich Geistigkeit und Macht, Gott und Mensch, Himmel und Erde.

Ich bedauere es, nicht über einen Zauberstab zu verfügen, der die riesigen Statuen von Abu Simbel mitten auf den Platz Louis XIV versetzen könnte, um so die Verleumder der ägyptischen Kunst mit einem Schlag eines Besseren zu belehren.

Trotz des eisigen Windes hatte ich mich mit Hilfe von Soliman und Nestor L'Hôte zum Heiligtum begeben. Mit Balken und Brettern hatten die Nubier einen Zugang zu der Öffnung gezimmert, durch die man ins Tempelinnere gelangte. Unsere Matrosen hatten diese leichte Konstruktion verstärkt, die dem Einstürzen nahe gewesen war. Wir mußten Sand beiseite räumen und uns durch den schmalen Durchgang zwängen.

Das Wunder geschah: Meine Schmerzen verschwanden, und ich konnte meine Beine wieder voll bewegen. Ich zog mich beinahe vollständig aus und behielt nur mein arabisches Hemd und eine kurze Leinenhose am Leib, um mich auf dem Bauch durch eine kleine Türöffnung zu zwängen, die in freigelegtem Zustand eine Höhe von mindestens fünfundzwanzig Fuß haben mußte. Hitze schlug mir entgegen wie aus der Luke eines Ofens, und als ich ganz in den Tempel schlüpfte, fand ich eine auf zweiundvierzig Grad aufgeheizte Atmosphäre. Rosellini, L'Hôte, Soliman und ich durchquerten diese merkwürdige Aushöhlung, jeder mit einer Kerze in der Hand.

Der erste Raum wird von acht Pfeilern gestützt, an die ebenso viele Kolossalstatuen Ramses' des Großen angelehnt sind; an den Wänden zeigt eine Serie großer historischer Flachreliefs die Feldzüge Pharaos in Afrika; vor allem eine Szene, die seinen Triumphwagen zeigt, begleitet von Gruppen nubischer und schwarzer Gefangener in Lebensgröße, eine Komposition von großer Schönheit und Ausstrahlungskraft. Die anderen Räume, sechzehn an der Zahl, sind reich an religiösen Flachreliefs mit außergewöhnlichen Details.

Wir hatten uns vorgenommen, von allen Flachreliefs des großen Tempelsaals Zeichnungen in Originalgröße und in Farbe anzufertigen. Wenn man bedenkt, daß in diesem Tempel, der heute unterirdisch liegt, weil der Sand seine Stirnseite beinahe in ganzer Höhe bedeckt, eine Hitze herrscht wie in einem stark geheizten türkischen Bad, wenn man bedenkt, daß man ihn beinahe nackt betreten muß, daß der Körper Ströme von Schweiß produziert, der in die Augen gerät, auf das Papier tropft, das schon von der feuchten Wärme dieser Dampfkesselatmosphäre durchnäßt ist, dann wird man der Expedition gewiß größte Bewunderung zollen. Tapfer setzt sie sich diesem Brutkasten aus und verläßt ihn erst, wenn ein solcher Grad der Erschöpfung erreicht ist, daß die Beine den Körper nicht mehr tragen.

Alles hier ist kolossal, die Arbeiten, die wir in Angriff genommen haben und deren Ergebnis die öffentliche Aufmerksamkeit wohl wecken wird, nicht ausgenommen. Jeder Ortskundige weiß, welche Schwierigkeiten man überwinden muß, um im großen Tempel auch nur eine einzige Hieroglyphe zu zeichnen. Doch wer könnte angesichts solcher Herrlichkeit von Arbeit sprechen? Erschöpfung und Schmerz hatten mich verlassen. Rittlings auf einer Leiter sitzend, kopierte ich Texte, nahm Abdrücke, verglich mehrfach mit dem Original. Die Texte würden später auf sorgfältig vorbereitete Zeichnungen übertragen, um jeden Irrtum zu vermeiden.

Auge in Auge mit einem Bildnis von Ramses, erkannte ich seine Bedeutung. Er opferte einem Gott, der ebenfalls den Namen Ramses trug. Man würde jedoch einen schweren Irrtum begehen, wenn man glaubte, der Herrscher verehre sich selbst.

Durch seine symbolische Person huldigte er der göttlichen Sonne, die er im Herzen trug und deren Repräsentant auf Erden er war.

Nachdem ich alle Flachreliefs gesehen hatte, verspürte ich den Drang, ein wenig frische Luft zu atmen. Wir mußten zum Eingang dieses Brutkastens zurückkehren und einige Vorbereitungen treffen, um ihn zu verlassen. Ich zog zwei Flanellhemden über, einen Wollburnus und meinen großen Mantel, in den Soliman mich hüllte, sowie ich wieder ans Tageslicht gekommen war; ich setzte mich neben einen der äußeren Kolosse, dessen riesige Wade mir Schutz vor dem Nordwind bot, und ruhte mich eine halbe Stunde aus, um den großen Schweißausbruch abklingen zu lassen. Danach begab ich mich auf mein Schiff, wo ich beinahe zwei Stunden auf meinem Bett zubrachte. Diese Probebesichtigung hatte mir gezeigt, daß man zweieinhalb bis drei Stunden im Tempelinneren zubringen kann, ohne die geringsten Atembeschwerden zu empfinden, lediglich eine gewisse Ermattung der Gelenke machte sich bemerkbar.

Dieses türkische Bad war das beste Mittel gegen die kleinen und großen Zipperlein, an denen jeder von uns litt. So beschloß ich, meine eigenen Aufenthalte im Tempel auf mindestens drei Stunden auszudehnen, verlangte jedoch von L'Hôte und Rosellini nur zwei Stunden Arbeit am Morgen und ebenso viele am Nachmittag, um sie nicht der Atemnot auszusetzen.

Der große Tempel von Abu Simbel bot mir über seine pharaonischen Enthüllungen hinaus ein großartiges Geschenk: Er befreite mich von der Gicht.

*

Ich schickte Soliman nach Lady Redgrave. Sie kam, während ich vor dem kleinen Tempel von Abu Simbel und seinen sechs Kolossalstatuen stand, die das königliche Paar inmitten seiner

Kinder darstellen. Ich haderte in Gedanken mit einem Zeichner namens Gau, durch den ich diese Meisterwerke zu kennen glaubte, die aber aufgrund seiner entstellenden Kopien geringgeschätzt wurden. Ich nahm es ihm übel, daß er diesen so schlanken und elegant geformten Statuen in den Abbildungen, die er zu veröffentlichen wagte, das Aussehen plumper Gnome und beleibter Köchinnen gegeben hatte.

«Was wünschen Sie?» fragte Lady Ophelia, die ein blaßrotes Musselinkleid trug.

Sie schützte sich mit einem orangeroten Schirm vor der brennenden Sonne und stolzierte wie eine Dame von Welt mit winzigen Schritten einher, als bewege sie sich in einem Londoner Salon.

«Schauen Sie ... schauen Sie sich diesen Tempel an, Lady Redgrave. Wissen Sie, für wen er erbaut wurde? Für Nefertari, Ramses' Große königliche Gemahlin, die er über alles liebte ... er hat den besten Architekten des Königreichs kommen lassen, die betriebsamste Baustelle ins Leben gerufen, das zärtlichste und edelste aller Liebesgedichte komponiert und es für alle Zeit in den Stein der Ewigkeit geschrieben. Welches schönere Geschenk konnte ein Pharao der Frau machen, die er verehrte?»

Lady Ophelia Redgrave senkte ihren Sonnenschirm. Sie ging ein paar Schritte auf den Tempel zu und blieb dort stehen, allein mitten auf dem Vorplatz.

*

Der kleine Tempel von Abu Simbel hatte mir vor Augen geführt, wie stark und wie grundlegend die ägyptische Kultur sich von denen des übrigen Orients unterschied; denn den wahren Stand der Kultur eines Volkes kann man nur daran ermessen, welchen Status die Frauen im gesellschaftlichen Gefüge einnehmen. In der Zeit der Pharaonen hatte die Frau höchste spirituelle und weltliche Funktionen inne. Sie konnte zum Rang des Staatsoberhauptes aufsteigen, die Tempelmysterien kennen, eigene Güter besitzen, sie ganz nach ihrem Ermessen vererben. Ihr Ansehen war hoch, und daran sollten wir uns des öfteren ein Beispiel nehmen. Wenn die vordringlichen und unverzichtbaren Arbeiten, Wörterbuch und Grammatik, abgeschlossen sind, werde ich der Frau im Alten Ägypten ein Werk widmen. Wenn Lady Redgrave eines Tages begreifen wird, daß mein Leben dazu bestimmt ist, eine Kultur des Lichts zu rühmen, wird sie es vielleicht mit Vergnügen lesen.

Die Arbeit schritt in stetigem Rhythmus voran. Abu Simbel ist ein Ort, der ein unmittelbares und anhaltendes Glücksgefühl vermittelt. Die Nubier, von Natur aus träge, unterstützten uns bereitwillig. Fund gesellte sich zu Fund. Etwa entdeckte ich in der Nähe des großen Tempels eine Stele, die belegte, daß Ramses Nubien so vollständig annektiert hatte, daß es zu einer Provinz seines Reiches geworden war. Einige Monumente waren so schwer zugänglich, daß ich ein gewagtes Verfahren entwickelte, um die Texte zu kopieren: In einem Boot stehend, benutzte ich ein Fernrohr, mit dessen Hilfe ich jede Hieroglyphe im Fels einzeln identifizierte.

Abends teilten wir unsere bescheidene Mahlzeit mit den Nubiern. Wir fühlten uns schon als einheimische Dorfbewohner. Wir hatten die Zeit der Städte vergessen, die tägliche Arbeit, den Lärm, den Umtrieb. Die Sonne gab den Ton an, der Himmel steuerte seine Farben bei, der Tempel den Sinn für das Ewige. Die stoffliche Nahrung zählte wenig. Die Freuden der Freundschaft, die uns verband, ließ die trockenen Fladen besser munden als die erlesensten Speisen.

Im allgemeinen saßen wir im Kreis um ein Feuer und hörten den langen und schönen Geschichten eines blinden Alten zu, in denen immer wieder die Figur einer furchterregenden Löwin auftauchte, die vom Sonnengott beauftragt war, die Menschheit zu vernichten, weil sie das Licht verraten und das Leben besudelt hatte. Die Göttin Hathor war eingeschritten, um diese mörderische Leidenschaft zu bremsen und einige Gerechte zu retten, die sich in die Wüste geflüchtet hatten.

An jenem Abend war das Dorfoberhaupt zunächst nicht anwesend. Wir rührten das aufgetragene Festessen, ein Gemisch aus Bohnen und Gerste, noch nicht an, sondern warteten auf sein Kommen. Die Stimmung war feierlich, beinahe gespannt. Niemand wagte zu sprechen. Bald war nur noch das Knistern des Feuers zu hören. Dann erschien der Erwartete in Begleitung einer wunderlichen Person: ein junger, großgewachsener Schwarzer, der einen weißen Mantel über einem blauen Gewand trug. Seine Haartracht fiel mir auf. Sie war stark gelockt und erinnerte mich an die Perücken der Adligen auf einigen ägyptischen Flachreliefs. Zudem verströmte diese Frisur, die den Graben zwischen Vergangenheit und Gegenwart überbrückte, zarte Düfte. Die ägyptischen Gepflogenheiten wollten es, daß man zu einem Festessen mit parfümiertem Haupt erschien, um die Nase der Götter zu erfreuen. Der junge Mann stimmte mir zu Ehren ein Lied an, das er mit der Lyra begleitete und in dem er mich als den ‹großen General, gesandt von einem mächtigen Monarchen› betitelte. Seine klangvolle Stimme im eindringlichen, monotonen Rhythmus eines traditionellen Gesangs versetzte uns alle in Entzücken.

Das Dorfoberhaupt bot mir mit breitem Lächeln Kaffee an.

«Sie sind von weit her zu uns gekommen», sagte er, «weil Sie ein Freund Gottes sind. Mein Dorf steht Ihnen offen. Sie werden es nach Belieben betreten, und wann immer Sie in unserem Boden graben, wird dies ein Anlaß zum Feiern sein. Sie werden in meinem Haus wohnen, wir werden unter einem Dach schlafen und das Brot miteinander teilen. So wird sich der Wille Gottes erfüllen.»

Ich war tief bewegt.

Eine Nubierin mit breiten Hüften schob zwei kleine Jungen herbei, die mir vorgestellt wurden.

«Dies sind meine Kinder», erklärte er. «Möge Ihr Segen auf ihnen ruhen. Ich werde mein Dorf nicht verlassen. Doch diese Kinder werden vielleicht in Ihr Land reisen. Ich bin sicher, daß Sie ihnen Gastfreundschaft gewähren werden und daß es Ihnen ebenfalls ein Anlaß zum Feiern sein wird, wenn sie kommen.»

Ich versicherte ihm sogleich, daß dies tatsächlich der Fall sein würde, obwohl ich vor Verlegenheit einen roten Kopf bekam. Leider war ich überzeugt, daß zwei jungen Nubiern in unserem alten Europa, in dem die meisten Familien die Tradition der Gastfreundschaft vergessen haben, kein so herzlicher Empfang zuteil werden würde.

Mein Leben erschien mir lächerlich, beinahe sinnlos. Hier erlebte ich eine Ruhe jenseits von Gefühlen und Vernunft. In Europa war Ägypten nur ein Traum. In diesem Dorf weit im Süden wurde es zur Ewigkeit. Es zerstörte in mir alles Nutzlose und Oberflächliche. Mein Leben? Welche Bedeutung hatte es angesichts dieser alterslosen Steine ohne persönliche Geschichte, frei vom Keim des Todes? Sie zu lieben, sie zu verehren ist nicht genug. Sie allein mit dem Verstand zu kennen ist unmöglich. Sich mit ihnen identifizieren, Stein werden, in ihr Herz dringen... ist das nicht das Erstrebenswerteste aller Geschicke?

*

Am Morgen rief mich der Dorfälteste zu sich, weil er uns zwei außergewöhnliche Geschenke überreichen wollte: Eine Gazelle, die Nestor L'Hôte sogleich auf den Namen ‹Pierre› taufte, und eine große Kordofankatze. Unter dem Deckmantel eines gleichwertigen Gegengeschenks bezahlten wir ihn großzügig, und ich fügte noch eine ansehnliche Summe für den Sänger hinzu, der unsere Seelen bezaubert hatte.

Lautes Lachen weckte meine Aufmerksamkeit. Eine Traube von Kindern hatte sich um Professor Raddi gebildet, der versuchte, einen kleinen gelben Hund und einen Büffel zu kaufen. Um sich verständlich zu machen, hatte er keine andere Möglichkeit gefunden, als die Stimmen der Tiere zu imitieren, was jedesmal allgemeines Gelächter auslöste. Zur großen Enttäuschung der Kinder überredete ich ihn, von seinen Käufen abzusehen.

Wieder auf dem Flaggschiff, ging ich in meine Kabine, um vor meiner Rückkehr in den Tempel Aufzeichnungen zu ordnen und ein wenig an meinem Wörterbuch zu arbeiten. Auf meinem Schreibtisch lag gut sichtbar ein Blatt Papier mit diesen wenigen Worten auf arabisch:

‹Der Prophet hat Abu Simbel verlassen. Er erwartet Sie auf dem Nil.›

Kaum hatte ich mich von meiner Überraschung erholt, als auf der Brücke lautes Geschrei und Gezeter ertönte, gefolgt von heftigem Fußgetrappel. Bis ich dort angelangt war, hatte sich der Urheber des Dramas schon aus dem Staub gemacht. Der *Reis* erklärte mir, er habe sich mit einem seiner Köche gestritten, den er beim Herumstöbern in Lady Redgraves Kabine überrascht habe. Der Mann hatte ihn geschlagen, zu Boden gestoßen und war geflohen. Mehrere Matrosen hatten die Verfolgung aufgenommen.

Ich hielt die Angelegenheit für wenig bedeutsam, bis einer der Matrosen aufgeregt zurückkam und seinem Kapitän mitteilte, der Koch habe im großen Ramsestempel Zuflucht gesucht und drohe, die Reliefs zu zerstören, wenn man versuchen sollte, ihn festzunehmen. Mein Einschreiten war unumgänglich. Ich zögerte keinen Augenblick, entsetzt ob des Gedankens, daß solche Meisterwerke durch einen Besessenen verunstaltet werden könnten.

Vor dem Eingang des Heiligtums standen mehrere mit Stökken bewaffnete Matrosen, fest entschlossen, dem Flüchtigen, dessen Schmähungen nicht mehr zu hören waren, eine handfeste Abreibung zu verpassen. Mit einer von Nestor L'Hôte angezündeten Fackel ausgerüstet und ohne auf warnende Ratschläge zu hören, glitt ich sogleich durch die Öffnung.

Der Vorraum und der große Saal waren still und leer. Rasch überzeugte ich mich davon, daß meine unschätzbaren Reliefs unversehrt waren. Ich eilte durch das Heiligtum, in dem tiefe Dunkelheit herrschte. Vor den vier Götterstatuen lag ein Körper am Boden. Als das Licht meiner Fackel auf ihn fiel, sah ich, daß er das Genick gebrochen hatte. Der Mann war gestrauchelt und hatte sich den Hals gebrochen, als er auf das Knie einer Statue gestürzt war.

Der falsche Koch war mir nicht unbekannt.

Abdel-Razuk, der Scherge des Paschas, hatte seine elende Laufbahn hier beendet, zerschlagen durch die ägyptischen Götter.

ZWANZIG

Abdel-Razuk wurde auf dem Dorffriedhof beigesetzt. Moktar hatte die kurze und schlichte Zeremonie als Vertreter der Behörden überwacht.

«Wie war der Name dieses Unglücklichen?» fragte ich ihn, als er wieder an Bord der *Dahabiie* kam.

«Ein gewisser Siluf. Der *Reis* hatte ihn zum ersten Mal eingestellt. Allah hat ihn für sein Verbrechen bestraft.»

Moktar weigerte sich also, die Identität seines Kollegen preiszugeben, und zog es vor, ihn ein zweites Mal zu töten! Mein Schweigen schien ihn in Sicherheit zu wiegen. Er glaubte wohl, ich hätte den Leichnam nicht von nahem betrachtet und würde die Sache nicht durchschauen. Meine Begleiter hatten dazu ja keine Gelegenheit gehabt.

Nubien hatte Abdel-Razuk das Handwerk gelegt und seiner verachtenswerten Mission ein Ende gesetzt. Ich sah darin das wohlwollende Eingreifen des großen Ramses, der mir über alle Zeit hinweg seinen Schutz gewährte.

*

Seit Tagen hatte ich kein Wort mehr mit Soliman gewechselt, der die Expeditionsteilnehmer unermüdlich beobachtete. Wir zogen uns in den hinteren Bereich der *Dahabiie* zurück, die Kurs auf Wadi Halfa genommen hatte. Ich teilte ihm mit, daß der in Abu Simbel durch einen Unfall ums Leben gekommene

Koch kein Geringerer war als Abdel-Razuk. Diese Neuigkeit stürzte ihn in düstere Ratlosigkeit.

«Also haben sie uns bis nach Nubien verfolgt ...»

«Hattest du gehofft, sie würden endlich aufgeben?»

«Der Pascha und Drovetti bringen dieser Region wenig Interesse entgegen. Abdel-Razuk genoß das volle Vertrauen seiner Herren. Er war kein gewöhnlicher Diener. Wenn er sich entschlossen hatte, Ihnen überallhin zu folgen, dann muß Ihre Person sehr wertvoll sein ... oder sehr bedrohlich.»

«Der Unglückliche ist tot, Soliman. Welche Gefahr sollte für uns noch bestehen?»

«Seien Sie nicht naiv, mein Bruder. Es bleibt Moktar und an seiner Seite ein Verräter, der uns ständig bespitzelt. In Ihrer Nähe treibt sich des Paschas Schatten herum und lauert nur auf den Moment, in dem Sie einen falschen Schritt tun. Ich bin besorgt ... zunehmend besorgt.»

«Was hältst du hiervon?»

Ich zeigte ihm die rätselhafte Nachricht über den Propheten.

«Es ist unmöglich, etwas Verläßliches über diesen Mann in Erfahrung zu bringen ... Er ist flüchtiger als der Wind. Beinahe glaube ich, Drovetti hat ihn erfunden, um uns leichter in die Irre zu führen und auf falsche Fährten zu locken.»

«Er existiert, Soliman. Das spüre ich. Ich muß ihn treffen.»

«Aber wer kann diese Zeilen geschrieben haben? Freund oder Feind?»

«Wer von uns kann Arabisch? Du und ... Lady Redgrave.»

Soliman schmunzelte.

«Vergessen Sie nicht den Kapitän und einige Besatzungsmitglieder. Sind sie alle gewöhnliche Matrosen? Auch Abdel-Razuk ist es gelungen, sich als Koch anheuern zu lassen.»

«Vertrauen wir dem Schicksal ... ich bin nicht bereit, in Angst zu leben und alles und jeden zu verdächtigen.»

*

Am Mittag des 30. Dezember erreichten wir Wadi Halfa, das eine halbe Stunde vom zweiten Katarakt entfernt liegt, für uns das Ende der bereisbaren Welt. Dort finden sich einige Lehmhütten am Saum der Felder, am Ostufer Palmen und Sykomoren. Einige ausgezehrte Nubier überleben hier mit Mühe. Der Katarakt ist eine Granitbarriere aus einer Kette kleiner Inselchen, teils mit Gestrüpp und Sträuchern bewachsen. Überall reichen spitze Felsen bis knapp unter die Wasseroberfläche.

Auf der anderen Seite recken sich auf einer Insel mitten im Fluß als Wachposten die Mauern der ägyptischen Festung Buhen empor, die den Negern den Zugang aus Nubien verwehrte. Mein Herz krampfte sich zusammen. Ich konnte meinen Blick nicht von dieser letzten Grenze abwenden. So war ich nun mit viel Glück an den äußersten Punkt meiner Reise gelangt. Diese Granitbarriere, die der Nil zu überwinden vermocht hat, würde ich nicht überschreiten.

Jenseits von ihr gibt es zahlreiche, hoffentlich weniger bedeutende Monumente, die ich nicht sehen werde. Wir müßten unsere Schiffe zurücklassen, Kamele besteigen, die hier schwer zu finden sind, durch die Wüste reiten und würden Gefahr laufen, Hungers zu sterben, denn vierundzwanzig Mäuler wollen wenigstens für zehn essen, und die Vorräte sind schon knapp geworden. Die Kekse aus Assuan sind unsere Rettung.

So mußte ich meine geradlinige Route beenden und umkehren. Die *Dahabiie* und die anderen Schiffe waren den Stromschnellen nicht gewachsen und wandten ihren Bug nach Ägypten. Während die Neuigkeit unserer Rückreise sich verbreitete und die Manöver ausgeführt wurden, erkletterte ich mit Soliman die Anhöhen von Abusir. Von dort aus betrachteten wir das Schauspiel des tosenden Wassers, der Wellen, die sich an Riffen brachen, eines Horizonts, der in Blauschattierungen verschwamm, wo der Himmel Afrikas sich in der Ferne verlor.

Hier war der Mensch bedeutungslos. Allenfalls konnte er sich als durchreisender Gast fühlen, zu absolutem Schweigen verpflichtet. In ihm erklang die Stimme des Flusses, der Sonne, der Felsen. Mit einem Schlag verlor er allen Hochmut über das, was er für seinen Verstand hielt, um sich vor der Großartigkeit des Lebens zu verneigen.

Als wir den Felsvorsprung verließen, sah ich, daß Soliman meinen Namen in den Stein geritzt hatte, um eine Spur unseres Abenteuers und des Mannes, der es ins Leben gerufen hatte, zu hinterlassen. Jean-François Champollion ... was war er anderes als ein Spielball in den Händen der Vorsehung, ein von Leidenschaft getriebener Mann, der das seit seiner Kindheit in ihm lodernde Feuer zum Ausdruck bringen mußte, ein Erforscher des Unsichtbaren auf der Suche nach einer verlorenen Kultur?

Von ihm würde nichts bleiben. Außer vielleicht ein Name auf einem Felsen, vergessen in der Einsamkeit des Katarakts.

*

Kanonendonner durchbrach die Stille der nubischen Luft und ließ wild flatternd einen Schwarm Pelikane auffliegen. Lady Redgrave stand im Bug der *Dahabiie* neben dem Geschütz, das abzufeuern sie befohlen hatte.

Das war unser letzter Salut an den Süden. Die Matrosen stimmten ein Abschiedslied an, zugleich traurig und voller Hoffnung. Ich hatte den erhebenden Eindruck, daß meine Arbeit heute erst wirklich begann, obwohl ich bereits mehr als sechshundert Zeichnungen im Gepäck hatte; doch es blieb noch so viel zu tun, daß es mich beinahe ängstigte. Wie gerne hätte ich Monate der Forschung in Nubien verbracht, mich jahrelang in Theben aufgehalten, jeden Tempel bewohnt, seinen eigentümlichen Geist erspürt, ihn von innen heraus erlebt.

Doch in jenem Augenblick beherrschte die Furcht mein Denken, als seien meine Tage plötzlich gezählt.

*

«Wir dürfen uns unterwegs nicht aufhalten, General», verlangte Nestor L'Hôte besorgt. «Ich habe das Vorratsschiff in Augenschein genommen. Unsere Lebensmittel nehmen bedrohlich ab. Wenn wir zuviel Zeit an den Grabungsstätten verlieren, laufen wir Gefahr zu verhungern. Die Dörfer sind zu arm, als daß sie uns ernähren könnten.»

Ich nickte. L'Hôte hatte diese Warnung in Anwesenheit aller Expeditionsteilnehmer vorgebracht, so daß niemand über den Ernst der Lage im unklaren blieb. Damit war diese Angelegenheit verbindlich in meine Verantwortung gestellt. Dieses Vorgehen betrübte mich. Mein treuer Zeichner schien von Ägypten genug zu haben. Das Land und die Arbeit fesselten ihn nicht mehr. Jedes Mittel war ihm recht, um die Rückreise zu beschleunigen.

«Wir werden kein Risiko eingehen», versprach ich. «Ich werde unsere Forschungen aufs Nötigste beschränken.»

«Dabei ist Ägypten doch ein paar Mahlzeiten wert», entgegnete Vater Bidant. «Machen wir eine Schlankheitskur zum Ruhme der Wissenschaft.»

Dieser unerwartete Verbündete blieb nicht allein. Rosellini und Lady Redgrave pflichteten ihm bei. Als L'Hôte sich so isoliert sah, zog er sich in eine Ecke der Kabine zurück, verschränkte die Arme und schwieg demonstrativ.

«Verschwenden wir unsere Zeit nicht mit Diskussionen», empfahl ich. «Greifen wir lieber zum Spaten.»

Ich ließ unsere kleine Flotte nicht weit vom antiken Beheni vor Anker gehen. Dort hoffte ich, zwei historische Stelen ausfindig zu machen, von deren Existenz ich aus Reiseberichten wußte. Es waren nur noch ein weitläufiges Wüstenfeld und ein paar armselige Ruinen vorhanden. Der Sand hatte alles begraben. Ich ließ mich jedoch nicht entmutigen. Die Matrosen waren bereit, uns zur Hand zu gehen, und ich teilte mehrere Mannschaften ein, die mit Eifer an den Stellen gruben und aushuben, die ich ihnen zuwies.

Das Schicksal war mir bald gewogen. Mit Solimans Unterstützung brachte ich eine imposante Stele Ramses' des Ersten ans Tageslicht. Rosellini eilte herbei, die Augen funkelnd vor Neid.

«Ein Meisterwerk», urteilte er sofort. «Welch ein Glück für den Louvre ... schade für Italien.»

Verdrossen ging er davon und machte sich mit Feuereifer auf die Suche nach der zweiten Stele, die in der Nähe liegen mußte. Doch alle Mühe blieb ergebnislos. Am Abend fanden wir uns erschöpft und entmutigt auf dem Flaggschiff ein. Bitterkeit zeichnete sich auf den Gesichtern ab. Ich hatte erklärt, das unauffindbare Monument sei von großer Bedeutung für die ägyptische Geschichtsschreibung. So viel Schweiß war umsonst geflossen ... ich hatte wenig Hoffnung, meine Mannschaft für den nächsten Tag wieder zu ermutigen.

Ich hatte ihre Energie unterschätzt. Schon bei Tagesanbruch waren wir vollzählig an Ort und Stelle, fest entschlossen, die Grabungsstätte, von der Rosellini einen genauen Plan angefertigt hatte, nicht mit leeren Händen zu verlassen. Ohne seine Wachsamkeit über meine Person zu verringern, wählte Soliman einen vorspringenden Fels, um dort entsprechend seiner neuen Gewohnheit abermals den Namen des Expeditionsleiters einzuritzen. Niemand drückte sich vor der Arbeit. Lady Redgrave, in Hosen, war nicht die Untätigste. Vater Bidant nahm trotz seiner Sutane die gebückte Haltung eines Ausgräbers ein und schaffte den Sand beiseite, in der Hoffnung, ihm einen Schatz zu entreißen.

Zur Mittagsstunde gaben wir uns geschlagen. Einer nach dem anderen setzten meine Begleiter sich nieder, mit schwachen Knien, glühender Stirn und außer Atem. Ich hatte noch ein wenig Energie. Ich verließ das Gebiet, das mein Schüler abgegrenzt hatte, um einen einsamen Spaziergang in die Wüste zu unternehmen, die ich über alles liebte. Schritt für Schritt entfernte ich mich von meiner friedlichen Truppe, bis ich mit dem linken Fuß an etwas Hartes stieß, das nur wenig aus dem feinen Sand ragte. Mit klopfendem Herzen kniete ich nieder und legte hastig das frei, was mir die abgerundete Spitze einer antiken Stele zu sein schien. Ich empfand ein unbeschreibliches Glücksgefühl. Es war tatsächlich das Monument des Sesostris. Sofort rief ich meine Begleiter, die herbeieilten, Rosellini an der Spitze.

Das Gesicht meines Schülers war aschfahl. Er erkannte die Qualität der Stele und strich mit den Fingerspitzen darüber.

«Welch ein wundervolles Stück ... wollen Sie sie ebenfalls für den Louvre, Meister?»

«Was schlägst du vor?»

«Gesetz ist Gesetz ... der Gräber behält das Ergebnis der Ausgrabungen.»

«An diesem Monument liegt Ihnen viel, Ippolito. Ein italienischer Reisender war es, der als erster seine Existenz erwähnt hat. Es steht Ihnen also rechtmäßig zu.»

Genugtuung? Erstaunen? Trotz? Es war mir unmöglich, Rosellinis Blick zu deuten.

«Ich lehne ab, Meister. Diese beiden Monumente müssen zusammenbleiben. Sie haben sie gefunden, und durch Ihre Person gehören sie Frankreich. Gestatten Sie mir, darin unnachgiebig zu sein.»

Ich faßte meinen Schüler bei den Schultern und umarmte ihn.

«Ihre Großmut sei Ihnen gedankt, Ippolito. Die Götter werden sich Ihnen erkenntlich zeigen.»

Mit ansteckender Freude ging die Freilegung schnell vonstatten. Ich ordnete an, die Stele des Sesostris an Bord der *Dahabiie* zu bringen.

Während sie unter Rosellinis Leitung aufgeladen wurde, blieben wir in der Wüste, genossen diesen Sieg und priesen den Sonnengott Re, der ihn uns hatte zuteil werden lassen. Sogar Vater Bidant zeigte sich empfänglich für die Schönheiten

Ägyptens, während L'Hôte zu seinem Frohsinn zurückgefunden hatte und unseren Erfolg rühmte.

Ich hielt Wort und gab den Befehl, unsere Fahrt nilabwärts fortzusetzen, die uns mit jeder Sekunde Theben näher brachte. Die Strömung war stark, der Nordwind blies kräftig. Wadi Halfa und das tiefe Nubien entfernten sich endgültig.

Wilde Enten flogen durch den blauen Himmel davon. Am Ufer schüttelte sich ein Büffel nach seinem Bad. In diesem Augenblick erkannte ich die verborgene Schönheit der ägyptischen Landschaft. Sie war mit jedem Tag bezaubernder und wandelte sich niemals. Die einzigen Veränderungen bestanden in der größeren oder geringeren Intensität des Lichts, im stärkeren oder schwächeren Glitzern des Nilwassers. Der Mensch war Gast dieser Erde und dieses Himmels, der mit jedem Augenblick die Vergangenheit weitertrug und der Zukunft einen Hauch von Ewigkeit verlieh. Diese von den Gottheiten gestaltete Natur war Einsamkeit und Brüderlichkeit zugleich; sie ließ meine Seele den Alten Ägyptern nahe kommen, verlieh dem kleinsten Ereignis besonderen Wert, dem Vorbeisegeln einer Felukke, dem Gesang eines Vogels, dem Leuchten des Blattwerks. Indem man sich selbst vergaß, fand man Zugang zu der vollkommenen Einfachheit dieses jahrtausendealten Lebens, das nicht wie Sand durch die Finger rann, sondern das Herz weit machte, es mit einer Sonne erfüllte, die die Tempel hatte entstehen sehen. Der Mensch läuterte sich. Er wurde sich seiner Endlichkeit bewußt, und in diesem Loslassen fand er zur Hoffnung, zu dieser unbeschreiblichen Vereinigung mit dem geheimen Feuer, das Ägypten so beständig machte.

*

Um die Schwermut zu überwinden, die mich befallen hatte, zeichnete ich die Umstände auf, die zur Entdeckung der beiden Stelen geführt hatten, und beschrieb die Monumente selbst. Im

Verlauf dieser Arbeit kamen mir Zweifel über die genaue Schreibweise des Königsnamens Sesostris. Obwohl die Nacht schon hereingebrochen war, wollte ich diese Kleinigkeit ohne Aufschub überprüfen. Ich verließ also meine Kabine und begab mich in den vorderen Teil der *Dahabiie*, um mich bei dem *Reis* zu erkundigen, wo die heiligen Steine verstaut worden waren. Er reagierte verwundert auf meine Frage und beteuerte, kein Objekt solcher Größe sei an Bord des Flaggschiffs geladen worden. Er rief seine Seeleute zusammen, die ihm diese Tatsache bestätigten. Einer von ihnen erklärte jedoch, er habe beim Transport auf das Vorratsschiff geholfen.

«Auf wessen Befehl?» fragte ich empört.

Die Beschreibung paßte auf Rosellini.

Ich ließ ihn durch den *Reis* holen und zu meiner Kabine bringen. Schweigend sah ich ihn an.

«Was gibt es, Meister? Eine schlechte Nachricht?»

«Eine sehr schlechte, Ippolito. Sie kennen sie bereits.»

«Ich? Wieso...»

«Ich bin kein Staatsanwalt. Es liegt an Ihnen, Ihren Fehler zuzugeben und wiedergutzumachen.»

«Welchen Fehler? Wessen klagt man mich an?»

«Schweigen Sie, Ippolito. Machen Sie es nicht noch schlimmer.»

Rosellini senkte den Kopf und gab sich geschlagen.

«Ich habe mich dumm verhalten, Meister. Ich konnte der Versuchung nicht widerstehen. Ich wollte diese beiden Stelen unbedingt haben ... nicht für mich, sondern für das Museum ...»

«Das kann ich verstehen, Ippolito, aber ich kann nicht dulden, daß Sie mich belogen, mich hintergangen haben, daß Sie mein Vertrauen mißbraucht haben.»

«Nein!» protestierte er. «Ich war aufrichtig! Erst als wir am Vorratsschiff waren, kam mir der Gedanke ... eine unwiderstehliche Gier, die Stelen zu besitzen. Ich habe geglaubt, Sie würden nichts merken.»

Rosellini weinte, ohne eine Träne zu vergießen. Ohne noch einmal aufzuschauen, verließ er meine Kabine.

*

Sowie unsere Flotte in Serret el-Gharb haltgemacht hatte, rief ich meine Reisebegleiter zusammen. Rosellini versteckte sich hinter L'Hôte. Sicher fürchtete er, ich würde seine Schandtat vor der versammelten Gemeinschaft anprangern.

«Ich habe das Datum meines Geburtstags vergessen, doch das heutige nicht. Wir werden gemeinsam den Jahreswechsel feiern, und als Leiter dieser Expedition möchte ich Ihnen Geschenke überreichen. Ich will nicht mehr an unsere Streitigkeiten denken. Möge uns brüderliche Freundschaft vereinen. Lady Redgrave, wenn Sie bitte näher treten möchten …»

Soliman war es auf meine Bitte hin gelungen, eine Lapislazulikette zu erstehen, die ich der schönen Spionin eigenhändig um den Hals legte. Bewegt dankte sie mir mit einem Lächeln, das gewiß nicht das einer Feindin war.

Rosellini, der sich allmählich entspannte, erhielt ein *Uschebti*, eine kleine magische Figurine, die die Auferstandenen, die vor dem letzten Gericht Gnade gefunden hatten, bei der Feldarbeit im Jenseits unterstützen sollte. Nestor L'Hôte wurde mit einer Sammlung von Kohlestiften bedacht, die seinen Wunsch, ganz Ägypten zu zeichnen, neu belebten. Vater Bidant schenkte ich ein koptisches Manuskript über die Prüfungen, denen die Heiligen unterzogen wurden. Professor Raddi eine seltene mineralogische Abhandlung, die Jacques-Joseph mir aus seiner Bibliothek überlassen hatte.

Dann begab ich mich in den vorderen Bereich des Bootes, wo der Kapitän auf meine Anordnung die Besatzung zusammengerufen hatte. Ich zahlte eine Prämie aus und dankte für ihre wertvolle Unterstützung. Die Musiker griffen zu ihren Instrumenten. Freudengesang stieg aus allen Kehlen.

Begeisterung ergriff die Expedition. Wir stellten am Ufer Tische auf. Nicht weit entfernt ließ ein ochsengetriebenes Schöpfrad seine bittere Klage hören, die niemals zum Schweigen kommt. Dreißig Meter hohe Palmen verschafften uns Ruhe und Kühle. Ich hob den Blick zum Himmel, an dem die ersten Sterne erschienen, Träger der Seelen der Pharaonen, die in das Licht zurückgekehrt waren, dem sie entstammten; ich betrachtete die Wipfel dieser hohen Bäume, die die Glut der Sonne ertrugen, ohne ihr Grün zu verlieren. Bauern im Schneidersitz flochten Fasern zu Taschen, Käfigen, Körben. Als Vorspeise bekamen wir saftige und süßschmeckende Palmstengel und einen Brei aus dem Mark junger Pflanzen. Mit langsamem Schritt kehrten die Herden aus den Feldern zurück, in denen nackte Kinder noch spielten.

Wer könnte dieses märchenhafte Leben im Schatten der Palmen beschreiben? Wer könnte die Vollkommenheit eines Silvesterbanketts am nubischen Ufer besingen, umspielt von klarer Luft, Erbe einer unsterblichen Weisheit, die die Stimme des Flusses noch immer verkündet? In diesem Augenblick wünschte ich mir, Dichter, Maler und Musiker zugleich zu sein …

Mit einem Kloß im Hals erhob ich mich, ein Glas in der Hand.

«Trinken wir auf den Erfolg unserer Expedition.»

«Mit welchem Nektar?» erkundigte sich Nestor L'Hôte spöttisch.

«Mit zwei Flaschen Wein aus Saint-Georges», eröffnete ich, glücklich über diese gelungene Überraschung.

Soliman brachte das kostbare Getränk, das tief in einem Koffer sorgfältig versteckt gewesen war. Wir kosteten es ehrfurchtsvoll, obwohl das tropische Klima seinen Geschmack etwas beeinträchtigt hatte.

‹Leben, Gesundheit, Kraft›: dies war der dreifache Wunsch, der dem Namen jedes Pharaos angefügt wurde. Ich sprach ihn auch zugunsten unserer Gemeinschaft aus, die mit erfreuten Ausrufen die Ankunft eines großgewachsenen Nubiers begrüßte, der mit einem Pantherfell, Straußenfedern, einem Speer und Muscheln beladen war. Zur allgemeinen Freude, die nun auch der Palmwein schürte, wurden diese Geschenke unter uns verteilt.

Ich erhielt ein großes, mit Kinderzeichnungen verziertes Straußenei. Die Spitze war abgeschnitten und bildete einen Deckel. Während meine Gäste etwas angeheitert Lieder sangen, die gerade in Mode waren und in die die Nubier eher schlecht als recht einstimmten, öffnete ich das Ei und schaute neugierig hinein.

Es fand sich ein sorgfältig zusammengerollter Papyrus. Unbemerkt nahm ich ihn heraus und entrollte ihn vor Blicken geschützt hinter einem Blumenstrauß. Das Schriftstück war in koptischer Sprache geschrieben, von einer Hand, die Spuren des Alters erkennen ließ.

Der Text war unterzeichnet mit: ‹Der Prophet›.

‹Nachdem ich Sie von der Nilmündung bis zum zweiten Katarakt begleitet habe›, hieß es, ‹kann ich Ihnen mit Stolz und Vergnügen mitteilen, daß es an Ihrem Hieroglyphenalphabet nichts zu verändern gibt. Ihre Lesart ist korrekt. Sie werden sie mit gleichem Erfolg auf die ägyptischen Monumente aus der Zeit der Römer und Griechen anwenden. Und ebenso, was von weitaus größerer Bedeutung ist, auf die Inschriften aller Tempel, Paläste und Gräber der pharaonischen Epochen. Mit Ihrer Reise haben Sie an die Tradition angeknüpft, und Ihre Arbeiten über die Hieroglyphen werden weltweit Anerkennung finden. Adieu.›

Der Schlüssel. Der letzte Schlüssel. Die Hieroglyphenschrift hatte sich in ihrem Aufbau von der Entstehung jener Kultur bis zu ihrem letzten Atemzug nicht verändert, von den Gräbern des Alten Reiches bis zu den großen ptolemäischen Tempeln.

Ägypten, eins und unteilbar. Ägypten, Entstehungsstätte einer heiligen Sprache, die der Zeit und dem Tod nicht unterworfen war.

Und meine Lesart war korrekt …

*

Wir nahmen uns keine Zeit zum Ausruhen, denn trotz seiner Bescheidenheit hatte das Silvesterbankett unsere ohnehin knappen Vorräte weiter geschmälert. Schon am folgenden Morgen erkundeten wir die Höhle von Machakit, deren Eingang in einer senkrecht zum Nil hin abfallenden Felswand lag. Das Wetter war abscheulich; es blies ein heftiger, böiger Wind. Nestor L'Hôte wollte trotz starker Kopfschmerzen nicht auf den Aufstieg verzichten. Seine Entschlossenheit nahm mir die Entscheidung ab.

Ich hatte große Mühe, meine Gedanken zu ordnen. Die Nachricht des Propheten hatte mich völlig verwirrt. Wann und wo waren wir uns begegnet? Weshalb war er nicht bereit, mich zu treffen? Mehrfach reichte L'Hôte mir die Hand, um mir beim Klettern zu helfen. Unsere Anstrengungen wurden belohnt. Wir fanden eine Kapelle aus der achtzehnten Dynastie, die ein Adliger Namens Paser der Göttin des Katarakts, der schönen Anukis, gewidmet hatte, einer höchst anmutigen Frau mit den Hörnern einer Gazelle. L'Hôte zeichnete die Flachreliefs, ich kopierte die Inschriften.

Während ich sie kopierte, entzifferte ich sie. Die Hieroglyphen waren keine tote Sprache mehr, die außerhalb meiner selbst existierte, sondern eine innere Rede, die mir ebenso vertraut geworden war wie meine Muttersprache.

Ich las die Hieroglyphen.

Plötzlich begannen die Zeichen mir vor den Augen zu tanzen.

Sie wirbelten umher. In einer riesigen Welle, die sich bis zum Himmel aufbäumte, wurde ich mit ihnen fortgerissen.

*

Ein heftiger Schmerz in der linken Wange brachte mich wieder zu Bewußtsein.

Nestor L'Hôte ohrfeigte mich erneut. Ich schlug die Augen auf.

«Ah, General! Was für ein Schreck … Sie sind umgefallen wie ein Stein! Sicher die Erschöpfung …»

«Ja, die Erschöpfung …»

«Wir dürfen uns nicht länger aufhalten. Schauen Sie hinaus.»

Der Nordwind, der aufgekommen war, als wir unsere Kletterpartie begannen, hatte sich zum Orkan verstärkt. Ohne meine Hand loszulassen, führte L'Hôte mich zum Abstieg. Mehrfach wurden wir von Böen gegen den Fels gepreßt. Einmal verlor ich sogar das Gleichgewicht, konnte mich aber an einem knorrigen Ast festhalten, der unter meinem Gewicht ächzte.

Das Schicksal wollte es, daß wir die Boote gesund und munter erreichten, wo unsere Begleiter über unsere Ängstlichkeit spotteten. In der Hoffnung, die Strömung sei stärker als die Gewalt des Gegenwinds, kreuzte unsere Flotte eine halbe Stunde lang. Doch der *Schamali* tobte, der Nil schäumte wie das Meer, und große Wellen kamen auf. Schließlich zwang uns der Sturm anzulegen.

Letztendlich ein glücklicher Sturm, denn er brachte uns vor den Felsentempel von Gebel-Adda. Als wir in ihm Schutz suchten, stellten wir fest, daß Kopten das ägyptische Heiligtum bewohnt und die pharaonischen Reliefs mit christlichen Motiven überdeckt hatten. Angenehm überrascht fiel Vater Bidant sogar vor einem Sankt Georg zu Pferde auf die Knie, der ihm seine vertrauten Kirchen ins Gedächtnis rief.

«Endlich, Champollion, endlich! Erinnerungen an den wahren Glauben!»

«Ich bin hierhergekommen, um ältere Heilige zu finden, Hochwürden.»

Einige Sekunden später wurde mir im Allerheiligsten Genugtuung zuteil. Der Anblick dort war so kurios, daß ich in Gelächter ausbrach.

«Kommen Sie schnell, Hochwürden! Hier ist eine Wahrheit zu sehen, die Sie überraschen wird!»

Dem Geistlichen verschlug es tatsächlich die Sprache. Der Stuck der Christen war stellenweise von der Wand gebröckelt und hatte eine der ägyptischen Originalfiguren freigelegt: einen Pharao, dem ein Petrus huldigte!

«Wenn die Christenheit sich vor Ägypten verneigt», sagte ich feierlich zu Vater Bidant, «dann hat sie seine wahre Größe erkannt.»

*

Die nubische Nacht war der vollkommenste Hintergrund für das Mondlicht. Sie überzog die Berge und die Wüste mit ihrem Blau. Ich hatte die *Dahabiie* verlassen, um alleine durch die Ruinen einer Mameluckenzitadelle zu laufen, die die Armee des Paschas niedergerissen hatte. Diese zerstörte Welt, in der noch der Lärm blutiger Schlachten widerhallte, erfüllte mich mit schmerzlicher Trauer. Nubien zu verlassen zerriß mir das Herz. Jeder Tempel, jede gestaltete Höhle wäre einen langen Aufenthalt wert gewesen.

In der nächtlichen Kühle, unter den funkelnden Sternen konnten Seele und Körper sich voll entfalten, fern von aller Unruhe. Neid und Begehren waren erloschen und hatten einer ursprünglichen Gelassenheit Platz gemacht, die aus den Zeitaltern stammte, in denen die Seele des Menschen und die des Kosmos noch eins waren.

Ganz in meiner Nähe rollten Steine. Ich spürte die Gegenwart eines Menschen. Trotz meiner Angst wollte ich wissen, wer mir gefolgt war. Der Prophet etwa? Hatte er diesen abgelegenen Ort gewählt, um mich zu treffen? Das Geräusch von Schritten kam näher. Hinter einem baufälligen Ziegelpfeiler stürzte ein Körper schwer zu Boden. Ich eilte hinzu und fand einen Mann in türkischer Kleidung mit blutüberströmtem Gesicht.

Professor Raddi.

Der Mineraloge war völlig benommen. Zum Glück war die Verletzung, so dramatisch sie auf den ersten Blick auch gewirkt hatte, nur oberflächlich. Ein einfacher Schnitt. Ich half ihm, sich auf die Überreste einer Mauer zu setzen, und ließ ihn zu Atem kommen.

«Champollion ... sind Sie es, Champollion? Ah, die Wüste ... die Wüste! Ich bin die ganze Nacht umhergelaufen! Ich bin um Felsen gewandert, auf Dünen und Hügel geklettert, an deren Flanken Kalkstein glitzerte. Das Mondlicht läßt ihn noch stärker glänzen ... wie Diamanten, die aus dem Sand hervortreten. Ich habe Tausende gesammelt, Tausende ... und dann bin ich weitergelaufen. Ich habe eine Insel gesehen. Darauf stand eine riesige Stadt mit Säulenreihen, Obelisken, weißen und roten Pyramiden, Häusern in Gärten ... welch ein schöner Anblick! Dorthin will ich zurück ... dort möcht ich leben ...»

«Wir werden zusammen gehen», redete ich ihm zu, «sobald wir ein wenig ausgeruht haben.»

Ich nahm seinen Arm. Er sträubte sich nicht. Langsam liefen wir bis zur *Dahabiie*. Ich brachte ihn zu Bett. Er schlief sofort ein.

Vielleicht verlor Professor Raddi den Verstand. Er war wohl Zeuge eines jener Trugbilder gewesen, deren Geheimnis allein die Wüste kennt. Oder es handelte sich gar um eine höhere Wirklichkeit, die normale Menschen nicht wahrnehmen können.

*

Die Ankunft in Abu Simbel erfüllte die gesamte Expedition mit einem großen Glücksgefühl. Die beiden Tempel von Ramses und seiner Gemahlin waren uns vertraut. Die klare und strahlende Freude, die von diesen Steinen ausging, das Lächeln der Kolosse verstärkte die gemeinschaftliche Harmonie, die beim Neujahrsfest entstanden war.

Es widerstrebte mir, doch ich mußte die Arbeit beschleunigen. Unsere Vorräte gingen zur Neige. Leben in Gefahr zu bringen wäre mir unerträglich gewesen. Wir überprüften also unsere Kopien von Texten und Darstellungen, vervollständigten und verbesserten sie. Ich mußte feststellen, daß unsere Aufzeichnungen trotz aller Sorgfalt Fehler und Auslassungen aufwiesen. Monate wären nötig gewesen, um jede Wand, jede Hieroglyphenspalte hundertmal zu betrachten.

Eine völlig ägyptische Ruhe war unserer Gemeinschaft zur Regel geworden. Jeder arbeitete schweigend und erwies so den Meisterwerken, mit denen wir zu tun hatten, seinen Respekt. Vater Bidant hatte das Beten aufgegeben, um L'Hôte zur Hand zu gehen, mit dem er sich vorzüglich verstand. Lady Redgrave unterstützte Rosellini, indem sie seine Hefte trug und ihm Getränke brachte. Professor Raddi saß bewegungslos auf dem Fuß eines der Kolosse und blickte auf den Nil, in Landschaften vertieft, die nur er sehen konnte.

*

Abu Simbel zu verlassen war mir beinahe unerträglich. Die Tage und Nächte, die ich hier zugebracht habe, zählen zu den glücklichsten meines Lebens. Als die Schiffe am 16. Januar gegen ein Uhr nachmittags unter voller Beflaggung vom Ufer ablegten, von dem Rufe und Abschiedslieder der Nubier herüberschallten, zerriß es mir das Herz.

In der Flußmitte ließ ich das Flaggschiff anhalten und warf einen letzten Blick auf den Tempel der Königin. Dann grüßte ich noch einmal die Kolossalstatuen an der Stirnseite des großen Tempels, dessen riesige Masse mit der Entfernung noch zu wachsen schien. Ich ließ einen entscheidenden Abschnitt meines Abenteuers zurück: ein wiedergefundenes Paradies.

Ich konnte mich eines Gefühls der Selbstverleugnung nicht erwehren, als ich mich unwiderruflich von diesem großartigen Monument entfernte. Es war auch der erste Tempel, den ich verließ, um ihn niemals wiederzusehen.

EINUNDZWANZIG

Am Abend des 17. Januar erreichten wir Derr, die heutige Hauptstadt Nubiens, wo wir gleich nach unserer Ankunft bei wunderbarem Mondlicht und unter den höchsten Palmen, die wir je gesehen hatten, zu Abend aßen. Später kam ich mit einem älteren Mann aus der Gegend ins Gespräch, der mich allein abseits am Ufer gesehen hatte und höflich herangekommen war, um mir Dattelschnaps anzubieten und mir Gesellschaft zu leisten. Ich fragte ihn nach dem Namen des Sultans, der den Tempel von Derr hatte erbauen lassen. Er antwortete ohne Zögern, er sei zu jung, um das zu wissen, doch die alten Leute seien sich darüber einig, daß das Heiligtum ungefähr dreihunderttausend Jahre vor dem Islam erbaut worden sei. Unter all jenen Alten sei es jedoch umstritten, ob Franzosen, Engländer oder Russen dieses großartige Bauwerk errichtet hätten. So wird in Nubien Geschichte geschrieben!

Ich setzte meinen einsamen Spaziergang fort und stieß bald auf Vater Bidant.

«Sie wirken besorgt, Champollion. Sollte Ihnen eine Unannehmlichkeit widerfahren sein?»

«Durchaus nicht», antwortete ich. «Vielmehr ein großes Glück ... das größte überhaupt.»

«Die berühmte Entzifferung, nicht wahr?»

Sein Scharfblick überraschte mich. Er bemerkte es.

«Mit neun Jahren haben Sie von der Entdeckung des Steins von Rosette erfahren», erinnerte er. «Mit dreizehn Jahren haben Sie beschlossen, daß Sie eines Tages die Hieroglyphen lesen würden. Mit zwanzig haben Sie den Lehrstuhl für antike Kultur in Grenoble erhalten. Seither verfolgen Sie Ihren Traum unermüdlich und versuchen, die wissenschaftliche Welt davon zu überzeugen, daß Sie Ihr Ziel erreichen werden.»

«Sie wissen über mein Leben besser Bescheid als ich selbst», staunte ich.

«Ich muß alles wissen über die Seelen, die mir anvertraut sind», erklärte er sehr ernst.

«Anvertraut?»

«So ist es, Champollion. Von höchster kirchlicher Stelle aus habe ich den Auftrag erhalten, Sie der Finsternis zu entreißen, wenn diese Sie zu verschlingen droht. Wir hatten die Befürchtung, dieser magische Zierat könnte Ihnen den Geist verwirren.»

«Die Hieroglyphen», widersprach ich, «sind kein nichtssagender Zierat. Sie sind Ausdruck eines Denkens. Möglicherweise sind meine Hoffnungen überzogen, aber ich glaube, daß die Ergebnisse meiner Arbeit nicht ohne Einfluß auf Geschichtsschreibung und Philosophie bleiben werden. Sprache und Schrift Ägyptens weichen so stark von den unseren und von allen bekannten Systemen ab, daß die Geschichte des Denkens, der Sprache, der Kunst nicht umhin kann, diese Gegebenheiten zur Kenntnis zu nehmen, die als ebenso bedeutsam wie neu angesehen werden müssen. Der Historiker wird in der ägyptischen Antike eine Struktur erkennen, die durch den Lauf der Generationen nicht vervollkommnet wurde, weil sie nicht vollkommener werden konnte: Ägypten ist immer es selbst, durch all seine Zeitalter. Immer groß und mächtig durch sein Wissen.»

«Können Sie nach dem derzeitigen Stand der Dinge absehen, welche Folgen Ihre Entdeckung bezüglich der biblischen Wahrheiten haben könnte?»

«Alles muß genau geprüft werden, Hochwürden. Die Ägypter waren den Hebräern voraus. Diese haben alles von ihnen gelernt. Moses war ein Ägypter, der sein Heimatland verlassen hat. Bald wird man Hunderte von Texten lesen, die uns die ägyptische Weisheit lehren, die reinste, die der Mensch jemals erkannt hat. Das wird unser Weltbild verändern.»

Der Geistliche senkte den Kopf, bis sein Kinn beinahe die Brust berührte. Er murmelte etwas Unverständliches und griff dann nach seinem Rosenkranz, den er nervös herunterbetete.

«Sehen Sie sich vor, Champollion», riet er, bevor er sich entfernte.

*

Hauptstadt hin, Hauptstadt her, Derr war nichts als ein großer Marktflecken, eine Ansammlung armseliger Behausungen, vor denen die Bewohner Schüsseln, Töpfe, Kessel und Kochlöffel ausgebreitet hatten, um den Reisenden ihren Reichtum vor Augen zu führen. Auf einem runden Lederstück bekamen wir ein nahrhaftes Gericht serviert: mit Safran gekochter Reis, Zwiebeln und Kichererbsen. Alle aßen mit gutem Appetit, im Bewußtsein, daß die Zeit der Entbehrungen zu Ende ging.

L'Hôte hatte seine gute Laune und Begeisterung wiedergefunden. Er trank reichlich Palmwein und wurde allmählich betrunken.

«General», begann er mit lauter Stimme, «ich habe mit dem *Reis* einen großartigen Plan ausgeheckt ... Ippolito ist einverstanden, und Lady Redgrave hat mir ihre Unterstützung zugesichert ... ich hoffe, Sie verweigern mir die Ihre nicht.»

Ich war beunruhigt. Was mein Zeichner andeutete, klang äußerst geheimnisvoll. Alle Anwesenden waren hellhörig geworden.

«Es ist ein etwas ungewöhnlicher Plan», fuhr L'Hôte fort, «doch er wird uns in lebhafter Erinnerung bleiben. Es ist zwar ein wenig Gefahr dabei, doch die können wir stark vermindern ...»

Diese Umschweife waren wenig geeignet, mich zu beruhigen. Ich bat ihn, zur Sache zu kommen.

«Es ist eine einmalige Gelegenheit, sagt der *Reis* … er garantiert für unsere Sicherheit, wenn wir uns an seine Anweisungen halten.»

Ungehalten verschränkte ich die Arme.

«Nun, L'Hôte! Was ist das für ein großartiger Plan, daß er so schwer auszusprechen ist?»

Er zögerte noch einen Moment.

«Eine große Krokodiljagd», gestand er voller Vorfreude.

*

Kurz vor der Morgendämmerung gönnte ich mir erneut das Vergnügen eines einsamen Spaziergangs zwischen den akazien- und palmenumstandenen Häusern. Die Bewohner schliefen noch. Vogelstimmen erfüllten die klare Morgenluft. Neben der erstaunlichen Sauberkeit der bescheidenen Hauptstadt waren wunderbare Sykomoren mit glänzendem Blattwerk ihr schönster Schmuck. Im wohltuenden Schatten der Bäume stand eine Moschee aus farbigem Backstein.

In der Nähe ein *Sebil*: ein Schutzdach, unter dem Händler lagerten, die mit langen, ausdauernden Karawanen aus dem Sudan gekommen waren. Sie schliefen dort zusammen mit ihren Sklaven, Frauen wie Männer. Ein Beamter, der die Palmsteuern eintreiben sollte, schlummerte auf einer Matte. Wie ein Schatten glitt ich leise vorbei, um diese Idylle nicht zu stören, war ich doch nur ein Zeuge des Augenblicks.

Ich kam zu der Uferstelle zurück, an der die Krokodilexpedition sich formierte. Der *Reis* und L'Hôte hatten mit meinem Einverständnis die *Dahabiie* und sechs weitere Schiffe ausgewählt und mit Ruderern, Matrosen und gewehrtragenden Jägern bemannt. Sichtlich begeistert stand L'Hôte im Bug des ersten Bootes, das den Angriff auf die Ungeheuer einleiten sollte. Strömung und Wind waren so heftig, daß die Schiffe pfeilschnell dahinflogen. Teils war die *Dahabiie* voraus, teils L'Hôtes Schiff. Die Matrosen fanden Gefallen an diesem Spiel und lieferten sich ein wildes Wettrennen. Entsetzt verbarg Vater Bidant sein Gesicht. Zwei Schiffe unserer kleinen Flotte prallten heftig gegeneinander. Ruder zerbrachen, Rücken wurden gestaucht. Ich gab dem Kapitän Befehl, die Geschwindigkeit zu drosseln, um Ausrüstung und Passagiere nicht zu gefährden.

In höchster Aufregung legte L'Hôte sein Gewehr an, bereit, auf den ersten Saurier zu schießen, der ihm vor die Mündung geriet. Doch weit und breit ließ sich kein Krokodil blicken. Ich gestehe, daß auch ich begierig war, eines dieser Ungeheuer auftauchen zu sehen, in denen sich der Gott Sobek verkörperte, Herr über die lebenspendenden Wasser.

Der Fluß verbreiterte sich, doch kleine Inseln machten das Vorankommen beschwerlich. L'Hôte stieß einen Freudenschrei aus, der alle zusammenfahren ließ. Auf einer kleinen Sandbank dösten fette Krokodile in der Sonne. L'Hôte schoß sofort, in der Hoffnung, eines von ihnen zu erlegen. Doch an dem dicken Panzer prallten die Kugeln ab. Vom Lärm erschreckt, schnellten die scheuen Tiere zum Wasser und ließen sich eilig hineingleiten.

Die Enttäuschung seitens der Jäger war groß. Verdrossen schossen sie ihre Waffen leer.

Soliman stieß mich beiseite und stellte sich vor mich.

«Bleiben Sie nicht hier. Gerade wurde auf Sie geschossen.»

*

Bei unserer Rückkehr nach Derr wurden wir von einer Horde Kinder begrüßt, die auf die Schiffe stürmten. Die Matrosen mußten etwas grob eingreifen, um diese allzu überschwengliche Eroberung zu bremsen. Sogleich brachen wir zum Tempel von Amada auf. Solimans Nachforschungen waren ergebnislos geblieben. Viele hatten ihr Gewehr benutzt. Es hatten sogar mehrere Jäger gleichzeitig geschossen.

Das Heiligtum beeindruckte die gesamte Expedition. Mitten in der Wüste gelegen, von tiefer Stille umgeben, ohne jeden äußerlichen Schmuck, war dieser Tempel aus der Blütezeit ein Bild der Erhabenheit.

Erst jetzt machte sich die Wirkung des Attentats auf mein Nervenkostüm bemerkbar, dem ich dank Solimans Eingreifen entgangen war, und der Tempel war mir dabei eine wahre Wohltat.

Obwohl unter Sanddünen begraben, war der Tempel von Amada noch immer ein heiliger Markstein des Überzeitlichen. Als ich ihn betrat, stellte ich zu meiner Verzweiflung fest, daß Kopten die pharaonischen Reliefs mit einem armseligen Gipsverputz überdeckt hatten, um den Tempel in eine Kirche zu verwandeln. Bisher hatte ich einem Drang widerstanden, der im Laufe unserer Reise durch Nubien in mir gewachsen war. Nun war es zuviel. Mit bleichem Gesicht wandte ich mich an L'Hôte.

«Bringen Sie mir einen Hammer.»

Mein Mitarbeiter zögerte nicht lang. Niemand wagte, mir eine Frage zu stellen. Alle spürten den übermächtigen Zorn in mir.

Ich griff nach dem Hammer, den L'Hôte mir reichte, und zerschlug ein großes Stück Stuck, woraufhin ein ägyptisches Relief ans Tageslicht kam, das noch in seinen ursprünglichen Farben leuchtete.

Vater Bidant wollte empört einschreiten, doch Rosellini und L'Hôte hielten ihn zurück. Kraftvoll und präzise setzte ich eine Arbeit fort, die ich vor allem als Huldigung an den Geist der Alten empfand. Stille Freude erfüllte mich. Indem ich diese weisheitliche Kunst wieder zum Leben erweckte, läuterte ich mich selbst.

*

Wir verbrachten zwei herrliche Tage mit unermüdlicher Arbeit im Tempel von Amada, erschlossen einen Großteil der antiken Szenen, bewunderten Säulen, die den dorischen Stil vorwegnahmen, zeichneten und notierten mit großem Eifer. Wie tief bewegte es mich, als ich mühelos eine Rede des Gottes Thot übersetzte, des Herrn der Hieroglyphen, dessen Worte ich endlich verstehen konnte!

Als wir nach Dakka aufbrachen, war mir das Herz leicht. Nach Amada hoffte ich auf ein weiteres Meisterwerk. Während die Sonne aufging, eilten L'Hôte und ich im Laufschritt zum Pylon von Dakka. Aus der ersten Hieroglypheninschrift, die ich erblickte, erfuhr ich, daß diese heilige Stätte Thot geweiht war. Es gab keinen Zweifel: Der Gott der Schreiber gewährte mir seine Gunst. Etwas respektlos, das muß ich gestehen, glaubte ich sogar an eine Art Augenzwinkern des erhabenen Thot, der ägyptische Merkur, Träger des Krummstabes, des Zepters der Götter.

Am 26. Januar beschäftigten wir uns mit dem kleinen Tempel von Dendur. Hier hatten wir wieder modernen Stil vor uns. Das unvollendete Bauwerk stammt aus der Zeit des Imperators Augustus. Obwohl wenig bedeutend in seinen Ausmaßen, war dieses Monument von besonderem Interesse für mich, denn es ist ganz der Inkarnation von Osiris in Menschengestalt gewidmet. Osiris, Überwinder des Todes … jenes Todes, der mir im Schlaf immer häufiger zulächelte.

Professor Raddi stieß einen Schrei aus, gefolgt von einem zweiten, dann von einem weiteren.

Wir eilten aus dem Heiligtum ins Freie. Der Mineraloge war glücklich wie ein Kind. Durch Zufall hatte er ein großartiges Echo entdeckt! Deutlich und klangvoll wiederholte es bis zu elf Silben. Rosellini war ebenso begeistert wie sein Landsmann und vergnügte sich damit, das Echo Verse von Tasso deklamieren zu lassen. Die Matrosen mischten Gewehrschüsse darunter, die sie von allen Seiten abfeuerten, und bekamen durch die Zauberei der Natur Kanonenschlag und Donnergrollen zur Antwort.

Für mich hielt das Schicksal leider einen anderen Klang bereit, der den ungetrübten Himmel zerreißen sollte. Ich benötigte ein neues Heft, um Hieroglyphenspalten zu notieren. Ich verließ L'Hôte, um Rosellini zu suchen, der außerhalb des Tempels Messungen durchführte. Als ich ihn nicht fand, lief ich zu einer nahen Anhöhe, an der das Echo mir Gesprächsfetzen zutrug. Ich erkannte die Stimmen von Lady Redgrave und Rosellini. Die Worte meines Schülers ließen mir das Blut in den Adern erstarren.

«Champollion ist kein größerer Gelehrter als ich», beteuerte Ippolito Rosellini. «Im Moment ist es unmöglich, ihn davon zu überzeugen. Ich lasse ihn in dem Glauben, daß ich mich als Untergebenen betrachte, während ich in Wirklichkeit mehr weiß als er. Wieder in Italien, werde ich ein großer Konservator, der das größte Museum der Welt schafft. Champollion ist ein Träumer, ein Idealist ... er wird es nicht verstehen, aus den Ergebnissen dieser Expedition Nutzen zu ziehen. Ich dagegen schon. Der einzige Ägyptologe, dessen Namen die Nachwelt behalten wird, bin ich. Selbst wenn ich Champollion aus dem Weg räumen muß.»

Mehr wollte ich nicht hören, und so kehrte ich um.

*

Nachdem wir von Dendur flußaufwärts den Wendekreis des Krebses überquert hatten, nahmen wir in Bet el-Wali Abschied vom Kreuz des Südens und ließen die herrlichen klaren Nächte Nubiens hinter uns. Ich warf einen letzten Blick auf diese Sterne aus einer anderen Welt und dachte an Don Calmet, den Mönch, der mir in freier Natur Anschauungsunterricht erteilt und als erster meine Sprachbegabung entdeckt hatte. Wie sehr hätte er diese Momente intensiver Besinnlichkeit geschätzt, in denen man den Himmel vom Ufer des Nils aus kennenlernte.

Sanft legte sich eine Hand auf meine Schulter.

«Was erwarten Sie noch, Jean-François?» fragte Lady Redgrave. «Ihr Ziel, die Hieroglyphen zu entziffern, haben Sie doch erreicht.»

«Neuigkeiten verbreiten sich schnell ... aber Sie schenken mir endlich Glauben!»

Sie antwortete nicht. Voller Hoffnung wandte ich mich ihr zu.

«Nicht mehr als bisher. Weshalb diese Reise fortsetzen, wenn Ihre Wünsche in Erfüllung gegangen sind?»

«Weil ich nun lesen muß! Theben entziffern, ins Herz der heiligen Stadt vordringen! Meine Arbeit beginnt erst, Lady Ophelia... eine Welt tut sich mir auf.»

«Und wenn Sie nur nach Theben zurückkehren, um endlich diesen berühmten Propheten zu treffen, dem Sie die Informationen überbringen wollen, die Sie zusammengetragen haben? Wenn Sie unbeirrbar den Plan verfolgen, der auf die letzte Schlacht gegen Drovetti zielt?»

Ich war zutiefst bestürzt. Von den einen verraten, von den anderen mißverstanden ... war es denn so schwer, ein Ideal zu vermitteln?

«Dieser Himmel ist der schönste der Welt», sagte sie. «Warum verderben wir ihn, indem wir uns belügen? Warum überlassen wir uns nicht unseren Gefühlen?»

Vielleicht hätte ich sie in die Arme nehmen sollen, ihr anvertrauen, daß jedes ihrer Worte mich erschütterte, ihr gestehen, daß ihre Schönheit die der adligen Frauen des Alten Ägypten war ... ich habe mich benommen wie ein Feigling. Ich bin geflohen. Doch ich wollte keine Zuneigung, die nicht auf grenzenlosem Vertrauen beruhte.

Ich zog die Einsamkeit dem Zweifel vor.

*

Philae kam näher. Wir kehrten nach Ägypten zurück und verabschiedeten uns von diesem armen Nubien, dessen Dürre meine Begleiter schließlich zermürbt hatte. Wieder auf ägyptischem Boden, konnten wir hoffen, ein etwas erträglicheres Brot zu essen als die mageren, ungesäuerten Fladen, die unser Chefbäcker uns tagtäglich bescherte, worin er dem arabischen Kneipenwirt ebenbürtig war, den man uns in Kairo als Meisterkoch präsentiert hatte.

Am ersten Februar gegen neun Uhr abends erblickten wir zuerst die mächtigen Granitwände, die den Nil säumten, dann die Felsen von Biga und schließlich den wunderbaren Eingangspylon des Tempels von Philae. Ich dankte seinen antiken Gottheiten Osiris, Isis und Horus dafür, daß wir zwischen den beiden Katarakten nicht dem Hunger zum Opfer gefallen waren.

Die Sterne funkelten. Mehrere nubische Familien empfingen uns mit Freudenrufen, als wir nicht weit vom Kiosk des Trajan von Bord gingen. Wir kamen in den Genuß eines Begrüßungskonzerts von Flöten und Tamburinen, in das L'Hôte mit seinem schönen Baß einstimmte, während Professor Raddi, in jeder Hand ein Stück Granit, zur größten Belustigung der Kinder die Schritte einer Gigue andeutete.

Rosellini reichte Lady Redgrave den Arm und half ihr aus der *Dahabiie*, um aufs neue in der Erde der Pharaonen zu graben. Seite an Seite bewachten Soliman und Moktar den Zugang zum Flaggschiff, um jeden Raubversuch von vornherein auszuschließen.

Während ich einen Kaffee trank, den mir der Oberaufseher von Philae angeboten hatte, zog mich jemand am Hosenbein. Ich beugte mich hinab und sah ein kleines Mädchen von vielleicht zehn Jahren. Sie trug ein wunderschönes rotes Kleid, sicher war sie der Mittelpunkt eines Festes gewesen.

«Sie müssen mitkommen», sagte sie.

Ich lächelte.

«Und warum?»

Konzentriert dachte sie nach, um sich den Satz ins Gedächtnis zu rufen, den sie zu sagen hatte.

«Ein guter Freund von Herrn Anastasy wartet auf Sie.»

Anastasy ... sein Name bürgte für Sicherheit. ‹Ein guter Freund› konnte nur einer der Brüder von Luxor sein. Unmöglich, Soliman ins Bild zu setzen, dem Moktar nicht von der Seite wich.

«Ich folge dir», antwortete ich dem Mädchen.

Flink führte sie mich auf die andere Inselseite, wo eine *Dahabiie* lag, die der unseren beinahe glich. Die zwei Matrosen, die den Zugang bewachten, verbeugten sich vor mir und gaben den Weg frei.

Das Mädchen hielten sie zurück und gaben ihr eine Puppe, die sie sogleich davontrug.

Ein Diener führte mich zur Kabine des Hausherrn. Sie war luxuriös eingerichtet: Ledersessel, ein Diwan, der Tisch aus Mahagoni, die Bibliothek aus Eichenholz.

Ein stattlicher Mann in den Sechzigern erhob sich und kam auf mich zu. Er trug einen weißen Anzug und rauchte Pfeife. Sein von tiefen Falten durchzogenes Gesicht war sonnengebräunt.

«Ich freue mich, Sie zu begrüßen, Champollion. Mein Name ist Lord Prudhoe.»

«Und Sie sind ein guter Freund von Anastasy ...»

«Und Ihr Bruder...»

Spontan umarmten wir uns, beide zutiefst bewegt.

«Sie werden der letzte von uns sein, Champollion. Mehemed Ali verfolgt uns. Er kommt einem nach dem anderen auf die Spur. Die Denunziation ist ein wirksames Mittel. Die meisten von uns haben Ägypten bereits verlassen. Man hält uns für eine revolutionäre Sekte. Ich unternehme eine große Forschungsreise nach Nubien und dann nach Arabien. Dort werde ich sterben, unter diesen Sonnen, die meine Erwartung niemals enttäuschen. Noch heute abend breche ich auf. Sie werden nach Theben zurückkehren, an die erhabenste Stätte des Universums. Drovetti und seine Männer erwarten Sie dort. Sie müssen wissen, daß Ihr Leben in Gefahr ist.»

«Wer von den Teilnehmern meiner Expedition verrät mich?»

«Ich weiß es nicht, Champollion. Sicher ist, daß alles schon vor Ihrer Abreise aus Toulon in die Wege geleitet wurde. Ich habe keinerlei Hoffnung, Ihnen den Aufenthalt in Theben auszureden. Ich werde nicht einmal versuchen, Sie davon abzubringen. Zu lange haben Sie darauf gewartet. Seien Sie sich jedoch bewußt, daß Sie von innen wie von außen gleichermaßen bedroht sind.»

Ich ließ mir nichts anmerken, doch Lord Prudhoes Warnungen erschütterten mich.

«Ich habe keine Wahl mehr. Ich habe die Hieroglyphen entziffert.»

Dieser Enthüllung folgte ein langes Schweigen.

«Es ist mir nicht gelungen, den Propheten zu treffen», fuhr ich fort, «aber ich habe eine Nachricht von ihm erhalten, in der er mir den Wert meiner Entdeckung bestätigt.»

«Nun», sagte Lord Prudhoe, «dann bleibt uns nur eine letzte Vorsichtsmaßnahme: Sie müssen Ihr Geheimnis teilen. Wenn Sie verschwinden, werde ich die Erkenntnisse weitergeben, die bislang in Ihrem alleinigen Besitz sind.»

Mir schnürte sich die Kehle zu. Er verlangte von mir, ihm meinen wertvollsten Schatz anzuvertrauen, den Kern meines Lebens, obwohl ich ihm noch nie zuvor begegnet war. Wie oft war ich zu gutgläubig gewesen, hatte mein Vertrauen einem jener Menschen geschenkt, die es benutzten, um mir zu schaden ... Lord Prudhoes durchdringender Blick verfolgte jeden Schritt meines inneren Kampfes. Gelassen zog er an seiner Pfeife.

«Geben Sie mir Papier», bat ich. «Ich werde es Ihnen erklären.»

Er lächelte nachsichtig.

«Schon gut, Champollion. Ihr Vertrauen genügt mir. Ich wäre unfähig, es zu verstehen. Sie allein sind in der Lage, Ihre großartige Entdeckung an zukünftige Generationen weiterzugeben. Doch noch eine Kleinigkeit ... ich habe ein Geschenk für Sie.»

Er entnahm seiner Bibliothek ein altes Werk, eine Abhandlung über die Hieroglyphen, verfaßt von einem ägyptischen Priester namens Horapollo, der in der Zeit der Griechen gelebt hatte.

«Den Text kennen Sie ... aber in diesem Exemplar ist er durch handgeschriebene Kommentare ergänzt, die Ihnen nützlich sein werden. Sie stammen aus der Feder eines Alten, über dessen Kompetenz Sie selbst urteilen werden. Für unsere Bruderschaft ist dieses Werk ein unentbehrlicher Schlüssel, dessen Benutzung Ihnen vorbehalten war.»

Begeistert stürzte ich mich auf dieses altehrwürdige Dokument, das mir Grundlegendes enthüllte: die dreifache Bedeutung der Hieroglyphensprache: lautlich, übertragen und bildlich, wobei sich zur Darstellung der Wirklichkeit meistens alle drei Aspekte verbanden. Nicht nur eine Sprache eröffnete sich, sondern eine neue Philosophie, eine Lebenssicht, die künftig als wesentliche Erkenntnis angesehen werden wird.

Ich hielt eine großartige Revolution des Denkens in Händen.

Sollte es einem Drovetti und ein paar Gaunern gelingen, ihre Verbreitung zu verhindern? Als er mich so von Gefühlen übermannt sah, schenkte Lord Prudhoe mir einen ausgezeichneten Portwein ein.

«Wenn die Götter Ihnen gewogen sind, Champollion, dann wird Ihre Expedition unabsehbare Folgen haben. Sie werden eine Wissenschaft begründen, eine Kultur neu aufleben lassen und vor allem eine Weisheit wiedererwecken, welche die Menschen von morgen dringend nötig haben.»

«Warum bleiben Sie nicht bei mir?»

«Es gehört zu unseren Regeln, daß wir uns in alle Winde verstreuen. Sie werden sich nach Norden wenden, ich nach Süden. Und so ist es gut.»

«Gibt es diesen berühmten Propheten Ihrer Meinung nach wirklich? Ist er Freund oder Feind?»

«Er ist Ihnen oft auf Flachreliefs begegnet, Champollion! Ein großgewachsener Mann mit Bart und einem langen Stab … ist das nicht das getreue Abbild eines hohen Würdenträgers am Hofe des Pharao, eines jener Bezirksherren, deren Aufgabe es war, Harmonie auf dieser Erde walten zu lassen?»

Ich hatte wenig Aufmerksamkeit bewiesen. Die Bruderschaft von Luxor hatte mir die heilsamste aller Fallen gestellt, nämlich die, die meiner Selbstgefälligkeit zusetzte.

Die ganze Nacht hindurch sprachen wir von unserer Vergangenheit und unseren Plänen. Wir vergaßen, daß es ein Morgen gab und der Himmel im Osten sich röten würde.

«Ich hasse Abschiede», erklärte Lord Prudhoe. «Ich möchte mich nicht verspäten. Auch Sie haben keine Zeit zu verlieren. Wir sehen uns wieder … in einem anderen Leben.»

Ohne weitere Umstände verließ Lord Prudhoe seine Kabine, um sich in den vorderen Bereich der *Dahabiie* zu begeben und dem Kapitän Anweisungen zu erteilen. Ich wartete am Ufer, bis das Schiff ablegte.

Das kleine Mädchen im roten Kleid schlief unter einer Akazie, die Puppe fest im Arm. Ich wollte sie nicht wecken, doch mein linker Fuß stieß an einen Stein. Das kleine Mädchen rieb sich die Augen, stand auf und griff nach meinem Arm.

«Hast du kein Geschenk für mich?» fragte es.

«Gefällt dir das hier?»

Ich gab der Kleinen ein besticktes Taschentuch.

Sie zog ihre Puppe damit an.

«Ich möchte gerne wissen ... wer hat dir dieses schöne Kleid geschenkt?»

«Der Herr von dem Schiff, das gerade davonfährt ... der, den man den Propheten nennt.»

ZWEIUNDZWANZIG

NACH DEN ERKUNDIGUNGEN, die Soliman in Assuan eingeholt hatte, hatte Drovetti die Gegend schon seit langem verlassen und hielt sich nun in Theben auf. Es wurde erzählt, seine Männer würden sich dort überall verteilen, unter dem Vorwand, es seien Grabungen geplant. Ich hätte einen sofortigen Aufbruch nach der ehemaligen Hauptstadt vorgezogen, doch zuvor mußten unsere beiden Schiffe, die *Isis* und die *Hathor*, instand gesetzt werden, um die sich während unseres nubischen Abenteuers niemand gekümmert hatte. Meine Begleiter nutzten diese Ruhepause, um gründlich auszuschlafen und sich nach Herzenslust satt zu essen. Mein Befinden war ausgezeichnet, und nach so vielen Erfolgen verspürte ich nicht die geringste Ermüdung, so daß ich die armseligen Überreste der antiken Tempel erneut durchforstete.

Am 8. Februar verabschiedeten wir uns vom antiken Syene.

Mittlerweile schreiben wir den 10. und sind noch nicht einmal bis nach Ombos gelangt, das man von Assuan bei normalen Wetterverhältnissen in neun Stunden erreicht; doch seit drei Tagen bläst ununterbrochen ein heftiger Nordwind, der uns auf den Wellen des zu einem kleinen Meer angeschwollenen Nils beständig um die eigene Achse kreiseln läßt. Mit viel Mühe haben wir in der Nähe von Melissah angelegt, wo sich ein bedeutungsloser Sandsteinbruch befindet; ansonsten sind wir bei bester Gesundheit, guten Mutes und bereiten uns darauf vor, Theben von Grund auf zu erforschen.

Ich freue mich schon auf die Post, die mich vielleicht erwartet. Die Briefe aus Paris sind ein wenig knapp geraten; man scheint dort zu vergessen, daß mich tausend Meilen von Frankreich trennen und die Abende lang sein können! Immer nur rauchen oder den Schläfer spielen! Was wir bräuchten, ist ein dickes Paket von Neuigkeiten aus Paris. Man halte mich nicht für anspruchsvoll; es steht mir beinahe zu, in Anbetracht der siebenundzwanzig Briefseiten, die ich gerade geschrieben habe und nun rasch abschließe, damit niemand behaupten kann, die geschwätzigsten Menschen der Welt seien jene, die gerade vom zweiten Katarakt zurückkehren.

Eine seltsame Benommenheit liegt über unserer Gemeinschaft. Vater Bidant hat sich wieder in seine Gebete vertieft; Professor Raddi sitzt auf der Brücke der *Hathor* und betrachtet in hartnäckigem Schweigen den Nil und die Berge; Rosellini ordnet seine wissenschaftlichen Notizen; L'Hôte überarbeitet Skizzen und Entwürfe. Ich meinerseits bringe Wörterbuch und Grammatik voran und arbeite in einer Art Wachtraum, in dem ich mit dem Gott Thot Zwiesprache halte, der mich in meiner Kenntnis der heiligen Sprache vorankommen läßt.

Unsere Reise verläuft nunmehr ohne Schwierigkeiten; Theben ist nicht mehr weit.

Wir waren begierig, diese imposanten Ruinen wiederzusehen. Unsere Mägen teilten die Ungeduld, denn es war von einem Schiff mit frischen Lebensmitteln die Rede, das mir nach Luxor gesandt worden sei. Das war eine weitere Höflichkeitsbekundung unseres ehrenwerten Generalkonsuls Drovetti, und wir hatten es eilig, in ihren Genuß zu kommen. Doch ein ungewöhnlich heftiger Nordwind hielt uns über Nacht zwischen Hermonthis und Theben fest, wir erreichten es erst am nächsten Morgen, dem 8. März, zu früher Stunde. Unsere Boote wurden am Fuße der Säulengänge des Tempels von Luxor vertäut, den wir nun gründlicher untersuchen wollten. Der

Zustand dieses herrlichen Götterpalastes hatte sich leider keineswegs verbessert. Noch immer verschandelten die Hütten der Fellahs seine schönen Portiken, ganz zu schweigen von dem baufälligen Haus eines *Brin-bachi* auf dem flachen Tempeldach, in das der Türke gewaltsam Löcher gehackt hatte, um seinen Kehricht zu entsorgen. Das Heiligtum bot uns keine bequeme und saubere Räumlichkeit, in der wir unser Quartier hätten aufschlagen können. So mußten wir bis zum Abschluß unserer Arbeiten im Tempel weiterhin auf den Schiffen wohnen.

Von Drovetti hieß es, er sei nach enttäuschenden Grabungen wieder nach Kairo gereist. Die von ihm gelieferten Vorräte wurden bei einem großen Festmahl aufgetragen, mit dem wir unsere Rückkehr nach Theben feierten. Gegen meinen Willen bestand Soliman darauf, von dem Fleisch, dem Gemüse und dem Obst zu kosten, das wir essen wollten. Nichts schmeckte verdächtig, bis er sich dazu durchrang, vom Bordeauxwein zu nippen. Minuten später litt er unter heftigem Magenbrennen.

Professor Raddi magnetisierte ihn sofort, während ein Matrose bitteren Kräutertee brachte. Die Schmerzen ließen nach, doch Soliman fieberte stundenlang.

«Gift», murmelte er, «Gift ...»

*

Am 23. setzten wir zum linken Ufer über und machten uns auf den Weg zum Tal Biban el-Moluk, wo die Pharaonengräber des Neuen Reiches liegen. Dieses Tal der Könige ist schmal, steinig, von hohen, vegetationslosen Bergen umgeben, und so herrscht darin mitunter unerträgliche Hitze. Dennoch hat sich unsere Karawane noch am selben Tag dort einquartiert, und wir haben die beste und großartigste Behausung bezogen, die in Ägypten zu finden ist. König Ramses, der sechste dieses Namens, gewährt uns seine Gastfreundschaft, denn wir bewohnen sein wunderbares Grab, das zweite auf der rechten Seite, wenn man ins Tal hineinkommt. In diese vorzüglich erhaltene Gruft dringt ausreichend Luft und Licht, so daß wir darin aufs beste untergebracht sind; wir haben uns in den drei ersten Räumen eingerichtet, die sich über eine Länge von 75 Schritt erstrecken; die zwischen 15 und 20 Fuß hohen Wände und die Decken sind über und über mit Reliefs bedeckt, deren Farben noch beinahe in ihrem ursprünglichen Glanz strahlen: Die Wohnstatt ist eines Prinzen würdig, abgesehen von der unpraktischen Anordnung der Räume. Der Boden ist vollständig mit Matten und Schilf ausgelegt. Unsere Leibgarde und die Bediensteten schlafen in zwei Zelten neben dem Grabeingang. So haben wir im Tal der Könige Quartier bezogen, wahrlich ein Ort des Todes, denn hier findet sich kein Grashalm, geschweige denn ein lebendes Wesen, ausgenommen die Schakale und Hyänen, die in der vorletzten Nacht kaum hundert Schritt von unserem Palast entfernt unseren Lastesel gerissen haben.

Glücklicherweise waren die Kordofankatze und L'Hôtes Gazelle von dieser Tragödie verschont geblieben, denn sie haben sich in der Sarkophagkammer einquartiert; in dieser Wohnstätte der Ewigkeit schlief ich friedlich auf meinem Feldbett, nahe der Seele des Pharao. Mein ehrwürdiges Schlafzimmer war mit einer Holztüre verschlossen, die von einer *Dahabiie* stammte.

Jede Nacht wartete ich, bis alle eingeschlafen waren, behutsam die selig schlummernde Gazelle streichelnd. Wenn ich die regelmäßigen Atemzüge der Schläfer hörte, entzündete ich eine qualmende Lampe, um das Programm für den folgenden Tag vorzubereiten. Man erwartete meine Anweisungen, ich mußte in der Lage sein, sie klar und ohne Zögern auszusprechen.

Draußen herrschte tiefe Stille, manchmal unterbrochen vom Heulen der Schakale oder Hyänen. Die Arbeiter in ihren Zelten waren daran gewöhnt und wachten nicht einmal auf.

Es waren meine schönsten Arbeitsstunden. Lebendigen Leibes in dieses Grab gelangt, das die Ägypter «Wohnstätte der Ewigkeit» nannten, gab ich mich seinen Mysterien und Symbolen hin, ohne sie analysieren zu müssen. Die Lehre der Pharaonen wirkte nicht über den Geist. Man mußte sich von ihr durchdringen lassen, mit den Flachreliefs leben, im Herzen dieser seltsamen Bilder, die nur vom Wesentlichen sprachen.

Die Ausgeruhtheit meiner Begleiter erfüllte mich mit Freude. Sie waren heiter, entspannt. Die Energie, die von diesen heiligen Mauern ausging, befreite mich beinahe vom Schlafbedürfnis. Beim Schreiben, bei den Gedanken an die nächsten Aufgaben verflog meine Müdigkeit. Das Außergewöhnliche dieser Momente war mir bewußt, und ich wollte mir keine Sekunde davon entgehen lassen. Meine Aufgabe war es, meine Begleiter und meine Arbeiter zu schützen, über ihr Wohlbefinden zu wachen; mein unsäglicher Genuß, mein höchster Lohn bestand darin, diese gemeinschaftliche Einsamkeit auszukosten, mich dem Geist der Alten nahe zu fühlen, ebenso wie den Menschen, die durch ihre Beharrlichkeit begannen, Ägypten von seinem Leichentuch aus Sand zu befreien.

Der Morgen kam stets zu schnell. Katze und Gazelle rissen mich erbarmungslos aus meiner Versenkung, indem sie mir, jede auf ihre Weise, rührend ihre Zuneigung zeigten. Die durchtriebenen Gesellen gaben vor, hungrig zu sein, und Rosellini ging auf ihre Listen ein und fütterte sie ein zweites Mal, wobei er ihnen italienische Koseworte zuraunte. Die Katze verbrachte die meiste Zeit mit Schlafen und hatte die Gazelle, deren unbestrittene Herrin sie war, mit dieser Vorliebe angesteckt.

Unsere beiden Ehrengäste schätzten die Besuche der Bauern gar nicht, die mit Schafen, Ziegen, Eseln oder Hühnern vor unserer königlichen Behausung auftauchten. Weder Katze noch Gazelle duldeten diese unerwünschten Eindringlinge, so daß wir sie ausnahmslos zurückweisen mußten.

Mit jedem Tag erwies sich unsere Unterbringung als angenehmer. Die lange, leicht abfallende Galerie zum Allerheiligsten war in der heißesten Tageszeit von sanftem Halbschatten erfüllt. Wohltuende Kühle ermöglichte unbeschwertes Arbeiten. Unter L'Hôtes Leitung wurden in buntem Durcheinander Kleidungsstücke, Waffen, Lebensmittel aufgehäuft. Bald erinnerte Ramses' Grab an eine Räuberhöhle! Mit unseren Bärten, unserer orientalischen Kleidung und unseren Säbeln an der Seite sahen wir aus wie gefährliche Abenteurer, bereit, dem erstbesten Feind die Kehle durchzuschneiden.

Um unseren Einzug zu feiern, richtete ich ein kleines Festmahl aus und kredenzte einen alten Burgunder. Wir erhoben unsere Gläser zu Ehren der Ramses-Dynastie, die uns so herzlich aufnahm. Wir hatten einen gewissen Piccini zu Tisch geladen, Stellvertreter Anastasys in Theben, dessen aufgeschlossener Frohsinn den unseren beträchtlich steigerte.

Nachdem er einen neapolitanischen Scherz zum besten gegeben hatte, beugte er sich zu mir herüber.

«Ich möchte Ihnen ein Anliegen vortragen», sagte er mir ins Ohr.

«Ich höre.»

«Haben Sie die Absicht, Ausgrabungen vorzunehmen?»

Ich zögerte mit der Antwort. Piccinis gutmütiges Gesicht erschien mir plötzlich feindselig, inquisitorisch. Brauchte er diese Information, um mir zu schaden? Verbarg seine freundschaftliche Maske die Tatsache, daß er ein Agent Drovettis war? Ich wollte Gewißheit. Also würde ich ihm meine Pläne enthüllen und sehen, wie er reagierte.

«Das habe ich tatsächlich vor.»

«Nur hier oder beidseitig des Flusses?»

«Beidseitig.»

«Mit welchem Geld?»

«Mit meinem eigenen, da die zugesicherten Mittel noch nicht eingetroffen sind.»

«Wenn es so ist, gestatten Sie mir eine Bitte», sagte er mit gesenktem Kopf und zitternder Stimme. «Nehmen Sie meine Kinder in Ihre Obhut.»

«Ihre Kinder? Aber wie alt…»

«Meine Kinder … will sagen meine Arbeiter. Sie graben schon seit vierzehn Jahren bei mir. Wenn Sie sie beschäftigen könnten, wäre mir das eine große Beruhigung.»

Ich schenkte ihm ein Glas Wein ein.

«Verlassen Sie sich darauf, Monsieur Piccini. Unsere Expedition ist nicht reich, aber wir werden so viele Arbeiter einstellen wie möglich.»

Sofort regelten wir die Angelegenheit mit Rosellini. Unsere Finanzen erlaubten uns, sechsunddreißig ‹Kinder› des italienischen Ausgräbers zu behalten, die sich schon am folgenden Tag unter Rosellinis Aufsicht an die Arbeit machen würden. Piccini war zu Tränen gerührt. Mein Schüler, dessen praktisch veranlagtes Wesen sich bei keiner Gelegenheit aus der Fassung bringen ließ, begann, Anweisungen zu erteilen, und betonte, er lege besonderen Wert auf Disziplin.

Nestor L'Hôte setzte sich neben mich.

«Ich muß Ihnen eine köstliche Geschichte erzählen», begann er verschmitzt. «Ein Türke hatte seine Frau in eine Lehre eingeweiht, die er in der Moschee erhalten hatte. Der Imam hatte vom Segen der Ehe und von ihren heiligen Pflichten gesprochen. Ein Paar, das seinen ehelichen Pflichten zu Beginn der Nacht nachkommt, so hatte er erläutert, vollbringt eine so verdienstvolle Tat, als opfere es einen Hammel. Diejenigen, die mitten in der Nacht noch einmal Tribut entrichten, tun in den Augen Gottes ebensoviel, als opferten sie ein Kamel. Die Lobenswerten, die bei Sonnenaufgang ein drittes Mal der Heiligkeit ihrer Verbindung Ehre erweisen, handeln mit ebensoviel Großmut, als ließen sie einen Sklaven frei. Die Gattin, die bekanntlich nur um das Heil ihres Gatten besorgt ist, bat zu Beginn der Nacht: ‹Opfern wir einen Hammel.› Der Mann gehorchte und schlief nach vollbrachter Tat ein. Doch seine Frau weckte ihn mitten in der Nacht und sagte: ‹Opfern wir ein Kamel.› Der Mann gehorchte erneut und schlief erschöpft wieder ein. Beim Herannahen des jungen Morgens erinnerte ihn seine treue und gläubige Gattin daran, daß die Zeit gekommen sei, um … einen Sklaven freizulassen. Er streckte ihr die Arme entgegen und rief beschwörend: ‹Mein Herz, *ich* bin dein Sklave! Lass mich frei, ich flehe dich an!›»

Nachdem das Gelächter verklungen war, wandte sich L'Hôte voller Ernst an mich.

«General … welche Aufgaben haben Sie in den nächsten Tagen für mich vorgesehen?»

«Wir werden uns bei lebendigem Leib in den Königsgräbern begraben und sie gründlich erforschen.»

«Haben Sie eine Auswahl getroffen?»

«Wir nehmen die schönsten …»

«Mit anderen Worten», gab L'Hôte zurück, der mich schon recht gut kannte, «wir nehmen sie alle. Wie lange beabsichtigen Sie, uns das Sonnenlicht vorzuenthalten?»

«Drei oder vier Tage …»

«Also mindestens zwei Wochen, General, wenn wir zügig arbeiten!»

Ich wagte nicht, L'Hôte zu widersprechen, denn er hatte meine heimlichen Absichten erraten. Verdrossen entfernte er sich, um lieber Professor Raddi zu lauschen, der sich in einen langen Monolog über die Klassifizierung von Graniten erging.

«Auf Ihr Wohl, Champollion!» rief Lady Redgrave mit herausforderndem Blick. «Möge das Tal der Gräber Ihnen wohlgesonnen sein!»

*

Schon bei Tagesanbruch eroberte unsere aus Eseln und Gelehrten zusammengesetzte Gesellschaft die königliche Nekropole der ruhmvollen Pharaonen aus dem Neuen Reich.

Der Eindruck war großartig: Trockenheit, senkrecht abfallende Felsen, verwitterte Hügel, die beinahe alle breite, durch die extreme Hitze oder durch unterirdischen Verbruch entstandene Klüfte aufwiesen, deren schwarzgeäderte Rücken aussehen, als wären sie teilweise verbrannt. Kein lebendiges Tier wagt sich in dieses Tal des Todes. Ausgenommen Fliegen, Füchse, Wölfe und Hyänen, denn diese vier hungrigen Arten waren durch unsere Einkehr bei Ramses und den Geruch unserer Küche angelockt worden.

Betritt man durch eine eindeutig von Menschenhand geschaffene Öffnung, an der noch wenige Reste ägyptischer Bildhauerei zu erkennen sind, den rückwärtigen Teil des Tals, so sieht man am Fuße der Hügel und auf halber Höhe viereckige, meist halbverschüttete Türen, deren Schmuck man nur aus der Nähe erkennt. Diese einander gleichenden Türen bieten Zugang zu den Gräbern. Eine Tür zu jedem Grab, denn ursprünglich war keines mit dem anderen verbunden. Jedes war abgeschlossen; erst die Schatzsucher der alten und neuen Zeit haben gewaltsam Verbindungen hergestellt.

Der unerschütterliche Wächter über das Tal ist ein hoher Berg, dessen Gipfel eine Art Pyramide bildet, von der man schwören könnte, sie sei von Menschenhand gemeißelt. Sie erinnerte mich an die Mutter aller Pyramiden, die Stufenpyramide zu Sakkara, von der die gesamte Sakralarchitektur ausgeht. Dieser Gipfel ist ein Hüter der Stille, die an diesem Ort jedes Wesen respektieren muß. Er überragt eine steinerstarrte Natur und kennzeichnet die Pforte zur Totenwelt.

Ich stattete den alten Königen von Theben in ihren Felspalästen meinen Besuch ab; von früh bis spät lief ich bei Fackelschein durch Kammerfluchten mit zumeist erstaunlich gut erhaltenen Reliefs und Malereien.

Hier war ich vollkommen glücklich und sorglos, als sei alle Gefahr verschwunden. Jedes Grab war Ausdruck eines eigenen Geistes und enthüllte einen Aspekt des hier verewigten Mysteriums. Da und dort lagen Bündel von Mumienbinden herum, auf die ich mich setzte, um meinen Gedanken nachzuhängen, bevor ich diese unterirdischen Paläste weiter durchforschte. Ein unbeschreibliches Gefühl … Dieses von der Ewigkeit und für die Ewigkeit erbaute Ägypten ließ mich die Weisheit körperlich erfahren, die jede Lebenszelle umfängt. Diese Grabstätten sind außerhalb unser sichtbaren Welt angelegt, als sollten sie den ältesten Göttern als Bleibe dienen, als hätte die Ursprungsmacht sie als letzten Rückzugsort gewählt. Im Herzen des Universums, in leuchtenden Schlaf versunken, wacht diese Urmacht über das Schicksal der Menschheit.

Als ich mit Nestor L'Hôte, der eine Kerze trug, zum ersten Mal in eine dieser tiefen Höhlen vordrang, begann dieser plötzlich zu zittern und wich zwei Schritte zurück, so sehr erschütterten ihn die Darstellungen von Schlangen, geköpften Menschen, messerbewehrten Geistern.

«Ich gehe keinen Schritt weiter», sagte er. «Das ist die Hölle.»

«Am Anfang, Nestor, nur am Anfang… halten Sie durch.»

Allen Ängsten zum Trotz fand sich mein Zeichner bereit, in das riesige Grab des Pharao Sethos I. vorzudringen, das weit ins Erdinnere führte. Bald wurde sein Mut belohnt. Wunderbare Szenen erschienen im Kerzenlicht: Mundöffnung, Durchschreiten der Tore ins Jenseits, Auferstehung des Lichtkörpers, Darstellungen der paradiesischen Gefilde, die den Gerechten vorbehalten waren … das Strahlen der Gold-, Blau- und Rottöne ließ uns ermessen, was Vollkommenheit sein konnte. Ich wies L'Hôte an, alles so zu zeichnen, daß wir in unseren Taschen eine exakte Kopie des Gesehenen nach Hause tragen konnten. Die bisherigen Publikationen erfüllten mich mit rasender Wut, denn sie entstellten den ägyptischen Geist auf das

Empörendste. Die Ägyptenkommission, Gau und die Engländer, die es gewagt haben, derart unförmige Skizzen von diesen großen und schönen Kompositionen zu verbreiten, sollten öffentlich ausgepeitscht werden. Ich will betonen, daß L'Hôte meinen Anforderungen gerecht wurde und den wahren und vielfältigen Stil der Monumente verschiedener Epochen mit gewissenhafter Treue wiedergegeben hat. Als wir am rückwärtigen Ende des Grabes unter der großen astronomischen Tafel standen, die die Decke schmückt, dankte ich L'Hôte voller Wärme für den unermeßlichen Dienst, den er Ägypten erwies.

Tiefbewegt, im Bewußtsein der Bedeutung seiner Arbeit, verdoppelte er seinen Eifer.

«Diese Bildhauerarbeiten sind noch vortrefflicher als jene, die wir in den Tempeln gesehen haben», bemerkte er anerkennend. «Doch weshalb blieb die künstlerische Vollkommenheit diesem Ort der Stille und der Finsternis vorbehalten?»

«Vielleicht, weil Schönheit nur im Verborgenen blühen kann», antwortete ich. «Was hier gezeigt wird, ist nicht das, was wir unter Kunst verstehen, sondern das Geheimnis der Ewigkeit.»

L'Hôte wurde von der Magie ergriffen, die jeden Zoll dieser Mauern durchdrang. Die verlassenen Räume belebten sich. Unter unserem achtsamen Blick wurden die mehr als viertausend Jahre alten Gestalten wieder lebendig. Alles war beseelt von einem anderen Leben, das außer Reichweite der menschlichen Niedertracht lag.

«Unmöglich, solche Schönheit wiederzugeben», beklagte sich L'Hôte. «Alles ist hier offenbart worden, und wir haben es verloren …»

«Das glaube ich nicht, Nestor. Was die Pharaonen in ihrer Wohnstätte der Ewigkeit festgehalten haben, ist eine Botschaft der Hoffnung.»

L'Hôte trat an den leeren Sarkophag. Die Mumie des Königs war verschwunden. Nur sein Geist war noch anwesend. Das

Gesicht vom flackernden Kerzenlicht beleuchtet, erinnerte der robuste Zeichner an einen modernen Aladin, der die Schatzhöhle entdeckt.

«Ein übermenschliches Werk», urteilte er. «Jawohl, übermenschlich ...»

Ich überließ ihn seinen Gedanken und blieb meinerseits vor einem Flachrelief stehen, das die Göttin Hathor darstellte, wie sie den König empfängt. Ein Faksimile dieses unvergleichlichen Meisterwerks war im Jahre 1828 im Rahmen von Belzonis Ausstellung in Paris gezeigt worden, doch niemand hätte solche Vollkommenheit des Originals für möglich gehalten. Nun war es an der Zeit, einen entscheidenden Schlag zu führen und der Welt zu beweisen, daß die ägyptische Kunst den bisher veröffentlichten erbärmlichen Zeichnungen weit überlegen war.

Ich rief nach L'Hôte.

«Nestor», sagte ich ihm, «ich sehe mich gezwungen, ein Sakrileg zu begehen. Ich muß dieses Grab beschädigen, um Ägyptens Glanz in Europa erstrahlen zu lassen. Gewähren Sie mir Ihre Vergebung als Künstler und als Ehrenmann.»

L'Hôte verschlug es die Sprache.

«Geben Sie mir Ihre Säge.»

Der Zeichner brachte mir das Werkzeug, das er meistens als Lineal benutzte.

Behutsam und mit Tränen in den Augen wagte ich es, eine profane Säge in das vollendetste der thebanischen Königsgräber zu treiben, und löste das Flachrelief heraus. Ich reichte es L'Hôte.

«Verpacken Sie es», sagte ich, vor Erregung zitternd. «Es ist mir wichtiger als mein Leben. Wenigstens dies muß heil in Paris ankommen*.»

*

* Das Flachrelief ist heute im Louvre zu sehen.

Ich konnte es kaum erwarten, die Gräber der anderen Ramses zu erkunden. Das von Ramses III. war schon im Altertum zum Besichtigungsort geworden. Müßige Schaulustige waren anmaßend genug gewesen, Malereien und Flachreliefs zu verschandeln, indem sie ihre Namen einritzten, um sich zu verewigen, wie es auch heute noch üblich ist. Von den Narren aller Zeiten sind hier zahlreiche Exemplare vertreten. Zunächst finden sich Ägypter aller Epochen, von denen die ersten hieratische, die späteren demotische* Schriftzüge hinterlassen haben; zahlreiche Griechen, nach den Formen der Buchstaben zu urteilen aus sehr früher Zeit; alte Römer aus der Zeit der Republik, die sich mit Stolz *Romanos* titulieren, Namen von Griechen und Römern aus der Zeit der ersten Kaiser; eine Menge Unbekannter aus der Spätzeit, die zwischen den Superlativen, die ihnen vorangehen oder folgen, verblassen; außerdem Namen und Gebete von Kopten; schließlich die Namen europäischer Reisender, welche die Liebe zur Wissenschaft, Krieg, Handel, Zufall oder Müßiggang in diese einsamen Gräber geführt haben mag.

Am meisten versprach ich mir vom Grab des großen Ramses, des Pharaos, der mir die Kenntnis der Hieroglyphen zugänglich gemacht hatte und dessen Wirken überall in Ägypten noch sichtbar war.

Schon am Eingang wurde ich von Fledermäusen attackiert, die das Licht meiner Kerze erschreckte. Sie flatterten in alle Richtungen, und die schwache Kerzenflamme drohte zu erlöschen. Eine krallte sich in meinem Bart fest. Ich versetzte ihr einen kräftigen Schlag auf die Flügel, und sie ließ los. Nachdem ich dieses Hindernis überwunden hatte, stimmte ich mich auf die zu erwartenden Wunder ein. Welche Schätze mußte der

* Das Hieratische ist aus den Hieroglyphen durch Abrundung und Vereinfachung abgeleitet, so daß ihr Bildcharakter verlorengeht; die Bezeichnung ist irreführend, denn das Hieratische ist eine profane Schrift, die an Tempelwänden niemals auftaucht. Das Demotische ist eine späte Schriftform, die in amtlichen Dokumenten Verwendung findet.

mächtigste aller Könige angesammelt haben, dessen Herrschaft dreiundsiebzig Jahre gedauert hatte!

Vor mir flüchteten zwei Vipern, die im Sand ihre bedrohliche Wellenspur hinterließen. Ich fürchtete sie nicht. Ebensowenig Angst empfand ich vor einem riesigen Skorpion, der in einer Felsspalte Zuflucht suchte. Dennoch bekümmerten mich diese zwielichtigen Gäste sehr; sie entehrten das, was das strahlendste aller Gräber hätte sein sollen, in dem sich der Unrat jedoch beinahe bis zur Decke türmte.

Der Zugang zur Grabkammer war verschüttet. Ich befahl zwei Arbeitern, mir einen Durchschlupf zu graben.

«Gehen Sie nicht hinein, General», redete L'Hôte mir zu. «Es ist zu gefährlich. Eines dieser Biester könnte sie stechen. Sie haben sich hier seit langem eingenistet. Das ist nun ihr Reich. Ich fürchte, sie haben sogar den großen Ramses höchstpersönlich vertrieben.»

Ich war nicht bereit, mich einer so trostlosen Wahrheit zu beugen. In der drückenden Hitze konnten die Arbeiter nur mühsam atmen. L'Hôte wollte hinaus.

«Kommen Sie mit mir, General. Bleiben Sie nicht hier. Es gibt nichts mehr zu sehen. Alles ist zerstört.»

Eigensinnig schob ich mich bäuchlings durch die enge Öffnung, die mit großer Mühe freigelegt worden war. Die Enttäuschung war bitter. Nach den Überresten zu schließen, war das Grab weitläufig angelegt und mit Bildhauereien besten Stils geschmückt gewesen. Bei umfassenden Ausgrabungen würde man sicherlich auf den Sarkophag des berühmten Eroberers stoßen. Leider besteht keine Hoffnung, die königliche Mumie hier zu finden, denn Diebe und Plünderer haben alles verwüstet. Wo ruht der große Ramses heute*? Wird man seine sterb-

* Die Mumie von Ramses wurde im «Versteck» von Deir el-Bahari gefunden, in das Priester sie heimlich zum Schutz vor Grabräubern gebracht hatten. 1881 wurde sie ins Kairoer Museum überführt.

liche Hülle eines Tages wiederfinden? Ein schweres Schicksal hat seine letzte Ruhestätte ereilt. Die unermeßlichen Reichtümer, die sie enthielt, sind verschwunden. Doch in seinen Tempeln lebt er weiter, und sein Name leuchtet noch immer über ganz Ägypten.

*

Rund um das Grab von Sethos I. herrschte fröhliches Treiben. Bedienstete eilten hin und her, um die Speisenfolge wohlgeordnet am Eingang der Gruft aufzureihen. Daneben stand Rosellini in türkischer Kleidung, die der neuesten thebanischen Mode Rechnung trug.

Als ersten empfing er Professor Raddi, der zu diesem Anlaß seinen europäischen Anzug wieder hervorgeholt hatte; dann Nestor L'Hôte mit geglättetem Bart und sorgfältig gestutztem Schnurrbart; dann Vater Bidant in gereinigter Sutane; schließlich Lady Redgrave in einem prachtvollen granatroten Abendkleid mit Goldschmuck, das Ganze gekrönt durch die Lapislazulikette, die ich ihr geschenkt hatte.

Ich führte meine Gäste ins Innere des Grabes, wo Soliman und Moktar die Tafel aufgestellt hatten. Eine weiße Tischdecke, Kerzenleuchter, ausgestreute Jasminblüten... die Festlichkeit würde sich des illustren Gastgebers, der uns beherbergte, als beinahe würdig erweisen.

Zu meiner Freude spürte ich, daß alle Geladenen glücklich waren. Beeindruckt von der Vollkommenheit der Malereien, wahrten sie Schweigen, wie es angemessen war. Niemals hatten wir einen erhabeneren Festsaal erlebt. Ägypten schenkte uns eines dieser Bankette der Ewigkeit, deren Geheimnis es besaß.

Mit dem Glas in der Hand erhob ich mich.

«Auf das Wohl von Belzoni, dem Entdecker dieses Grabes. Ohne ihn könnten wir diese Speisen nicht in der schönsten aller Auferstehungsstätten miteinander teilen.»

In meinem Herzen gedachte ich auch der Bruderschaft von Luxor, die mir neue Wege eröffnet hatte.

Soliman zog alle Blicke auf sich, als er ein Gericht hereintrug, das ich als außergewöhnlich ankündigte. Alle kosteten ... und wandten sich angeekelt ab! Ich wollte den jungen Leuten als besonderen Genuß eine neue Speise bieten: Krokodil in pikanter Soße, denn zufällig hatte man mir ein junges gebracht, das gestern früh erlegt worden war. Doch leider war das Fleisch verdorben. Außer einer ordentlichen Magenverstimmung würden wir nichts davon haben.

Ein Hammelragout, über dessen Zubereitung Nestor L'Hôte gewacht hatte, stellte die gute Laune wieder her, und ich erhob mich erneut.

«Ich bin sehr glücklich, unsere Gemeinschaft bei diesem Empfang zu Ehren der Person vereint zu sehen, die mir am meisten am Herzen liegt.»

Alle Blicke richteten sich auf mich, erstaunt, fragend. Lady Redgrave hielt den Atem an.

«Ich spreche von meiner Tochter Zoraïde. Am ersten März wollte ich ihren Geburtstag feiern, doch in Nubien war die Nahrung zu knapp ... heute können wir nach Herzenslust essen, ohne anderen zu schaden.»

Im Chor brachten meine Gäste einen herzlichen Toast aus. Dank des aus Kairo gelieferten Festmahls brauchten wir uns nicht zurückzuhalten. Während auf L'Hôtes Initiative fröhliche Gesänge angestimmt wurden, trat Lady Redgrave zu mir.

«Sie haben mir nicht gesagt, daß sie Vater sind ...»

«Sollten die Informationen Ihres Onkels etwa lückenhaft sein, Lady Ophelia?»

«Ihr Privatleben kümmert ihn nicht. Ihm geht es allein darum zu beweisen, daß Sie kein glaubwürdiger und ernstzunehmender Wissenschaftler sind.»

«Da muß ich ihm leider eine Enttäuschung bereiten.»

«Sie haben Ihre Frau nicht erwähnt, Jean-François.»

In ihrem Blick lag diese Zärtlichkeit, die sie so gut zu entfalten verstand wie ein ausgespanntes Netz, dem die Seele nicht entgehen kann.

«Ich habe von meiner Tochter gesprochen, deren Anwesenheit ich hier an meiner Seite spüre. Das muß Ihnen genügen.»

«Verzeihen Sie, ich wollte Sie nicht verletzen ... doch ich wünschte so sehr, Sie nicht mit einer Nebenbuhlerin teilen zu müssen.»

Sie ging davon. Den ganzen Abend sah ich sie nicht mehr unter vier Augen. Sie schwirrte von Raum zu Raum und ließ ihre Schönheit bewundern.

Als der Morgen nahte, hatten wir Scherze, Erinnerungen und Hoffnungen ausgetauscht. In meinem Herzen strahlte das Lächeln eines kleinen Mädchens so warm und so lebendig, daß ich, wenn ich die Augen schloß, glaubte, ich hielte sie in den Armen.

*

«General, kommen Sie, schnell!»

Jäh aus meinem kurzen Schlummer gerissen, sah ich einen aufgeregten L'Hôte vor mir.

«Ich war nicht müde», erklärte er. «Ich habe mit den Arbeitern angefangen zu graben ... und ich glaube, ich habe ein ungeöffnetes Grab entdeckt!»

Mit einem Schlag war ich hellwach, und L'Hôtes Begeisterung steckte mich an. Wir eilten zum Fundort, wo Rosellini, den der Lärm herbeigerufen hatte, uns bereits erwartete. Die Arbeiter standen beisammen und schwatzten über großartige Schätze, die ständig durch die Plündererbanden Thebens bedroht waren, ganz zu schweigen von Drovettis Männern.

Rasch legten wir den Eingang eines kleinen Grabes frei, das tatsächlich unversehrt war. Unsere Aufregung erreichte ihren Höhepunkt.

«General», begann L'Hôte inbrünstig, «ich bitte Sie um einen Gefallen. Ich möchte als erster hinein.»

«Kommt nicht in Frage», widersprach Rosellini scharf. «Sie sind nur Zeichner. Champollion und ich sind die wissenschaftlichen Leiter der Expedition. Wir allein sind befugt, einen archäologischen Fund aufzudecken.»

«Kein Italiener kann einem Franzosen Befehle erteilen», brauste L'Hôte auf, dessen Haltung inzwischen alles andere als friedfertig war.

«Genug jetzt», schaltete ich mich ein. «Ippolito, Sie haben das Vorrecht auf die Gegenstände, die wir in diesem Grab finden. Nestor, Sie werden es als erster betreten. Das wird Ihre schönste Erinnerung sein. Sie haben der Gemeinschaft so große Dienste erwiesen, daß Ihnen diese Gunst zusteht.»

L'Hôte triumphierte und hielt seine Ungeduld nicht länger im Zaum. Mit bloßen Händen legte er die Öffnung frei und schlüpfte mit einer Kerze hinein.

«Was sehen Sie?» fragte ich von draußen.

«Möbelstücke ... und Mumien, ein Mann und eine Frau mit Goldmasken ... und da, zu ihren Füßen ... gekeimte Weizenkörner in einem trogförmig ausgehöhlten Steinblock ... sogar lange Halme sind dabei.»

Ich folgte L'Hôte und erkannte das bemerkenswerte Symbol des ‹sprießenden Osiris›: aus dem Körper des Gottes wuchs neues Leben, die Auferstehung des Samenkorns, gestorben und wiederbelebt kraft der im Grab vollzogenen Riten. Wunderbare Dinge kamen zum Vorschein: Sarkophage, Gefäße, Statuetten. Ein bescheidenes Fundstück berührte mich mehr als alle anderen: eine unzerstörte, glänzende, runde Metallscheibe, die als Spiegel gedient hatte. Sie reflektierte die Sonnenstrahlen und tauchte das Gesicht dessen, der sich in ihr betrachtete, in gleißendes Licht.

Als ich das Grab nach mehreren Stunden begeisterten Arbeitens verließ, herrschte mich eine Stimme gebieterisch an:

«Zufrieden, Monsieur Champollion?»

In türkischer Kleidung, den Schnurrbart schwungvoll die Wangen hinaufgezwirbelt, mit üppigem Backenbart, musterte mich Bernardino Drovetti, Generalkonsul Frankreichs, mit finsterem Blick.

DREIUNDZWANZIG

Glücklich, Herr Generalkonsul? Nein, nicht nur glücklich ... außer mir vor Freude! Nubien hat meine Erwartungen sogar noch übertroffen. Was Theben angeht, es bezaubert uns stets aufs neue. Bald kann ich Sie über die bedeutendsten Funde unterrichten. Sie werden es nicht bereuen, Ihr Vertrauen in meine Expedition gesetzt zu haben. Gibt es Neuigkeiten über die zugesicherten Mittel, auf die ich noch warte?»

«Allerdings, Monsieur Champollion. Es ist Zeit, Ihre Arbeit zu beenden. Der König hat mich wissen lassen, daß Ihre Rückkehr nach Paris sich als unumgänglich erweist.»

«Haben Sie eine offizielle Nachricht erhalten?»

«Zweifeln Sie etwa an meinem Wort?» entrüstete er sich.

«Selbstverständlich nicht. Doch da dieses Dokument in erster Linie mich betrifft, würde ich den Wortlaut gerne selbst nachlesen. Auf sein Gedächtnis kann man sich nicht immer verlassen ... wann kann ich diesen Brief des Königs lesen?»

«Ich habe ihn in Alexandria gelassen. Ich gebe Ihnen noch ein paar Tage. Dann werden Sie Ihre Sachen packen. Ich erwarte Sie in Kairo, um Ihre Rückreise nach Frankreich vorzubereiten.»

Ohne eine Antwort abzuwarten, brach Bernardino Drovetti das Gespräch ab und lief schnellen Schritts zu einer Gruppe berittener Männer. Er bestieg sein Pferd und verschwand in einer Staubwolke.

*

Wir vertauschten das Pilgergewand endgültig gegen die Kleidung der Einheimischen und richteten uns mit mehr Bequemlichkeit in einem Haus in Qurna ein, direkt beim wunderbaren Tempel von Sethos I., dessen reliefbedeckte Säulen in der Abendsonne golden erstrahlen. Zwischen Gruppen von Sykomoren und Dattelpalmen wandern Ziegenherden umher. Unser Grabungshaus liegt über dem Weg zum Tal der Könige. Wir wohnen zwischen der Welt der Lebenden mit ihren grünen Äckern, ihrem Kindergeschrei, ihren Fellah-Hütten und dem Jenseits, das auf unserer Erde durch Tempel und Gräber sichtbar geworden ist. Kein Grashalm mehr, nichts als Steine und eine göttliche Sonne.

Dieses Haus in Qurna liebte ich auf Anhieb, und ich wußte sofort, daß es mir mehr behagen würde als der prunkvollste Palast. Es lud dazu ein, tätig zu werden, ohne Unterlaß zu arbeiten, zu entdecken. Am Ufer der Toten erbaut, lächelte es den Lebenden zu. Wohnlich, kühl, still, gab es uns die nötigen Kräfte für das bevorstehende Tagwerk. So bescheiden es war, machte es uns zu Prinzen. Alle waren begeistert von ihren mit Kissen und Teppichen eingerichteten Zimmern.

Rosellini, der mein Gespräch mit Drovetti beobachtet hatte, trug eine besorgte Miene zur Schau. Während ich Bücher und Manuskripte in eine behelfsmäßige Bibliothek räumte, kam er zögernd heran.

«Meister … wie lange werden wir noch hierbleiben?»

«So lange wie möglich.»

«Der Generalkonsul schien ungehalten … hatte er etwa Forderungen an uns?»

«Sollten Sie dergleichen gehört haben?» fragte ich beunruhigt.

Eingeschüchtert wich Rosellini zurück.

«Keineswegs … es war nur ein Eindruck.»

«Drovetti hat seine Forderungen. Ich habe die meinen. Kümmern Sie sich nur um die Arbeit und um die fortwährende Vervollkommnung Ihres Wissens, Ippolito. Alles andere lassen Sie meine Sorge sein.»

«Wie Sie wünschen, Meister.»

Gekränkt verließ Rosellini mein Zimmer und gab Vater Bidant die Tür in die Hand, der um eine Unterredung bat.

«Die Neuigkeiten sind nicht gerade berauschend, wie es scheint.»

Erstaunt hob ich die Augenbrauen.

«Welcher schlechte Wind hat sie Ihnen zugetragen, Hochwürden?»

«Oh, Champollion! Zu meinen Aufgaben gehört es, den Seelen die Beichte abzunehmen ... die Informationen fließen mir zu, ohne daß ich darum bitte. Und außerdem ... Moktars Verhalten ist vielsagend. Er möchte Sie in aller Heimlichkeit treffen und hat mich damit betraut, Ihnen diese Nachricht zu übermitteln.»

«Worum geht es?»

«Er will sich nur Ihnen anvertrauen. Er wartet den ganzen Tag im Ramesseum auf Sie.»

*

Tamariskenwäldchen umgeben das Ramesseum, die Ruinen des großen Ramsestempels. Trotz der Zerstörung ist es das erhabenste und eleganteste der wunderbaren Bauwerke Thebens. Der erste Pylon stellt Kampfesszenen dar, in denen Pharao als Repräsentant des göttlichen Lichts der Herrschaft von Chaos und Finsternis ein Ende setzt. Im rückwärtigen Teil des ersten Hofes liegt ein auseinandergebrochener Koloß, der gigantischste, der je von ägyptischen Bildhauern geschaffen wurde. Aus einem einzigen Granitblock gemeißelt, trägt sein Gesicht zugleich den Ausdruck von Kraft und Heiterkeit in vollkommener Harmonie. Lange strich ich mit der Hand über die gewaltige Schulter, in Gedanken an das glorreiche Zeitalter, in dem der königliche Koloß aufrecht stand und gen Sonnenaufgang blickte.

Ehrfurchtsvoll wanderte ich durch die Hypostylhalle, deren etwa dreißig Säulen durch ihre majestätische Eleganz den Blick selbst derer entzücken würden, die gegen alles, was nicht griechische oder römische Architektur ist, eingefleischte Vorurteile hegen. Ich schrieb die Namen der zahlreichen Ramsessöhne ab, die hier versammelt waren, um die fortwährende Auferstehung ihres Vaters zu zelebrieren. Hinter der Hypostylhalle fand ich zwei kleine Säulensäle. An der Rückwand des ersten, eine wunderbare Darstellung des Pharao auf seinem Thron, unter dem Laubdach einer Persea, ein tiefgrüner Baum mit herzförmigen Blättern; verschiedene Gottheiten schrieben die heiligen Königsnamen auf. Im zweiten Saal, der, wie die Inschriften besagten, mit reinem Gold ausgekleidet gewesen war, empfingen mich am Fuß der Türpfosten eingemeißelt zwei seltsame Gestalten: ein ibisköpfiger Thot mit Pinsel und Palette und eine Göttin, Sechat, die als Verfasserin der göttlichen Bücher ebenfalls eine Palette trug.

Ich war überzeugt, eine Bibliothek zu betreten ... die Bibliothek des Ramesseum, des Palastes der großen Ramses! Hier waren die bedeutendsten Bücher der ägyptischen Kultur gesammelt. Andere Darstellungen zeigten: das Ohr, welches das göttliche Wort empfängt, das Auge, welches fähig ist, die Welt neu zu erschaffen, den Gott der Rede, den der Intuition. In diesem Raum, der nur wenigen zugänglich gewesen war, wurden Bücher über Rituale aufbewahrt, über den Schutz des Tempels, über seine Führung, über die Pflichten der Priester, über die Aufstellung der materiellen Güter und der Kultgegenstände, über die Kenntnis der Bewegungen von Sonne, Mond und Planeten, über die Wiederkehr der Sterne, über die Feierlichkeiten, über die Anordnung der Mauern gemäß magischer Gesetze, über das Bannen böser Kräfte, über den Schutz der

Götterbarke, über die großen Stunden der Auferstehung, über die Alchimie. Die gesamte heilige Wissenschaft, die den Alltag Ägyptens bestimmte, war hier zusammengetragen und würde den zukünftigen Ägyptologen unzählige Forschungsrichtungen weisen.

Von einem Schwindelgefühl erfaßt, dehnte ich meine Erkundung auf den Bereich hinter dem Koloß aus. Dort stieß ich auf die Überreste eines großen, von einer mächtigen Akazie verborgenen Pylonen, auf dem sich Szenen der Schlacht von Kadesch gegen die Hethiter fanden. Von seinen Truppen verlassen und von Tausenden von Feinden umzingelt, erfährt Ramses dort die Prüfung der Einsamkeit. Als er nahe daran ist, der Übermacht zu erliegen und seine Kultur unter den Fäusten der Barbaren zusammenbrechen zu sehen, ruft er die Gottheit an: «Mein Vater», spricht er, «warum hast du mich verlassen? Ich habe dich niemals verraten!» Das Wunder geschieht. Der Geist des Gottes schwebt vom Himmel hernieder, inkarniert sich in Pharao und beseelt ihn mit seiner mächtigen Kraft. Alleine, aufrecht in seinem Streitwagen, durchbricht Ramses den Ring der Feinde, zersprengt sie und treibt sie in den Euphrat, in dessen Fluten sie ertrinken.

Fasziniert von dieser mythischen Schlacht und der Erkenntnis, wie viel das Christentum dem Gedankengut der Alten Ägypter verdankt, fiel mir plötzlich ein, daß ich Moktar vergessen hatte. Im Bann des Ramesseums hatte ich mich in der Geschichte seiner lebendigen Steine verloren.

Moktar war nicht weit. Er saß unter einer großen Akazie und rauchte eine langstielige Pfeife. Sicher hatte er mich beobachtet, während ich im Tempel umherwanderte.

Ich zerteilte das hohe Gras, das uns vollkommen verbarg, und setzte mich neben ihn.

«Was hast du mir zu sagen, Moktar?»

«Allah ist barmherzig ... er enthüllt dem Menschen seine Fehler und Irrtümer. Er hat mich erleuchtet, denn ich habe mich sehr getäuscht. Besonders in Ihnen. Mein Gebieter, Generalkonsul Drovetti, beschrieb Sie als einen gefährlichen, ehrgeizigen Mann, zu allem bereit, um Ihre Gier nach Ruhm zu befriedigen, rücksichtslos gegen die Menschen, Ihre Bediensteten verachtend … ein wahrer Wüstenschakal. Doch im Laufe dieser langen Reise habe ich Sie erlebt. Ich habe erkannt, wer Sie wirklich sind.»

Ich war sprachlos. Was sollte ich von diesen Worten halten? Konnte ich Drovettis Verwalter Glauben schenken?

«Ich bewundere meinen Herrn», fuhr er fort. «Er hat mir ein Haus gegeben, mir ermöglicht, eine Familie zu gründen … er vertraute mir, ich vertraute ihm. Ich habe für ihn getötet, weil ich der Meinung war, daß seine Befehle den Willen Allahs nicht verletzten. Diesmal ist es etwas anderes … Sie sind ein gerechter Mensch. Gott allein beschließt, dem Leben des Gerechten ein Ende zu setzen. Niemand darf sich anmaßen, ihm zuvorzukommen. Ich weigere mich, das Werkzeug eines Schicksals zu sein, das nicht von Ihm ausgeht. Darum habe ich meinem Herrn zum ersten Mal den Gehorsam verweigert. Ich habe nicht versucht, Sie zu töten, ich habe nichts von Ihren Entdeckungen, Ihren Plänen und Ihren Zusammenkünften preisgegeben. Ich habe ihm nur mein Schweigen übermittelt, als habe sich nichts ereignet. Doch mein Herr ist ein scharfsichtiger Mann. Er wird bald durchschauen, daß ich ihn belogen habe, so wie er mich belogen hat. Dennoch werde ich ihm weiterhin dienen, wenn er es wünscht. Sie sind nicht nur von Freunden umgeben. Verlassen Sie Theben so schnell wie möglich. Ihre Anwesenheit durchkreuzt höchst bedeutende Belange. Ich werde verschwinden. Wir werden uns nicht wiedersehen. Möge Allah Sie schützen.»

Bevor ich ihm Fragen stellen konnte, verließ Moktar den Schatten der Akazie und verschwand zwischen den Ruinen.

Im Verborgenen, mit dem Rücken an die Stirn des umgestürzten Kolosses gelehnt, hielt Soliman Wache.

*

Es blieben mir also nur noch wenige Tage, um Theben zu erforschen. Theben, das mir Sicherheit gab, mich bezauberte, mich wachsen ließ. Ich hätte Drovettis Ultimatum ernst nehmen sollen. Doch die Zeit existierte nicht mehr. Es gab zuviel zu tun.

Der Vorarbeiter hatte mir geraten, die Stätte von Deir el-Bahari zu untersuchen. Also überließ ich meine Mitarbeiter ihren Grabungen, nahm einen gefügigen Esel in meinen Dienst und ritt durch die frische Luft des frühen Morgens.

Welch einen beeindruckenden Anblick bot dieses stilistisch einzigartige Heiligtum! Trotz der Sandverwehungen erkannte ich zweifelsfrei eine Folge von Terrassen, die mittig durch eine Rampe verbunden waren und zur senkrechten Felswand hin anstiegen. Der Urheber dieses glänzend einfachen Bauplans hatte den Fels als rückwärtige Wand des Allerheiligsten benutzt und so den von Menschenhand erbauten Tempel unauflöslich mit dem von Gott geschaffenen Berg verbunden.

Ehrfurchtsvoll wanderte ich Schritt für Schritt durch diese Bauwerke mit ihren Bildhauereien von unglaublichem Detailreichtum. Die Flachreliefs sind so unfaßbar fein, daß man sie nur in jener Stunde entziffern kann, in der das Sonnenlicht darauf fällt. Jedes Detail, jede Hieroglyphe, die Gesichter der Götter, die Farben ihrer Gewänder sind ausnahmslos Meisterwerke, die einem den Atem stocken lassen. Hier herrschte göttliche Reinheit, die die Beschädigungen durch die Christen nicht schmälern konnten. Und welche Wunder mag der Sand verbergen, den abzutragen ich keine Gelegenheit haben werde*!

* Die wunderbaren Reliefs über die gewaltige Expedition ins sagenumwobene Land Punt, die die Pharaonenkönigin nach Weihrauch für den Gott Amun ausgesandt hatte, blieben Champollion vorenthalten.

Eine weitere Überraschung erwartete mich. Beim Lesen der Inschriften entdeckte ich zu meinem Erstaunen die Existenz eines Königs, von dem die alten Listen nichts wußten, ein traditionsgemäß barttragender und dem pharaonischen Erscheinungsbild entsprechender König, über den jedoch in weiblicher Form berichtet wurde, als handele es sich um eine Königin! Nachdem ich mich den größten Teil des Tages mit dieser Frage befaßt hatte, gelangte ich zweifelsfrei zu dem Schluß: eine Frau namens Hatschepsut hatte Ägypten als Pharao regiert, mit den gleichen Rechten und Pflichten wie ein männlicher Herrscher. Ich werde meine Aufstellungen und meinen Entwurf der ägyptischen Geschichte abändern müssen.

Das sanfte Licht des Sonnenuntergangs überzog die Säulen von Deir el-Bahari mit seinem Gold. Die Silhouette der Göttin Hathor zeichnete sich vor dem tiefblauen Himmel ab, der sich purpurn und orange färbte. Dieses Antlitz war das schönste und reinste, das zu sehen mir vergönnt war. Ich war tief berührt von der Sanftmut ihrer Gesichtszüge, von diesem Stein, der so fein poliert war, daß er glänzte wie ein funkensprühendes Juwel. Mir stiegen Tränen in die Augen. Wie hatte ein Bildhauer so vollkommen mit dem Genie seiner Hand eins werden können, daß es ihm gelungen war, himmlische Schönheit auf Erden darzustellen?

Gesang stieg vom Dach der oberen Tempelterrasse auf. Ein betörendes Lied von der aufkeimenden Liebe zwischen einem Sheik und einem Beduinenmädchen. In ihm lag all die Poesie der Wüstenbewohner, die sich seit uralter Zeit am Lagerfeuer von Generation zu Generation ihre Überlieferungen erzählen. Die Stimme war klangvoll und zart. Die Melodieführung folgte den dramatischen Momenten der Handlung. Der Sheik hatte das junge Mädchen heimlich beobachtet. Unsterblich verliebt, pries er ihre großen, schwarzen Augen, flink wie die einer Gazelle, ihre stolze und geschmeidige Gestalt, ihre Brust, die zwei Granatäpfeln glich, ihre Worte, süß wie Honigseim. Von seiner

Leidenschaft verzehrt, fand der Sheik keinen Schlaf mehr. Welche Kämpfe hatte er zu bestehen, um seine Liebste zu erobern! Er mußte die Eltern überzeugen, seine Rivalen ausstechen, das Herz der Schönen gewinnen ... die Erzählung nahm einen glücklichen Ausgang. Hand in Hand liefen die beiden jungen Liebenden zum Zelt des Vaters des jungen Mädchens, um dort ihre Eheschließung zu feiern.

Die letzten Noten des Gesangs verklangen mit dem letzten Aufleuchten der blutroten Sonne, die hinter den Bergen versank. Einige Minuten würde das Ufer der Toten zwischen Nacht und Tag verharren, eingetaucht in ein Lichterspiel von tausend Farbschattierungen aus Gold, Rot und Purpur, die in unendlich zärtlicher Umarmung verschmolzen.

Ich wollte wissen, wem diese bezaubernde Stimme gehörte! Ich stieg über verstreute Steinblöcke und sah eine junge Beduinenfrau am Fuße der Säule sitzen, unter dem Schutz eines Kapitells mit dem Kopf der Göttin Hathor. Sie spielte eine kleine Flöte mit hellem Klang, der sich in die Andacht des vergehenden Tages fügte. In einem langen grünen Gewand, eine weiße, goldumsäumte Kappe auf dem Kopf, intonierte die junge Beduinenfrau eine uralte, sehnsuchtsvolle Melodie.

Als ich näher trat, sah ich endlich ihr Gesicht.

«Lady Redgrave! Zu welchen Verwandlungen sind Sie nur fähig?»

Sie spielte ihre Flöte weiter, als gäbe es mich nicht. Sie zu unterbrechen wäre sträflich gewesen. Ich gab mich dem schlichten Glück dieser zeitlosen Musik hin und wartete, bis die letzten Töne verklungen waren.

«Dies ist mein Lieblingsplatz», sagte sie, träumerisch in den Sonnenuntergang blickend. «Hier herrscht die Liebe uneingeschränkt. Ist ihre Göttin nicht die anspruchsvollste von allen? Verlangt sie nicht von uns, unser geheimstes Wesen zu offenbaren? Wer ihr sein Vertrauen versagt, verdient nur den Tod ...»

«Gelten diese Worte auch für Sie, Lady Ophelia?»

«Ich habe auf Sie gewartet, Jean-François. Ich wußte, Sie würden kommen.»

«Haben Sie dem Vorarbeiter befohlen, mich hierherzu schicken?»

Sogleich bereute ich meinen aggressiven Ton. Sie antwortete nicht und blickte weiter zum Horizont.

«Warum wollen Sie mir nicht von Ihrer Frau erzählen?»

«Sind Sie verheiratet, Lady Redgrave?»

Der Nordwind erhob sich und brachte den Lebenshauch, den Pharao Tag für Tag allen Wesen zuteil werden ließ.

«Ja, ich bin verheiratet.»

«Erzählen Sie mir von Lord Redgrave?»

«Er ist vollkommen. Er verwaltet seine Ländereien, veranstaltet Hetzjagden, ehrt Gott und die englische Krone. Er verstößt niemals gegen den guten Geschmack. Sonst gibt es nichts über ihn zu sagen.»

«Weiß er von Ihrer Reise nach Ägypten?»

«Lord Redgrave verabscheut die Hitze, ich die Kälte. Das schafft eine unüberwindliche Kluft zwischen uns.»

«Haben Sie Kinder?»

«Lord Redgrave und ich sind uns nur ein einziges Mal begegnet: am Tag unserer Hochzeit. Wir haben voneinander bekommen, was wir wollten: er mein Vermögen, ich seinen Titel und meine Freiheit. Die Freiheit, meinem Land so zu dienen, wie ich es verstehe, und zu reisen. Und Sie, Jean-François, was haben Sie von Madame Champollion erwartet? Weshalb bleiben Sie ihr verbunden?»

Sie stieg von ihrem Vorsprung herunter, kniete vor mir nieder und ergriff meine Hände.

«Warum mehr wollen als diesen Augenblick, Lady Ophelia? Warum mehr vom Leben verlangen als dieses Glück, diesen Tempel, diese göttliche Liebe, die uns umgibt?»

«Das Göttliche genügt mir nicht. Bislang haben wir einander aus Angst belogen; aus Angst sind wir geflohen … Liebe, wahre Liebe kennt solche Listen nicht. Dieser Tempel ist für Sie geschaffen. Behalten Sie die Geheimnisse Ihrer Vergangenheit für sich, wenn Sie wollen. Meine Aufgabe droht zu scheitern … doch welche Bedeutung hat das, wenn wir beieinander bleiben?»

«Dieser Tempel gehört Hathor, der Himmelsgöttin. Wir sind hier nur vorübergehend zu Gast. Wir haben kein Recht, sie mit unseren Wünschen zu bedrängen.»

«Und wenn Sie Ihre Wissenschaft dem Wüstenwind überlassen würden? Wenn Sie akzeptieren würden, ein Mensch zu sein wie alle anderen?»

«Das würde nichts ändern», sagte ich. «Dieses Heiligtum würde in der himmlischen Welt bleiben und wir in der der Menschen.»

Brüsk wandte sie sich ab.

«Sie sind ein Ungeheuer!»

Sie ergriff ihre Flöte und zerbrach sie in zwei Stücke, die sie von sich warf. Dann rannte sie auf das Tal zu, durch das der Nil seinen langen Silberfaden zog, der im letzten Tageslicht glitzerte.

*

Am nächsten Morgen bestand Rosellini darauf, mich zum Amenophium zu führen, dem riesigen Grabtempel von Amenophis, dem dritten seines Namens, den die Griechen mit dem Memnon ihrer Heldensagen gleichzusetzen beliebten. Amenophis III. war der glanzvollste aller thebanischen Herrscher gewesen, er hatte über die reichste Stadt der Welt regiert. Sein Tempel mußte großartig sein.

Die Enttäuschung war niederschmetternd.

Man stelle sich eine Fläche von etwa 1800 Fuß Länge vor, durch die Ablagerungen der Überschwemmungen eingeebnet und mit hohem Gras bedeckt; an vielen Stellen ist die Oberfläche aufgerissen, und es ragen Überreste von Architraven*, Teile von Kolossen, Säulenschäfte und Bruchstücke von riesigen Flachreliefs hervor, die der Flußschlamm noch nicht völlig begraben und den neugierigen Blicken der Besucher unwiderruflich entzogen hat. Mindestens achtzehn Kolosse standen hier, von denen die kleinsten zwanzig Fuß hoch waren. All diese Monolithe aus unterschiedlichen Gesteinen sind zerbrochen, ihre riesigen Gliedmaße liegen überall verteilt, teils an der Erdoberfläche, teils in von heutigen Ausgräbern geschaufelten Gruben. In diesem Trümmerfeld fanden sich die Namen zahlreicher asiatischer Völker, deren Führer rund um die Basis der Kolosse als Gefangene abgebildet waren. Die griechischen und lateinischen Inschriften hier waren mir viel zu modern, ich ließ sie im Stich, um mich in das antike Dorf Deir el-Medina zu begeben, den Bezirk Thebens, den ich als nächsten untersuchen wollte, bevor der von Drovetti gewährte Aufschub verstrich.

*

Deir el-Medina interessierte mich schon seit langem. Viele Objekte von dort waren durch meine Hände gegangen. Rosellini hatte einige für sein Museum erstanden. Er und L'Hôte begleiteten mich. Im Rhythmus unserer Esel bewegten wir uns gemächlich voran, gefolgt von Soliman und einem Dutzend Arbeiter, die uns begleiteten, um den Eingang eines Grabes oder eines Heiligtums freizulegen.

L'Hôte kam an meine Seite.

«General, Sie verheimlichen mir etwas. Das ist sonst nicht Ihre Art. Es muß etwas Schlimmes sein ...»

«Nämlich, Nestor?»

«Drohungen. Man hat Ihnen erneut gedroht. Es ist eine Ver-

* Querverbindungen zwischen Säulen. (A.d.Ü.).

schwörung gegen Sie im Gange, und Sie weigern sich, entsprechend zu reagieren. Weshalb verschmähen Sie meine Hilfe?»

«Weil ich von diesen Intrigen nichts weiß, bis auf die Tatsache, daß Drovetti der Drahtzieher ist, wahrscheinlich mit Billigung des Paschas.»

«Wo ist Moktar?»

«Er hat die Expedition aus eigenem Antrieb verlassen. Wir werden ihn nicht wiedersehen.»

«Was gedenken Sie zu tun?»

«Nichts. Weiter arbeiten und graben. Wir sind wohlbehalten aus Nubien zurückgekommen, wo die schlimmsten Gefahren auf uns lauerten. Theben kann sich nicht weniger wohlwollend zeigen. Haben Sie Vertrauen, Nestor … und halten Sie die Augen offen.»

Verstimmt wandte L'Hôte sich ab und blieb zurück.

Die friedliche Karawane folgte einem schmalen Pfad, der in eine kahle, felsige Schlucht mündete. In einer Senke lagen die Behausungen der Handwerker, vom Sand beinahe vollständig begraben. Ein kleiner, umfriedeter Tempel ragte aus der Wüste empor, an deren Saum eine Mimose wuchs; auf einem Ast saß ein Vogel und sang.

Vom Tempeleingang aus genoß ich wieder einmal den Blick auf die Wüste, in der die Seele weit wird, um auf unmittelbarste und lauterste Weise Gott zu begegnen. Die Unzulänglichkeiten des Daseins schwanden. Ein Teil des Schleiers, der das Geheimnis des Lebens verbirgt, hob sich und ließ das unbewegte Wirken der Ewigkeit erahnen, das dem Wandeln der Dünen gleicht.

Als ich den Tempel der Handwerker betrat, in dem die größten Architekten Ägyptens vertreten waren, zerriß auch in meinem Geist ein Schleier. Ich erkannte, daß die Künste des Alten Ägypten durchaus nicht die Schönheit der Natur darstellen wollten; sie strebten einzig nach dem Ausdruck einer bestimmten Gedankenwelt, und ihre Aufgabe war es nicht, die

Erinnerung an Formen festzuhalten, sondern die an Personen und Dinge. Vom gigantischen Koloß bis zum kleinsten Amulett waren alles festgeschriebene Zeichen für eine Idee; ob sie fein oder grob gearbeitet waren, zählte nicht, denn es ging um den Sinngehalt des Zeichens, nicht um die Vollkommenheit seiner Form. In Griechenland dagegen war die Form alles, die Kunst wurde um ihrer selbst willen kultiviert. In Ägypten war sie nur ein machtvolles Mittel, um das Denken abzubilden; das kleinste Schmuckelement der ägyptischen Architektur hat seine eigene Bedeutsamkeit und steht in unmittelbarem Zusammenhang mit der Idee, die dem Bau des gesamten Monuments zugrunde liegt, wohingegen der Zierat griechischer und römischer Tempel allzu oft nur zum Auge spricht und dem Geist stumm bleibt. So offenbarte sich der Genius dieser Völker als grundverschieden. Bei den Griechen haben sich Schrift und bildende Künste früh und unwiderruflich getrennt; in Ägypten dagegen war Schrift, Zeichenkunst, Malerei und Bildhauerei nebeneinander stets auf das gleiche Ziel gerichtet; wenn wir den jeweiligen Stand dieser Künste betrachten und vor allem die Bestimmung dessen, was sie hervorgebracht haben, so läßt sich tatsächlich erkennen, daß sie zu einer einzigen Kunst zusammenfanden, zur Kunst schlechthin, zur Schrift. Wie ihr ägyptischer Name es ausdrückt, waren die Tempel sozusagen nur große und herrliche Lettern, die göttliche Behausungen bezeichneten; Statuen, Darstellungen von Königen und einfachem Volk, Flachreliefs und Malereien von charakteristischen Szenen des öffentlichen und privaten Lebens gehörten gewissermaßen zu den gegenständlichen Schriftzeichen; Götterbilder, Embleme abstrakter Ideen, Schmuck und allegorische Malerei, schließlich die große Reihe der Hieroglyphen standen in direktem Bezug zum symbolischen Prinzip der eigentlichen Schrift.

Ägypten schrieb das Leben.

Es schrieb mein Leben.

Das Jenseits begegnete mir im Tempel von Deir el-Medina in Gestalt einer eindrucksvollen Szene. Sie zeigte das Wiegen der Seele, welche die Alten mit dem Herzen, dem wahren Bewußtsein des Menschen gleichsetzten. An der Rückwand einer Kapelle, die ich mit meiner Kerze erhellte, ist der große Richter Osiris abgebildet. Am Fuße seines Throns erhebt sich der Lotos als Sinnbild der stofflichen Welt, darüber seine vier Kinder, die Leitgeister der vier Himmelsrichtungen. Seine zweiundvierzig Ratgeber sind in zwei Reihen angeordnet. Auf einem Sockel vor dem Thron steht der ägyptische Zerberus, ein Ungeheuer aus drei Wesenheiten, dem Krokodil, dem Löwen und dem Nilpferd. Er reißt seinen Rachen auf und bedroht die schuldig gewordenen Seelen ... Daneben steht die Höllenwaage: Der falkenköpfige Horus, Sohn der Isis, und der schakalköpfige Anubis, Sohn des Osiris, legen das Herz des Toten in die eine Waagschale, eine Straußenfeder als Sinnbild der Gerechtigkeit in die andere; zwischen der verhängnisvollen Waage, die über das Geschick der Seele entscheiden wird, und Osiris' Thron steht der Gott Thot, Herrscher über die göttlichen Worte. Dieser Gerichtsschreiber unter den Göttern hält den Ausgang der Prüfung fest, der das Herz des verstorbenen Ägypters unterzogen wird, und legt sein Protokoll dem höchsten Richter vor.

Trotz der Dunkelheit erriet Rosellini mein Unbehagen.

«Meister ... fühlen Sie sich wohl?»

«Lassen Sie mich allein, Ippolito.»

«Sind Sie sicher, daß Sie mich nicht brauchen?»

«Gehen Sie.»

«Wann soll ich Sie holen kommen?»

«Kehren Sie nach Qurna zurück, und machen Sie sich um mich keine Sorgen. Ich werde Texte und Szenen kopieren, und zwar vollständig. Ich brauche absolute Ruhe, um die Stimme der Alten zu hören.»

*

Ich war aus der Zeit herausgetreten. Fünf Tage blieb ich fieberhaft in meine Arbeit vertieft und aß das, was mir Soliman des Nachts brachte.

Ich erlebte meinen Tod und meine eigene Verurteilung. Ich lernte die Liste der Fehler kennen, die zum ‹zweiten Tod› verdammten, zur Vernichtung des Wesens, und beichtete die meinen dem Gott Thot und der Göttin Maat, Hüterin der kosmischen Ordnung.

Schließlich riß ich mich aus dieser Kapelle los, in der sich ein Schicksal besiegelt hatte, das nun niemand mehr zu verändern vermochte, und kehrte, ohne auszuruhen, zum Tempel von Medinet-Habu zurück, wo Nestor L'Hôte unter Rosellinis Leitung an einer Gesamtaufnahme arbeitete.

«Wie hat mein Schüler meine Abwesenheit überstanden?» fragte ich Soliman.

«Gut und schlecht.»

«Gut?»

«Er hat die Arbeiter gut geleitet.»

«Und … schlecht?»

«Er hält sich für Sie. Er spielt sich als Befehlshaber auf. Indem er seine rechtmäßige Position verläßt, entfernt er sich von der Wahrheit und wird Sie schließlich hassen.»

«Du bist zu streng, Soliman.»

«Und Sie zu nachsichtig.»

Der Anblick des riesigen Tempels von Medinet-Habu, nach Karnak der größte Ägyptens, setzte unserer Unterhaltung ein Ende. Wieder einmal zog mich Ägypten in seinen Bann. Ramses, Liebling des Amun, dritter seines Namens und Nachfolger Ramses' des Großen, hatte ein gigantisches Monument geschaffen, dem ein großartiger Pylon und ein in seiner Form einzigartiger Königspalast vorgebaut waren.

Voll Begeisterung erkundete ich dieses neue Universum, in

dem das gesamte Ägypten der Monumente im kleinen vertreten ist. Der Unrat der seit Generationen immer wieder ausgebesserten Wohnhütten verbirgt eine Vielzahl wichtiger historischer Bauten, an denen der aufmerksame Blick des Kundigen den Stand der ägyptischen Künste in all ihren bedeutenden Epochen abzulesen vermag. Hier findet man einen Tempel aus der Blütezeit, der achtzehnten Dynastie, neben einem riesigen Palast aus der Periode der Eroberer, einem Bauwerk aus der beginnenden Dekadenz unter der äthiopischen Invasion, eine Kapelle, errichtet von einem jener Prinzen, die das Joch der Perser zerbrachen, ein Propylon aus der griechischen Dynastie, Propyläen der römischen Epoche und schließlich, in einem Hof des Königspalastes, Säulen, die einst den First einer christlichen Kirche getragen hatten.

Ich kam um vor Durst und sah im ersten großen Hof eine Gruppe Beduinen sitzen. Wenn sie Wasser hatten, würden sie es mir nicht verweigern. Es galt als Gottesgeschenk und gehörte den Menschen nicht. Jedem Bittsteller muß dieses Almosen gewährt werden.

Als ich bis auf wenige Schritte herangekommen war, erkannte ich einen Schlangenbeschwörer mit seinen Assistenten. Der Mann war alt, mit pockennarbigem Gesicht. Um seinen Oberkörper und Hals glitt schlängelnd eine flachköpfige Viper. Vor ihm stand ein großer Korb mit zwei Kobras, die sich auf seinen Befehl hin aufrichteten. Unter den Zuschauern war sogar eine Frau, die auf einem staubigen Teppich hockte und ein Kind im Arm hielt.

Ein Junge bot mir Wasser an, während der Magier mit der Beschwörung seiner Kobras fortfuhr, die offenbar von allen Anwesenden als harmlos betrachtet wurden. Nur Soliman schien beunruhigt. Ehrlich gesagt erinnerte mich dieses ungewöhnliche Schauspiel eher an eine Dressurlektion als an Magie. Das Interessanteste waren die Beschwörungsformeln, die der Mann pausenlos leise vor sich hin sprach. Ich gab acht, die

Kobras nicht zu stören, trat näher und beugte mich zu ihm, um ihn besser zu verstehen. Soliman folgte mir wie mein Schatten.

Die Falle schnappte zu.

Die erschreckten Kobras verkrochen sich in ihrem Korb. Doch die Viper glitt vom Hals ihres Herrn und stieß blitzschnell zu. Wie gelähmt schloß ich die Augen und erwartete den tödlichen Biß.

Ich spürte nichts, hörte nur das Fußgetrappel einer allgemeinen Flucht.

Als ich die Augen wieder öffnete, sah ich den Schlangenbeschwörer, seine Helfer und die Frau mit dem Kind Hals über Kopf davonlaufen. Den Korb mit den Kobras hatten sie stehengelassen. Soliman lag bäuchlings auf dem Boden und hatte die Viper im Genick gepackt. Sie hatte sich um seinen Arm geschlungen, und ihr Kopf war wenige Zentimeter von seinem Gesicht entfernt.

«Einen Stock», verlangte er mit ruhiger Stimme. «Zertrümmert ihr den Kopf.»

Ein Beduine, den der Lärm herbeigelockt hatte, übernahm diese Aufgabe routiniert und gelassen. Soliman stand auf und klopfte sich den Staub aus den Kleidern.

«Ich habe mit einer Falle gerechnet», sagte er. «Normalerweise arbeiten hier keine Schlangenbeschwörer. Wir sollten besser gehen.»

«Das kann nicht dein Ernst sein! Kommt nicht in Frage, bevor wir nicht alles gesehen haben ... dieser Tempel ist großartig.»

Soliman folgte mir resigniert, als ich mich dem eigenartigen Turm von Medinet-Habu zuwandte, der mir erschien wie der einzige erhaltene Königspalast eines ganzen Tempelbezirks.

*

Die Stufen zu den Königsgemächern hinaufzusteigen war mir nach der Gefahr, der ich entronnen war, ein süßer Genuß. Dort bewunderte ich Fresken aus dem Pinsel eines genialen Künstlers, der das Tändeln der Vögel in den Papyrusbüschen verewigt hatte, die blauen und rosafarbenen Lotosblüten, den Flug der Enten. Inmitten ihrer Kinder und Angehörigen hatten König und Königin hier glückliche Tage verbracht, ohne je das Heilige aus den Augen zu verlieren, von dessen steter Gegenwart der nahe Tempel zeugte.

Dann stieg ich die Treppe im Inneren des großen Pylonen empor, dieses schützenden Blocks, der Medinet-Habu lange nach dem Verlöschen der pharaonischen Dynastien zu einem Zufluchtsort vor den Plünderern gemacht hatte. Von seiner Höhe aus bot sich ein grandioser Blick über ganz Theben. Im Osten das Grün der Felder, der Nil, die Säulenreihen von Luxor, die Obelisken und Pylonen von Karnak; im Norden das Ramesseum, Deir el-Medina, die riesige Nekropole mit ihren Teilen Qurnet Murai, Dra Abu el-Naga, Qurna, Deir el-Bahari; im Westen das Tal der Königinnen und der libysche Felsen. Dieses Universum überwältigte mich, erfüllte mich mit tiefer Freude, die mich mir selbst und den Grenzen meiner Individualität entriß. Wie kann man von Tod und Vergangenheit sprechen, angesichts einer solchen Fülle von Licht und Leben? Wie kann man unberührt bleiben von einem solchen Zauber, der den unbedeutendsten Stein, die geringste Statue durchdringt?

Soliman setzte sich neben mich.

«Dies ist die wahre Realität», sagte er. «Unsere Augen erkennen sie kaum.»

«Nur müßte man noch imstande sein, sie zu entziffern, Soliman, sie bis ins Innerste hinein zu lesen. All dies ist Sinnbild des Jenseits, unserer wahren Heimat. Ich will das weitergeben, was ich spüre. Ich will anderen die Möglichkeit eröffnen, diesem Weg zu folgen.»

Beide waren wir uns einer Aufgabe bewußt, die uns erdrückte. Wir gönnten uns das egoistische Vergnügen, diesen unvergleichlichen Anblick zu genießen, und vergaßen alles ringsumher.

*

Als wir bei Sonnenuntergang aus dem Tempel traten, scharten sich Kinder um uns. Jedes wollte uns einen Skarabäus verkaufen, ein Amulett, eine Statuette: plumpe, liederliche Imitationen aus einer Werkstatt, die am Versuch, ägyptische Schönheit zu reproduzieren, kläglich gescheitert war.

Ein Mädchen hielt sich abseits. Trotz ihrer zerlumpten Kleidung besaß sie einen rührenden Zauber, der an das Antlitz einer Göttin denken ließ. Sie spielte mit einem schwärzlichen Gegenstand, die kaufmännischen Bemühungen ihrer Kameraden interessierten sie nicht. Ich durchbrach den Kreis der kleinen Händler und blickte dem Mädchen über die Schulter.

Der Gegenstand, mit dem sie spielte, war die ausgetrocknete Hand einer Mumie.

Nach dem ersten Schreck durchzuckte eine Erkenntnis meinen Geist. In diesem Augenblick begriff ich, weshalb ich tatsächlich in Lebensgefahr schwebte.

VIERUNDZWANZIG

Ich rief die Expeditionsteilnehmer im Gemeinschaftsraum unseres Hauses in Qurna zusammen. Alle spürten, daß ich wichtige Dinge mitzuteilen hatte.

«Meine lieben Freunde, der Generalkonsul Frankreichs hat mir eine sehr kurze Frist gesetzt, um Theben zu verlassen. Sicher ist sie inzwischen verstrichen. Es ist jedoch nichts Unerfreuliches geschehen. Eine offizielle Anordnung hat uns nicht erreicht. Ich erwarte die zugesicherten Gelder. Wir haben Stätten untersucht und ein Grabungsprogramm für die nächsten Jahrhunderte erstellt.»

«Ausgezeichnet», schloß Vater Bidant. «Da Gott uns gewogen war, sollten wir den Teufel nicht versuchen. Kehren wir nach Kairo zurück und bereiten uns darauf vor, endlich wieder christlichen Boden zu betreten.»

«Niemand weiß, wo Drovetti sich aufhält», wandte Lady Redgrave ein. «Vielleicht hat er Ägypten sogar verlassen.»

«Ein Mann wie er gibt sich nicht so leicht geschlagen», entgegnete L'Hôte. «Sie haben ihn lächerlich gemacht, General. Er schmiedet Rachepläne. Vater Bidant hat recht: Wir sollten uns glücklich schätzen, so viele Gefahren überstanden zu haben, sollten der Vorsehung danken und nach Hause zurückkehren.»

«Ich finde, das ist eine vernünftige Ansicht», stimmte Rosellini zu. «Wir müssen unsere Sammlung inventarisieren. Nur in Europa können wir korrekt arbeiten.»

Professor Raddi war der einzige, der seine Meinung nicht äußerte. Er hatte seine Tagesausbeute zusammengetragen, ein Dutzend Schmetterlinge, die er behutsam untersuchte.

«Aus Ihren Worten spricht der gesunde Menschenverstand», sagte ich. «Sie sind vernünftig und wohldurchdacht. Ich nehme an, ein verantwortungsbewußter Leiter müßte auf sie hören und sich Ihnen anschließen. Aber dieser Leiter bin ich nicht. Ich bin nicht vernünftig und werde mich nicht bereitfinden, es zu sein. Mir bleibt noch etwas Wichtiges zu tun: in die Gräber zurückkehren.»

Ein entsetztes Stöhnen ging durch die Reihe der Anwesenden. Das hatte ich erwartet. Die Arbeit würde nicht einfach sein. Man würde sich verausgaben und körperliche Strapazen auf sich nehmen müssen, um die Schönheiten dieser heiligen Höhlen zu entdecken.

«Warum sind Sie so hartnäckig?» fragte Vater Bidant verwundert. «Haben Sie noch nicht genügend Grabstätten gesehen? Ich habe zusammen mit Lady Redgrave zwei besichtigt. Das hat mir gereicht. Man kann kaum atmen, man kommt um vor Hitze, man fühlt sich wie eine Mumie, so schlecht kann man sich darin bewegen!»

«Und wenn Sie wüßten, welchem Martyrium der Zeichner ausgesetzt ist», stimmte L'Hôte ein. «Unzureichende Beleuchtung, die Augen voller Staub, Haltungen, die den Rücken martern, ständige Konzentration ...»

«Sie sind ungerecht, Nestor! Haben Sie etwa die Botschaft vergessen, die wir erahnen konnten, die übersinnliche Dimension, die sich auf Anhieb zeigt? Hinter diesen spirituellen Symbolen verbergen sich uralte Wahrheiten, die auch für unsere Zeit von höchster Bedeutung sind. Ich muß die Darstellungen in ihrer Gesamtheit kennen, um den Schlüssel zu diesem Geheimnis zu finden.»

«Von welchem Geheimnis sprechen Sie?» erkundigte sich Vater Bidant beunruhigt.

«Vom Sinn unseres Lebens.»

«Aber Champollion ... meinen Sie wirklich, diese tote Religion könnte unserem Glauben in irgendeiner Weise überlegen sein?»

«Vergessen Sie nicht, daß Monsieur Champollion ‹der Ägypter› genannt wird», schaltete sich Lady Redgrave ein.

«Bossuet, der, wie Sie nicht bestreiten werden, ein guter Christ war», sagte ich zu Vater Bidant, «träumte davon, die ägyptische Theologie zu studieren. Diese Möglichkeit blieb der heutigen Zeit vorbehalten. Und niemand wird mich daran hindern, diese Erfahrung bis zum Ende zu durchleben.»

«Es hat keinen Sinn, sich gegen die Entschlossenheit des Ägypters aufzulehnen», sagte Lady Redgrave rätselhaft. «Sein Wille ist stärker als der von uns allen zusammen.»

Verblüfft über diese unerwartete Unterstützung, lächelte ich Lady Ophelia zu, doch ihre Miene blieb steinern.

*

«Ich bin zu müde, Meister», stöhnte Rosellini. «Ich würde Sie gerne begleiten, aber ich bin vollkommen erschöpft.»

«Ruhen Sie sich aus, Ippolito, und beginnen Sie möglichst bald mit Ihrer Inventarisierung.»

Im Morgengrauen verließ ich das Haus in Qurna, dessen Bewohner noch schliefen. Gähnend ging mein Schüler zurück in sein Zimmer. Ich war von beinahe unerschöpflicher Energie erfüllt, die nach nur drei oder vier Stunden Schlaf voller Hieroglyphenträume wiederhergestellt war.

Draußen erwarteten mich zwei Esel und Nestor L'Hôte, der einzige, der sich zu diesem Abenteuer bereitgefunden hatte.

«Mit welchem Grab fangen wir an, General?»

«Mit dem von Ramses dem Neunten.»

Welch größere Freude könnte es geben als diese: Im Rhythmus der Vorväter ritten wir auf einem Wüstenpfad, der nach und nach von den Strahlen der Morgensonne erfaßt wurde, zu einer heiligen Stätte, an der die Weisen alles über die Verklärung der menschlichen Seele offenbart hatten. Wie von selbst kam mir eine uralte Hymne an die aufgehende Sonne über die Lippen. War es nicht angemessen, daß das Geschöpf seinem Schöpfer dankte für solche Augenblicke des Glücks?

Kaum hatten wir mit unseren Vorbereitungen im Grab begonnen, als L'Hôte von heftigem Zorn übermannt wurde.

«Himmel, wie lästig sind die Hieroglyphen! Wie erdrükkend! Wir alle haben die Nase voll davon ... ich fühle mich wie einer, der durchs Feuer läuft und nur noch eine Viertelstunde zu leben hat! Ich bin es leid, General. Ihr Ägypten ist nicht mein Fall. Ich brauche Regen, grüne Ebenen, Kühle. Ich gehe.»

«Und wohin gehen Sie, Nestor?»

«Nach Frankreich. Behalten Sie meine Zeichnungen. Möge Gott Sie beschützen, General, wenn Sie noch einen Rest Christlichkeit in sich haben. Von allen Menschen sind Sie der beste, das steht fest, aber ich frage mich, ob Sie überhaupt noch unter ihnen leben. Der Ägypter ... ja, das ist es ... Sie sind ein Ägypter der uralten Zeit geworden.»

L'Hôte warf Stifte und Zeichenblöcke in den Sand, schwang sich auf seinen Esel und verschwand in einer Staubwolke aus dem Tal der Könige.

So verließ er mich also. Ich wußte, ich würde ihn nicht wiedersehen. Ich hatte die Rechtschaffenheit dieses Mannes geschätzt, seine jugendliche Kraft, sein Vertrauen. Ich empfand keinerlei Groll gegen ihn und war überzeugt, daß er mich nicht verraten hatte.

L'Hôte hatte nicht unrecht. Ägypten hatte die Erkenntnis in mir reifen lassen, daß ich nur ein Durchreisender auf dieser Erde war, ein Fremder auf der Suche nach dem ursprünglichen Licht, aus dem all unsere Wesen hervorgehen und in dem sie sich erneut zusammenfinden werden, wenn sie die Schwelle des Todes überschreiten.

Jenes Todes, in den ich eindrang, indem ich in die Tiefen eines Königsgrabes hinabstieg.

*

In der absoluten Einsamkeit fand ich zu einem Konzentrationsvermögen, wie ich es bislang nicht gekannt hatte. Gedanken, Übersetzungen, Deutungen sprudelten wie von selbst und strömten ohne Unterlaß durch meinen Geist. Lebendigen Leibes war ich ins Jenseits gelangt, das auf den Grabwänden dargestellt war, und durchlief in meinem Körper seine symbolischen Stationen, geleitet von den Gottheiten, mit denen mich ein Gefühl der Brüderlichkeit verband.

Hundertmal war ich nahe daran, das Bewußtsein zu verlieren. Hundertmal bezwang ich Erschöpfung und Atemnot. Hundertmal vollzog ich die Seelenreise. Durch eine einfache Tür gelangt man in große Gänge oder Korridore, die von sorgfältig ausgeführten, größtenteils noch in aller Farbenpracht erhaltenen Bildhauereien bedeckt sind und nacheinander durch Räume mit noch weitaus reicher verzierten Stützsäulen führen. Schließlich erreicht man die Grabkammer, die die Ägypter als ‹goldene Kammer› bezeichneten; sie ist größer als alle anderen Räume, und in ihrer Mitte ruhte die Mumie des Königs in einem riesigen Granitsarkophag. Die von der Ägyptenkommission veröffentlichten Pläne dieser Gräber vermitteln eine genaue Vorstellung von der Ausdehnung der unterirdischen Anlage und der unermeßlichen Arbeitsleistung mit Spitzhacke und Meißel. In beinahe allen Tälern liegen kleine Steinsprengsel aufgeschüttet, die aus der gewaltigen Arbeit im Schoß des Berges stammen.

Der Schmuck der Königsgräber folgt einer systematischen Ordnung, und was man in dem einen findet, kehrt bis auf wenige Ausnahmen in beinahe allen anderen wieder. Das Türgesims am Eingang ist mit einem Flachrelief geschmückt, das im

Grunde nur Auftakt oder vielmehr Zusammenfassung des Kommenden ist: eine gelbe Scheibe mit der widderköpfigen, also der untergehenden Sonne in der Mitte, die in die untere Hemisphäre eintritt und vom knienden König angebetet wird; rechts von der Scheibe, also im Osten, die Göttin Nephthys, ‹Gebieterin des heiligen Ortes›, und links, im Westen, die Göttin Isis. Sie nehmen Anfangs- und Endpunkt des Laufs des Sonnengottes durch die obere Hemisphäre ein; neben der Sonne ist in der Scheibe ein großer Skarabäus eingemeißelt, hier wie anderswo ein Sinnbild der Erneuerung oder der aufeinanderfolgenden Wiedergeburten; der König kniet auf dem Himmelsberg, auf dem auch die Füße der beiden Göttinnen ruhen.

Die allgemeine Bedeutung dieser Komposition bezieht sich auf den verstorbenen König: Während seines Lebens, das der Sonne in ihrem Lauf von Ost nach West gleicht, war der König Spender von Leben und Licht für Ägypten, Quelle aller materiellen und spirituellen Gaben, die sein Volk benötigte; der verstorbene König wurde folgerichtig mit der untergehenden Sonne verglichen, die in die düstere untere Hemisphäre hinabsteigt, um sie zu durchlaufen, im Osten aufs neue wiedergeboren zu werden und der oberen Welt, in der wir leben, Licht und Leben zu spenden, ebenso wie der verstorbene König wiedergeboren werden mußte, entweder um seine Seelenwanderung fortzusetzen oder um in der himmlischen Welt zu wohnen und in den Schoß Amuns, des kosmischen Vaters, aufgenommen zu werden.

Das Geheimnis des Lebens wird durch den Transport der Götterbarke versinnbildlicht, die während der zwölf Stunden des Tages auf dem himmlischen Fluß entlanggleitet, auf dem Urwasser, dem Ursprung allen Seins. In der ersten Stunde setzt sich die Barke in Bewegung und empfängt die Huldigungen der Geister des östlichen Horizonts; die Gemälde der zweiten Stunde zeigen unter anderem die Riesenschlange Apophis,

Bruder und Feind der Sonne; in der dritten Stunde erreicht der Sonnengott die Himmelszone, in der darüber entschieden wird, welche Körper die Seelen auf ihrem neuen Lebensweg bewohnen müssen; hier sieht man den Schöpfer auf seinem Richterstuhl sitzen und mit seiner Waage die menschlichen Seelen wiegen, die nacheinander vor ihn treten. Eine von ihnen ist gerade verurteilt worden, sie wird in einem Nachen durch das vom Schakalgott Anubis gehütete Tor zur Erde zurückgebracht und von Affen, Vertreter der himmlischen Gerechtigkeit, mit heftigen Rutenschlägen vorangetrieben; der Schuldige hat die Gestalt einer riesigen Sau, über der in großen Lettern ‹Gier› eingemeißelt ist. In der fünften Stunde besucht der Gott das Paradies der gerechten Seelen, die sich von der Pein ihrer Erdenreise erholen. Sie tragen eine Straußenfeder auf dem Kopf, Sinnbild ihrer rechtschaffenen und tugendhaften Lebensführung. Sie bringen den Göttern Opfergaben oder pflükken unter der Aufsicht des Gebieters der Herzensfreude Früchte von den himmlischen Bäumen dieser paradiesischen Gefilde. Weiter hinten bestellen andere mit Sicheln die Felder der Wahrheit. Hier lautet die Inschrift: ‹Sie bringen Trankopfer von Wasser und Körnergaben von den Feldern des Ruhms, sie tragen eine Sichel und mähen die Felder, die ihnen zugeteilt sind.› Der Sonnengott spricht zu ihnen: ‹Tragt die Körner in eure Behausungen, freut euch daran und bringt sie den Göttern als reine Opfergabe dar.› An anderer Stelle sieht man sie in einem großen, vom himmlischen Urwasser gespeisten Becken baden, schwimmen, umherspringen und herumtollen, alles unter der Aufsicht des himmlischen Nilgottes. In den folgenden Stunden rüsten sich die Götter zum Kampf gegen den großen Feind der Sonne, die Schlange Apophis. Sie bewaffnen sich mit Spießen und Netzen, denn das Ungeheuer wohnt in den Fluten des Flusses.

Enthauptet und mit auf der Brust gefesselten Händen marschieren die verurteilten Seelen in langen Reihen; manche haben die Hände auf den Rücken gebunden und schleifen ihr ausgerissenes Herz am Boden hinter sich her. In großen Kesseln werden lebendige Seelen gekocht, teils in Menschengestalt, teils in Gestalt von Vögeln, oder nur ihre Köpfe und Herzen.

In jedem Segment liest man bei den Gemarterten ihre Verdammnis und Strafe. ‹Diese feindlichen Seelen›, so heißt es, ‹erkennen unseren Gott nicht, wenn er die Strahlen seiner Scheibe aussendet; sie bewohnen nicht mehr die irdische Welt, und sie hören nicht mehr die Stimme des großen Gottes, wenn er ihre Bereiche durchquert.› An den gegenüberliegenden Wänden, bei den Darstellungen der glücklichen Seelen, liest man dagegen: ‹Sie haben Gnade gefunden in den Augen des großen Gottes; sie bewohnen die Stätten der Herrlichkeit, in denen das himmlische Leben wirkt; die Körper, die sie verlassen haben, werden für immer in ihren Gräbern ruhen, während ihre Seelen die Gegenwart des höchsten Gottes genießen.›

Das ist einer der zahllosen überzeugenden Beweise, die der Auffassung widersprechen, die ägyptischen Denker hätten durch den Einzug der Griechen in Ägypten an Vollkommenheit gewonnen. Ich wiederhole es: Ägypten verdankt das, was es an Großem, Reinem und Schönem hervorgebracht hat, allein sich selbst. Was die Gelehrten auch einwenden mögen, die es sich zur Religion machen, an die spontane Entstehung der Künste in Griechenland zu glauben – die Wahrheit ist eine andere. Als die ersten ägyptischen Kolonien mit den barbarischen Bewohnern Attikas oder des Peloponnes in Berührung kamen, hat Griechenland sich darauf beschränkt, Ägypten sklavisch nachzuahmen. Ohne die Kultur der Pharaonen wäre Griechenland nicht zum klassischen Land der schönen Künste geworden.

Dies ist mein Glaubensbekenntnis zu dieser bedeutenden Frage. Ich schreibe diese Zeilen vor den genialen Flachreliefs, die die Ägypter zwei Jahrtausende vor dem christlichen Zeitalter geschaffen haben. Ägypten ist die Mutter unserer Kultur, der Quell unseres Denkens, das Urbild des Erhabenen und Wesentlichen.

Während ich in den Anblick eines faszinierenden Gemäldes vertieft war, das die Geburt einer neuen Sonne, eines neuen Bewußtseins darstellte, hörte ich auf dem Abhang zur Gruft Steine rollen.

Jemand hatte das Grab betreten.

Ein seltsames Gefühl durchzuckte meine Brust. Ich hatte Angst, doch ohne die mindeste Furcht zu empfinden. Angst davor, mein Dasein unterbrochen zu sehen, bevor ich meine Arbeit abschließen konnte, und zugleich verspürte ich absolute Gleichmut bei dem Gedanken, an diesem Ort der Auferstehung zu sterben. Was konnte ich vom Leben noch erwarten, nach so vielen Enthüllungen, die den Menschen von sich selbst lösten, um ihn mit dem Kosmos verschmelzen, in den Sternen aufgehen zu lassen?

Die Schritte kamen näher, langsam, schwerfällig. Ich erwartete ein Wesen aus dem Jenseits, messerbewehrt, erbarmungslos, begierig, mir Rechenschaft abzuverlangen und die Liste meiner Fehler aufzustellen.

Ich war bereit. Ich hatte gelernt, daß der Glaube der alten Ägypter auf Wissen beruhte, nicht auf blindem Vertrauen. An die Götter zu glauben war sinnlos. Sie zu kennen, also sie zu benennen und zu entdecken, welcher schöpferischen Macht sie entsprachen, das war wesentlich. Die Hieroglyphen waren die Worte der Macht, die dieses Wissen zugänglich machten.

Welcher Dämon würde auftauchen? Würde ich in der Lage sein, ihn zu besiegen, indem ich ihn benennen konnte? In wenigen Augenblicken würde er vor mir stehen … der Hals schnürte sich mir zu, mein Herzschlag beschleunigte sich, doch ich blieb gelassen, obwohl das Bild von Drovettis Mördern in meinem Geist auftauchte.

Der beängstigende Besucher zeigte sich endlich im Schein seiner Kerze.

Vater Bidant.

Er schüttelte seine staubige Sutane und setzte sich auf eine Steinbank an der Wand. Er wischte sich über die Stirn.

«Was für eine schreckliche Hitze ... wie können Sie in diesem Dampfbad nur atmen?»

«Schauen Sie, Hochwürden, schauen Sie sich um! Sie werden die Hölle, das Fegefeuer und das Paradies sehen! Was das Christentum verkündet hat, ist hier schon vorhanden, und noch weit mehr als das!»

Ich war auf eine heftige Reaktion gefaßt, doch der Geistliche fuhr fort, sich die Stirn mit einem Tuch abzutupfen.

«Genau das habe ich befürchtet, Champollion ... das, und das andere auch. Vor dieser Reise waren sich Katholiken und Protestanten über einen Punkt einig: unter keinen Umständen dürfte die biblische Chronologie gestürzt werden. Unter keinen Umständen dürfte die christliche Offenbarung in Frage gestellt werden. Niemand sollte Spuren einer Kultur vor der sechzehnten ägyptischen Dynastie nachweisen können. So würde die Wahrheit der heiligen Schrift vollkommen und absolut bleiben, auch im historischen Bereich.»

«Heute bin ich in der Lage, Ihnen das Gegenteil zu beweisen, Hochwürden. Die kirchlich gestützte Chronologie ist falsch. Das Aufkommen einer Kultur des Denkens muß viel früher datiert werden. Es muß anerkannt werden, daß die Bibel ohne die Anregung Ägyptens nicht hätte entstehen können.»

«Ich weiß das alles, Champollion. Ich weiß auch, daß Ihre Entdeckungen Umwälzungen hervorrufen werden, die Sie sich nicht einmal vorstellen können.»

«Sie sprechen nicht mehr wie ein Priester ...»

«Ich bin nicht nur Priester. Seit vielen Jahren studiere ich in Rom Orientkunde und verfolge Ihre Arbeiten ebenso wie die der anderen Gelehrten, die die Hieroglyphen entziffern wollten. Bald war ich sicher, Sie würden dieses für die Kirche bedrohliche Ziel als erster erreichen. Warum waren Sie so erpicht darauf, den dichten Schleier zu lüften, der seit Jahrhunderten vergessene Mysterien bedeckt?»

«Die Antwort findet sich auf den Wänden dieses Grabes, Hochwürden! Das Geheimnis der menschlichen Seele, das ist es, was die Ägypter erkannt hatten!»

Bidant nickte.

«Es beunruhigte mich sehr, daß Sie schon als Heranwachsender äußerten und dann auch schrieben, Ägypten habe eine mindestens ebenso reine Auffassung des Göttlichen wie das Christentum selbst. Das war eine Herausforderung an unseren Glauben, die niemand ernst genug genommen hat. Und heute haben Sie die Hieroglyphen entziffert ... Sie öffnen die Türen zu mehreren Jahrtausenden Religion, durch die Götter und Göttinnen hereindrängen werden.»

«Keine Herausforderung, Hochwürden. Nur eine Wahrheit.»

«Sparen Sie sich die Wortspiele, Champollion! Haben Sie nicht behauptet, daß die Ägypter an einen einzigen Gott und an die Unsterblichkeit der Seele glaubten? Werden Sie morgen nicht schreiben, daß der Sinn des menschlichen Lebens die Vereinigung mit Gott nach dem Urteil vor dem Richterstuhl des Jenseits ist?»

«Ich werde tatsächlich niederschreiben, was ich gesehen habe. Das ist meine Pflicht als Wissenschaftler.»

«Sie sind kein Wissenschaftler mehr wie die anderen. Sie sind der Ägypter.»

«Und Sie, Hochwürden, sollten Sie der Spitzel im Dienste Drovettis sein?»

Vater Bidant hörte auf, sich die Stirn abzutupfen, und betrachtete mich mit Erstaunen und Neugierde.

«Auch das haben Sie begriffen ... Sie sind entschieden weniger naiv, als meine Vorgesetzten glaubten.»

«Eine Ahnung, seit wir uns zum ersten Mal begegnet sind ... sie begann sich zu bestätigen, als Sie Moktar und mir als Mittler gedient haben. Worüber ich noch Gewißheit haben möchte, ist Ihre Aufrichtigkeit in Nubien. Ich habe Ihnen geglaubt.»

«Mit Recht ... doch Sie sind zu meinem bedrohlichsten Feind geworden, Champollion. Sie waren nahe daran, meinen Glauben zu erschüttern. Beinahe hätte ich Sie sogar getötet, als ich in einem Anfall von Wahnsinn auf Sie geschossen habe. Darum ist für mich die Zeit gekommen, Sie und dieses Ägypten so schnell wie möglich zu verlassen. Weiß Gott, welche innerliche Folter Sie mir noch auferlegen würden, wenn ich hören müßte, wie Sie von Ihren Göttern und von Ihrer Religion sprechen. Auch wenn diese alten Gottheiten tot sind und tief in die Gräber verbannt, frage ich mich mitunter, ob sie nicht mehr Kraft haben als manches unserer Dogmen. Champollion? Champollion, hören Sie mich? Champollion!»

*

Die Sonne stand im Zenit, als Vater Bidant ächzend und keuchend das Grab Ramses' IX. verließ, den leblosen Jean-François Champollion auf seinen Schultern.

FÜNFUNDZWANZIG

An diesem 18. Mai 1829 sitze ich auf der Anhöhe über dem Tal der Könige, denke an Dich, lieber Bruder Jacques-Joseph, und schreibe Dir. Verzeih meine hektische Schrift. Ich habe so viel zu erzählen und nur so wenig Zeit, denn es wartet unendlich viel Arbeit auf mich! Von meiner Unpäßlichkeit im Grab Ramses des Neunten habe ich mich gut erholt. Vater Bidant, der mich zu Professor Raddi gebracht hat, damit dieser mich mit seinem Magnetismus behandeln konnte, hat Ägypten verlassen. Er hat sich von keinem der Expeditionsteilnehmer verabschiedet und ist überstürzt abgereist.

Schon seit vielen Wochen erreicht mich nichts von dem, was in der Welt vor sich geht, und erhalte ich keine Nachricht von Dir und von meinen Lieben. Das ist hart, sehr hart; denn trotz meiner Philosophie, obwohl die Nichtigkeit der menschlichen Belange in leuchtenden Lettern um mich herum geschrieben steht, obwohl ich von Zeit zu Zeit gedankenversunken auf dem Gipfel dieses ausgedörrten Berges sitze, von dem man die Ausdehnung des großen Leichnams von Theben überschaut, trotz alledem hänge ich noch an dieser armseligen Erde, an ihren schwächlichen Bewohnern und besonders an denen, die jenseits des Mittelmeeres vor Kälte schlottern ... Frankreich! Sprechen wir nicht davon, das Herz geht mir über ... dennoch muß ich Dir gestehen, mein Geist wird keine andere Ruhestätte mehr haben als das Tal der Könige, wo er in die Geheimnisse um Leben und Tod eingetaucht ist.

Nun muß ich mich von meinen geliebten Gräbern losreißen, diese Orte der Auferstehung verlassen und zu Rosellini gehen. Betrachte mich als einen Menschen, der wiedergeboren wurde. Seit vielen Tagen bewohne ich diese unterirdischen Paläste, in denen die weltlichen Begebenheiten bedeutungslos werden. Nun werde ich in unser Schloß in Qurna ziehen, eine einstökkige Lehmhütte, herrlich im Vergleich zu den Schlupflöchern und Erdhöhlen, in denen unsere arabischen Mitbürger hausen. Doch dort werde ich mich nur über Nacht aufhalten. Sobald der Tag anbricht, werde ich aufstehen, meinen Esel besteigen und in gemächlichem Schritt die Wege entlangreiten, mir die morgendliche Kühle in die Nase steigen lassen, auf der Suche nach den zahlreichen Gräbern, die ich noch unter dem Sand verborgen weiß.

Rosellini will mir einreden, ich sei erschöpft und überanstrenge meinen Organismus. Glaube kein Wort davon. Ich hoffe, Dir bald zu beweisen, daß ich noch zu großen Dingen fähig bin.

*

Dank Rosellinis ausgeprägten Organisationstalents herrschte in unserem Hauptquartier in Qurna rege Geschäftigkeit. Unter der strengen Aufsicht eines Dragomans namens Butros lauerte ein Dutzend Bediensteter auf jeden unserer Wünsche, denn wir waren die Herren des Landes. Der Dragoman ist ein Verwalter mit militärischem Gebaren, der mehr oder weniger gut vier oder fünf europäische Sprachen spricht, die er nach Belieben vermischt. Er ist unerbittlich gegen seine Untergebenen, diebisch wie eine Elster, unterwürfig im Übermaß, immer interessiert an Küche und Weinkeller, um gelegentlich von kleinen Mahlzeiten und guten Flaschen zu profitieren. Er hat das Talent, andere arbeiten zu lassen, ohne selbst einen einzigen Schweißtropfen zu vergießen. Sieht er uns müde, so stößt er herzzerreißende Seufzer aus, um sein Mitgefühl zu bekunden, während er uns in Wirklichkeit verachtet: ein lächelnder Lügner, ein Bandit, der die Moral zu seinen Gunsten auslegt.

In meiner Abwesenheit hatte Rosellini einen strengen Stundenplan aufgestellt: um 6 Uhr aufstehen, wissenschaftliche Arbeit von 7 Uhr bis Mittag, Essen und Pause bis zwei Uhr, wieder Arbeit bis Punkt vier Uhr. Ein Programm, das eines Museumsdirektors würdig war und das mir durchaus zupaß kam. Sobald es absolviert war, verließ ich das Schloß und bestieg meinen gesattelten und gezäumten Esel, der mich vor der Tür erwartete, gehütet von zwei Arabern, die ihm die Fliegen verscheuchten. Stets in Begleitung des nach wie vor besorgten Soliman, gönnte ich mir ein außergewöhnliches Vergnügen: nach Lust und Laune in der Nekropole Thebens umherzustreifen, mir das Herz von diesen Landschaften der Stille erfüllen zu lassen, die, wie ich inzwischen erfahren hatte, die der Seele waren.

Als ich eines Abends von meinem üblichen Ausflug zurückkehrte, kam ich gerade recht zu einem Handgemenge zwischen Professor Raddi und Rosellini. Einer stellte sich so ungeschickt an wie der andere, und so war die Gefahr, daß sie einander ernstlich verletzten, nicht groß, doch ich fand, ein solcher Streit sei zweier Gelehrter unwürdig, und schritt energisch ein.

«Meine Herren! Haben Sie den Verstand verloren?»

«Monsieur Champollion», empörte sich Professor Raddi. «Rosellini hindert mich daran, meiner wissenschaftlichen Tätigkeit nachzugehen. Dieses Verhalten ist unannehmbar, und ich appelliere an Sie in Ihrer Eigenschaft als Leiter unserer Expedition, diesen Unruhestifter zu bestrafen.»

Rosellini war die Zornesröte ins Gesicht gestiegen.

«Der Professor verliert den Verstand!» brüllte er. «Er hat sich in den Kopf gesetzt, dieses Haus in einen Zoo zu verwandeln! Unsere Gazelle Pierre und unsere Katze sind ihm nicht genug. Jetzt hat er einen Esel, einen Hahn, eine Ziege und Eidechsen angeschleppt! Ganz zu schweigen von einem Pantherjungen, das er weiß Gott wo aufgegabelt hat und das seine Krallen gerade an den Seiten meines Inventarbuchs gewetzt hat! Das ist unerträglich!»

«Der Herr übertreibt», entgegnete der Mineraloge. «Wie dem auch sei, seine Weisungsbefugnis erkenne ich nicht an.»

«Und Ihre Schmetterlingssammlungen!» begann Rosellini von neuem. «Diese Insekten breiten sich in allen Zimmern aus! Champollion wird sie sogar in seinem eigenen finden!»

«Die Wissenschaft verdankt ihre Fortschritte immer ihren Märtyrern», versetzte Professor Raddi und kehrte Rosellini den Rücken. «Wenn das so ist, verlasse ich dieses engstirnige Haus und ziehe zu den Eingeborenen. Ich werde meine Sammlungen vervollständigen, trotz Intoleranz und Ignoranz. Von heute an nehme ich mir vor, höchst seltene Exemplare zu fangen, die Ihnen den Mund stopfen werden.»

Sehr würdevoll, ein Schmetterlingsnetz in der Hand, ging der Professor mit majestätischem Schritt auf die Jagd.

«Es tut mir leid», gestand Rosellini, dessen Zorn verrauchte, «aber ich ertrage ihn nicht mehr.»

*

Allabendlich, wenn ich von meinem Spaziergang mit Soliman zurückkam, mit dem ich unausgesprochene Empfindungen teilte, empfing ich die kleinen und großen Würdenträger Thebens im ‹großen› Saal unseres Palastes in Qurna. Auch wenn Rosellini diese Besprechungen mißbilligte, die er unsinnig fand, hielt ich sie meinerseits für besonders wichtig. Weder Professor Raddi, der zwischen seinen Jagdausflügen zum Schlafen nach Qurna kam, noch Lady Redgrave, die sich mit langen Geländeritten vergnügte, nahmen daran teil.

Normalerweise berichteten die Sheiks der Dörfer mir von

ihren Sorgen und baten mich, bei den höchsten Bezirksbehörden vorzusprechen, um ihnen zu mehr Nahrung oder Kleidung zu verhelfen. Ich vertrat ihre Interessen, so gut ich konnte, und als Gegenleistung beschafften sie mir gewissenhafte Arbeiter. Einmal mehr Rosellinis Meinung übergehend, hatte ich den Sheiks Gelder anvertraut, so daß sie die Männer, die für mich arbeiteten, selbst bezahlen konnten. Dieses System funktionierte vorzüglich, um so mehr, als ich diesen kleinen Potentaten gegenüber, die glücklich waren, ihre immense Bedeutung anerkannt zu sehen, nicht mit einfachen Geschenken geizte. Für uns war ihre Bedeutung tatsächlich immens, denn ohne ihr Einverständnis hätten wir keinen Spatenstich tun können. Natürlich behielten sie einen beträchtlichen Teil der auszuzahlenden Gelder für sich, doch im Ausgleich sorgten sie für Ordnung und Sicherheit.

An diesem Tag blieb nach Abschluß der laufenden Angelegenheiten nur ein alter, bärtiger und schweigsamer Sheik übrig, der seit mehr als einer Stunde unbeweglich auf mich wartete.

«Vergeben Sie mir, daß ich Ihnen diese Prüfung auferlegt habe», begann ich, schon ahnend, daß diese Unterredung anders sein würde als die anderen.

«Mein Stamm und ich, wir warten seit Jahrhunderten. Eine Stunde mehr entspricht nicht einmal einem Wimpernschlag gegenüber der Ewigkeit.»

Der Mann besaß unahbaren Stolz. Seine Sprache ließ mich aufhorchen.

«Wie ist der Name Ihres Stammes?»

«Ich gehöre zu den Abbadeh, dem edelsten und kühnsten aller Stämme.»

«Möge Gott ihm gewogen sein und ihm Wohlstand schenken.»

Ich begriff den Grund meiner Aufregung. Die Sprache der Abbadeh war eine der ältesten und bemerkenswertesten. Ich hatte mich nur oberflächlich mit ihr beschäftigt und dankte dem Himmel für diese Unterredung, von der ich wünschte, sie möge so lange dauern wie möglich.

«Kennen Sie Ägypten gut?» fragte er forschend.

«So gut, wie es mir ein Aufenthalt von einigen Monaten und vierzig Jahre Leidenschaft ermöglicht haben.»

«Warum helfen Sie den Fellahs?»

«Weil sie Menschen sind wie Sie und ich und weil es das verachtenswerteste aller Laster ist, sich irgendeinem Menschen überlegen zu fühlen.»

Er zog eine Grimasse des Zweifels.

«Wissen Sie, daß sie Lügner und Faulpelze sind? Daß sie Ihre Großzügigkeit oft verachten?»

«Das bedeutet mir nichts. Ich handele nach meinem Gewissen. Und ich weiß, daß sie unter erbärmlichen Bedingungen leben, während die unzähligen Villen des Paschas mit Gas beleuchtet werden und mit allem Luxus ausgestattet sind. Das empört mich. Die Aufgabe eines Staatsoberhauptes ist es, seinen Untertanen ein glückliches und freies Leben zu ermöglichen. Das Elend macht ein solches Leben unmöglich. Es ist der Feind der Kultur. Im Reich des Pharao durfte nur dann ein Fest gefeiert werden, wenn kein Magen knurrte.»

«Das sind gefährliche Worte», bemerkte der Beduine.

«Es sind gerechte Worte.»

«Unser Leben hat sich seit Abrahams Zeit nicht verändert», erklärte der Beduine. «Wir leben in der Wüste, und dort ging es uns gut, bis die Mamelucken kamen. Unser Stamm hat sein Blut vergossen, um sie zu bekämpfen. Als Mehemed Ali an die Macht kam, hat er uns benutzt und auf unsere Unterstützung gerechnet. Heute ist er ein ebenso grausamer Tyrann wie jene, die er hinrichten ließ. Er hat uns Asylrecht auf ägyptischem Boden ausgesprochen, uns, die wir die uralten Söhne des Sands und des Windes sind. Wenn Sie sich so bereitwillig um die Belange der Fellahs kümmern, sind Sie vielleicht auch bereit, die meines Stammes anzuhören?»

Die Angelegenheit war heikel. Mit den Beduinen war nicht zu scherzen. Ein einmal gegebenes Wort darf bei ihnen unter keinen Umständen zurückgenommen werden. Die Würde meines Gesprächspartners gab den Ausschlag für meine Entscheidung.

Er las sie in meinem Blick.

«Begleiten Sie mich in unser Lager», verlangte er. «Ich werde Ihnen meine Vorhaben erläutern.»

*

Im Zelt des Abbadehführers wurde ich empfangen wie ein hoher Herr. Honigkuchen, Datteln, Feigen, Minztee wurden mir von zwei schweigenden, wieselflinken Mädchen serviert.

Mein Gastgeber wartete, bis wir uns gestärkt hatten, bevor er das Gespräch wieder aufnahm.

«Wir haben gegen die Mamelucken gekämpft. Wir werden den neuen Tyrannen bekämpfen.»

«Mit welchen Mitteln?» fragte ich beunruhigt.

«Mit unserem Mut, unseren Säbeln und den Gewehren, die man uns verkaufen wird. Die Sie uns verkaufen werden.»

Es verschlug mir den Atem.

«Aber ... ich bin kein Waffenhändler!»

«Das entspricht nicht dem, was uns gesagt wurde.»

«Wer hat es gewagt, mich so zu bezichtigen?»

«Eine Person, die Sie gut zu kennen behauptet» sagte der Beduine, stand auf und ließ Lady Redgrave ins Zelt führen.

Sie stürmte auf mich zu, glühend, leidenschaftlich.

«Was fällt Ihnen ein, Lady Ophelia?»

«Diese Leute wollen gegen den Pascha revoltieren, Jean-François. Ihre Sache ist gerecht! Sie brauchen uns, unsere beiden Länder, sie brauchen Unterstützung, die wir ihnen gewähren müssen. Zögern Sie nicht länger.»

Der Beduine und die englische Spionin starrten mich an.

«Das ist reiner Wahnsinn! Ich bin nur Ägyptologe, aber ich kann Ihnen versichern, daß Sie auf eine Katastrophe zusteuern, wenn Sie versuchen, es mit den Truppen des Paschas aufzunehmen. Er wird Sie erbarmungslos zermalmen, wird den gesamten Stamm vernichten. Sie unterschätzen seine Grausamkeit. Er legt größten Wert auf den absoluten Charakter seiner Autorität und wird mit äußerster Heftigkeit auf die geringste Bedrohung seines Throns reagieren.»

«Geben Sie sich als der, der Sie sind», drängte Lady Redgrave. «Sie haben hundertmal gezeigt, daß Sie sich für das Schicksal der Armen und Notleidenden einsetzen. Sie haben kein Recht, diesen Menschen Ihre Unterstützung zu verweigern. Verhelfen Sie ihnen wie ich zu der Möglichkeit, zu kämpfen und zu siegen!»

Zorn stieg in mir empor.

«Das also war Ihr Auftrag ... den Aufstand der Beduinenstämme zu provozieren, um den Pascha zu stürzen oder ihn zu zwingen, England um Hilfe anzugehen ... Selbst wenn ich in der Lage wäre, würde ich ein derart kriminelles Vorgehen niemals unterstützen. Sie schicken ganze Familien in den Tod, deren einziger Schutz gerade die Wüste ist, in die sich die Soldaten des Paschas nicht freiwillig hineinwagen. Sie wollen ein empfindliches Gleichgewicht zerstören und einen Sturm erzeugen, dessen Opfer wie immer die Schwächsten wären! Das ist schändlich!»

«Sie sind nichts als ein Feigling!» warf mir Lady Redgrave ins Gesicht. «Ich werde schon alleine zurechtkommen.»

Sie verließ das Zelt des Abbadehführers, der sich mit gekreuzten Beinen niedergesetzt hatte wie ein alter Schreiber. Mein Schicksal lag in seiner Hand. Ein Wort von ihm konnte mich zum Tode verurteilen.

Er klatschte in die Hände.

Die beiden Dienerinnen brachten erneut Tee und Gebäck.

«Es gibt eine Zeit für den Sturm», sagte er, «und eine Zeit für die Freude des Herzens. Da der Weg meiner Gedanken wieder klar ist, trinken wir diesen Freundschaftstrunk miteinander.»

Ein langes Schweigen entstand. Um keinen Preis durfte ich es brechen.

«Lady Redgrave war sehr überzeugend», begann er schließlich. «Ich glaube, sie hätte sogar an unserer Seite gekämpft. Ihre Gefühle zu Ihnen sind so leidenschaftlich, daß sie sicher war, es würde ihr gelingen, Sie zu überreden. Sie haben ihr eine schmerzliche Niederlage beigebracht und sie in ihrem Stolz verletzt.»

«Habe ich mich Ihnen gegenüber wie ein Feigling verhalten?»

«Diese Honigkuchen sind unser süßestes Vergnügen. Mein Vater, der Vater meines Vaters und ihre Vorväter haben sie schon genossen; am Abend, wenn die Menschen still werden, wenn die Wüste anfängt zu singen. Das ist gut. Das ist der Wille Gottes. Und es ist gut, daß dies so weitergeht. Mehemed Ali wird verschwinden. Die Wüste nicht. Sie sind es, der mir diese Wahrheit ins Gedächtnis zurückgerufen hat. Sie haben meinen Stamm vor einer großen Dummheit bewahrt.»

Kein Wort fiel mehr. Als auf dem Silbertablett nur noch ein Honigkuchen lag, Allahs Anteil, erschienen die beiden Dienerinnen wieder und kauerten sich rechts und links vor dem Zelteingang nieder. Der Beduine erhob sich.

Die Unterredung war beendet.

Als ich mich bückte, um das Zelt zu verlassen, ergriff er erneut das Wort.

«Ein Geschenk für ein Geschenk, so will es unser Gesetz ... ich schenke Ihnen eine Auskunft. Drovetti ist seit einigen Tagen wieder in Theben. Er überwacht Sie. Wenn Sie an Ihrem Leben hängen, reisen Sie ab. Doch wenn Sie ihn daran hindern wollen, Schaden anzurichten, suchen Sie das *Grab der Weinreben*.»

*

Unter den Pharaonen war Ägypten eine bedeutende Weinkultur gewesen. Die Alten waren Liebhaber der großen Weine, die mit dem Namen des Herrschers und seinem Regierungsjahr bezeichnet wurden. Einen «Zwölftes Jahr Ramses' des Großen» zu genießen mußte ein Höhepunkt der Bankette der thebanischen Adligen gewesen sein. Der Islam hatte die Reben ausgemerzt, so daß kein von Weingärten umgebenes Grab mehr zu finden sein konnte. Der Hinweis des Beduinen ließ jedoch darauf schließen, daß er einen solchen Ort kannte. Da er mich bewußt auf die Probe stellten wollte, würde er mir nicht mehr verraten, und so blieb mir nichts anderes übrig, als meine entdeckerischen Fähigkeiten unter Beweis zu stellen.

In unserem Schloß in Qurna herrschte beinahe durchgehend eine Temperatur von sechsunddreißig Grad, eine wahre Wohltat für meine Gesundheit. Rosellini litt darunter und zog die morgendliche Wärme vor, die sanft war wie ein Frühlingshauch, ebenso den Nordwind, der oft mittags und gegen Abend aufkam. Draußen überschritt die Temperatur nicht selten fünfzig Grad, was die Untersuchung der Stelen, Sarkophage und Statuen, die mein Schüler mit der ihm eigenen Gewissenhaftigkeit inventarisierte, zu einer mühsamen Arbeit machte.

In Begleitung von Soliman durchstreifte ich die Nekropole ohne Unterlaß. Alle Fellahs, die uns begegneten, fragten wir vergeblich nach Reben und Trauben.

«Auf diese Weise erreichen wir gar nichts», urteilte Soliman. «Es muß sich um eine Gruft handeln, die nach der Plünderung wieder verschlossen wurde. Fragen wir die Alten, Dorf für Dorf. Bestimmt erinnert sich einer an ein Detail, das uns auf die richtige Spur bringt.»

Nach mehreren unfruchtbaren Versuchen hörten wir von einem Greis aus Sheikh Abd el-Qurna, der hundertzehn Jahre alt war und von den meisten heimlichen Grabungen der Gegend wußte – wenn er sie nicht gar selbst organisiert hatte. Wir trafen ihn am Nilufer. An einer Stelle, von der er versicherte, sie sei frei von Krokodilen, die zahlreiche Opfer forderten, wachte er über badende Kinder. Der Alte war noch sehr rüstig, aber auch sehr abweisend. Eine beachtliche Menge Tabak war nötig, um ihm die Zunge ein wenig zu lösen. Mit äußerster Langsamkeit rief er seine Erinnerungen wach. Ja, es gebe tatsächlich ein Grab, das Weinreste enthielt. Er zeichnete einen groben Plan der Nekropole von Sheikh Abd el-Qurna in den Sand und zeigte uns die ungefähre Lage des Grabes.

Der Alte hatte sich ein wenig vertan. Wir mußten mehrere Eingänge freilegen, die zu bescheidenen, schmucklosen Grabstätten führten, die schon vor langem geschändet worden waren. Endlich gelangten wir in das Grab eines thebanischen Adligen namens Sennefer, oberster Gärtner des Pharaos Amenophis III. und damit betraut, die Güter des Gottes Amun zu pflegen. Ein steil abfallender Korridor führte zur Gruft, einem Raum beachtlicher Größe, der von quadratischen Säulen unterteilt war. Wunderbare Malereien zeigten den Verstorbenen und seine Gemahlin, eine prachtvolle junge Frau, deren Blick mich an den Lady Ophelias erinnerte, beim Vollzug ritueller Handlungen, die ihr Fortleben gewährleisteten.

Als ich die Augen zu der von Soliman beleuchteten Decke hob, sah ich, daß wir unser Ziel erreicht hatten: ein üppiger Laubengang aus Weinreben mit schwarzen Trauben! Sennefer und seine Frau, die den in der Mitte stehenden Weinstock hegte, lebten in einem Paradies aus saftigen Beeren, Reben und ineinander verflochtenen Weinblättern.

Der Anblick des Vorzimmers war leider weniger erfreulich. Bräunliche Binden, zerstreute Gebeine, beinahe zu Staub zerfallenes Sarkophagholz … diese Anhaltspunkte bestätigten meine Hypothese voll und ganz. Innerlich dankte ich dem Beduinenführer, daß er mir zu dem Beweis verholfen hatte, der mir noch fehlte.

«Es wird ein harter Kampf», sagte ich zu Soliman, «aber wir werden versuchen, ihn zu gewinnen.»

*

Im Schloß von Qurna empfing mich Rosellini mit betrübter Miene.

«Ich habe eine sehr schlechte Nachricht für Sie, Meister ... ein Brief aus Paris, der an mich gerichtet war, um den Schock zu mildern.»

Alles Blut wich mir aus dem Gesicht. Ich dachte sofort an meine Tochter, meinen Bruder.

«Nun sprechen Sie schon, Ippolito!»

«Ihre Kandidatur für die *Académie Française* ist zum sechsten Mal abgelehnt worden ... ein Herr Pardessus wurde gewählt.»

Ich brach in Gelächter aus.

«Man hat mich unter Herrn ‹Darüber› eingeordnet ... das überrascht mich nicht. Ich wäre geschmeichelt gewesen, in die *Académie* berufen zu werden, als meine Arbeiten noch umstritten waren, einstimmig oder mit Gegenstimmen, das tut nichts zur Sache. Ich wäre auch noch geschmeichelt gewesen, wenn sie an mich gedacht hätte, während ich meine Studien vervollständigte und inmitten der Ruinen Thebens eine großartige Ernte in Angriff nahm. Ich hätte meine Ernennung als eine Art nationaler Auszeichnung betrachtet; die *Académie* hält es für angebracht, mir diese Genugtuung zu verweigern. So werde ich künftig keinen Schritt mehr in ihre Richtung unternehmen, und wenn die *Académie* mich rufen wird, werde ich ebensowenig Eile haben, mich aus meinem Sessel zu erheben, wie ein anspruchsvoller Weintrinker, wenn ihn eine Flasche Champagner erwartet, die seit sechs Monaten entkorkt ist. Selbst das Nilwasser erregt Abscheu, wenn man keinen Durst mehr hat. Gott halte die *Académie* in Frieden und Barmherzigkeit.»

«Es gibt noch eine bessere Nachricht», hakte Rosellini nach. «Ein Geschenk des Paschas, das ein Sonderbote gebracht hat.»

Mein Schüler übergab mir einen Goldsäbel von beachtlichem Gewicht. Ich nahm ihn wortlos entgegen und schloß mich in meinem Zimmer ein.

*

Die Abende in Qurna waren zauberhaft. Keine Feder könnte die Pracht des Nachthimmels über der Ebene farbenreich und stimmungsvoll genug beschreiben.

In dieser Nacht konnte ich den üblichen Frieden jedoch nicht genießen, der dem Herzen der Stille innewohnte und sonst meine Kräfte erneuerte. Die *Académie*, die offizielle Wissenschaft mit ihren Schwachköpfen, der Säbel des Tyrannen, das alles war zuviel ... Die Leidenschaft und Bereitschaft zur Revolte, die meine Jugend erfüllt hatten, packten mich von neuem.

Ich begann, einen Bericht für Mehemed Ali, den allmächtigen Herrscher Ägyptens, zu verfassen. Eingedenk der Tatsache, daß die Alten ihr Land gelegentlich in Gestalt einer Kuh darstellten, schreckte der Pascha nicht davor zurück, es zu melken und gnadenlos auszunehmen. Das ist alles, was der Rat eines Drovetti an Gutem und Schönem hervorgebracht hat. Ich legte meine Beschwerde ausführlich dar.

Wie oft hatte meine Expedition ihren Weg völlig leergefegt vorgefunden, weil pharaonische Denkmäler von größter Bedeutung beinahe vor unseren Augen zerstört und geschleift worden waren? Ich listete sie auf und appellierte an die unermeßliche Weisheit des Paschas, um das großartige Erbe zu erhalten, das noch existierte, jedoch Gefahr lief, in Kürze der völligen Zerstörung anheimzufallen. Die Steine litten, die Menschen ebenfalls. Ich protestierte gegen die bittere Armut der Fellahs und bat inständig darum, ihnen Nahrung und Bildung zukommen zu lassen, um das Volk endlich von dieser Versklavung zu befreien, die niemand beim Namen zu nennen wagte.

Es mußte zum Kampf gegen die wahren Feinde Ägyptens gerüstet werden, nämlich jene, die Tempel zerstörten, Salpeter abbauten, Zuckerfabriken errichteten, Gräber plünderten, gegen die zu starke Überschwemmung, die Unwissenheit der Fellahs und gegen die Antiquitätensammler.

Am Morgen würde ich meinen Bericht an Mehemed Ali absenden, und es gab keinen Zweifel, daß er ihn ohne Verzögerung erhalten würde. Mein Bruder Jacques-Joseph hätte mir geraten, meine Worte mit mehr Bedacht zu wählen, um meine Sicherheit nicht zu gefährden, doch um die sorgte ich mich überhaupt nicht.

Von der Erregung beschwingt, zog ich die Bilanz meiner Tätigkeit als Kustos und Gelehrter. Ich habe die ägyptische Sammlung des Louvre bei meinen Forschungen nicht vergessen, diese Sammlung, die man mir anvertraut hat, ohne mir die nötigen Mittel zu ihrer Ausweitung bereitzustellen. Dennoch habe ich Fundstücke jeder Größe gesammelt, und die kleinsten sind nicht die uninteressantesten. Als größere Stücke habe ich unter Tausenden von Mumien drei oder vier ausgewählt, die sich durch besonderen Schmuck auszeichnen oder griechische Inschriften tragen; dann das schönste farbige Flachrelief aus dem Grab Sethos' I. im Tal der Könige. Es ist ein so bedeutendes Stück, daß es alleine den Wert einer ganzen Sammlung aufwiegt. Es hat mir einiges Kopfzerbrechen bereitet und wird mir sicher einen Prozeß mit den Engländern in Alexandria einbringen, die sich für die rechtmäßigen Eigentümer des Grabes halten. Trotz dieses ehrgeizigen Anspruchs kommen nur zwei Möglichkeiten in Frage: entweder, mein Flachrelief erreicht Toulon, oder es wird eher auf den Grund des Meeres oder des Nils sinken, als in fremde Hände zu gelangen. Von diesem Standpunkt werde ich nicht abweichen. In Kairo habe ich den schönsten aller gegenwärtigen, vergangenen und zukünftigen Sarkophage erworben; er besteht aus grünem Basalt und ist innen wie außen mit Flachreliefs oder vielmehr mit Kameen bedeckt, die unsagbar fein gearbeitet sind*. Es ist das Vollkommenste, was man sich in dieser Art vorstellen kann; es ist ein Schmuckstück, das eines eleganten Salons würdig wäre, so erlesen ist die Bildhauerarbeit. Der Deckel trägt als Halbrelief die Gestalt einer Frau in wunderbarer Ausführung. Allein dieses Stück würde meine Schuld gegenüber dem Königshaus begleichen, nicht unter dem Blickwinkel meiner Anerkennung, sondern in finanzieller Hinsicht; denn verglichen mit den Sarkophagen, für die zwanzig- und dreißigtausend Francs gezahlt wurden, ist dieser sicherlich hunderttausend wert. Das Flachrelief und der Sarkophag wären bis zum heutigen Tag die beiden schönsten Gegenstände aus Ägypten, die man in Europa zu sehen bekäme. Sie mußten einfach nach Paris gebracht werden und mir als Expeditionstrophäen folgen. Ich hoffe, sie werden im Louvre bleiben und dort immer an mich erinnern.

Als sich der kühle Morgenwind erhob, hüllte ich mich in einen Wollmantel, verließ das Schloß und lief bis zum Rand der Wüste. In der Ferne sah ich eine Karawane nach Süden aufbrechen.

Eine weiße Gestalt zu Pferd näherte sich mir, kleine Staubwolken aufwirbelnd.

Mit verzerrtem Gesicht hielt Lady Redgrave ihr Pferd neben mir an.

«Sie lieben es, auf ganzer Linie zu siegen, Champollion ... Sie können zufrieden sein! Mein Onkel Thomas Young ist am 10. Mai 1829 in London verstorben. Bis zur letzten Minute hat er an seinem Hieroglyphenwörterbuch gearbeitet. Seine Feder fiel zu Boden, als er den letzten Atemzug tat. Glücklich?»

«Wie könnte ich mich über den Tod eines Forschers freuen?» fragte ich mit bewegter Stimme. «Ich wäre ihm gerne begegnet, um ihm zu erklären, weshalb er sich täuschte.»

* Zu sehen im Louvre.

«Er hat sich nicht getäuscht. Bei Ihnen liegt der Irrtum! Die Nachwelt wird Sie schon lange vergessen haben, wenn sie das Ansehen Thomas Youngs, des wahren Entzifferers der Hieroglyphen, noch in Ehren hält!»

Sie wandte ihr Pferd und preschte Richtung Sonnenaufgang davon.

*

Wir saßen beim Frühstück, als Soliman mir mitteilte, es stehe eine Eskorte türkischer Soldaten vor der Tür, befehligt von einem Offizier, der sich auf den Pascha berief. Ich sei aufgefordert, mich umgehend in einem der Paläste Mehemed Alis in Theben einzufinden, wo er soeben angekommen war.

«Was hat das zu bedeuten?» erkundigte sich Rosellini besorgt. «Weshalb diese überstürzte Vorladung?»

«Ein paar private Probleme», antwortete ich scheinbar gelassen. «Falls ... falls ich nicht zurückkommen sollte, informieren Sie die französischen Behörden, und kehren Sie unverzüglich nach Europa zurück.»

Vor Entsetzen blieb Rosellini der Mund offenstehen, während ich unseren Speiseraum in Qurna verließ, um mich in die Fänge von Mehemed Ali zu begeben.

*

Niemals war der Ausdruck «stolz tun» zutreffender als für mich, Herrn Jean-François Champollion, der sich bemühte, beim Betreten der Privatgemächer des Paschas von Ägypten Haltung zu bewahren, während er innerlich zitterte wie Espenlaub.

Mehemed Ali saß in einem Sessel mit hoher Lehne, der ihm majestätisches Aussehen verlieh. Er rauchte eine lange Bernsteinpfeife und strich sich mit der Hand durch den üppigen, sorgfältig gestutzten weißen Bart. Er war gespannt wie ein Raubtier, das seine Beute belauert.

«Gestatten Sie mir, Eure Hoheit, Ihnen für Ihr herrliches Geschenk zu danken.»

«Ich habe Ihren Bericht sehr aufmerksam gelesen, Monsieur Champollion. Er enthält seltsame Dinge.»

Entgegen den Sitten der orientalischen Höflichkeit kam der Pascha sofort zur Sache. Das war ein schlechtes Zeichen. Statt von der Diplomatie Gebrauch zu machen, verließ der Vizekönig sich auf seine Fähigkeiten als Kriegsherr.

«Sie sprechen von niedergerissenen, geschleiften Tempeln ... sind das nicht bloße Gerüchte? Sind diese Schäden nicht eher das Werk der Zeit?»

«Nein, Eure Hoheit. Diese verheerenden Schäden sind tatsächlich unter Ihrer Herrschaft geschehen. So bedeutende Heiligtümer wie die von El-Kab, Antinoe oder Contra-Latopolis sind völlig verschwunden, durch die Schuld von Grabschändern und Bilderstürmern. Ich betrachte es als meine Aufgabe, Ihnen diese bedauerlichen Tatsachen, die Barbaren zuzuschreiben sind, zur Kenntnis zu bringen. Sie können selbstverständlich nur ohne Ihr Wissen geschehen sein.»

«Selbstverständlich», antwortete er eisig.

«Mein Bericht vermittelt Ihnen endlich ein ungeschöntes und vollständiges Bild von der Sachlage. Jetzt, Eure Hoheit, muß rigoros durchgegriffen werden. Ihre Ehre als Staatsoberhaupt steht auf dem Spiel, ebenso wie Ihr Ruf in der ganzen Welt. Versprechen Sie mir, die Monumente zu schützen, die noch existieren, zu verhindern, daß sie neuerlichen Zerstörungen anheimfallen.»

Mehemed Ali wiegte den Kopf auf sehr zweideutige Weise. Stärker konnte ich ihn nicht unter Druck setzen.

«Erzählen Sie mir von Ramses dem Großen», verlangte er barsch.

Ich verbarg mein Erstaunen und erging mich in einer Beschreibung der Herrschaft dieses außergewöhnlichen Pharaos, wobei ich die unglaubliche Zahl an Monumenten erwähnte, die er errichtet oder wiederhergestellt hatte. Ich betonte den großartigen Stand der Wissenschaften und Künste im Alten Ägypten. Als ich die Kartographie erwähnte, unterbrach mich der Pascha.

«Könnten Sie mir eine detaillierte Karte vom Ägypten der Pharaonen erstellen? Sie würde die Überwachung der Stätten erleichtern.»

«Ich werde sie so bald wie möglich anfertigen, Eure Hoheit.»

«Sie haben sich nicht auf die Vergangenheit beschränkt, Monsieur Champollion … Ihr Bericht geht sehr dringlich auf die Situation der Fellahs ein, als wäre ich für ihr Elend verantwortlich.»

«Das habe ich nicht geschrieben, Eure Hoheit. Das Volk muß eine Bildung erhalten, die nur Sie ihm ermöglichen können. Die Mamelucken haben es in Armut und Unglück gestürzt. Ihnen bleibt es vorbehalten, der Herrscher zu sein, der diesem Unrecht ein Ende setzt.»

Der Pascha rauchte lange Zeit schweigend. Dann erschien ein schalkhaftes Lächeln auf seinem Gesicht.

«Also», sagte er, «war nun Ramses wirklich der größte aller Pharaonen?»

Ich weiß nicht, welches göttliche Eingreifen mich daran hinderte, diesen heuchlerischen Tyrannen zu erwürgen. Er war sich des in mir aufsteigenden Zornes vollkommen bewußt und amüsierte sich königlich darüber.

Ich stammelte eine kaum verständliche Höflichkeitsfloskel und zog mich zurück.

*

Als ich im Schloß von Qurna ankam, war ich noch immer aufgewühlt von diesem unterdrückten Zorn. Er verwandelte sich schlagartig in Bestürzung, als ich mehrere Bedienstete vor dem Haupteingang versammelt sah. Ich mußte sie beiseite schieben, um hineinzukönnen.

Was ich erblickte, ließ mir das Blut in den Adern erstarren.

Ippolito Rosellini lag mit verdrehten Augen auf dem gestampften Lehmboden. Professor Raddi hatte sich über ihn gebeugt und versuchte, ihm einen Trank einzuflößen.

«Er ist von einem Skorpion gestochen worden», erklärte der Mineraloge.

Entsetzt kniete ich mich neben ihn.

«Ippolito …»

«Er wird es überstehen», diagnostizierte Professor Raddi. «Aber ich kann ihm für die zukünftigen Jahre nicht gerade die beste Gesundheit prophezeien. Helfen Sie mir, wir tragen ihn auf sein Bett.»

«Wo ist Soliman?»

«Er ist unterwegs, um den Heiler zu holen. Mit vereinten Kräften werden wir Ihrem Schüler schon aus der Klemme helfen.»

*

Zwei Tage und zwei Nächte blieb Rosellini bewußtlos; in dieser Zeit war es mir unmöglich, auch nur eine Minute zu schlafen. Schließlich gesellte er sich wieder zu uns, wenn auch mit schrecklichem Aussehen, schwachen und schmerzenden Gliedern. Professor Raddi und der Heiler hatten dank Magnetismus und Kräuterkunde ein Wunder bewirkt. Nachdem Rosellini ein wenig Nahrung zu sich genommen hatte, fiel er in heilsamen Schlaf.

«Sie sollten es ihm gleichtun», riet der Mineraloge. «Sie haben sich völlig verausgabt.»

«Sie selbst haben so viel Energie eingesetzt, um ihn zu pflegen …»

«Das hat keinerlei Bedeutung mehr, Champollion. Meine Gesteinssammlung ist vollständig. Ich kenne die Erdgeschichte und könnte sie schreiben. Doch sie interessiert mich nicht mehr, seit ich die Schmetterlinge entdeckt habe. Sie sind so zart, so bunt, so zerbrechlich … ich habe unrecht daran getan, sie zu fangen. Ich hätte mich damit begnügen sollen, sie zu beobachten. Wir verschwenden das Leben, wir machen uns der Leichtfertigkeit schuldig gegenüber dieser Welt, die unser Begriffsvermögen übersteigt. Die Wüste, Champollion, in ihr liegt die echte Weisheit, die wahre Liebe … das ist die große Reise: in die Wüste aufbrechen, mit dem Wind als Begleiter.»

Ich fürchtete, ihn allzu gut zu verstehen, und stellte mich in den Haupteingang unseres Schlosses.

«Versuchen Sie nicht, mich zurückzuhalten, Champollion, das ist sinnlos … Sie wissen doch, daß ich meinen Kopf durchsetze, genau wie Sie. Wer sollte sich noch um einen alten Irren kümmern? Nichts hält mich, ich habe keine Familie, kein Vaterland mehr, seit ich der Wüste begegnet bin. Sie ruft mich, sie ruft mich so drängend …»

«Bleiben Sie heute abend hier, Professor. Wir sind beide zu müde, um uns lange zu unterhalten. Morgen früh sprechen wir miteinander. Ich habe Ihnen vieles zu sagen.»

Professor Raddi streckte sich auf einer Matte aus und schlief sogleich ein. Ich widerstand meiner Müdigkeit so lange als möglich, doch schließlich konnte ich die Augen nicht mehr offenhalten. Nun war die Reihe an mir, mich dem Schlaf zu überlassen.

*

Soliman weckte mich.

Ich fuhr hoch und sah, daß Professor Raddis Lager leer war.

«Er ist noch vor Morgengrauen aufgebrochen», erklärte Soliman.

«Hat er gesagt, wohin er gehen will?»

«Richtung Delta, durch die Wüste.»

«Und du hast ihn nicht aufgehalten!»

«Niemand kann ein Wesen daran hindern, seinen Orient zu suchen.»

Wir sollten Professor Raddi niemals wiedersehen. Niemand fand seine Spur.

SECHSUNDZWANZIG

Ein kleiner, rotgesichtiger Mann in europäischer Kleidung verlangte Einlaß in den Palast von Qurna, während Rosellini und ich in tiefem Schweigen frühstückten. Mein Schüler erholte sich nur langsam von seinem Skorpionstich. Er jammerte und klagte über diffuse Schmerzen, die seine Gedanken störten und seine Arbeit behinderten. Professor Raddis Verschwinden hatte ihn nicht erschüttert. Er erklärte sogar, er sei glücklich, mit mir allein zu sein, unter Ägyptologen, an der Spitze von Arbeitergruppen, die ein Grabungsprogramm durchführten, dessen Einhaltung er genauestens überwachte.

Soliman führte den Besucher herein.

«Monsieur Champollion?»

«Der bin ich.»

«Ich bin der Privatsekretär von Monsieur Mimaut», verkündete der kleine Mann mit Nachdruck, als spreche er vom Papst oder dem König von Frankreich.

Meine unbewegte Miene enttäuschte ihn zutiefst.

«Sehr schön, doch wer ist dieser Herr?»

Unser Gast warf sich verärgert in die Brust.

«Monsieur Mimaut ist der Nachfolger von Bernardino Drovetti.»

Der Himmel Thebens stürzte mir auf den Kopf.

«Aber ... seit wann?»

«Die Entscheidung ist am 5. Januar gefallen. Ihnen wurde ein Brief nach Alexandria gesandt.»

«Den habe ich nie erhalten.»

«Unmöglich! Es handelte sich um ein offizielles Dokument, an Generalkonsul Drovetti gerichtet, der es Ihnen zukommen lassen sollte! Hier sind behördliche Nachforschungen angebracht.»

«Wußte der Pascha von diesem Wechsel?»

«Selbstverständlich», antwortete der Sekretär. «Er selbst hat Drovettis Amtsenthebung ja veranlaßt, obwohl sein Verhältnis zu ihm vor Ihrer Ankunft in Ägypten ausgezeichnet war. Mehemed Ali hat erfahren, daß der Generalkonsul zahlreiche Intrigen gegen Sie gesponnen hat, namentlich in bezug auf die Genehmigungen, die er Ihnen ohne Verzögerung hätte aushändigen müssen. Das gleiche gilt für die Grabungsgelder. Diese zehntausend Francs, die schon vor sechzehn Monaten für die Grabungen in Theben beantragt wurden und die Drovetti einbehalten hatte, überbringe ich Ihnen heute.»

Rosellini vergaß Hitze, Erschöpfung, Skorpione und Schmerzen. Ein erhabenes Triumphgefühl durchströmte mich. Leider war es nur von kurzer Dauer, denn aus diesem überraschenden Umsturz ergaben sich besorgniserregende Schlußfolgerungen.

«Drovetti weiß also seit Monaten, daß er ersetzt werden soll ...»

«Der ehemalige Generalkonsul ist ein leidenschaftlicher Mensch», erklärte der kleine Mann ungerührt. «Er hat gegen diese Entscheidung protestiert, mußte sie dann aber verbittert hinnehmen. Dennoch hat er seinen guten Willen gezeigt und sich bereit erklärt, mehrere Monate hindurch ein Amt auszuüben, das er nicht mehr innehatte, damit Monsieur Mimaut in aller Ruhe seine Vorbereitungen treffen konnte. Diese Übergangszeit geht nun zu Ende.»

«Wissen Sie, wo sich Drovetti aufhält?»

«Hier in Theben, das er heute abend oder morgen mit einer riesigen Eskorte verlassen wird.»

«Wurde sein Gepäck kontrolliert?»

Der kleine Mann war empört.

«Wo denken Sie hin, Monsieur Champollion! Bernardino Drovetti ist Diplomat. Er ist frei, nach Belieben zu kommen und zu gehen und mitzunehmen, was ihm gefällt.»

«Das habe ich befürchtet. Mir bleiben nur wenige Stunden, um dem abscheulichen Handel ein Ende zu setzen!»

Ich ließ den Abgesandten und Rosellini gleichermaßen verblüfft stehen und stürzte hinaus, Soliman mir auf den Fersen.

«Wir müssen sofort eingreifen», sagte ich. «Zur Nekropole von Sheikh Abd el-Qurna, rasch!»

«Nehmen Sie dies», empfahl er und hielt mir ein Gewehr entgegen.

«Damit kann ich nicht umgehen. Zwei zuverlässige Männer sollen uns begleiten.»

Diesmal blieb unseren Eseln nichts anderes übrig, als ihre Gangart zu beschleunigen. Als wir den Hügel mit den Gräbern erreichten, empfand ich keinerlei Furcht. Ich glaubte zu wissen, was uns erwartete und was das abscheuliche Geheimnis von Drovetti ans Tageslicht bringen würde. Ich ging davon aus, daß allein meine Anwesenheit genügen würde, um jede Gewaltanwendung zu verhindern.

Ich ließ meine kleine Truppe am Fuße des von unzähligen Löchern durchsiebten Hügels anhalten. Einst hatten sie Gräber enthalten, doch inzwischen waren sie von Plünderern leergeräumt. Normalerweise trieb sich kein menschliches Wesen an diesem verwüsteten Ort herum.

«Dort», zeigte Soliman.

Eine schattenhafte Gestalt war gerade in einem der Gräber auf halber Höhe des Hanges verschwunden.

«Los.»

«Lassen Sie mich vorangehen», verlangte Soliman. «Sie wären zu gefährdet.»

Wir bewegten uns frontal auf die finstere Öffnung zu, die

wir erspäht hatten. Es war der Eingang zu einer Höhle, die man durch einen steil abfallenden unterirdischen Gang erreichte. Ohne Zweifel das schöne und weitläufige Grab eines Thebaners, das schon seit langem geplündert war. Kaum hatten wir den Korridor betreten, als ein Steinschlag uns nur knapp verfehlte. Soliman legte an und schoß, was im Inneren des Grabes gewaltigen Aufruhr auslöste.

Den zwei Arabern, die uns begleiteten, mußte ich erklären, daß es sich weder um Dämonen noch um böse Geister handelte, sondern um Diebesgesindel der übelsten Sorte.

Im Laufschritt erreichten wir einen ersten, recht großen Raum. Was uns erwartete, war so entsetzlich anzusehen und zu riechen, daß ich unseren Begleitern den Rückweg verstellen mußte, sonst wären sie Hals über Kopf geflohen.

Mehr als zwanzig Mumien, teils an die Wände gelehnt, teils auf dem Boden liegend, bildeten eine makabre Szenerie. Einige waren noch mit Binden umwickelt, doch die meisten zeigten ihr schwärzliches Fleisch in verschiedenen Zersetzungsstadien. Köpfe, Hände, Füße waren in Körben gesammelt.

«Damit also treiben Drovetti und seine Bande Handel», sagte ich zu Soliman, meinen Zorn nur mühsam beherrschend ... «Sie verkaufen Mumien an Liebhaber. Diese Ladung hier sollte ihn nach Europa begleiten. Nun weißt du, warum er mich von Theben fernhalten wollte und sogar versucht hat, mich zu beseitigen. Er ahnte, daß ich seine Verbrechen an den Alten Ägyptern aufdecken würde.»

Der sonst so gelassene Soliman verlor seine Selbstbeherrschung.

«Ich hielt diesen unseligen Handel für beendet ...»

«Er blühte im XVI. und XVII. Jahrhundert», erklärte ich. «Man hielt zu Pulver zerriebene Mumien für ein Wundermittel. Die Bauern gruben sie aus und brachten sie nach Kairo und Alexandria. Von dort schafften Händler ihre Waren nach Europa, entweder als ganze Mumien oder in Teilen. Wenn der

Nachschub knapp wurde, produzierte man Mumien, indem man ein paar Fellahs ermordete.»

«Wir müssen die Schurken fassen, die diese abscheulichen Geschäfte betreiben. Wohin sind sie verschwunden?»

Wenige Minuten genügten, um den Zugang zu einem engen Stollen freizulegen, der hastig mit Steinen zugeschoben worden war. Ich glitt schon hinein, halb erstickt durch den Staub, als Soliman mich um den Leib zurückhielt.

«Diesmal ist es an mir, Ihnen vorauszugehen. Ich bin bewaffnet.»

Er schob mich kurzerhand beiseite und machte sich an den mühsamen Abstieg. Weitere Mumien lagerten im Stollen. Als wir uns vorbeischoben und auf den Leichnamen abstützten, zerfielen sie zu Staub. Unsere Gesichter berührten die der Alten Ägypter, die seit Jahrhunderten tot waren. Ein Kopf rollte unter meinen Füßen beiseite.

Plötzlich fielen zwei Schüsse.

Soliman brach vor mir zusammen.

Mühsam schleppte ich ihn an den Schultern in den oberen Raum. Wutentbrannt über die Verletzung ihres Anführers, stürzten sich die beiden Araber ihrerseits in den engen Stollen.

Ich streckte Soliman auf dem Boden aus. Seine Brust war blutbefleckt. Das Atmen bereitete ihm unerträgliche Schmerzen.

«Versuchen Sie nicht ... mich zu trösten ... es war gut, Champollion ... gut, einen Bruder zu haben ... wie Sie.»

Soliman starb in meinen Armen, ein Lächeln auf den Lippen.

Mein Schmerz war zu heftig, als daß ich hätte weinen können. Der Ägypter, den ich am meisten geliebt hatte, war für mich gestorben.

*

Solimans Leichnam in den Armen, rechts und links die beiden schweigenden Araber, verharrte ich lange Zeit reglos und verzweifelt. Mein Geist durchwanderte eine gestaltlose Welt. Es war seltsam, aber die Mumien schenkten mir aufs neue die Gewißheit der Auferstehung. Sie waren Zeugen eines zukünftigen Lebens, in das Solimans Seele glanzvoll Einzug halten würde.

Sowie ich meine Umwelt wieder bewußt wahrzunehmen schien, baten die beiden Begleiter um Erlaubnis, in die Tiefe des Grabes hinabsteigen zu dürfen, dorthin, wo sich die sterbliche Hülle dessen befand, der Soliman niedergeschossen hatte.

Es war nicht Drovetti, sondern sein treuer Verwalter Moktar, der ihm bis in den Tod gefolgt war.

*

Der Pascha hatte Theben verlassen und hielt sich in Alexandria auf. Mein Vorsprechen bei seinem Stellvertreter war von keinerlei Nutzen. Er sicherte mir natürlich zu, intensive Nachforschungen über die flüchtigen Banditen in Drovettis Diensten anzustellen, der selbst schon nach Kairo aufgebrochen war.

Es gelang mir nicht, mit Mimauts Sekretär in Kontakt zu treten, der ebenfalls in die Hauptstadt zurückgekehrt war. Worüber hatte ich mich zu beklagen? Endlich verfügte ich über die finanziellen Mittel, um ernsthafte Grabungen durchzuführen, mein Schüler stand mir zur Seite, Drovetti würde mich in keiner Weise mehr behindern … der Tod eines Bediensteten war nur ein belangloser Zwischenfall, hinweggefegt durch den Wüstenwind.

Niemand wußte, daß ich einen Bruder beweinte, einen Menschen, der während der gesamten Expedition über mich gewacht hatte, der sein Leben für mich geopfert hatte, damit ich weitergeben konnte, was die Götter mir schenkten.

In der Nacht vor Solimans Beisetzung hatte ich unablässig an meinem Wörterbuch und meiner Grammatik gearbeitet.

Das war die innigste Ehrerbietung, die ich ihm erweisen konnte.

Die Bestattungszeremonie begann kurz nach Morgengrauen, um die Sonnenglut zu meiden. Ich hatte darauf bestanden, daß die Totenwache im großen Saal unseres Schlosses in Qurna gehalten wurde, in dieser bescheidenen Behausung, in der wir so glücklich gelebt hatten.

Eine Gruppe von Klagefrauen präsentierte sich mit viel Lärm auf der Schwelle. Sie hatten sich Erde auf die Haare gestrichen, schlugen sich an die Brust und stießen in beschwörendem Rhythmus Schreie aus, um die zerstörerischen Kräfte des Todes zu vertreiben. Kein Familienmitglied war anwesend. Rosellini und ich übernahmen dieses Amt. Unsere Aufgabe bestand darin, im Gegensatz zu den Klagefrauen unbewegt und gelassen zu bleiben.

Zwei Priester entkleideten den Leichnam, wuschen ihn sorgfältig und hüllten ihn in ein Leintuch von vollkommenem Weiß. Ein *Ulema* sprach Gebete aus dem Koran. Die modernen Einbalsamierer betteten die sterblichen Überreste sodann in einen offenen Holzsarg und bedeckten sie mit einem roten Tuch. Dann forderte man mich auf, Solimans Siegel zu zerbrechen, sinnbildlich für seine Unterschrift, die von nun an in der Menschenwelt keine Bedeutung mehr hatte.

Der Leichenzug formierte sich, mit kleinen Kindern an der Spitze, für die das Ganze ein Freudenfest war. Daran war nichts Anstößiges. Im Orient wird der Tod in anderem Licht gesehen. Der Schmerz, einen geliebten Menschen zu verlieren, wird von der Freude überdeckt, ihn im Paradies der Gerechten zu wissen. Bevor sich der Zug zum Friedhof in Bewegung setzte, besprengten die Priester den Leichnam mit Rosenwasser und bedufteten ihn mit Weihrauch. Wußten sie noch, daß auf altägyptisch das Wort für ‹Weihrauch› gleichbedeutend ist mit ‹göttlich machen›? Derart mit dem Duft der Heiligkeit ausgestattet, der ihm erlauben würde, die Pforten ins Jenseits unbehindert zu durchschreiten, wurde mein Bruder Soliman im Laufschritt seiner letzten Ruhestätte entgegengetragen, während die Klagefrauen sich abermals mit Staub bewarfen und in einen Chor von schrillen Schmerzensschreien ausbrachen.

Der Friedhof war äußerst bescheiden: ein paar kleine Grabsteine in der Nähe des Dorfes, in praller Sonne. Ohne die geringste Verzögerung, als habe der Tod es eilig, uns den stofflichen Anblick Solimans zu entreißen, wurde sein Leichnam aus dem Holzsarg herausgenommen und in die Erde gebettet, den Kopf gen Süden. Der Priester verschloß das Grab mit Steinen und Sand und empfahl dem Toten, er solle sich bereithalten, den beiden Engeln korrekt zu antworten, die ihn auf der anderen Seite empfangen und ihn einer Befragung unterziehen würden, die über sein letztes Schicksal entscheiden sollte: Hölle oder Paradies. Wie hätte ich bei diesen Worten nicht an meine geliebte ägyptische Religion denken sollen, die hier weitergetragen und gelebt wurde?

Klagefrauen und Priester verstummten. Stille senkte sich über die bescheidene Nekropole. Die Armen kamen heran. Die Dorfbewohner und ich verteilten Brot und Datteln, in Gedenken an die antiken Familienbankette, die direkt in den Grabkapellen gefeiert wurden und zwischen Lebenden und Toten unauflösliche Bande knüpften.

Allein geblieben, legte ich einen Palmzweig und einen Schilfstengel auf meines Bruders Grab.

Sinnestäuschung? Ich glaubte, seine Seele in Gestalt eines Vogels davonfliegen zu sehen, der mit weit ausgebreiteten Schwingen blitzschnell zur Sonne emporstieg.

Eine junge Araberin kam heran und legte eine Lilie auf das Grab. Ihr Gesicht war verschleiert. Die Gestalt ließ jedoch unschwer Lady Redgrave erkennen.

«Ich muß Ägypten verlassen, Jean-François. Man hat mich dem Pascha verraten. Könnte es sein, daß auch Sie an Rückkehr denken?»

«An Rückkehr?»

«Sie werden doch nicht den Rest Ihres Lebens hier verbringen. Ich würde Sie schon mitnehmen, wenn Sie mich ein wenig lieben ...»

Ihre Worte zerrissen mir das Herz. Sie hatte Leidenschaft in mir geweckt, doch diesem Gefühl hatte sie soeben eine andere Liebe gegenübergestellt.

«Wissen Sie, was Exil bedeutet, Lady Ophelia? Kennen Sie das unerträgliche Leid, seiner Heimat fern zu sein, dem Land, in dem man jede Stunde seines Daseins verbringen möchte? Dieses Exil habe ich erlitten, beinahe vierzig Jahre. So lange mußte ich darauf warten, nach Ägypten zurückzukehren, meine Heimat wiederzufinden. Sie mögen mich für verrückt halten, doch hier bin ich geboren. Hier ist meine wahre Heimat. Ich fühle mich so wohl hier ... all meine gesundheitlichen Beschwerden klingen ab. Ich bin von neuer, grenzenloser Energie erfüllt. Ich fühle mich zu jeder Leistung fähig, dazu, jede Erschöpfung zu überwinden. Diese Sonne, die an jedem Tag des Jahres scheint, nährt mir Leib und Seele. Wenn ich diesen Boden verlasse, wenn ich mich von diesen Monumenten entferne, dann sterbe ich.»

Lady Ophelia weinte.

«Ihretwegen soll ich also alles verlieren ...»

«Das dürfen Sie nicht glauben, Lady Ophelia. Mit mir hätten Sie das Glück, das Sie suchen, niemals erlebt. Ägypten ist eine zu anspruchsvolle Geliebte.»

«Das zu beurteilen, überlassen Sie mir allein, Jean-François Champollion.»

SIEBENUNDZWANZIG

Am 1. August 1829 beschlossen Rosellini und ich, unser Schloß in Qurna zu verlassen, in dem wir so viele glückliche Stunden zugebracht hatten, und uns am östlichen Ufer niederzulassen, direkt in der Umfriedung des gigantischen Karnak. Nach der Welt der Gräber, nach so vielen Aufbrüchen und Abschieden brauchte ich den Tempel der Tempel, um zu neuer Gelassenheit zu finden.

Unser neues Hauptquartier, wie L'Hôte es genannt hätte, richtete ich im ptolemäischen Tempel ein, welcher der Göttin Opet geweiht war. Den Wandtexten zufolge war es ihre geheime Aufgabe, als himmlische Gebärerin für die Auferstehung des Osiris in Gestalt einer neuen Sonne zu dienen.

Mit seinen Gängen, die verschiedene Räume und einen langgestreckten Säulensaal verbanden, erwies sich dieses kleine Heiligtum als überaus angenehme Unterbringung. Küchenangestellte und Bedienstete wohnten draußen in Zelten.

Kann sich ein Ägyptologe Schöneres erträumen, als in einem Tempel zu leben? Die Kühle darin, die so faßbare Erinnerung an die Gegenwart der Eingeweihten, die magischen Kräfte der heiligen Formeln um uns herum erwiesen sich als höchst zuträglich für Arbeit und Forschung. Nur eines bereitete mir Unbehagen: ein neues Gefühl, das ich gegen meinen Schüler hegte, etwas wie Argwohn, der mir den Menschen gegenüber sonst nicht eigen war. Der Forscherdrang des Gelehrten war ihm nicht abzusprechen, doch seine seelische Empfindsamkeit schien abzustumpfen. Wie sehr vermißte ich Solimans wortlose Verbundenheit, L'Hôtes Wärme, Professor Raddis weisen Irrsinn und sogar den ängstlichen Glauben Vater Bidants … ihre Schatten kreisten im Halbdunkel des Tempels, in dem ich auch allzuoft das Lächeln einer Frau wahrnahm, das mit dem der Isis verschmolz.

Die Welt von Karnak ist denkbar unerschöpflich. Mit Recht nannten die Ägypter es den Himmel auf Erden. Der Tempel ist tatsächlich eine heilige Stadt mit verschiedenen Bezirken, ein lebendiger Organismus, der nie zu wachsen aufgehört hat. Kein Architekt hat diese Baustelle abgeschlossen, in der die Bauherren von morgen mehrere Jahrhunderte benötigen werden, um die Monumente zu restaurieren, die zusammengebrochenen Säulen aufzurichten, die Pylonen auszubessern, die Wunder freizulegen, die Sand, Schutt und menschliche Dummheit zugedeckt haben.

Soeben habe ich erfahren, daß der Erzbischof von Jerusalem es für angemessen hält, mich mit dem Ritterkreuz von *Sain-Sépulcre* auszuzeichnen; daß die Dokumente in Alexandria eingetroffen sind, wo ich sie mit den Genehmigungen abholen kann, die mich jede einhundert Louis kosten sollen. Offenbar weiß man an den Ufern des Kidron nicht, daß die Gelehrten am Ufer der Seine keine Krösusse sind und daß sich Fortunas Rad für sie nicht dreht, wenn sie nicht ein wenig wirtschaftlich denken. Wie inbrünstig ich auch danach streben mag, das Ritterkreuz zum Kampf gegen die Ungläubigen zu tragen, so muß ich auf diese Ehre doch verzichten und mich damit begnügen, seiner für würdig befunden worden zu sein! Es ist nicht Sache der mittellosen Gelehrten, die Lasten des Jahrhunderts zu tragen.

Ich saß im Tempel und war dabei, ein Kapitel meiner Grammatik zu beenden, als Rosellini mich äußerst schroff, beinahe barsch zu sprechen wünschte.

«Meister», begann er, «ich habe einen wichtigen Entschluß

gefaßt. Unter diesen Bedingungen kann ich nicht mehr korrekt arbeiten. Ich muß nach Italien zurückkehren und beginnen, ein Museum aufzubauen. Die Reise wird lang und beschwerlich. Sicherlich werden Gegenstände Schaden nehmen und sogar verlorengehen. Eine große Aufgabe erwartet mich, und mit meiner Gesundheit steht es nicht zum besten. Das Gelingen einer Expedition wie dieser hängt entscheidend von der wissenschaftlichen Auswertung der vor Ort gewonnenen Ergebnisse ab. Andernfalls wäre es nur eine Vergnügungsfahrt gewesen.»

«Eine Fahrt, auf der Menschen ihr Leben verloren, Ippolito, und andere die Erfüllung ihres Schicksals gefunden haben.»

«Diese Details gehen mich nichts an.»

«Handeln Sie nach Ihrem freien Ermessen.»

Rosellini war schon im Begriff, das Heiligtum zu verlassen, als er sich anders besann und den Kopf wandte.

«Eine letzte Frage noch, Meister: Ist es Ihnen tatsächlich gelungen, die Hieroglyphen zu entziffern?»

«Ich glaube es und werde es beweisen.»

«Wenn das so ist, warum haben Sie mir nicht die Gesamtheit der Schlüssel zugänglich gemacht, die Sie besitzen?»

Was hätte ich antworten können, ohne zu lügen, was ich verabscheue, oder seine gesamte Persönlichkeit in Frage zu stellen, was er weder zugelassen noch begriffen hätte? Ich war unfähig, auch nur ein Wort auszusprechen. Weiß Gott, wie er mein Schweigen verstanden haben mag.

*

Nun bin ich also alleine, mit meinen Arbeitern, den Fellahs und Karnak. Die Schreiber des Altertums haben den Zauber dieser Stätte von Amun und ihres Umlandes so treffend besungen, daß ich mich einen ganzen Tag lang genußvoll darin verlor und meine geliebten Steine verließ, um mich unter die Bauern zu mischen. In den Feldern, wo die Frauen unverschleiert gehen und die Kinder nackt spielen, war man über meine Anwesenheit belustigt und empfing mich aufs freundlichste. Tatsächlich hatte ich nichts mehr von einem Europäer an mir und beherrschte die Sprache dieser einfachen Leute, die jahrtausendealte Handgriffe ausführten, die Erde harkten, säten, bewässerten, die Ernten einbrachten, ihre Herden weideten, in Gesellschaft von Kamelen, Eseln, Büffeln und den wachsamen gelben oder schwarzen Hunden lebten, die in der heißen Mittagssonne schliefen und die Dörfer des Nachts so verläßlich hüteten.

Mitten in den Feldern auf dem Rand eines Brunnens sitzend, verbrachte ich lange Stunden in Gedanken versunken. Unter dem Blätterdach einer Tamariske ganz in meiner Nähe hatte eine Mutter ihren Säugling auf einen verblichenen Teppich gelegt und spielte mit ihm. So lernte ich von neuem die Wärme des Himmels kennen, das Atmen der Erde, die ihre Liebe zum Nil sang, die Reinheit der Menschen, die sich dem Zyklus der Jahreszeiten überließen.

Wie gerne würde ich mich dem süßen Nichtstun und Nichtdenken hingeben, doch nein … weiter und weiter, bis zum Tode müssen wir uns plagen, um das Beste aus uns herauszuholen, als wäre dieser Aufenthalt auf Erden nichtig gegenüber der Ewigkeit.

Man könnte glauben, ich verbrächte mein Leben unter Toten und wäre damit beschäftigt, den alten Staub der Geschichte aufzuwirbeln. Doch viele dieser Arbeiten und Forschungen bringen mich in Berührung mit Wesen, die ein ewiges Leben leben … so viele Lebende finden sich gar nicht um mich herum. Die meisten bilden sich nur ein, sie würden existieren, während sie in Wirklichkeit wie ich schon ein Schatten sind, den die Zeit verzehrt.

Als ich die Herden auf ihrem Weg durch die grüne Ebene entlang der goldgelben Getreidefelder heimkehren sah, glaubte ich, geträumt zu haben. Kam denn schon der Abend? Der

Nordwind erhob sich und bewegte das Blattwerk der dunklen Palmengruppen. Die unsägliche Wohltat dieser Brise durchdrang den ganzen Körper. Allmählich fiel die Benommenheit von mir ab, und ich genoß die Auferstehung am Ende des Tages. Das tiefleuchtende Grün verdunkelte sich schließlich. Die Hitze ließ nach und wurde sanfter, bloßes Streicheln auf der Haut. Die Hügel verloren etwas von ihrer schroffen Dürre und röteten sich in den Strahlen der untergehenden Sonne.

Der Himmel zerbarst in ein Dutzend schwungvoll verteilter Farben. Die Vögel flogen durch orangegelbe und azurblaue, granatrote und violette Gefilde. Zu ihrem Gesang gesellten sich die Lieder der Matrosen auf dem Fluß, der Fellahs, die noch ein wenig Wasser schöpften, der Frauen, die zum Dorf hinaufstiegen. Der himmlische Nil und der irdische Nil würden bald miteinander verschmelzen, zu einer einzigen Straße ins Jenseits. Die Landschaft dieser Welt verblaßte und überließ den Raum der Landschaft der Seele. Für mich war es Zeit, in den Tempel von Karnak zurückzukehren und durch seine Gänge zu wandern.

Die Posten kletterten auf ihre Sockel aus Nilschlamm, um die Dörfer zu bewachen. Akazien, Mimosen, Palmen, Gersten- und Weizenfelder erloschen im Halbdunkel, genossen die nächtliche Kühle und warteten auf das Wunder eines neuen Morgens, den ihnen die Sonne vielleicht bescheren würde, wenn es ihr gelang, den Dämon der unterirdischen Abgründe zu besiegen.

Der Friede Atums legte sich über alle Dinge; er ist das geheime Licht des Sonnenuntergangs, des Ursprungs allen Lebens. Kaum hörte man in der Abendluft noch das Knarren eines Schadufs, der sein melancholisches Klagelied sang. Als ich den großen Eingangspylon des Tempels erreichte, war die Sonne untergegangen, doch ein seltsamer Schein von einem verborgenen Horizont ließ den Himmel strahlen. Der Schatten der Nacht kroch von Westen herauf und breitete sich wie ein schillernder Schal über den Fluß, dem der Sonnenuntergang letzte silbrige Lichtschimmer bescherte.

Nun galt es, im Inneren des Heiligtums nach dem Licht zu suchen, das die Finsternis erhellen und das alchimistische Werk lenken würde, das sich in der Tiefe vollzog, um eine neue Sonne hervorzubringen. Zur Stunde entfaltete sich der Mantel der Sterne mit ihrem warmen und nahen Licht, das ihnen nirgendwo sonst eigen ist.

Ich lief durch den Festsaal von Thutmosis III., in dem die Pharaonen in ihr hohes Amt eingeweiht wurden, und stieg die Treppe zum Observatorium hinauf, von dem aus die Astrologen die Gesetze des Himmels studierten. Durch die Konstellationen, Flugziel der Schwalben, die den Geist der alten Könige mit sich trugen, wurde das Mysterium sichtbar. Im Herzen der lapislazuliblauen Nacht erhob es die Seele wie in glücklicher Trunkenheit und führte sie in ätherischem Tanz bis zur Milchstraße.

Karnak hat mehr gehalten, als es versprach. Ich ließ mich von der Ruhe seiner Steine durchdringen und beschloß, die Nacht auf dem Dach des Chons-Tempels zu verbringen, als ein Mann aus dem Ruinenfeld auftauchte wie ein Geist und auf mich zukam.

War er der Tod? War er der Komtur aus Mozarts *Don Giovanni*, der kam, um mich zum Bankett des Jenseits einzuladen?

Er lief mit gleichmäßigem Schritt. Im Mondlicht sah ich, daß er in der rechten Hand eine Art dreizinkige Harke trug. Vor dem Tempeleingang kniete er nieder und verneigte sich mehrmals, einer in der Nacht verborgenen Gottheit zu Ehren. Dann erhob er sich, kam heran und setzte sich neben mich.

«Eine schöne Nacht», sagte er, «so still, so sanft ... Ich bin der Gärtner von Karnak. Ich harke am Fuße der Pflanzen um den heiligen See, während die Sonne schläft. Tagsüber schnitze ich kleine Flöten aus Schilfrohr und spiele darauf, damit die Blumen nicht sterben. Mein Urgroßvater, mein Großvater und mein Vater waren Gärtner. Sie haben mich die Geheimnisse des Handwerks gelehrt. Ich werde sie meinen Sohn lehren.»

Die Stimme war dunkel, zauberisch. Sie hatte meine Gedanken unterbrochen, in eben dem Augenblick, als ich eine Entscheidung traf: mich von meiner eigenen Expedition zu trennen, den Ägyptologen Jean-François Champollion aufzugeben, als namenloser Fellah in Ägypten zu bleiben, bis zu meinem letzten Atemzug in diesem Land zu leben, das schon immer das meine war.

«Haben Sie Kinder?» fragte mich der Gärtner von Karnak.

«Eine Tochter.»

«Dann müssen Sie zurück. Ihre Tochter braucht Sie. Ein Vater verläßt sein Kind nicht.»

Er las meine Gedanken.

«Ich weiß, was Sie empfinden», sagte er. «Ägypten verlassen heißt sterben. Doch Ihre Tochter wird von Ihrem Leben leben. Sie haben kein Recht, ihr den Vater vorzuenthalten. Das wäre die einzige Verfehlung, die Gott Ihnen nicht verzeihen könnte.»

Er brach mir das Herz. Er entriß mich mir selbst, als grabe er eine einfache Blume aus. Meine Tochter ... für sie würde ich meine nährende Erde aufgeben, die Luft, die mich belebte, die Wärme, die mich heilte, die Tempel und Gräber, in denen der Sinn des Lebens sich von selbst erklärte, indem er das Oberflächliche und Überflüssige auslöschte. Ich würde das Paradies von Karnak verlieren, um erneut in der Hölle von Paris zu leben.

«Wenn Sie aufbrechen», fuhr der Gärtner fort, «dann werden die Dorfbewohner von allen Seiten herbeiströmen. Sie werden ihre Hütten verlassen und sich am Ufer versammeln, bei der gewaltigen Sykomore, unter der Ihr Schiff vertäut sein wird. Ein Gefolge von Klagefrauen wird Schreie der Verzweiflung ausstoßen. Sie werden Ihren Blick nicht vom Tempel wenden. Sie werden nichts sehen, Sie werden nichts hören. Sie werden versuchen, sich bis ins Mark Ihrer Knochen vom Leben dieser Steine durchdringen zu lassen. Und Sie werden gehen, mein Bruder, um niemals wiederzukehren.»

EPILOG

SPRICH WEITER, PAPA», bat Zoraïde. «Sprich ...»

«Weißt du, der Obelisk ... er ist in Paris angekommen. Ich mag dieses moderne Babel nicht, das an meiner Gesundheit zehrt, aber ich bin froh, in der Nähe dieses magischen Steins zu sein. Und ich hinterlasse der Nachwelt eine Visitenkarte, meine Grammatik ...»

«Sprich weiter ...»

«Zwei Jahre müßten mir noch gegeben sein», sagte Champollion und schlug sich an die Stirn, «hier ist noch so viel drin!»

Zoraïde blickte ihm so inständig in die Augen, daß sie sicher war, sie konnte ihn noch ein wenig bei sich behalten. Er fand neue Kräfte, um seinen Glauben an sie weiterzugeben.

«Vergiß nicht ... nur Begeisterung ist wahres Leben. Das Herz muß in Flammen stehen, das Wesen muß von einem Verlangen beseelt werden, das es übersteigt und verschlingt. Sei deiner Begeisterung treu. Gib ihr Nahrung ... und mögest du bei deinem letzten Atemzug sagen können: Keiner Stunde meines Lebens brauche ich mich zu schämen.»

Dann verstummte er, erschöpft von dieser letzten Anstrengung.

Sein Kopf sank leblos aufs Kissen.

An diesem 4. März 1832 war Jean-François Champollion im Alter von zweiundvierzig Jahren soeben verstorben.

Zoraïde weinte nicht. Trotz dieses Schmerzes, der sie innerlich zerriß, trotz dieser Glut, von der sie wußte, sie würde niemals mehr erlöschen, empfand sie eine seltsame Freude für ihren Vater. Sie hatte seinen Seelenvogel Richtung Ägypten davonfliegen sehen, dorthin, wo sie ihn eines Tages wiederfinden würde.

Zoraïde lief durch das Zimmer ihres Vaters. Sie blätterte in dem Familienbuch, in dem die Worte des Heilkundigen niedergeschrieben waren, der Champollions Geburtshelfer gewesen war: «Ich sage Ihnen die Geburt eines Jungen voraus, der zu Höchstem bestimmt ist. Er wird das Licht der kommenden Jahrhunderte sein.»

Dann berührte sie jeden der Gegenstände, die ihr Vater aus Ägypten mitgebracht hatte und an denen er so hing. Bei einem Papyrus aus dem *Totenbuch* hielt sie inne und legte ihn dem Verstorbenen aufs Herz. Sie kletterte auf das Bett und schlief neben ihm ein, mit dem Kopf auf dem Papyrus, dessen Hieroglyphen, von Champollions Hand übersetzt, besagten: *«Ein lichtgleicher Gott hat sich offenbart. Er wird ewig leben.»*

Christian Jacq

Christian Jacq, geboren 1947 bei Paris, promovierte in Ägyptologie an der Sorbonne. Er veröffentlichte zahlreiche wissenschaftliche Aufsätze und wurde von der *Académie française* ausgezeichnet. Neben Beiträgen zur Fachliteratur schrieb er mehrere erfolgreiche Ro-mane. Mit «Ramses» gelang ihm auf Anhieb der Sprung an die Spitze der Bestsellerlisten.

Ramses Band 1:
Der Sohn des Lichts
Deutsch von
Annette Lallemand
(rororo 22471) *

Ramses Band 2:
Der Tempel der Ewigkeit
(rororo 22472) *

Ramses Band 3:
Die Schlacht von Kadesch
Deutsch von
Annette Lallemand
(rororo 22473) *

Ramses Band 4:
Die Herrin von Abu Simbel
Deutsch von
Ingrid Altrichter
(rororo 22474) *

Ramses Band 5:
Im Schatten der Akazie
Deutsch von
Ingrid Altrichter
448 Seiten. Gebunden
(rororo 22475) *

Der Tempel zu Jerusalem *Roman*
Deutsch von
Dorothee Asendorf
416 Seiten. Gebunden und als rororo 22890

Unterhaltung

Der schwarze Pharao *Roman*
Deutsch von
Dorothee Asendorf
400 Seiten. Gebunden und als rororo 22760

Die letzten Tage von Philae
(rororo 22228)

Der Ägypter
(rororo 23032)

Der lange Weg nach Ägypten
Roman
(rororo 22227)

Der Mönch und der Meister
Roman
(rororo 22430)

*Auch in der Reihe **Großdruck** lieferbar

Weitere Informationen und ein Verzeichnis aller lieferbaren Titel von **Christian Jacq** finden Sie in der **Rowohlt Revue,** kostenlos in Ihrer Buchhandlung, und im **Internet: www.rororo.de**

3649/9